比较文学与世界文学 研究丛书

主编 曹顺庆

二编 第 **12** 册

文心雕龍：體系與應用（增訂版）（上）

黃 維 樑 著

花木兰文化事业有限公司

國家圖書館出版品預行編目資料

文心雕龍：體系與應用（增訂版）（上）／黃維樑 著 -- 初版
-- 新北市：花木蘭文化事業有限公司，2023〔民112〕
目 4+268 面；19×26 公分
（比较文学与世界文学研究丛书 二编 第 12 冊）
ISBN 978-626-344-323-5（精裝）
1.CST：文心雕龍 2.CST：文學理論 3.CST：研究考訂
810.8   111022116

ISBN-978-626-344-323-5

9 786263 443235

比较文学与世界文学研究丛书

二编 第十二冊 　　　　　ISBN：978-626-344-323-5

文心雕龍：體系與應用（增訂版）（上）

作 者	黃維樑
主 編	曹順慶
企 劃	四川大學雙一流學科暨比較文學研究基地
總 編 輯	杜潔祥
副總編輯	楊嘉樂
編輯主任	許郁翎
編 輯	張雅淋、潘玟靜 美術編輯 陳逸婷
出 版	花木蘭文化事業有限公司
發 行 人	高小娟
聯絡地址	台灣 235 新北市中和區中安街七二號十三樓
	電話：02-2923-1455 ／傳真：02-2923-1452
網 址	http://www.huamulan.tw 信箱 service@huamulans.com
印 刷	普羅文化出版廣告事業
初 版	2023 年 3 月
定 價	二編 28 冊（精裝）新台幣 76,000 元

文心雕龍：體系與應用（增訂版）（上）

黃維樑 著

作者简介

黃維樑，香港中文大學中文系一級榮譽學士，美國俄亥俄州立大學文學博士。1976 年起擔任：香港中文大學中文系講師、高級講師、教授；美國威斯康辛大學東亞系、臺灣中山大學外文系、佛光大學文學系、澳門大學中文系、美國 Macalester College 文學院、四川大學文新學院的客座副教授、教授或講座教授。著有《中國詩學縱橫論》《壯麗：余光中論》《文心雕龍：體系與應用（增訂版）》《大師風雅》《大灣區敲打樂》《文學家之徑》等三十種。歷任香港作家協會主席、香港作家聯會副會長、中國文心雕龍學會顧問等。

提　　要

　　1500 年前成書的《文心雕龍》，體大慮周，高明而中庸，公認是中國文學理論的經典傑作。百年來中華學者在此書的版本研究、註解、詮釋等方面，成果豐碩。在採用比較詩學觀點對《文心雕龍》加以解說，通過中西比較以突顯其特質與價值的，則較少學者這樣做，黃維樑教授是少數者之一。黃氏更另闢蹊徑，應用《文心雕龍》的理論來析評古今中外的文學作品，以驗證此書的實用性。論者常謂中國文論缺乏體系性，其實《文心雕龍》自成體系，黃維樑即以此書為基礎，加上中國古今和西方古今的一些重要理論，寫成《「情采通變」：以〈文心雕龍〉為基礎建構中西合璧的文學理論體系》一文。2016 年出版的《文心雕龍：體系與應用（增訂版）》即集結以上論述而成書。黃氏此書及其之前的論文，極為學術界推重，且產生深刻影響。黃氏創用以「六觀法」析評論中外作品，追隨其法者眾，傳為美談；此法的應用，加上理論體系的中國特色建構，論者因此稱黃維樑為「新龍學」奠基者。這個「增訂版」除了黃氏新撰寫的龍學力作之外，還有記述和感懷的文章，以及多位學者對「黃維樑龍學論著」的評論。黃維樑為文性情活現，且文采斐然，久為學術文化界稱道，其名言「讓雕龍化作飛龍」更為中華文論界所耳熟能詳。黃維樑這樣說，正因為要發揚中華文化，因為對中華文化有自信。

比较文学的中国路径

曹顺庆

自德国作家歌德提出"世界文学"观念以来，比较文学已经走过近二百年。比较文学研究也历经欧洲阶段、美洲阶段而至亚洲阶段，并在每一阶段都形成了独具特色学科理论体系、研究方法、研究范围及研究对象。中国比较文学研究面对东西文明之间不断加深的交流和碰撞现况，立足中国之本，辩证吸纳四方之学，而有了如今欣欣向荣之景象，这套丛书可以说是应运而生。本丛书尝试以开放性、包容性分批出版中国比较文学学者研究成果，以观中国比较文学学术脉络、学术理念、学术话语、学术目标之概貌。

一、百年比较文学争讼之端——比较文学的定义

什么是比较文学？常识告诉我们：比较文学就是文学比较。然而当今中国比较文学教学实际情况却并非完全如此。长期以来，中国学术界对"什么是比较文学？"却一直说不清，道不明。这一最基本的问题，几乎成为学术界纠缠不清、莫衷一是的陷阱，存在着各种不同的看法。其中一些看法严重误导了广大学生！如果不辨析这些严重误导了广大学生的观点，是不负责任、问心有愧的。恰如《文心雕龙·序志》说"岂好辩哉，不得已也"，因此我不得不辩。

其中一个极为容易误导学生的说法，就是"比较文学不是文学比较"。目前，一些教科书郑重其事地指出：比较文学不是文学比较。认为把"比较"与"文学"联系在一起，很容易被人们理解为用比较的方法进行文学研究的意思。并进一步强调，比较文学并不等于文学比较，并非任何运用比较方法来进行的比较研究都是比较文学。这种误导学生的说法几乎成为一个定论，

一个基本常识，其实，这个看法是不完全准确的。

让我们来看看一些具体例证，请注意，我列举的例证，对事不对人，因而不提及具体的人名与书名，请大家理解。在 Y 教授主编的教材中，专门设有一节以"比较文学不是文学比较"为题的内容，其中指出"比较文学界面临的最大的困惑就是把'比较文学'误读为'文学比较'"，在高等院校进行比较文学课程教学时需要重点强调"比较文学不是文学比较"。W 教授主编的教材也称"比较文学不是文学的比较"，因为"不是所有用比较的方法来研究文学现象的都是比较文学"。L 教授在其所著教材专门谈到"比较文学不等于文学比较"，因为，"比较"已经远远超出了一般方法论的意义，而具有了跨国家与民族、跨学科的学科性质，认为将比较文学等同于文学比较是以偏概全的。"J 教授在其主编的教材中指出，"比较文学并不等于文学比较"，并以美国学派雷马克的比较文学定义为根据，论证比较文学的"比较"是有前提的，只有在地域观念上跨越打通国家的界限，在学科领域上跨越打通文学与其他学科的界限，进行的比较研究才是比较文学。在 W 教授主编的教材中，作者认为，"若把比较文学精神看作比较精神的话，就是犯了望文生义的错误，一百余年来，比较文学这个名称是名不副实的。"

从列举的以上教材我们可以看出，首先，它们在当下都仍然坚持"比较文学不是文学比较"这一并不完全符合整个比较文学学科发展事实的观点。如果认为一百余年来，比较文学这个名称是名不副实的，所有的比较文学都不是文学比较，那是大错特错！其次，值得注意的是，这些教材在相关叙述中各自的侧重点还并不相同，存在着不同程度、不同方面的分歧。这样一来，错误的观点下多样的谬误解释，加剧了学习者对比较文学学科性质的错误把握，使得学习者对比较文学的理解愈发困惑，十分不利于比较文学方法论的学习、也不利于比较文学学科的传承和发展。当今中国比较文学教材之所以普遍出现以上强作解释，不完全准确的教科书观点，根本原因还是没有仔细研究比较文学学科不同阶段之史实，甚至是根本不清楚比较文学不同阶段的学科史实的体现。

实际上，早期的比较文学"名"与"实"的确不相符合，这主要是指法国学派的学科理论，但是并不包括以后的美国学派及中国学派的学科理论，如果把所有阶段的学科理论一锅煮，是不妥当的。下面，我们就从比较文学学科发展的史实来论证这个问题。"比较文学不是文学比较""comparative literature is not literary comparison"，只是法国学派提出的比较文学口号，只是法国学派一派的主张，而不是整个比较文学学科的基本特征。我们不能够把这个阶段性的比较文学口号扩大化，甚至让其突破时空，用于描述比较文学所有的阶段和学派，更不能够使其"放之四海而皆准"。

法国学派提出"比较文学不是文学比较"，这个"比较"（comparison）是他们坚决反对的！为什么呢，因为他们要的不是文学"比较"（literary comparison），而是文学"关系"（literary relationship），具体而言，他们主张比较文学是实证的国际文学关系，是不同国家文学的影响关系，influences of different literatures，而不是文学比较。

法国学派为什么要反对"比较"（comparison），这与比较文学第一次危机密切相关。比较文学刚刚在欧洲兴起时，难免泥沙俱下，乱比的情形不断出现，暴露了多种隐患和弊端，于是，其合法性遭到了学者们的质疑：究竟比较文学的科学性何在？意大利著名美学大师克罗齐认为，"比较"（comparison）是各个学科都可以应用的方法，所以，"比较"不能成为独立学科的基石。学术界对于比较文学公然的质疑与挑战，引起了欧洲比较文学学者的震撼，到底比较文学如何"比较"才能够避免"乱比"？如何才是科学的比较？

难能可贵的是，法国学者对于比较文学学科的科学性进行了深刻的的反思和探索，并提出了具体的应对的方法：法国学派采取壮士断臂的方式，砍掉"比较"（comparison），提出比较文学不是文学比较（comparative literature is not literary comparison），或者说砍掉了没有影响关系的平行比较，总结出了只注重文学关系（literary relationship）的影响（influences）研究方法论。法国学派的创建者之一基亚指出，比较文学并不是比较。比较不过是一门名字没取好的学科所运用的一种方法……企图对它的性质下一个严格的定义可能是徒劳的。基亚认为：比较文学不是平行比较，而仅仅是文学关系史。以"文学关系"为比较文学研究的正宗。为什么法国学派要反对比较？或者说为什么法国学派要提出"比较文学不是文学比较"，因为法国学派认为"比较"（comparison）实际上是乱比的根源，或者说"比较"是没有可比性的。正如巴登斯佩哲指出："仅仅对两个不同的对象同时看上一眼就作比较，仅仅靠记忆和印象的拼凑，靠一些主观臆想把可能游移不定的东西扯在一起来找点类似点，这样的比较决不可能产生论证的明晰性"。所以必须抛弃"比较"。只承认基于科学的历史实证主义之上的文学影响关系研究（based on scientificity and positivism and literary influences.）。法国学派的代表学者卡雷指出：比较文学是实证性的关系研究："比较文学是文学史的一个分支：它研究拜伦与普希金、歌德与卡莱尔、瓦尔特·司各特与维尼之间，在属于一种以上文学背景的不同作品、不同构思以及不同作家的生平之间所曾存在过的跨国度的精神交往与实际联系。"正因为法国学者善于独辟蹊径，敢于提出"比较文学不是文学比较"，甚至完全抛弃比较（comparison），以防止"乱比"，才形成了一套建立在"科学"实证性为基础的、以影响关系为特征的"不比较"的比较文学学科理论体系，这终于挡住了克罗齐等人对比较文学"乱比"的批判，形成了以"科学"实证为特征的文学影响关系研究，确立了法国学派的学科理论和一整套方法论体系。当然，法国学派悍然砍掉比较研究，又不放弃"比较文学"这个名称，于是不可避免地出现了比较文学名不副实的尴尬现象，出现了打着比较文学名号，而又不比较的法国学派学科理论，这才是问题的关键。

当然，法国学派提出"比较文学不是文学比较"，只注重实证关系而不注重文学比较和文学审美，必然会引起比较文学的危机。这一危机终于由美国著名比较文学家韦勒克（René Wellek）在 1958 年国际比较文学协会第二次大会上明确揭示出来了。在这届年会上，韦勒克作了题为《比较文学的危机》的挑战性发言，对"不比较"的法国学派进行了猛烈批判，宣告了倡导平行比较和注重文学审美的比较文学美国学派的诞生。韦勒克作了题为《比较文学的危机》的挑战性发言，对当时一统天下的法国学派进行了猛烈批判，宣告了比较文学美国学派的诞生。韦勒克说："我认为，内容和方法之间的人为界线，渊源和影响的机械主义概念，以及尽管是十分慷慨的但仍属文化民族主义的动机，是比较文学研究中持久危机的症状。"韦勒克指出："比较也不能仅仅局限在历史上的事实联系中，正如最近语言学家的经验向文学研究者表明的那样，比较的价值既存在于事实联系的影响研究中，也存在于毫无历史关系的语言现象或类型的平等对比中。"很明显，韦勒克提出了比较文学就是要比较（comparison），就是要恢复巴登斯佩哲所讽刺和抛弃的"找点类似点"的平行比较研究。美国著名比较文学家雷马克（Henry Remak）在他的著名论文《比较文学的定义与功用》中深刻地分析了法国学派为什么放弃"比较"（comparison）的原因和本质。他分析说："法国比较文学否定'纯粹'的比较（comparison），它忠实于十九世纪实证主义学术研究的传统，即实证主

义所坚持并热切期望的文学研究的'科学性'。按照这种观点，纯粹的类比不会得出任何结论，尤其是不能得出有更大意义的、系统的、概括性的结论。……既然值得尊重的科学必须致力于因果关系的探索，而比较文学必须具有科学性，因此，比较文学应该研究因果关系，即影响、交流、变更等。"雷马克进一步尖锐地指出，"比较文学"不是"影响文学"。只讲影响不要比较的"比较文学"，当然是名不副实的。显然，法国学派抛弃了"比较"（comparison），但是仍然带着一顶"比较文学"的帽子，才造成了比较文学"名"与"实"不相符合，造成比较文学不比较的尴尬，这才是问题的关键。

美国学派最大的贡献，是恢复了被法国学派所抛弃的比较文学应有的本义——"比较"（The American school went back to the original sense of comparative literature——"comparison"），美国学派提出了标志其学派学科理论体系的平行比较和跨学科比较："比较文学是一国文学与另一国或多国文学的比较，是文学与人类其他表现领域的比较。"显然，自从美国学派倡导比较文学应当比较（comparison）以后，比较文学就不再有名与实不相符合的问题了，我们就不应当再继续笼统地说"比较文学不是文学比较"了，不应当再以"比较文学不是文学比较"来误导学生！更不可以说"一百余年来，比较文学这个名称是名不副实的。"不能够将雷马克的观点也强行解释为"比较文学不是比较"。因为在美国学派看来，比较文学就是要比较（comparison）。比较文学就是要恢复被巴登斯佩哲所讽刺和抛弃的"找点类似点"的平行比较研究。因为平行研究的可比性，正是类同性。正如韦勒克所说，"比较的价值既存在于事实联系的影响研究中，也存在于毫无历史关系的语言现象或类型的平等对比中。"恢复平行比较研究、跨学科研究，形成了以"找点类似点"的平行研究和跨学科研究为特征的比较文学美国学派学科理论和方法论体系。美国学派的学科理论以"类型学"、"比较诗学"、"跨学科比较"为主，并拓展原属于影响研究的"主题学"、"文类学"等领域，大大扩展比较文学研究领域。

二、比较文学的三个阶段

下面，我们从比较文学的三个学科理论阶段，进一步剖析比较文学不同阶段的学科理论特征。现代意义上的比较文学学科发展以"跨越"与"沟通"为目标，形成了类似"层叠"式、"涟漪"式的发展模式，经历了三个重要的学科理论阶段，即：

一、欧洲阶段，比较文学的成形期；二、美洲阶段，比较文学的转型期；三、亚洲阶段，比较文学的拓展期。我们将比较文学三个阶段的发展称之为"涟漪式"结构，实际上是揭示了比较文学学科理论的继承与创新的辩证关系：比较文学学科理论的发展，不是以新的理论否定和取代先前的理论，而是层叠式、累进式地形成"涟漪"式的包容性发展模式，逐步积累推进。比较文学学科理论发展呈现为层叠式、"涟漪"式、包容式的发展模式。我们把这个模式描绘如下：

法国学派主张比较文学是国际文学关系，是不同国家文学的影响关系。形成学科理论第一圈层：比较文学——影响研究；美国学派主张恢复平行比较，形成学科理论第二圈层：比较文学——影响研究＋平行研究＋跨学科研究；中国学派提出跨文明研究和变异研究，形成学科理论第三圈层：比较文学——影响研究＋平行研究＋跨学科研究＋跨文明研究＋变异研究。这三个圈层并不互相排斥和否定，而是继承和包容。我们将比较文学三个阶段的发展称之为层叠式、"涟漪"式、包容式结构，实际上是揭示了比较文学学科理论的继承与创新的辩证关系。

法国学派提出，可比性的第一个立足点是同源性，由关系构成的同源性。同源性主要是针对影响关系研究而言的。法国学派将同源性视作可比性的核心，认为影响研究的可比性是同源性。所谓同源性，指的是通过对不同国家、不同民族和不同语言的文学的文学关系研究，寻求一种有事实联系的同源关系，这种影响的同源关系可以通过直接、具体的材料得以证实。同源性往往建立在一条可追溯关系的三点一线的"影响路线"之上，这条路线由发送者、接受者和传递者三部分构成。如果没有相同的源流，也就不可能有影响关系，也就谈不上可比性，这就是"同源性"。以渊源学、流传学和媒介学作为研究的中心，依靠具体的事实材料在国别文学之间寻求主题、题材、文体、原型、思想渊源等方面的同源影响关系。注重事实性的关联和渊源性的影响，并采用严谨的实证方法，重视对史料的搜集和求证，具有重要的学术价值与学术意义，仍然具有广阔的研究前景。渊源学的例子：杨宪益，《西方十四行诗的渊源》。

比较文学学科理论的第二阶段在美洲，第二阶段是比较文学学科理论的转型期。从 20 世纪 60 年代以来，比较文学研究的主要阵地逐渐从法国转向美国，平行研究的可比性是什么？是类同性。类同性是指是没有文学影响关

系的不同国家文学所表现出的相似和契合之处。以类同性为基本立足点的平行研究与影响研究一样都是超出国界的文学研究，但它不涉及影响关系研究的放送、流传、媒介等问题。平行研究强调不同国家的作家、作品、文学现象的类同比较，比较结果是总结出于文学作品的美学价值及文学发展具有规律性的东西。其比较必须具有可比性，这个可比性就是类同性。研究文学中类同的：风格、结构、内容、形式、流派、情节、技巧、手法、情调、形象、主题、文类、文学思潮、文学理论、文学规律。例如钱钟书《通感》认为，中国诗文有一种描写手法，古代批评家和修辞学家似乎都没有拈出。宋祁《玉楼春》词有句名句："红杏枝头春意闹。"这与西方的通感描写手法可以比较。

比较文学的又一次危机：比较文学的死亡

九十年代，欧美学者提出，比较文学作为一门学科已经死亡！最早是英国学者苏珊·巴斯奈特 1993 年她在《比较文学》一书中提出了比较文学的死亡论，认为比较文学作为一门学科，在某种意义上已经死亡。尔后，美国学者斯皮瓦克写了一部比较文学专著，书名就叫《一个学科的死亡》。为什么比较文学会死亡，斯皮瓦克的书中并没有明确回答！为什么西方学者会提出比较文学死亡论？全世界比较文学界都十分困惑。我们认为，20 世纪 90 年代以来，欧美比较文学继"理论热"之后，又出现了大规模的"文化转向"。脱离了比较文学的基本立场。首先是不比较，即不讲比较文学的可比性问题。西方比较文学研究充斥大量的 Culture Studies（文化研究），已经不考虑比较的合理性，不考虑比较文学的可比性问题。第二是不文学，即不关心文学问题。西方学者热衷于文化研究，关注的已经不是文学性，而是精神分析、政治、性别、阶级、结构等等。最根本的原因，是比较文学学科长期囿于西方中心论，有意无意地回避东西方不同文明文学的比较问题，基本上忽略了学科理论的新生长点，比较文学学科理论缺乏创新，严重忽略了比较文学的差异性和变异性。

要克服比较文学的又一次危机，就必须打破西方中心论，克服比较文学学科理论一味求同的比较文学学科理论模式，提出适应当今全球化比较文学研究的新话语。中国学派，正是在此次危机中，提出了比较文学变异学研究，总结出了新的学科理论话语和一套新的方法论。

中国大陆第一部比较文学概论性著作是卢康华、孙景尧所著《比较文学导论》，该书指出："什么是比较文学？现在我们可以借用我国学者季羡林先

生的解释来回答了："顾名思义，比较文学就是把不同国家的文学拿出来比较，这可以说是狭义的比较文学。广义的比较文学是把文学同其他学科来比较，包括人文科学和社会科学'。"[1]这个定义可以说是美国雷马克定义的翻版。不过，该书又接着指出："我们认为最精炼易记的还是我国学者钱钟书先生的说法：'比较文学作为一门专门学科，则专指跨越国界和语言界限的文学比较'。更具体地说，就是把不同国家不同语言的文学现象放在一起进行比较，研究他们在文艺理论、文学思潮，具体作家、作品之间的互相影响。"[2]这个定义似乎更接近法国学派的定义，没有强调平行比较与跨学科比较。紧接该书之后的教材是陈挺的《比较文学简编》，该书仍旧以"广义"与"狭义"来解释比较文学的定义，指出："我们认为，通常说的比较文学是狭义的，即指超越国家、民族和语言界限的文学研究……广义的比较文学还可以包括文学与其他艺术（音乐、绘画等）与其他意识形态（历史、哲学、政治、宗教等）之间的相互关系的研究。"[3]中国比较文学早期对于比较文学的定义中凸显了很强的不确定性。

由乐黛云主编，高等教育出版社 1988 年的《中西比较文学教程》，则对比较文学定义有了较为深入的认识，该书在详细考查了中外不同的定义之后，该书指出："比较文学不应受到语言、民族、国家、学科等限制，而要走向一种开放性，力图寻求世界文学发展的共同规律。"[4]"世界文学"概念的纳入极大拓宽了比较文学的内涵，为"跨文化"定义特征的提出做好了铺垫。

随着时间的推移，学界的认识逐步深化。1997 年，陈惇、孙景尧、谢天振主编的《比较文学》提出了自己的定义："把比较文学看作跨民族、跨语言、跨文化、跨学科的文学研究，更符合比较文学的实质，更能反映现阶段人们对于比较文学的认识。"[5]2000 年北京师范大学出版社出版了《比较文学概论》修订本，提出："什么是比较文学呢？比较文学是一种开放式的文学研究，它具有宏观的视野和国际的角度，以跨民族、跨语言、跨文化、跨学科界限的各种文学关系为研究对象，在理论和方法上，具有比较的自觉意识和兼容并包的特色。"[6]这是我们目前所看到的国内较有特色的一个定义。

---

1 卢康华、孙景尧著《比较文学导论》，黑龙江人民出版社 1984，第 15 页。
2 卢康华、孙景尧著《比较文学导论》，黑龙江人民出版社 1984 年版。
3 陈挺《比较文学简编》，华东师范大学出版社 1986 年版。
4 乐黛云主编《中西比较文学教程》，高等教育出版社 1988 年版。
5 陈惇、孙景尧、谢天振主编《比较文学》，高等教育出版社 1997 年版。
6 陈惇、刘象愚《比较文学概论》，北京师范大学出版社 2000 年版。

具有代表性的比较文学定义是 2002 年出版的杨乃乔主编的《比较文学概论》一书，该书的定义如下："比较文学是以跨民族、跨语言、跨文化与跨学科为比较视域而展开的研究，在学科的成立上以研究主体的比较视域为安身立命的本体，因此强调研究主体的定位，同时比较文学把学科的研究客体定位于民族文学之间与文学及其他学科之间的三种关系：材料事实关系、美学价值关系与学科交叉关系，并在开放与多元的文学研究中追寻体系化的汇通。"[7]方汉文则认为："比较文学作为文学研究的一个分支学科，它以理解不同文化体系和不同学科间的同一性和差异性的辩证思维为主导，对那些跨越了民族、语言、文化体系和学科界限的文学现象进行比较研究，以寻求人类文学发生和发展的相似性和规律性。"[8]由此而引申出的"跨文化"成为中国比较文学学者对于比较文学定义所做出的历史性贡献。

我在《比较文学教程》中对比较文学定义表述如下："比较文学是以世界性眼光和胸怀来从事不同国家、不同文明和不同学科之间的跨越式文学比较研究。它主要研究各种跨越中文学的同源性、变异性、类同性、异质性和互补性，以影响研究、变异研究、平行研究、跨学科研究、总体文学研究为基本方法论，其目的在于以世界性眼光来总结文学规律和文学特性，加强世界文学的相互了解与整合，推动世界文学的发展。"[9]在这一定义中，我再次重申"跨国""跨学科""跨文明"三大特征，以"变异性""异质性"突破东西文明之间的"第三堵墙"。

"首在审己，亦必知人"。中国比较文学学者在前人定义的不断论争中反观自身，立足中国经验、学术传统，以中国学者之言为比较文学的危机处境贡献学科转机之道。

三、两岸共建比较文学话语——比较文学中国学派

中国学者对于比较文学定义的不断明确也促成了"比较文学中国学派"的生发。得益于两岸几代学者的垦拓耕耘，这一议题成为近五十年来中国比较文学发展中竖起的最鲜明、最具争议性的一杆大旗，同时也是中国比较文学学科理论研究最有创新性，最亮丽的一道风景线。

---

7 杨乃乔主编《比较文学概论》，北京大学出版社 2002 年版。
8 方汉文《比较文学基本原理》，苏州大学出版社 2002 年版。
9 曹顺庆《比较文学教程》，高等教育出版社 2006 年版。

比较文学"中国学派"这一概念所蕴含的理论的自觉意识最早出现的时间大约是 20 世纪 70 年代。当时的台湾由于派出学生留洋学习，接触到大量的比较文学学术动态，率先掀起了中外文学比较的热潮。1971 年 7 月在台湾淡江大学召开的第一届"国际比较文学会议"上，朱立元、颜元叔、叶维廉、胡辉恒等学者在会议期间提出了比较文学的"中国学派"这一学术构想。同时，李达三、陈鹏翔（陈慧桦）、古添洪等致力于比较文学中国学派早期的理论催生。如 1976 年，古添洪、陈慧桦出版了台湾比较文学论文集《比较文学的垦拓在台湾》。编者在该书的序言中明确提出："我们不妨大胆宣言说，这援用西方文学理论与方法并加以考验、调整以用之于中国文学的研究，是比较文学中的中国派"[10]。这是关于比较文学中国学派较早的说明性文字，尽管其中提到的研究方法过于强调西方理论的普世性，而遭到美国和中国大陆比较文学学者的批评和否定；但这毕竟是第一次从定义和研究方法上对中国学派的本质进行了系统论述，具有开拓和启明的作用。后来，陈鹏翔又在台湾《中外文学》杂志上连续发表相关文章，对自己提出的观点作了进一步的阐释和补充。

在"中国学派"刚刚起步之际，美国学者李达三起到了启蒙、催生的作用。李达三于 60 年代来华在台湾任教，为中国比较文学培养了一批朝气蓬勃的生力军。1977 年 10 月，李达三在《中外文学》6 卷 5 期上发表了一篇宣言式的文章《比较文学中国学派》，宣告了比较文学的中国学派的建立，并认为比较文学中国学派旨在"与比较文学中早已定于一尊的西方思想模式分庭抗礼。由于这些观念是源自对中国文学及比较文学有兴趣的学者，我们就将含有这些观念的学者统称为比较文学的'中国'学派。"并指出中国学派的三个目标：1、在自己本国的文学中，无论是理论方面或实践方面，找出特具"民族性"的东西，加以发扬光大，以充实世界文学；2、推展非西方国家"地区性"的文学运动，同时认为西方文学仅是众多文学表达方式之一而已；3、做一个非西方国家的发言人，同时并不自诩能代表所有其他非西方的国家。李达三后来又撰文对比较文学研究状况进行了分析研究，积极推动中国学派的理论建设。[11]

继中国台湾学者垦拓之功，在 20 世纪 70 年代末复苏的大陆比较文学研

---

10 古添洪、陈慧桦《比较文学的垦拓在台湾》，台湾东大图书公司 1976 年版。
11 李达三《比较文学研究之新方向》，台湾联经事业出版公司 1978 年版。

究亦积极参与了"比较文学中国学派"的理论建设和学科建设。

季羡林先生 1982 年在《比较文学译文集》的序言中指出:"以我们东方文学基础之雄厚,历史之悠久,我们中国文学在其中更占有独特的地位,只要我们肯努力学习,认真钻研,比较文学中国学派必然能建立起来,而且日益发扬光大"[12]。1983 年 6 月,在天津召开的新中国第一次比较文学学术会议上,朱维之先生作了题为《比较文学中国学派的回顾与展望》的报告,在报告中他旗帜鲜明地说:"比较文学中国学派的形成(不是建立)已经有了长远的源流,前人已经做出了很多成绩,颇具特色,而且兼有法、美、苏学派的特点。因此,中国学派绝不是欧美学派的尾巴或补充"[13]。1984 年,卢康华、孙景尧在《比较文学导论》中对如何建立比较文学中国学派提出了自己的看法,认为应当以马克思主义作为自己的理论基础,以我国的优秀传统与民族特色为立足点与出发点,汲取古今中外一切有用的营养,去努力发展中国的比较文学研究。同年在《中国比较文学》创刊号上,朱维之、方重、唐弢、杨周翰等人认为中国的比较文学研究应该保持不同于西方的民族特点和独立风貌。1985 年,黄宝生发表《建立比较文学的中国学派:读〈中国比较文学〉创刊号》,认为《中国比较文学》创刊号上多篇讨论比较文学中国学派的论文标志着大陆对比较文学中国学派的探讨进入了实际操作阶段。[14]1988 年,远浩一提出"比较文学是跨文化的文学研究"(载《中国比较文学》1988 年第 3期)。这是对比较文学中国学派在理论特征和方法论体系上的一次前瞻。同年,杨周翰先生发表题为"比较文学:界定'中国学派',危机与前提"(载《中国比较文学通讯》1988 年第 2 期),认为东方文学之间的比较研究应当成为"中国学派"的特色。这不仅打破比较文学中的欧洲中心论,而且也是东方比较学者责无旁贷的任务。此外,国内少数民族文学的比较研究,也应该成为"中国学派"的一个组成部分。所以,杨先生认为比较文学中的大量问题和学派问题并不矛盾,相反有助于理论的讨论。1990 年,远浩一发表"关于'中国学派'"(载《中国比较文学》1990 年第 1 期),进一步推进了"中国学派"的研究。此后直到 20 世纪 90 年代末,中国学者就比较文学中国学派的建立、理论与方法以及相应的学科理论等诸多问题进行了积极而富有成效的探讨。

---

12 张隆溪《比较文学译文集》,北京大学出版社 1984 年版。
13 朱维之《比较文学论文集》,南开大学出版社 1984 年版。
14 参见《世界文学》1985 年第 5 期。

刘介民、远浩一、孙景尧、谢天振、陈淳、刘象愚、杜卫等人都对这些问题付出过不少努力。《暨南学报》1991 年第 3 期发表了一组笔谈，大家就这个问题提出了意见，认为必须打破比较文学研究中长期存在的法美研究模式，建立比较文学中国学派的任务已经迫在眉睫。王富仁在《学术月刊》1991 年第 4 期上发表"论比较文学的中国学派问题"，论述中国学派兴起的必然性。而后，以谢天振等学者为代表的比较文学研究界展开了对"X+Y"模式的批判。比较文学在大陆复兴之后，一些研究者采取了"X+Y"式的比附研究的模式，在发现了"惊人的相似"之后便万事大吉，而不注意中西巨大的文化差异性，成为了浅度的比附性研究。这种情况的出现，不仅是中国学者对比较文学的理解上出了问题，也是由于法美学派研究理论中长期存在的研究模式的影响，一些学者并没有深思中国与西方文学背后巨大的文明差异性，因而形成"X+Y"的研究模式，这更促使一些学者思考比较文学中国学派的问题。

经过学者们的共同努力，比较文学中国学派一些初步的特征和方法论体系逐渐凸显出来。1995 年，我在《中国比较文学》第 1 期上发表《比较文学中国学派基本理论特征及其方法论体系初探》一文，对比较文学在中国复兴十余年来的发展成果作了总结，并在此基础上总结出中国学派的理论特征和方法论体系，对比较文学中国学派作了全方位的阐述。继该文之后，我又发表了《跨越第三堵'墙'创建比较文学中国学派理论体系》等系列论文，论述了以跨文化研究为核心的"中国学派"的基本理论特征及其方法论体系。这些学术论文发表之后在国内外比较文学界引起了较大的反响。台湾著名比较文学学者古添洪认为该文"体大思精，可谓已综合了台湾与大陆两地比较文学中国学派的策略与指归，实可作为'中国学派'在大陆再出发与实践的蓝图"[15]。

在我撰文提出比较文学中国学派的基本特征及方法论体系之后，关于中国学派的论争热潮日益高涨。反对者如前国际比较文学学会会长佛克马（Douwe Fokkema）1987 年在中国比较文学学会第二届学术讨论会上就从所谓的国际观点出发对比较文学中国学派的合法性提出了质疑，并坚定地反对建立比较文学中国学派。来自国际的观点并没有让中国学者失去建立比较文学中国学派的热忱。很快中国学者智量先生就在《文艺理论研究》1988 年第

15 古添洪《中国学派与台湾比较文学界的当前走向》，参见黄维梁编《中国比较文学理论的垦拓》167 页，北京大学出版社 1998 年版。

1 期上发表题为《比较文学在中国》一文，文中援引中国比较文学研究取得的成就，为中国学派辩护，认为中国比较文学研究成绩和特色显著，尤其在研究方法上足以与比较文学研究历史上的其他学派相提并论，建立中国学派只会是一个有益的举动。1991 年，孙景尧先生在《文学评论》第 2 期上发表《为"中国学派"一辩》，孙先生认为佛克马所谓的国际主义观点实质上是"欧洲中心主义"的观点，而"中国学派"的提出，正是为了清除东西方文学与比较文学学科史中形成的"欧洲中心主义"。在 1993 年美国印第安纳大学举行的全美比较文学会议上，李达三仍然坚定地认为建立中国学派是有益的。二十年之后，佛克马教授修正了自己的看法，在 2007 年 4 月的"跨文明对话——国际学术研讨会（成都）"上，佛克马教授公开表示欣赏建立比较文学中国学派的想法[16]。即使学派争议一派繁荣景象，但最终仍旧需要落点于学术创见与成果之上。

比较文学变异学便是中国学派的一个重要理论创获。2005 年，我正式在《比较文学学》[17]中提出比较文学变异学，提出比较文学研究应该从"求同"思维中走出来，从"变异"的角度出发，拓宽比较文学的研究。通过前述的法、美学派学科理论的梳理，我们也可以发现前期比较文学学科是缺乏"变异性"研究的。我便从建构中国比较文学学科理论话语体系入手，立足《周易》的"变异"思想，建构起"比较文学变异学"新话语，力图以中国学者的视角为全世界比较文学学科理论提供一个新视角、新方法和新理论。

比较文学变异学的提出根植于中国哲学的深层内涵，如《周易》之"易之三名"所构建的"变易、简易、不易"三位一体的思辨意蕴与意义生成系统。具体而言，"变易"乃四时更替、五行运转、气象畅通、生生不息；"不易"乃天上地下、君南臣北、纲举目张、尊卑有位；"简易"则是乾以易知、坤以简能、易则易知、简则易从。显然，在这个意义结构系统中，变易强调"变"，不易强调"不变"，简易强调变与不变之间的基本关联。万物有所变，有所不变，且变与不变之间存在简单易从之规律，这是一种思辨式的变异模式，这种变异思维的理论特征就是：天人合一、物我不分、对立转化、整体关联。这是中国古代哲学最重要的认识论，也是与西方哲学所不同的"变异"思想。

---

16 见《比较文学报》2007 年 5 月 30 日，总第 43 期。
17 曹顺庆《比较文学学》，四川大学出版社 2005 年版。

由哲学思想衍生于学科理论，比较文学变异学是"指对不同国家、不同文明的文学现象在影响交流中呈现出的变异状态的研究，以及对不同国家、不同文明的文学相互阐发中出现的变异状态的研究。通过研究文学现象在影响交流以及相互阐发中呈现的变异，探究比较文学变异的规律。"[18]变异学理论的重点在求"异"的可比性，研究范围包含跨国变异研究、跨语际变异研究、跨文化变异研究、跨文明变异研究、文学的他国化研究等方面。比较文学变异学所发现的文化创新规律、文学创新路径是基于中国所特有的术语、概念和言说体系之上探索出的"中国话语"，作为比较文学第三阶段中国学派的代表性理论已经受到了国际学界的广泛关注与高度评价，中国学术话语产生了世界性影响。

四、国际视野中的中国比较文学

文明之墙让中国比较文学学者所提出的标识性概念获得国际视野的接纳、理解、认同以及运用，经历了跨语言、跨文化、跨文明的多重关卡，国际视野下的中国比较文学书写亦经历了一个从"遍寻无迹""只言片语"而"专篇专论"，从最初的"话语乌托邦"至"阶段性贡献"的过程。

二十世纪六十年代以来港台学者致力于从课程教学、学术平台、人才培养，国内外学术合作等方面巩固比较文学这一新兴学科的建立基石，如淡江文理学院英文系开设的"比较文学"（1966），香港大学开设的"中西文学关系"（1966）等课程；台湾大学外文系主编出版之《中外文学》月刊、淡江大学出版之《淡江评论》季刊等比较文学研究专刊；后又有台湾比较文学学会（1973 年）、香港比较文学学会（1978）的成立。在这一系列的学术环境构建下，学者前贤以"中国学派"为中国比较文学话语核心在国际比较文学学科理论、方法论中持续探讨，率先启声。例如李达三在 1980 年香港举办的东西方比较文学学术研讨会成果中选取了七篇代表性文章，以 *Chinese-Western Comparative Literature: Theory and Strategy* 为题集结出版，[19]并在其结语中附上那篇"中国学派"宣言文章以申明中国比较文学建立之必要。

学科开山之际，艰难险阻之巨难以想象，但从国际学者相关言论中可见西方对于中国比较文学学科的发展抱有的希望渺小。厄尔·迈纳（Earl Miner）

---

18 曹顺庆主编《比较文学概论》，高等教育出版社 2015 年版。

19 *Chinese-Western Comparative Literature：Theory & Strategy*，Chinese Univ Pr.1980-6

在 1987 年发表的 *Some Theoretical and Methodological Topics for Comparative Literature* 一文中谈到当时西方的比较文学鲜有学者试图将非西方材料纳入西方的比较文学研究中。(until recently there has been little effort to incorporate non-Western evidence into Western com- parative study.) 1992 年，斯坦福大学教授 David Palumbo-Liu 直接以《话语的乌托邦：论中国比较文学的不可能性》为题 (*The Utopias of Discourse: On the Impossibility of Chinese Comparative Literature*) 直言中国比较文学本质上是一项"乌托邦"工程。(My main goal will be to show how and why the task of Chinese comparative literature, particularly of pre-modern literature, is essentially a *utopian* project.) 这些对于中国比较文学的诘难与质疑，今美国加州大学圣地亚哥分校文学系主任张英进教授在其 1998 编著的 *China in a polycentric world: essays in Chinese comparative literature* 前言中也不得不承认中国比较文学研究在国际学术界中仍然处于边缘地位 (The fact is, however, that Chinese comparative literature remained marginal in academia, even though it has developed closely with the rest of literary studies in the United Stated and even though China has gained increasing importance in the geopolitical world order over the past decades.)。[20] 但张英进教授也展望了下一个千年中国比较文学研究的蓝景。

新的千年新的气象，"世界文学""全球化"等概念的冲击下，让西方学者开始注意到东方，注意到中国。如普渡大学教授斯蒂文·托托西 (Tötösy de Zepetnek, Steven) 1999 年发长文 *From Comparative Literature Today Toward Comparative Cultural Studies* 阐明比较文学研究更应该注重文化的全球性、多元性、平等性而杜绝等级划分的参与。托托西教授注意到了在法德美所谓传统的比较文学研究重镇之外，例如中国、日本、巴西、阿根廷、墨西哥、西班牙、葡萄牙、意大利、希腊等地区，比较文学学科得到了出乎意料的发展 (emerging and developing strongly)。在这篇文章中，托托西教授列举了世界各地比较文学研究成果的著作，其中中国地区便是北京大学乐黛云先生出版的代表作品。托托西教授精通多国语言，研究视野也常具跨越性，新世纪以来也致力于以跨越性的视野关注世界各地比较文学研究的动向。[21]

---

20 Moran T. Yingjin Zhang, Ed. China in a Polycentric World: Essays in Chinese Comparative Literature[J].现代中文文学学报,2000,4(1):161-165.

21 Tötösy de Zepetnek, Steven. "From Comparative Literature Today Toward Comparative Cultural Studies." CLCWeb: Comparative Literature and Culture 1.3 (1999):

以上这些国际上不同学者的声音一则质疑中国比较文学建设的可能性，一则观望着这一学科在非西方国家的复兴样态。争议的声音不仅在国际学界，国内学界对于这一新兴学科的全局框架中涉及的理论、方法以及学科本身的立足点，例如前文所说的比较文学的定义，中国学派等等都处于持久论辩的漩涡。我们也通晓如果一直处于争议的漩涡中，便会被漩涡所吞噬，只有将论辩化为成果，才能转漩涡为涟漪，一圈一圈向外辐射，国际学人也在等待中国学者自己的声音。

上海交通大学王宁教授作为中国比较文学学者的国际发声者自 20 世纪末至今已撰文百余篇，他直言，全球化给西方学者带来了学科死亡论，但是中国比较文学必将在这全球化语境中更为兴盛，中国的比较文学学者一定会对国际文学研究做出更大的贡献。新世纪以来中国学者也不断地将自身的学科思考成果呈现在世界之前。2000 年，北京大学周小仪教授发文（*Comparative Literature in China*）[22]率先从学科史角度构建了中国比较文学在两个时期（20 世纪 20 年代至 50 年代，70 年代至 90 年代）的发展概貌，此文关于中国比较文学的复兴崛起是源自中国文学现代性的产生这一观点对美国芝加哥大学教授苏源熙（Haun Saussy）影响较深。苏源熙在 2006 年的专著 *Comparative Literature in an Age of Globalization* 中对于中国比较文学的讨论篇幅极少，其中心便是重申比较文学与中国文学现代性的联系。这篇文章也被哈佛大学教授大卫·达姆罗什（David Damrosch）收录于《普林斯顿比较文学资料手册》（*The Princeton Sourcebook in Comparative Literature*，2009[23]）。类似的学科史介绍在英语世界与法语世界都接续出现，以上大致反映了中国学者对于中国比较文学研究的大概描述在西学界的接受情况。学科史的构架对于国际学术对中国比较文学发展脉络的把握很有必要，但是在此基础上的学科理论实践才是关系于中国比较文学学科国际性发展的根本方向。

我在 20 世纪 80 年代以来 40 余年间便一直思考比较文学研究的理论构建问题，从以西方理论阐释中国文学而造成的中国文艺理论"失语症"思考

---

22 Zhou, Xiaoyi and Q.S. Tong, "Comparative Literature in China", Comparative Literature and Comparative Cultural Studies, ed., Totosy de Zepetnek, West Lafayette, Indiana: Purdue University Press, 2003, 268-283.

23 Damrosch, David (EDT)*The Princeton Sourcebook in Comparative Literature*: Princeton University Press

属于中国比较文学自身的学科方法论,从跨异质文化中产生的"文学误读""文化过滤""文学他国化"提出"比较文学变异学"理论。历经 10 年的不断思考,2013 年,我的英文著作: *The Variation Theory of Comparative Literature*(《比较文学变异学》),由全球著名的出版社之一斯普林格(Springer)出版社出版,并在美国纽约、英国伦敦、德国海德堡出版同时发行。*The Variation Theory of Comparative Literature*(《比较文学变异学》)系统地梳理了比较文学法国学派与美国学派研究范式的特点及局限,首次以全球通用的英语语言提出了中国比较文学学科理论新话语:"比较文学变异学"。这一新概念、新范畴和新表述,引导国际学术界展开了对变异学的专刊研究(如普渡大学创办刊物《比较文学与文化》2017 年 19 期)和讨论。

欧洲科学院院士、西班牙圣地亚哥联合大学让·莫内讲席教授、比较文学系教授塞萨尔·多明戈斯教授(Cesar Dominguez),及美国科学院院士、芝加哥大学比较文学教授苏源熙(Haun Saussy)等学者合著的比较文学专著(Introducing Comparative literature: New Trends and Applications[24])高度评价了比较文学变异学。苏源熙引用了《比较文学变异学》(英文版)中的部分内容,阐明比较文学变异学是十分重要的成果。与比较文学法国学派和美国学派形成对比,曹顺庆教授倡导第三阶段理论,即,新奇的、科学的中国学派的模式,以及具有中国学派本身的研究方法的理论创新与中国学派"(《比较文学变异学》(英文版)第 43 页)。通过对"中西文化异质性的"跨文明研究",曹顺庆教授的看法会更进一步的发展与进步(《比较文学变异学》(英文版)第 43 页),这对于中国文学理论的转化和西方文学理论的意义具有十分重要的价值。("Another important contribution in the direction of an imparative comparative literature-at least as procedure-is Cao Shunqing's 2013 *The Variation Theory of Comparative Literature*. In contrast to the "French School" and "American School" of comparative Literature, Cao advocates a "third-phrase theory", namely, "a novel and scientific mode of the Chinese school," a "theoretical innovation and systematization of the Chinese school by relying on our *own* methods" (*Variation Theory* 43; emphasis added). From this etic beginning, his proposal moves forward emically by developing a "cross-civilizaional study on the heterogeneity between

---

24 Cesar Dominguez,Haun Saussy,Dario Villanueva Introducing Comparative literature: New Trends and Applications,Routledge,2015

Chinese and Western culture" (43), which results in both the foreignization of Chinese literary theories and the Signification of Western literary theories.）

　　法国索邦大学（Sorbonne University）比较文学系主任伯纳德·弗朗科（Bernard Franco）教授在他出版的专著（《比较文学：历史、范畴与方法》）*La littératurecomparée: Histoire, domaines, méthodes* 中以专节引述变异学理论，他认为曹顺庆教授提出了区别于影响研究与平行研究的"第三条路"，即"变异理论"，这对应于观点的转变，从"跨文化研究"到"跨文明研究"。变异理论基于不同文明的文学体系相互碰撞为形式的交流过程中以产生新的文学元素，曹顺庆将其定义为"研究不同国家的文学现象所经历的变化"。因此曹顺庆教授提出的变异学理论概述了一个新的方向，并展示了比较文学在不同语言和文化领域之间建立多种可能的桥梁。（Il évoque l'hypothèse d'une troisième voie, la « théorie de la variation », qui correspond à un déplacement du point de vue, de celui des « études interculturelles » vers celui des « études transcivilisationnelles . » Cao Shunqing la définit comme « l'étude des variations subies par des phénomènes littéraires issus de différents pays, avec ou sans contact factuel, en même temps que l'étude comparative de l'hétérogénéité et de la variabilité de différentes expressions littéraires dans le même domaine ».Cette hypothèse esquisse une nouvelle orientation et montre la multiplicité des passerelles possibles que la littérature comparée établit entre domaines linguistiques et culturels différents.）[25]。

　　美国哈佛大学（Harvard University）厄内斯特·伯恩鲍姆讲席教授、比较文学教授大卫·达姆罗什（David Damrosch）对该专著尤为关注。他认为《比较文学变异学》（英文版）以中国视角呈现了比较文学学科话语的全球传播的有益尝试。曹顺庆教授对变异的关注提供了较为适用的视角，一方面超越了亨廷顿式简单的文化冲突模式，另一方面也跨越了同质性的普遍化。[26]国际学界对于变异学理论的关注已经逐渐从其创新性价值探讨延伸至文学研究，例如斯蒂文·托托西近日在 *Cultura* 发表的（Peripheralities: "Minor" Literatures, Women's Literature, and Adrienne Orosz de Csicser's Novels）一文中便成功地将变异学理论运用于阿德里安·奥罗兹的小说研究中。

25　Bernard Franco La littératurecomparée: Histoire, domaines, méthodes，Armand Colin 2016.

26　David Damrosch Comparing the Literatures,Literary Studies in a Global Age,Princeton University Press,2020.

　　国际学界对于比较文学变异学的认可也证实了变异学作为一种普遍性理论提出的初衷，其合法性与适用性将在不同文化的学者实践中巩固、拓展与深化。它不仅仅是跨文明研究的方法，而是一种具有超越影响研究和平行研究，超越西方视角或东方视角的宏大视野、一种建立在文化异质性和变异性基础之上的融汇创生、一种追求世界文学和总体问题最终理想的哲学关怀。

　　以如此篇幅展现中国比较文学之况，是因为中国比较文学研究本就是在各种危机论、唱衰论的压力下，各种质疑论、概念论中艰难前行，不探源溯流难以体察今日中国比较文学研究成果之不易。文明的多样性发展离不开文明之间的交流互鉴。最具"跨文明"特征的比较文学学科更需要文明之间成果的共享、共识、共析与共赏，这是我们致力于比较文学研究领域的学术理想。

　　千里之行，不积跬步无以至，江海之阔，不积细流无以成！如此宏大的一套比较文学研究丛书得承花木兰总编辑杜洁祥先生之宏志，以及该公司同仁之辛劳，中国比较文学学者之鼎力相助，才可顺利集结出版，在此我要衷心向诸君表达感谢！中国比较文学研究仍有一条长远之途需跋涉，期以系列丛书一展全貌，愿读者诸君敬赐高见！

曹顺庆

二零二一年十月二十三日于成都锦丽园

目

次

卷首語

　　《文心雕龍：體系與應用（增訂版）》（以下簡稱「全書」）由「原版內容」（即 2016 年香港版《文心雕龍：體系與應用》）和「新增內容」合成。「原版內容」二十多萬字，「新增內容」十多萬字。為了裝訂的方便，全書分為上下兩冊。

　　為求簡便，「原版內容」稱為「甲編」，在上冊；「新增內容」稱為「乙編」，在下冊。

　　甲編的目次，和乙編的目次，都在上冊的書首出現；也都在下冊的書首出現。

　　甲編有《自序》和《後記》，乙編之末有《全書後記》，記述全書旨趣和成書經過，並向學術界和出版界眾多先生女士致謝。

　　全書的篇章，寫作和發表於不同時期、不同地域，行文體例有所不同，編輯成書時和校對時力求體例統一。可是最近幾個月新冠疫情仍然起伏不定，書稿的編輯和校對，郵遞（包括快遞）有時受阻，而本書印製在即，體例的統一難以竟全功。書中《》號和〈〉號的運用未能一致，外文書名、雜誌名等的斜體標示也未能一致，外國人名的音譯也有歧異，凡此種種，謹向讀者諸君說明，並致歉意。

　　　　　　　　黃維樑　2022 年 10 月下旬寫作；12 月 9 日修訂

《文心雕龍：體系與應用（增訂版）》
甲編

自序　建構有中國特色的文學理論體系

　　一千五百年前成書的《文心雕龍》，體大慮周，高明而中庸，是中國文學理論的經典傑作，這已是公論。百年來中華學者在此書的版本研究、註解、詮釋等方面，成果豐碩。在採用比較詩學（comparative poetics）觀點對《文心雕龍》加以解說，通過中西比較以突顯其成就、地位以及其理論的普遍性、恒久性的，則較少學者這樣做。我是少數者之一。我同時另闢蹊徑，即應用《文心雕龍》的理論來析評古今中外的文學作品，以試驗此書的實用性，就此已寫成一系列論文。「比較」和「應用」兩類論文的寫作，我是先定下整體架構，準備陸續完成後成為專著的。多年前計畫中的重頭篇章《「情采通變」：以〈文心雕龍〉為基礎建構中西合璧的文學理論體系》幾經醞釀、撰寫、修訂，在一年多之前「鍵」成，於是整理編輯既有篇章，乃有這本《文心雕龍：體系與應用》的出版。

　　對於本書的名字，我有過多個考慮：現名《〈文心雕龍〉：體系與應用》之外，還有《〈文心雕龍〉：理論、體系和應用》、《〈文心雕龍〉：比較研究和實際批評》、《讓〈文心雕龍〉成為文論飛龍──中國古代文論的體系建設與現代應用》；我甚至想形象而簡潔地把書名定為《讓雕龍成為飛龍》。以上每個書名都道出了本書的內容特色，加起來，可把內容特色說得更清楚。最後把書名定為《文心雕龍：體系與應用》，且把「文心雕龍」應有的〈〉符號去掉，簡潔了，卻缺乏生動的形象性。《文心雕龍‧總術》認為文章之佳美者，應該「視之則錦繪，聽之則絲簧，味之則甘腴，佩之則芬芳」；劉勰極為重視文學的形象性，《文心雕龍》一書就是形象豐盈的美文。

　　本書的主要內容有三部分，即「有中國特色文論體系的建構」、「《文心雕龍》理論的現代意義」和「《文心雕龍》理論應用於文學作品的實際批評」等共十四章；另有餘論三章。我撰寫本書的目的，在於說明一千五百年前劉勰的這本書，深具現代意義，其理論具備古今的恒久性，和中外的普遍性，而且有高度的應用性。在應用方面，我用它的理論來析評我國古代的詩歌、現代余光中的散文和白先勇的小說、英國莎士比亞的戲劇，以至韓國的電視劇。

　　20 世紀西方的文學批評，主義輩出，理論林立，在全球的文學學術界稱雄稱霸。種種主義、理論中，固然有真知灼見，嘉惠文學研究者；以艱深文飾淺陋（所謂 elaboration of the obvious）的，艱深難懂術語背後空洞無物的，為數也不少。這些文論，架勢頗大，術語繁多，論述時旁徵博引，氣勢不凡；好高騖遠（好「高深」、喜遠方「大師」）者於是推崇之、膜拜之，成為中華文學學術界「現代化」取經的對象。不幸他們取的往往只是良莠真偽難分的經，而且在讀清楚讀透徹西經之前，就一竹篙打翻中國載滿詩學文論之船，說這些古書籠統含糊，不分析，無體系，和西方 20 世紀的文論迥然相異。在這樣的學術環境中，我要說明以《文心雕龍》為首的中國傳統文論，實情並不如此；實情是多有高明精彩之論，而且其體系性、普遍性、恒久性、實用性無可懷疑。為了說明西方文化重視體系建設，我們中國文化同樣重視體系建設，我嘗試為中國的文學理論建設一個體系，而且是既有中國特色兼且融合中西的體系，於是以《文心雕龍》為龍頭、為基礎，建構了「情采通變」這個文論體系。

　　我在大學時期（1965～69）修了一科《文心雕龍》，讀而愛之敬之，在報刊發表評論文章，就經常引述《文心雕龍》的「積學以儲寶」、「博覽以精閱」、「氣往轢古，辭來切今」、「翠綸桂餌，反所以失魚」等語句。當年在香港中文大學新亞書院讀書，主修中文，副修英文；後來在美國俄亥俄州立大學深造，兼習中國、英美與古代希臘文學，讀書、研究與寫作，常常中西並觀和比較。1983 年我在臺北的第四屆國際比較文學會議上發表的英文論文，以《文心雕龍》為論題；1989 年自己把它翻譯為中文，即《精雕龍與精工甕──劉勰和「新批評家」對結構的看法》。至今三十多年來，我發表的《文心雕龍》論文，有數十篇；21 世紀第一個十年間，發表的數量最多。

　　我的讀書、教學、研究、寫作，內容相當多元化，但《文心雕龍》始終是我文學關注的龍頭。2000 年 4 月我參加江蘇省鎮江市（這是劉勰的故鄉）的

大型《文心雕龍》國際學術研討會，閉幕式上我發言表示希望「讓雕龍成為飛龍」，翌日（4月5日）的《京江晚報》頭版頭條報導會議消息，就以《讓「雕龍」成「飛龍」》為大標題。「讓雕龍成為飛龍」是我二十年來的縈心之念，這句話在我的龍學相關論文中常常出現，還被多位論者所引用。

《文心雕龍》成為飛龍，在中華土地上飛揚，這本文論經典為人文學者所認識和應用！

西方大學文學系的學生，人人都讀阿里斯多德的《詩學》，而知道《文心雕龍》者萬中無一。《文心雕龍》的好幾種外文譯本面世已久，但西方的一般文論家和文評家，何曾有人引用過劉勰的神思、情采、比興、物色、知音等精到的理論？《文心雕龍》雖然沒有 20 世紀心理分析和女性主義等新興學說，但 20 世紀很多西方理論都不重視文學的文學性（藝術性），而以言文學性，《文心雕龍》的種種說法，基本上位居至尊，西方古今很多理論都難以倫比。

讓雕龍飛向西方文論界，於是成為 21 世紀中國龍學者的一個責任。不是嗎？一百年前，蔡元培校長已在開學典禮上對北京大學的新生說：「我們一方面注意西方文明的輸入，一方面也應注意我國文明的輸出。」當世我國經濟實力日益強大，說到中華文明的輸出，有風可憑，雕龍應能遠揚了。文明的輸出，可說是中華學者的一種「文化自覺」──這裏我借用香港中文大學前任校長金耀基教授的概念。金教授有著名的「中國現代化」論述。

今年七月，我應邀參加中國比較文學學會、四川大學、美國賓州州立大學合辦的「第七屆中美雙邊比較文學國際學術研討會」，發表與龍學相關的論文；主辦者規定論文用英文寫成，我從命。會後我繼續整理編輯《文心雕龍：體系與應用》書稿，一時劉勰的「神思」仿佛飄然而至，令我考慮在書中輯入是次會議的英文論文，以及三十多年來發表過的幾篇龍學英文論文，而本書也就成為一本雙語的學術論著了。以中英雙語出版本書，希望可吸引到若干西方的學者，這樣做或有助於向外國傳播《文心雕龍》的佳音。此事幾經思考，最後決定把這些英文論文另成一冊，將來出版，作為本書的附冊。

當今西方文化仍然強勢，西方文化東來乘的是順風；東方文化西傳，乃逆風而行，非常費力，包括才力和財力。要中文系學生讀懂《文心雕龍》已甚困難，通過翻譯認識劉勰文采斐然的論文，讓外國學生知道什麼是「辨騷」什麼是「風骨」──施友忠的《文心雕龍》英文全譯本把「風骨」譯為 the wind and the bone──我想精通外語的中文系教授也會視為難事。我們要這本中國經典

西傳，但我沒有雕龍短期內順風飛到地球各國文學學術界的偉大想像。

在本書中，我盡量避免龍學的艱深考據和注釋，而力求用現代的文論語言，來解說或比照《文心雕龍》的用語和觀念。重頭篇章《「情采通變」：以〈文心雕龍〉為基礎建構中西合璧的文學理論體系》當然也如此；我更處處嘗試讓《文心雕龍》的用語和觀念，和西方的用語和觀念接通、相應。這當然有個前提，就是錢鍾書主張的「東海西海，心理攸同」。中西可以接通、可以相應，這固然是我的思想，也是我認為雖然逆風，雕龍還是可以慢慢地得力遠揚的一個原因。

行遠必自邇，飛遠亦然。最近我和萬奇教授合作，編寫一部名為《愛讀式文心雕龍精選》的書。「愛讀式」是我發明的書頁排版的式樣。《文心雕龍》的研究，近百年來是顯學；包括註釋、語譯在內的論著，充棟且汗人（使搬運和整理者流汗），以至可排成一條長龍。我們現在為什麼還要出版這樣一本註釋和語譯的《文心雕龍》選本呢？答案是這本書有大的特色、大的優勢。我們精選《文心雕龍》最重要的篇章，精簡地註釋之，精到地語譯之，這些固然不在話下；在這「三精」之外，我們還富有創意地用「愛讀式」排印之，使得每個篇章能有「三易」：容易閱讀、容易理解、容易記憶；有此「三易」，才能希望讀者愛讀。此書可望於今年年底出版，期望對《文心雕龍》的普及有幫助。本書附錄有「愛讀式」的樣版頁。

讓雕龍成為飛龍。然而，我並不只是高舉龍這個圖騰，而抹殺馬、牛、羊、天鵝等的價值。在文論界，西方一直保持其世界「馬首」的地位。龍與馬不必你死我活地爭霸；兩者合起來成為龍馬精神，這樣才是王道。數十年來，我讀書、教學、研究、寫作，一向中西理論兼顧且兼用，本書是龍馬精神的一個例證。

劉勰寫成《文心雕龍》時，大概三十五、六歲；1983 年我發表第一篇《文心雕龍》學術論文，剛好也是這個年紀。有好幾本拙著都收納我的《文心雕龍》論文，目前這本書，卻是我的第一本《文心雕龍》專著，而其出版距離 1983年是三十多年。三十多年這個數字，似有吉祥的寓意。這些年來，我通過中西比較以凸顯《文心雕龍》的成就，說明其現代意義，並將其理論用於中外古今作品的實際批評，所寫的論文，受到中華學術界的很多肯定。劉勰寫成《文心雕龍》後呈請當時的文壇祭酒沈約指教，得到他「深得文理」的好評；但此後的十多個世紀，此書相當沉寂。作為劉勰的年老學生，拙作得到眾多同行的鼓

勵，我比老師幸運多了。我把《學術界對「黃維樑〈文心雕龍〉論著」的評論輯錄》作為本書（甲編）的一個附錄，請參考。

在感謝學術界的支持和鼓勵之際，自己知道本書難以盡善，而且龍學這種比較性、應用性論述還大有發展的空間，謹請諸位大雅君子不吝賜教。

2016 年 9 月 1 日

第一章 20世紀文學理論：中國與西方

本章提要：

　　20世紀西方的文學理論，名目繁多，都先後輸入中國，從世紀初即如此。中葉以後，兩岸三地更是讓文論的西潮洶湧流入來；眾多中華的文學研究者崇洋趨新，以西方的馬首是瞻。20世紀西方文論內容豐富，有助於文學析評，卻也有艱深或欠通達的。中華學者對這些文論苦苦追求，成為「後學」，有所得益，卻也有不分青紅皂白照單全收，而貽笑大方的。至於西方，漢學家研究中國文論雖見成果，但難免有偏差；一般學術界、文化界對中國文論則只作極有限的「接受」，甚至完全忽視。20世紀的文學理論，中國多入而幾乎沒有出，出現嚴重的文化赤字。中華學者應該從比較文學的角度，對中國古代文論重新詮釋，並斟酌應用於實際批評，然後考慮向西方輸出；可以《文心雕龍》為基礎，建構一個中西合璧的文論體系，讓雕龍成為飛龍。

一、西方文論在中國

　　中國自古即與西方作文化交流，交流中互有影響。19世紀的鴉片戰爭，中國慘敗，暴露了國弱民貧的窘境。自此眾多知識份子認為中國文化、社會落後，所謂中西文化交流，主要乃是中國人向西方學習，乃是西方的文化流向中國，中國嚴重地入超，出現了文化赤字。20世紀伊始，中國的青年學子，大舉留學西方。1911～1929年間，利用庚子賠款留美的中國學生就有1279人，此外還有略受資助的留美自費生475人。中國青年浩蕩向西征，與此同時，西潮滾滾湧入中國。由基督教團體創辦的聖約翰大學、東吳大學、嶺南大學、金陵大學、燕京大學等先後在大江南北成立，課程等各種制度、思想的西化，不問

可知〔註1〕。1896 年由中國人自己興辦的北洋大學堂（其前身為中西學堂），從成立之日起，「完全仿照美國哈佛大學、耶魯大學的課程編排、講授內容，聘美國公理會牧師丁嘉立（Charles D. Tenney）博士出任總教習，負責管理學堂」〔註2〕。這真是魯迅所說「拿來主義」的最佳例證。20 世紀是西方文學、文化上主義紛紛而立、紛紛呈現（所謂 isms）的時代，中國的文學研究者自然也引進這些主義——大量地，義無反顧地。溫儒敏在其《中國現代文學批評史》〔註3〕中重點論述十個中國批評家的理論及其實際批評，這十人無一不「拿來」西方的文學理論。以下援引溫氏之言，讓我們重溫這一章西方文論在中國的「接受史」。

王國維「借用外來理論方法以求打破傳統批評思維模式」，借來的包括阿里斯多德的悲劇「洗滌」說、叔本華的「解脫」痛苦說、康德的「美在形式」說。（pp.5, 6, 13）

周作人非常佩服英國性心理學家藹理斯（Havelock Ellis）的學說，如「情緒的體操」，介紹並引用其觀點。（p.44）

成仿吾對基友（J. M. Guyau）和格羅塞（Ernst Crosse）的藝術論都非常重視，時加引用；對前者的《社會藝術論》尤其「心悅誠服」。（pp.54, 55）

梁實秋師從美國的新人文主義者白璧德（Irving Babbitt），闡釋並徵引其學說，對阿里斯多德的「排泄滌除」說和阿諾德（Matthew Arnold）的「試金石」說也如此。（pp.70, 80, 83）

茅盾在其早期的論文中，一再援引法國學者泰納（Hippolyte Taine）的「三因素」說，以此來論述寫實主義作品，並作為衡量作品的標準；後來則傾向於馬克思主義文論，其論徐志摩、冰心等文，明顯受到「唯物辯證法創作方法」觀念的影響。（p.104, 113）

李健吾推崇印象主義諸批評家，受法郎士（Anatole France）的影響尤深，一再引用其說法：好的批評家敘述的是「他的靈魂在傑作之間的奇遇」。（p.131）

馮雪峰服膺於馬克思的「唯物辯證法創作方法」，他評論丁玲的小說《水》，即是此法的實踐。他主張「革命的現實主義」，其評論都貫穿著他「對馬克思主義批評的思考」。（p.158, p.165）

〔註1〕參考沈福偉《中西文化交流史》（第2版，上海人民出版社，2006年），第524頁。

〔註2〕沈福偉《中西文化交流史》（第2版），第478頁。

〔註3〕溫著於1993年由北京大學出版社出版。為省篇幅，以下引文頁碼附於每段之末。

周揚同樣是馬克思主義批評家，對美國左翼作家辛克萊（Lewis Sinclair）也很推重，首肯其「一切藝術是宣傳」的思想。（p.181）

胡風也是信仰馬克思主義的批評家，強調作家作品「對於現世人生鬥爭所能給予的意義」；他的「許多評論的基本框架都屬於社會—歷史的批評」。（p.240）

朱光潛的「直接的理論源頭包括康德、叔本華、尼采，一直到克羅齊（Benedetto Croce）的所謂形式派美學」；它「幾乎是抱著難於抑制的興奮從這位義大利人〔克羅齊〕這裡搬運了很多東西」。（p.251, p.253）

上述十家之外，溫儒敏在「其他幾位特色批評家」中，論及沈從文、梁宗岱、李長之、唐湜等人，他們也無不或多或少從西方「拿來」一些理論。

筆者「坐享其成」，引述溫氏的書，以見中國批評家所受的西方影響。繼續「坐享其成」地引述。黃曼君主編的《中國20世紀文學理論批評史》〔註4〕，其至1949年為止的「現代」部份，論述不為溫著所涵括的批評家如魯迅、蔡元培、陳獨秀、李大釗、瞿秋白、毛澤東等，也都有馬克思主義等西方文論的影響。

莊錫華的《中國現代文論家論》〔註5〕一書論及不為溫、黃二書所包羅的邵荃麟、何其芳；他們何曾逆西潮之流，何嘗不馬首是瞻——依從馬克思主義的文論？

1949年之後，即是20世紀的後半期，中國的批評家仍然多以西方的文論為馬首；不過，已不一定以馬克思為首的馬首了。香港、台灣，然後是大陸，在崇洋、改革開放的一波又一波浩蕩大潮流中，很多中國文學研究者，都向西方文論取經。上引黃曼君主編的《中國20世紀文學理論批評史》下半部，以及古遠清的《中國當代文學理論批評史：1949～1989大陸部份》〔註6〕述說了「龍

〔註4〕黃編於2002年由北京中國文聯出版社出版。

〔註5〕莊著於2006年由北京光明日報出版社出版。

〔註6〕古著於2005年由濟南山東文藝出版社出版。關於西方文論之進入中國，還可參考下列二書：Bonnie McDougall, The Introduction of Western Critical Theories into China 1919～1925（Tokyo, Centre for East Asian Cultural Studies, 1971）；Marian Galik, The Genesis of Modern Chinese Literary Criticism, 1917～1930（London, Veda-Curron Press, 1980）。Galik的書討論的中國現代批評家有胡適、周作人、陳獨秀、郭沫若、成仿吾、郁達夫、鄧中夏、惲代英、蔣光赤、錢杏邨、茅盾、瞿秋白、魯迅、梁實秋、馮乃超等。Galik認為胡適對短篇小說所下的定義，可能受了Clayton Hamilton和Brander Matthews所界定的短篇小說意義的影響（第13頁）。胡適在美國讀書時，Hamilton任教於耶魯大學。

的傳人」以西方為馬首的梗概，就舉了不少影響的例子。20 世紀 50 年代起，海峽兩岸三地先後引入並運用西方的精神分析批評、英美新批評、現象學批評、神話与原型批評、西方馬克思主義批評、結構主義批評、解釋學批評、接受美學與讀者反應批評、解構主義批評、女性主義批評、新歷史主義批評、後殖民主義批評等理論，西潮如錢塘江大潮，簡直可把崇洋趨新的弄潮兒捲走。這裡列舉的十二種理論，正是陳厚誠、王寧主編的《西方當代文學批評在中國》〔註7〕一書所涵蓋的。台灣的《中外文學》、《當代》，大陸的《南方文壇》，大概是最近數十年來最努力介紹、運用西方新理論的文學、文化刊物。〔註8〕

20 世紀西方的種種文論，有其各領風騷的盛況；盛況維持得最長久的文論之一，是女性主義。陳惠芬、馬元曦《當代中國女性文學文化批評文選》〔註9〕一書的「推薦閱讀書目」，列出了 45 本大陸和台灣出版的相關專著。《海南師範大學學報》的一個主要欄目是「女性文學」，其 2007 年第二期的《西方女性主義理論在中國的傳播和影響》一文，附錄了兩份書目。其一是 20 世紀 80 年代初以來國人譯介女性主義理論的書籍，一共有 44 本；其二是大陸女性主義理論主要研究著作，一共有──數目之大使人驚訝的──196 本。

「洋為中用」成為大潮流、主旋律，不論這西潮是清是濁，會不會嗆人甚至溺死人。20 世紀西方文論百川爭流，自有其多姿與壯美之處，讓中華的文學研究者得益，開拓視野，增加批評的資源，有非常豐富的收穫，但其流弊也不少。以深奧複雜的論述來表達普通觀點甚至淺白道理（所謂 the elaboration of the obvious）者，或作「語不驚人死不休」論者，甚為常見。錢鍾書說西方的一些文論家頗有「把術語搬來搬去，而研究原地不動」的情形；夏志清則曾埋怨結構主義（structuralism）的理論，比中學時讀的代數、幾何還要艱深〔註10〕。

〔註7〕陳、王編書於 2000 年由天津百花文藝出版社出版。

〔註8〕在台灣、香港的學者，或在美國而源自大陸、台灣、香港的文學學者如陳世驤、劉若愚、夏濟安、夏志清、葉嘉瑩、陳穎、王靖宇、梅祖麟、高友工、劉紹銘、李歐梵、歐陽子、杜國清、王靖獻、王德威、王夢鷗、姚一葦、顏元叔、馬森、周英雄、張漢良、李有成、簡政珍、陳芳明、柯慶明、蕭蕭、陳義芝、龔鵬程、孟樊、陳炳良、黃國彬、黃繼持、鄭樹森、張隆溪、黎活仁、陳國球以及筆者等等（人數眾多，不能備舉），莫不受西方文論影響，並予以應用。1980 年代以來，大陸方面的學者之眾，更不能備舉。

〔註9〕陳、馬編的書於 2007 年由桂林廣西師範大學出版社出版。

〔註10〕錢氏語見其 1980 年致筆者的信件；句子的英文為 Technical terms are pushed to and fro, but the investigation stands still. 夏志清說法見台北純文學版《人的文學》頁 126～127；此書也有 1998 年遼寧教育出版社的版本，可參看。

美國也有對文化上的同宗提出批評。道格拉斯·布殊（Douglas Bush）數十年前已嚴加斥責文論的「假科學」陳述，對其詰屈聱牙的行文大加針砭〔註11〕。艾伯拉穆斯（M. H. Abrams）對「一切詮釋都是錯誤的詮釋」的解構主義（deconstruction）論調十分反感，斥其作為是自殺式（suicidal）行徑。懷恩·布扶（Wayne Booth）為《批評探索》（Critical Inquiry）刊登的論文，愈來愈叫人看不懂，使人擲卷三嘆〔註12〕。1996年上演的騷哥惡作劇（Sokal Hoax），正是對「以艱深文飾淺陋」與「以艱深包裝謬誤」的辛辣諷刺〔註13〕。

　　然而，眾多中華文論界的弄潮兒，學習、援引這些艱深甚至謬誤不通的文論，樂此不疲——或者說，苦此不疲。十幾年前，一位中年教授說：「我從前搞過心理分析研究，現在它已過時，我已轉而投入當前流行的文化研究了。」〔註14〕另一位中年教授寫論文評論台灣「三十本文學經典」之一，他的論文被評為內容十之八九講西方理論，講該經典作品的不到十之一、二。他主持的一個當代文學研討會，提交的論文，被批評為「論文的焦點大都集中在現代主義、父權、流亡、後殖民、族群、省籍、女性主義等時髦議題上，西方文學理論是主體，而文本倒成了客體。」〔註15〕一位後中年教授曾在某研討會上公開說：「我近來甚感困惑，我做了三數十年的散文研究，現在不知道該往哪裡走。我叫研究生介紹西方文論的書給我看，以趕上潮流，可是我讀來讀去讀不懂。研究生交給我的論文我也讀不懂。真是苦事啊！」〔註16〕嘆文論之路艱險兮，他仍將上下而求索。趨向後現代主義、後殖民主義文論的中華學者為數眾多，中年甚至後中年的教授紛紛成為「後學」。另外，一位年輕的教授曾說：有人說讀我的中國散文研究論文讀不懂，我卻要這樣寫，這樣「艱難處理」，非如此，

〔註11〕　見 Douglas Bush 在 1963 年的《文學史與文學批評》（Literary History and Literary Criticism）一文。又：1977 年 Hilton Kramer 在《紐約時報》撰文，砲轟耶魯四人幫，說他們玩弄華而不實、胡鬧（pompous and nonsensical）的理論。

〔註12〕　見《批評探索》該期頁352。布扶此文原題為 To: All Who Care about the Future of Criticism。布扶曾長期任教於芝加哥大學，為《批評探索》創刊編委之一，是名著《小說修辭學》之作者，是芝大的榮休教授。

〔註13〕　Sokal　大陸譯為索卡爾。蔡仲等譯的《索卡爾事件與科學大戰》（南京大學出版社，2000 年）一書，即述論此事。台灣也出版了關於這事件的專著。又：筆者《期待文學強人》（香港，當代文藝出版社，2004 年）一書中《唉，艱難文論》一文也述及此事，可參閱。

〔註14〕　參閱《期待文學強人》所引《唉，艱難文論》一文。

〔註15〕　引自香港出版的《香江文壇》2004 年 1 月號第 44 頁。

〔註16〕　參閱《期待文學強人》所引《唉，艱難文論》一文。

就不能在研究上有成果〔註17〕。

對於西方當代文論，有人樂此不疲，有人苦此不疲，更有人照單全收。有一位中華學者，服膺後現代主義理論。「傑出」的後現代大師傑姆遜（Fredric Jameson）告訴我們，後現代社會的某些徵狀是焦慮，是顛覆；後現代的藝術是：在音樂廳裡，「鋼琴家」上台演奏蓋奇（John Cage）的作品，他在鋼琴上呼呼彭彭亂按，發出一陣噪音，然後停頓、靜默。台下聽眾疑惑不安。突然間，鋼琴家又是亂彈一陣，然後又是沉默。聽眾又是疑惑不安。又來一陣噪音，作品就這樣奏完了。這就是後現代藝術！這位中華學者對傑姆遜的說法並不疑惑，且奉之如神明。傑姆遜又說當代人看電影已經不重視情節了，「因為一切情節只不過是為打鬥和科技鏡頭作鋪墊而已，人們只注目於所謂鏡頭的精華」。這位中華學者對此說也深信不疑，並加上註腳，說：不是嗎，在北京，「許多人花費七八美元去看一場名不經傳的電影，就是為了能一睹隨片附送的《星球大戰》的預告片」。筆者去過北京多次，耳聞目睹所得，北京人似乎沒有這樣多的打鬥迷、特技迷，更沒有豪氣到這樣一擲七八塊美金。本世紀之初的電影《天下無賊》和電視劇《漢武大帝》都叫座，韓國的電視劇《大長今》更風靡兩岸三地；它們都沒有什麼打鬥和特技，而且以非常「古典」的阿里斯多德所強調的故事情節取勝。然則，我們是「前現代」社會的人了〔註18〕。中國古代文論專家黃霖，就曾為當代一些西化學者在文論、文評方面的牽強附會、削足適履而感嘆〔註19〕。中華學者如此近乎盲目地崇洋，不無文化自卑感作祟的因素。

二、中國文論在西方

20 世紀西方文論在中華學術界獲得禮遇、厚待，構成這樣一章熱烈而有時荒謬的接受史。中國古今文論在西方呢？我們只看到冷遇和忽視。

20 世紀西方的重要批評家或文論家，如艾略特（T. S. Eliot）、佛萊（Northrop Frye）、韋勒克（Rene Wellek）、艾伯拉穆斯（M. H. Abrams）、布扶（Wayne Booth）、伊高頓（Terry Eagleton）等等，或者一般的文論學者如霍洛

〔註17〕參閱《期待文學強人》所引《唉，艱難文論》一文。
〔註18〕後現代主義的「故事」，請參閱拙文《兩岸三地「惡性西化」舉隅》，刊於香港《文學研究》2006 年 3 月出版的創刊號。
〔註19〕黃霖的話見其為《20 世紀中國古代文學研究史》（上海，東方出版中心，2006 年）寫的《總前言》，第 8 頁。

步（Robert C. Holub），其著作全不見中國古今文論的片言隻字：古代的劉勰或金聖嘆，20世紀的朱光潛或錢鍾書，完全無蹤無影；沒有「賦比興」、「興觀群怨」，更無「神思」「知音」「情采」「通變」。隨便舉例，如在 T. S. Eliot, The Use of Poetry and the Use of Criticism（London, Faber and Faber, 1933）；Paul Hernadi, What Is Criticism?（Bloomington, Indiana University Press, 1981）；Robert C. Holub, Reception Theory: A Critical Introduction（New York, Methuen, 1984）諸書裡，中國古今文論全部缺席、啞然「失語」，因為他們完全沒有徵引。個別西方文論家不識或忽視中國古今文論，西方學者集體編寫的文論辭典一類書籍，則若非同樣忽視，就是予以冷處理，或不當的處理。下面舉出幾本書，並對其相關內容加以評論。

（1）Leonard Orr, ed., A Dictionary of Critical Theory (New York, Greenwood Press, 1991).

（2）Alex Preminger, ed., Princeton Encyclopedia of Poetry and Poetics (New Jersey, Princeton University Press, 1965, 1974, 1993).

（3）Michael Gorden and Martin Kreiswirth, ed., The Johns Hopkins Guide to Literary Theory and Criticism Baltimore and London, The Johns Hopkins University Press, 1994).

（4）Theresa Enos, ed., Encyclopedia of Rhetoric and Composition: Communication from Ancient Times to the Information Age (New York, Garland Publishing, Inc., 1996).

（5）Chris Murray, ed., Literary Critics and Criticism (London and Chicago, Fitzroy Dearborn Publishers, 1999).

（6）Julian Wolfreys,et al, ed., The Continuum Encyclopedia of Modern Criticism and Theory (New York, Continuum, 2002).

（7）M. H. Abrams and Geoffrey G. Harpham, ed., A Glossary of Literary Terms (New York, Thomson Wadsworth, 2005).

（8）Wolfreys, Rubbins and Womack, ed., Key Concepts in Literary Theory (Edinburg, Edinburg University Press, 2006).

上述（1）《批評理論辭典》一書中，是有中國詞條的，但收的二十多個詞條，都是1950、60年代那些與當時政治關連的詞語，如「庸俗社會學」「百花齊放百家爭鳴」。毛澤東、郭沫若、茅盾、陸定一是該辭典認可的文論家；毛

氏出現了六次。其索引部分把日文的 Kyojitsu 誤作中文詞彙。

上述（2）《普林斯頓詩歌詩學百科全書》先後有三個版本。兩個舊版本只有一個中國詞條，就是 Chinese poetry（中國詩歌）；1993 年的新版本增加了 Chinese poetics（中國詩學）一條。

上述（3）《J. 霍普金斯文學理論和批評指引》只有 Chinese theory and criticism（中國理論與批評）一個條目。這本指引的 L 字母裏有 J Lacan, FR Leavis, GE Lessing, Longinus, G Lucacs, Lyotard, 甚至有小說家 DH Lawrence，就是沒有 Liu Xie（劉勰）、Lu Ji（陸機），當然更沒有 James J. Y. Liu（劉若愚）。

上述（4）《修辭與作文百科全書：古代至資訊時代的傳播》關於中國的有 Chinese rhetoric（中國修辭學）和 Confucius（孔子）兩個條目，前者佔一頁半，後者四分三頁，加起來篇幅不及西塞羅（M. T. Cicero, 106～43 B.C.）之多：東方古國兩個條目共佔 2.25 頁，「西［塞羅］」方則「霸」佔了 2.75 頁。

上述（5）《文學批評家和批評》有 Chinese literary theory（中國文學理論）和陸機、劉勰、胡適共四個詞條。

20 世紀下半葉的情形，大概如上述（1）至（5）所表示。進入 21 世紀──不少中國人、亞洲人興高采烈地預期的「中國人的世紀」、「亞洲人的世紀」，這類文論辭典的中國詞條數量應該「大躍進」了吧？不然。（6）（7）（8）三書即《Continuum 現代批評理論百科全書》、《文學術語辭典》和《文學理論關鍵概念》，完全不涉及中國文論。艾伯拉穆斯在學術界德高望重，其成名作 The Mirror and the Lamp（《鏡與燈》）有中譯本，為眾多中國學者所識。這個 2005 年最新的第八版《辭典》，卻依然只有西方，而沒有東方──他不賣中國的帳！

這裡對上述諸書再略加評述。（2）《普林斯頓詩歌詩學百科全書》的「中國詩學」詞條，由 Richard Lynn（漢名林理彰）執筆，文長約 2500 字。林氏略述中國歷代重要文論著作，分析其觀點，然後用了全文三分之二篇幅介紹劉若愚的六種理論說。劉氏六論說乃從艾伯拉穆斯的四論說發展而來，用以概略中國歷代種種文論內容。劉氏六論說自有其貢獻，林氏為劉氏學生，傳老師之「芬芳」（杜甫詩句「晚有弟子傳芬芳」），既彰理，也可能隱情（隱含師生之情）。林氏對魏晉六朝的中國文論黃金時期著墨不多，使讀者看不到《文心雕龍》和《詩品》等的重大價值，頗為可惜。

（5）《文學批評家和批評》有四個中國文論的詞條。一是通論性的 Chinese

literary theory（中國文學理論），篇幅大概是《普百》Chinese poetics 那條的三倍。這第一條上半部講的是古代文論，頗為平穩扼要；下半部講的卻不是現代文論，而是現代文學，簡直文不對題。另外三條分別是陸機、劉勰、胡適。在世界文論組織（WTO 即 World Theory Organization；此乃筆者據 World Trade Organization 戲擬）中，有中國文論家的席位了；陸、劉、胡這份名單，大體上也可接受。劉勰這一條中，對《文心雕龍》的介紹，則有可議處。

　　（3）《J. 霍普金斯文學理論和批評指引》的「中國理論與批評」詞條分為三部分：（a）前現代的詩歌理論，（b）前現代的小說和戲劇理論，（c）20世紀；分由三人執筆。這個詞條佔了十四頁，主編者不吝嗇於篇幅，又顧及小說和戲劇理論，可謂得體。20世紀部分有瞿秋白、胡風、毛澤東等，而沒有朱光潛、錢鍾書等，更不涉及台灣、香港、海外的文論家，是其不足處。「前現代的詩歌理論」部分的論述，問題很多。題目中只有詩歌而沒有散文，不妥；這部分論及的《文心雕龍》，就兼及詩文多種體裁。這部分執筆者 Steven Van Zoeren（漢名范佐倫）對中國古代文論的批評，並不中肯。舉例而言，范佐倫下面的三個論點，都是犯駁之論：

　　（一）中國古代文學批評的語言是用典故的（allusive）、用比喻的（metaphorical）語言；批評家極愛用關鍵詞（key terms），而同時對界定這些詞條的問題幾乎全無興趣。

　　（二）中國古代極少「全面的、完整的理論著作（full-scale, integral works of theory）」；它們的存在是例外。「在中文中，沒有一個詞嚴格地和『理論』（theory）相應。」

　　（三）除了《文心雕龍》之外，大體的情形是：「中國古代沒有全長的、標準長度的（full-length）文學理論和批評著作。」

　　中國古代的文論篇章，行文時固然用比喻也用典故；然而，孔子說的「《詩》三百，一言以蔽之，曰思無邪」、「《詩》可以興觀群怨」以及歷代喜用的「言有盡而意無窮」等等，何比喻、典故之有？（二）（三）所述，也與事實不符。中國傳統文論有其籠統含糊、印象式、感悟式之處，但這絕非全部。在某些西方漢學家眼中，中國古代的文論以至其他思想著作，是不重分析、缺乏體系的。文論傑構《文心雕龍》有分析有分類有體系，在他們眼中，成為了異數；他們且認為是因為劉勰受了印度佛教「三藏」中「論」的影響才這樣有體系的。范氏似乎持有上述觀點，雖然他並沒有說《文心雕龍》因為受佛教影

響才有體系。Victor Mair（梅維恒）和 Stephen Owen（宇文所安）則認為若非以佛教的「論」（sastra）為模型，則沒有這樣的一本《文心雕龍》〔註20〕。梅和宇文之論，與早於他們的范文瀾、饒宗頤、楊明照、馬宏山之論，有近似之處。其實，中國先秦兩漢的典籍，多有有分析、有分類、有體系、論證嚴密之作。方元珍、龔鵬程對范、饒等《文心雕龍》必定受佛教影響說，已痛加批駁〔註21〕；這裡，筆者對方、龔的論證作一補充並發出呼籲：讀讀《管子》、《呂氏春秋》、《淮南子》、《史記》等古書吧，劉勰必以「論」（sastra）為宗才有《文心雕龍》之說，可自我解構了。

　　20 世紀中西文論的流動，根據上述種種事實看來，只是單向之流，而非雙向之交流。漢學家是有研究中國文論的，但只限於狹窄的學術圈子；在西方的文學學術界、文學界、文化界，基本上沒有人知道什麼是《毛詩序》、《文心雕龍》、《滄浪詩話》，不知道誰是劉勰、錢鍾書；在美國教書、以英文著作的劉若愚是誰，也不知道；不知道什麼是興觀群怨、賦比興，更遑論意境和風骨了。風骨？the wind and the bone？

三、發揚中國文論，讓雕龍成為飛龍

　　面對龐大的文論赤字，自許為泱泱大國的文論學者，在當前中國的經濟高速發展、孔子學院在世界各國如春筍冒起、「一帶一路」復古而又創新地貫通東西的年代，應該有什麼作為呢？大概就是翻譯中國文論，向西方輸出吧！這樣的作為是對的。不過，在此之前，或與此同時，中國學者應該繼續研究中國文論，對它作現代的詮釋，並把理論應用於實際的作品析評。中國的文學研究者，必須先重視、詮釋並應用中國的文論，證明它饒有價值和成效，而且成為一種風氣，然後向外國輸出，才可能有預期的效果。當然，中國經濟繼續增長、國力更強大的時候，中國文化包括文論，自然成為更多西方人注意、學習的

〔註20〕 參閱 Zongqi Cai（蔡宗齊），ed., A Chinese Literary Mind: Culture, Creativity and Rhetoric in Wenxin diaolong（Stanford, Stanford University Press, 2001）第 13 頁及第 79～81 頁。又：此書第 13、14 頁提出了問題：像《文心雕龍》那樣嚴謹而有體系的文論著作，為什麼後世不再出現？為什麼在清朝以前它幾乎藉藉無聞？編著者認為應該有學者對這兩個問題提出解答。其實，龔鵬程已嘗試解答了，見註21。

〔註21〕 參閱方元珍《文心雕龍與佛教關係之考辨》（台北，文史哲出版社，1987 年）一書，以及龔鵬程《文學批評的視野》（台北，大安出版社，1990 年）中《〈文心雕龍〉的價值與結構問題》一文。

對象，那時輸出文論是自然而然的事了。

　　二十多年來大陸學者常常談論中國古代文論的「現代轉換」，其用意與目的，和剛才說的詮釋、應用以至輸出中國文論並無不同。中國古代文論確然有其可轉換、可轉化、可採用之處。體大慮周、高明而中庸的《文心雕龍》公認是中國古代文論的傑構，最宜優先成為重新詮釋、現代應用、向外輸出的文學理論。筆者近年嘗試通過與西方文論的比較，重新詮釋它；嘗試以中西文論合璧的方式，以《文心雕龍》為基礎，建立一具中國特色的文論體系，此體系具有大同性，有普世的價值；嘗試把它的理論，用於對古今中外作品的實際批評。我們大可在斟酌、比照西方文論（如 R. Wellek 的 Theory of Literature）之際，以它為基礎，建構一個中國文學理論體系。這個理論體系有三個綱領：（甲）文學通論；（乙）實際批評及其方法論；（丙）文學史及分類文學史。其中（乙）項的六觀法，尤其切實可用。這個體系以中為主、中西合璧，是具開放性的泱泱大理論（關於這個體系，請見本書附錄 2）。我們也可以《文心雕龍》的關鍵概念「情采」「通變」為主軸，同樣以《文心雕龍》的內容為基礎，建構一個更具中國特色的文學理論體系。

　　中西文化相同相通之處甚多，歌德和錢鍾書是中西兩個大賢，前者說德國民族和中國民族的思想感情生活方式都一樣；後者說「東海西海，心理攸同」。當代學者張隆溪在反對中西文化簡單二元化、對立化之際，認為二者乃「同工異曲。」〔註22〕中西文化實在是大同的，其基本原理、核心價值殊無二致；因為如此，二者的交流、彼此的影響才有可能。害人是罪惡，助人是美德；這是普世公認的。如果有一種文化主張害人是美德，助人是罪惡，那麼，其他文化怎麼與它交流？文化迥然不同，則不相為謀！文學有感情有思想，詩人往往有豐富的想像，常常用比喻；這也是普世公認的。如果有一種文化主張文學沒有感情思想，詩人不必有想像力，不能用比喻，那麼，其他文化怎樣與它交流？文論迥然不同，則不相為謀！

　　正因為大同，正因為有普世價值，文化的交流才有可能；文論的輸入、輸出，以及中西互補、中西合璧才有可能。20 世紀中國文論大大地入超，為求平衡赤字，我們應努力把中國文論向西方輸出。要這樣做，可從中國古代文論的重新詮釋和現代應用開始；我們應優先考慮《文心雕龍》，讓雕龍成為飛龍。

〔註22〕可參閱張氏《同工異曲：跨文化閱讀的啟示》（南京，江蘇教育出版社，2006年）一書。

第二章 「情采通變」：以《文心雕龍》為基礎建構中西合璧的文學理論體系

本章提要：

　　很多中華學者析評文學時，一面倒只用西方現代的文學理論，而不理會中國古代的文論，甚至認為後者重直覺、欠分析、無體系，因而加以貶抑。一些中國古代文論學者，則在回顧與前瞻時，提出「中國古代文論的現代轉換」這一議題，希望古可以為今用。筆者認為《文心雕龍》體大慮周，高明而中庸，我們大可在斟酌、比照西方文論之際，以它為基礎，建構一個古典現代中西合璧的文學理論體系，並應用於實際批評。筆者嘗試建構這樣的一個體系，並名之為「情采通變」體系，其綱領有五：（一）情采（內容與技巧）；（二）情采、風格、文體；（三）剖情析采（實際批評）；（四）通變（比較不同作家作品的表現）；（五）文之為德也大矣（文學的功用）。其中由（三）引生的「六觀法」，對作品照顧周全，於實際批評尤具價值。本文先表列這個「情采通變」體系的綱領，跟著的鋪陳論述，以《文心雕龍》的內容為主，也涉及學者對此書相關觀點的詮釋，並列舉中國文論其他重要觀點，以及以西方為主的其他外國重要觀點；引述時略作中西比較，時而加上個人議論，兼以說明「東海西海，心理攸同」之理。我們可以「情采通變」體系為架構，寫作一部極具中國特色的文學理論專著，其理論可付諸實用，藉此彰顯中國文論久而彌新的重大價值。

壹、引言

20 世紀初以來的中華文學學者，比較追趕潮流的，無不大用特用西方的文學理論來做研究。大家或對馬克斯主義馬首是瞻，或對心理分析學心嚮往之，或對佛萊崇奉如對佛祖，或與結構主義結了不解之緣，或對女性主義頂禮如對聖母或聖女；到了後現代主義、後殖民主義流行的時候，中華學者便都成為「後學」，見賢思齊唯恐不及。學術界「艱難文論」成為時尚，標「新」立「後」之風勁吹〔註1〕。上述種種主義的提出者、發明者、叱吒風雲者，都是洋人。中華學者在國際文學理論的舞臺上，大抵是沒有重要角色，聲音非常微弱。另一方面，很多中華學者並不理會中國古代的文論，甚至認為中國古代文論重直覺、欠分析、無體系，因而加以貶抑。近年一些中國古代文論學者，則在回顧與前瞻時，提出「中國古代文論的現代轉換」這一議題。不少中華學者，如劉若愚、黃慶萱、童慶炳、饒芃子、曹順慶、王寧等，或呼喚，或嘗試建構，都認為中國應該有一個現代化的文學理論體系。本文作者一向認為自古至今，中國人的思維有其分析性、邏輯性、體系性；中國的不少文學理論著作，包括《文心雕龍》，就是這樣。〔註2〕《文心雕龍》的「體大慮周」眾所公認，陳耀南指出劉勰此書的理論架構「相當周密」之外，更透過大量例證，說明其「邏輯運用相當可觀」[1：145]

有人說《文心雕龍》之有分析性、體系性，是因為受了印度佛教論述的影響。Victor Mair（梅維恒）和 Stephen Owen（宇文所安）就認為若非以佛教的「論」（sastra）為模型，則沒有這樣的一本《文心雕龍》[2：13，79～81]。本文作者不以為然。中國古代典籍為劉勰所閱讀所引用的，如《呂氏春秋》、《淮南子》,《史記》，分析性、體系性都強，中國人的思維本就如此，劉勰本就有其邏輯思維，受到古籍的影響，寫出分析性、體系性強的《文心雕龍》，為什麼說他一定受了印度佛教論述的影響才能如此？《呂氏春秋》全書 116 篇，分為八覽六論十二紀，都二十餘萬言，成一宏大體系；每篇文

〔註 1〕參閱拙著《期待文學強人》（香港：當代文藝出版社，2004）中〈唉，艱難文論〉一文；又：古遠清《中國當代文學理論批評史（1949～1989 大陸部分）》（濟南：山東文藝出版社，2005）一書後記說「後現代主義幾乎成了 90 年代所有新潮文化現象的標籤，是新時期以來最普泛也是最簡陋的一次理論範疇移植」，頁 588。

〔註 2〕《香江文壇》（2002 年 11 月出版）中黃維樑《略說中西思維方式：比較文論的一個議題》，頁 8～14。

章多為數百字至一千多字，議論性、邏輯性都具備。劉勰在《文心雕龍》中
至少有三次提到它，其一在《諸子》篇說它「鑒遠而體周」，另一在《論說》
篇說它「六論昭列」。劉勰可能從佛經的「論」得到啟發，為什麼他不可能
也從《呂氏春秋》的「鑒遠而體周」和「六論昭列」得到啟發？巧的是，《呂
氏春秋》每篇文章多為數百字至一千多字，而《文心雕龍》也如此。論者指
出：《呂氏春秋》的撰寫「嚴格按照預定藍圖」極具「規模與體系」，「分篇
極為規整」[3：1～4] 新近出版，由曹順慶主編的《中外文論史》就指出：
「學界曾有人認為，《文心雕龍》的思維方式深受印度佛教影響，故能『體
大慮周』，空前絕後。這個結論看來並不準確。[……] 中國文化中何曾沒有
抽象思辨？何曾缺乏博大精深之論？」[4：385～386] 多位論者包括筆者曾
拿《文心雕龍》和阿里斯多德的《詩學》（Poetics）比較，指出前者的優越性
[5：40～41]。《中外文論史》作者之一蔡俊對《文心雕龍》與《詩學》的
異同，作了相當詳細的比較，就中肯地說：《文心雕龍》「在理論的系統性、
完整性與範疇的創制等方面，[流傳下來的]《詩學》實在難以企及。」[4：
1784]

　　《文心雕龍》誠然體大慮周，其《序志》篇說明全書的篇章安排，已勾勒
出一個體系。向來研究《文心雕龍》的學者，如范文瀾、牟世金、王禮卿、王
更生、詹鍈、周振甫、張文勛、黃慶萱、張少康、吉伯斯（Donald Gibbs）、王
志彬、蔣寅、石家宜、孫蓉蓉、萬奇等，或循劉勰此一體系，或對此體系略加
調整，而加以論述。多數論者認為它有完整嚴密的體系，但對全書 50 篇的組
織結構為何，卻有多種不同的說法：持二分法（如「上 25 篇銓次文體，下 25
篇驅引筆術」）、三分法、四分法（如一為全書綱領 5 篇，二為論文敘筆 20 篇，
三為剖情析采 20 篇，四為全書總論 5 篇）、五分法、六分法以至七分法都有，
且無一相同〔註3〕。

　　這表示《文心雕龍》體系的現代建構，可因人而異，可有頗大的空間；這
表示可以不理會上述的種種分法，而另起爐灶，另行建構。既然如此，我們大
可在斟酌、比照西方文論名著如韋勒克（R. Wellek）等的《文學理論》（Theory
of Literature）之際，把它各篇的內容加以分拆，以《文學理論》的架構為基礎，

〔註3〕參考《文心雕龍學綜覽》（《文心雕龍學綜覽》編委會編，上海：上海書店出版
　　　　社，1995 年）中李淼文章，頁 87；石家宜：《文心雕龍整體研究》（南京：南
　　　　京出版社，1993 年）；萬奇、李金秋主編《文心雕龍探疑》（北京：中華書局，
　　　　2013 年）中林杉所撰關於《序志》篇一文。

新建一個《文心雕龍》的體系〔註 4〕。這個體系可有三個綱領：（甲）文學通論；（乙）實際批評及其方法論；（丙）文學史及分類文學史。它以《文心雕龍》的內容為主要建築材料，卻又中西合璧，是具開放性的泱泱大理論。我們更可以《文心雕龍》的關鍵概念「情采」、「通變」為主軸，同樣以《文心雕龍》的內容為基礎，組織、融匯中國古今理論以及西方理論，新建一個《文心雕龍》的體系，而這是一個極具中國特色的文學理論體系，我們可據此撰寫一部具中國特色的《文學理論》或《文學概論》。劉若愚綜合中國古代或零或整的個別文論話語，旁及西方理論，增訂阿伯拉穆斯（M. H. Abrams）著名的「四論」說，在其 Chinese Theories of Literature（《中國文學理論》）[4A：9～13] 一書中，為中國古代文學理論疏理脈絡，建立系統。《文心雕龍》體大慮周，筆者認為以它為基礎，兼採古今中西文論，以為旁證，以為補充，已足以新建一個宏大的文論體系。

　　說「情采」為《文心雕龍》的關鍵概念，因為任何一篇文學作品，都離不開「情」與「采」兩部分，而《文心雕龍》正有《情采》篇；還有，「情」與書名的「文心」相應，「采」則與書名的「雕龍」相應，「情」與「采」合起來，就成為《文心雕龍》。還有，「情」與「采」兩個概念，就和《易經》的「陰」和「陽」一樣，既是二元相對，也是二元互補，極具哲理。關於《文心雕龍》書名的解釋，說法頗多。書名「文心」與「雕龍」的關係為何？屬於並排還是從屬關係？這裏順便作一解釋：把作者的情思，也就是「文心」，通過各種適當的修辭手法，自然生動而又精美地表現出來，像「雕龍」一樣。說「通變」為關鍵概念，因為文學之為藝術，必須在繼承傳統、參照傳統（「通」）之際，

〔註 4〕筆者有論文比較過《文心雕龍》和《文學理論》二書的內容，說明二者關注的理論課題以至對文學的看法，多有共同、相同之處；參考黃維樑：《從〈文心雕龍〉到〈人間詞話〉》（《中國古典文論新探》第二版〔增訂版〕，北京大學出版社，2013 年）中《〈文心雕龍〉與西方文學理論》一文，該文是 1991 年的一個演講記錄。此外陳忠源的博士論文題為《韋沃〈文學理論〉與劉勰〈文心雕龍〉之比較》（台灣佛光大學，2010 年），該論文針對韋勒克、沃倫《文學理論》中有關文學性質與功用、文學作品的存在方式、和諧音節奏格律、文學風格、意象隱喻象徵神話、文學類型、文學評價與文學史等八個議題，和劉勰《文心雕龍》所論及的相關理論加以比較，得出下面結論：二書均一致強調文學的審美性；文學的形式（「文」或「采」）與內容（「質」或「情」）乃一體之兩面，不容割裂；文學的表達方式不出直接的表述（「賦」）、間接的比喻（「比」）與象徵（「興」與「隱」），這三點有如文學之「金科玉律」，可視為文學根本不易之基。

謀求創新（「變」），而《文心雕龍》正有《通變》篇；能「通變」，則具有「文心」的作品這條「雕龍」才能活能新，展現各種姿采。范文瀾曾謂「讀《文心》，當知崇自然貴通變二要義，雖謂全書精神也可」；其他很多龍學學者也強調「通變」這一概念的重要性［6：125］。「縮龍」成寸，我們可說「情采」、「通變」二詞概括了劉勰文學理論的內容。

　　這個「情采通變」體系涉及中西文論及其比較與融合，而中西文論的比較是一大學術工程，與它有關的中西文化比較，工程更大。中西文化迥異？全同？小異？大同？問題牽涉廣泛，非常複雜。劉勰在《滅惑論》中說：「至道宗極，理歸乎一；妙法真境，本固無二；〔……〕故孔釋教殊而道契。」他說的是不同宗教或思想的「大同」。宋代陸九淵《象山全集・雜說》指出：「千萬世之前有聖人出焉，同此心，同此理也；東南西北海有聖人出焉，同此心，同此理也。」錢鍾書認為「人共此心，心均此理，用心之處萬殊，而用心之塗則一」［7：286］；又說「宗派判分，體裁別異，甚且語言懸殊，封疆阻絕，而詩眼文心往往莫逆暗契」［7：346］，他進而在《談藝錄》的序宣稱「東海西海，心理攸同」。筆者深然劉、陸、錢之說，以及這裏不及徵引的很多西方學者的相同、相通說法。事實上，也只有在「東海西海，心理攸同」的前提下，在人類文化有普世價值或者說核心價值的前提下，我們才能建構一個融匯中西、中西合璧的文論體系，一個大同詩學（common poetics）。即使有人不認為中西大同，至少，中西古今文論家關注的問題也都是差不多的；一如蔡宗齊所說的，在文學理論上，「沒有一個問題是完全為中國傳統或西方傳統所獨有」［8：246］。

　　不過，《文心雕龍》成書於一千五百年前，劉勰無法預見當代全球各地的種種文學現象，以及由此歸納演繹出來的文學理論；因此，《文心雕龍》雖然「體大慮周」，要以它做基礎來建構一個現代的理論體系，仍然有增益補充的空間。幸好劉勰的高明中庸說法，深具普遍性、恒久性，所以各種增益補充的觀點，大可納入其泱泱大體系裏面。下面先表列這個「情采通變」體系的綱領，跟著的鋪陳論述，以《文心雕龍》的內容為主，也涉及學者對此書相關觀點的詮釋，並列舉中國文論其他重要觀點，以及以西方為主的其他外國重要觀點；引述時，偶而略作比較，並加上筆者個人的議論。由於牽涉廣泛，這裏寫的並非一本專書，而僅是一文，簡陋之處難以避免，更絕不可能周全，論述時也極少舉出文學作品以為實例。這只能是個有骨架而肌肉未豐的形體。

貳、「情采通變」文論體系

以《文心雕龍》為基礎的「情采通變」文論體系綱領如下：

一、情采（內容與形式〔技巧〕）

（1）情：人稟七情，感物吟志

（2）采：日月山川、聖賢書辭，鬱然有采

（3）情經辭緯，為情造文（內容與形式的關係）

　　　　〔在「情」方面，「蚌病成珠」說相容西方悲劇 tragedy 理論和心理分析 psycho-analysis；由「情」到「采」，中間涉及「神思」，這和西方的「想像」imagination 可相提並論。〕

二、情采、風格、文體

（1）物色時序、才氣學習（影響作品情采、風格的因素）

（2）風格的分類

（3）文體的分類

　　　　〔《物色》相容西方基型（原型）論 archetypal criticism；《諧讔》相容西方通俗劇理論。〕

三、剖情析采（實際批評）

（1）文情難鑒，知音難逢

　　　（A）披文入情的困難

　　　（B）讀者反應仁智不同

〔相容西方讀者反應論 reader's response 及接受美學 reception aesthetics。〕

（2）平理若衡，照辭如鏡（理想的批評態度）

（3）「六觀」中的四觀

　　　（A）觀位體　（B）觀事義　（C）觀置辭　（D）觀宮商

　　　　〔（A）「位體」可與阿里斯多德「結構」說相提並論；（C）「置辭」和（D）「宮商」相容西方修辭學 rhetoric 及新批評 The New Criticism；西方敘事學可寄存於（A）「位體」；西方女性主義 feminism 及後殖民主義 post-colonialism 等可寄存於（B）「事義」。〕

四、通變（比較不同作家作品的表現）

（1）「六觀」中的二觀

　　　（A）觀奇正　（B）觀通變

（2）通變・文學史・文學經典・比較文學

　　（A）時運交移，質文代變（文學發展史）

　　（B）文學經典

　　（C）比較文學

　　〔〈史傳〉、〈時序〉相容西方文學史理論。〕

五、文之為德也大矣（文學的功用）

　　（1）光采玄聖，炳耀仁孝（文學對國家社會的貢獻）

　　　　〔相容西方馬克思主義 Marxism 等理論。〕

　　（2）騰聲飛實，製作而已（文學的個人價值）

一、情采（內容與形式〔技巧〕）

　　這裏對「文」先略作解釋，再釋「情采」。《文心雕龍・原道》：「文之為德也大矣，與天地並生者何哉？」〔註5〕又說：「人文之元，肇自太極」；「心生而言立，言立而文明，自然之道也。」開宗明義，劉勰認為「文」源於天地、自然。《文心雕龍・時序》有「文學」一詞，它指的是文章學術；本書的關鍵字「文」，涵義因其出現時的上下文不同而不同，但就其一個涵義而論之，且大而化之，可把它約略等同於我們現在說的「文學」，因此下面在行文時，「文」與「文學」二詞基本上通用〔註6〕。此外，「詩」和「文」有其共通點，討論時我們也常會混為一談，就像西方的 poetry 和 literature 一樣，二者確有二而一、一而二之處。

　　至於「情采」，把這個詞解釋為內容與形式，或者內容與技巧，已成為很

〔註5〕本文所引《文心雕龍》原文，主要根據范文瀾的《文心雕龍注》（香港：商務印書館，1960 年）和陸侃如、牟世金的《文心雕龍譯注》（濟南：齊魯書社，1995 年），因為引述時都注明篇名，所以不再逐篇逐句標示。所引中國古代著名文論篇章其篇幅較短者，以及一些現代學者如朱自清、錢鍾書的著名文論著作（其篇幅較短者）如《詩言志辨序》、《通感》、《詩可以怨》等，因為檢索容易，也不逐一注明，特殊情形除外。本文所引西方古代著名文論篇章字句，多根據 D. A. Russell & M. Winterbottom, ed., Classical Literary Criticism, New York, Oxford University Press, 1989；引述字句的頁碼於文內予以標示。如遇膾炙人口的經典名言名句，如柏拉圖的迷狂說、阿里斯多德的悲劇說等，則不予註明。

〔註6〕歷來對《文心雕龍》中「文」一詞的詮釋很多，用漢語寫的論著不用說，在英語寫的論著中，James J. Y. Liu（劉若愚）的 Chinese Theories of Literature, Chicago, The University of Chicago Press, 1975, 頁 7～9；和 Stephen Owen 的 Anthology of Chinese Literature, Beginning to 1911（New York, WW Norton & Company, 1996），頁 343；都有中肯之說。

多龍學學者如張少康、涂光社等的共識〔10：106〕〔11：64〕。形式與技巧二詞意義相依，本文對此二者往往通用。劉勰論「文」，情采並重。關於「情」，《明詩》篇謂：「在心為志，發言為詩。」又謂：「人稟七情，應物斯感；感物吟志，莫非自然。」「情」「志」名異實同，至少二者極為近似，因為二者都從「心」。「情」乃天生，即源於自然。「采」也源於自然，這從「無識之物，鬱然有采」一語和《情采》篇「聖賢書辭，總稱文章，非采而何？」之言可證。劉勰說的「采」是辭采、藻采，即修辭，即語言藝術。

綜合以上所引，乃知劉勰所說的「文」（「文學」），其意義為：

文學由語言構成（「心生而言立，言立而文明」中的「言」與「文」即語言、文字）；

發自人內在的情志（「詩言志」；「為情而造文」）；

具有藝術性，即有文采（「聖賢書辭，總稱文章，非采而何？」）；

而情與采都源於自然（「人稟七情」；「人文之元，肇自太極」；自然界「無識之物，鬱然有采」）。

去掉上面括弧內的註釋，即文學的定義為：文學由語言構成，發自人內在的情志，具有藝術性，即有文采，而情與采都源於自然。現代的學者多把文學界定為語言（文字）的藝術，上面推論出來的定義，與現代這個定義並無岐異。

（1）情：人稟七情，感物吟志

《文心雕龍》「在心為志，發言為詩」、「人稟七情，應物斯感，感物吟志，莫非自然」之說，源遠流長。《尚書》的「詩言志，歌永言」即引出了後世著名的詩言志說，朱自清在《詩言志辨序》謂它是中國詩論的「開山的綱領」。《毛詩序》云：「詩者，志之所之也；在心為志，發言為詩。」又說：「情動於中，而形於言。」陸機《文賦》謂「詩緣情而綺靡」，「詩緣情」三字，即引出了後世著名的詩緣情說。與劉勰同時的鍾嶸，其《詩品序》謂「氣之動物，物之感人；故搖盪性情，形諸舞詠」，也是詩文緣情、言志的意思。

唐代韓愈倡言復古、載道的文學，但是並沒有把情壓制下來；白居易《與元九書》就說：「感人心者，莫先乎情。〔……〕詩者，根情，苗言，華聲，實義。」宋代嚴羽以禪論詩，重「興趣」，主「妙悟」，把詩道說得頗為玄妙；可是，歸根結柢，「詩」和「文」有其共通點，「詩者，吟詠情性也」。金代王若虛在其《滹南詩話》上卷云：「哀樂之真發乎情性，此詩之正理也。」明代復

古之風甚熾，《明史》稱李夢陽「倡言文必秦漢，詩必盛唐，非是者弗道」。這
樣唯古是尚，很容易淪為模擬因襲，壓抑作者性情。李夢陽並不至於此，他雖
主復古，另一方面卻知「詩者天地自然之音也」，並以時人寡於情為憾。與李
夢陽同屬「明七子」的何景明，更直率地說，「夫詩本性情之發也」，又謂其用
在「宣鬱而達情」。清代袁枚論詩主「性靈說」，《隨園詩話》卷七「詩難其真
也，有性情而後真」一類話，自然到處都有。值得注意的是連主「格調」的毛
先舒等人，也說「詩以寫發性靈耳，值憂喜悲愉，宜縱懷吐辭，蘄快吾意，真
詩乃見」。總之，詩以性情為主之說，舉不勝舉；從《毛詩序》起，把一切情
言情語羅列起來，簡直可編成一冊辭書。[5：94～95]

　　在西方，論者多謂文學源於對自然、客觀世界的摹仿；阿里斯多德《詩學》
的 mimesis（摹仿）觀念，論者謂與中國的言志抒情說法構成對比，並因而有
中西詩學「迥異」說。摹仿外界與抒發內心當然不同，不過，阿里斯多德果真
認為文學不涉及內心、不涉及感情嗎？不錯，《詩學》謂悲劇是對「行動的摹
仿」，但悲劇的功能則是通過「所引起的憐憫與恐懼，使感情得到淨化」。試問
一下，如果作者寫作前或寫作時並無感情，作品的內容也不涉及感情，讀者或
觀眾能夠動情，能夠使「感情得到淨化」嗎？感情，是必然存在的。論者謂阿
里斯多德摹仿說來自其師柏拉圖，而我們知道柏拉圖的詩論中對詩人多所貶
抑，甚至要把詩人逐出理想國，因為詩人「迷狂」、「不理性」。「迷狂」、「不理
性」不正是感情用事嗎？可見詩和詩人都是離不開感情的。朗介納斯的《論雄
偉》（On the Sublime）是西方古典文論另一名著，它認為達至「雄偉」有五大
因素，第　是「孕育偉大思想的能力」，第二是「強烈的感情」[9：149]。我
們知道，思想與感情可分而不可分：仁愛是感情，「泛愛眾而親仁」、「愛人如
己」、「兼愛」、「博愛」、「信望愛」、「神愛世人」卻是思想是教義了。朗介納斯
在《論雄偉》的結尾，說將另撰新篇，專論感情 [9：187]；他對感情的強調，
不言可喻。19 世紀浪漫主義席捲歐洲，英國詩人華滋華斯說「詩乃強烈感情
的自然流露」，成為詩學名句；詩之為感情的產物，不用贅言。俄國的別林斯
基說：「沒有感情就沒有詩人，也沒有詩。」[12：74]

　　劉勰說「心生而言立，言立而文明，自然之道也」，即文源於道、源於自
然，這也有其遠源與長流。儒家與道家，各有其「道」；自然之「道」，為人文、
人倫之所本。當代中華學者喜言中國「天人合一」的思想，原道的文學觀，即

屬於「天人合一」的思想〔註7〕。詩文源於自然，這較易理解；詩文要寫得自然，而自然該如何解說，卻不容易。無論如何，詩文要寫得自然這主張為古今中外很多文論家所強調。儒家、道家對「道」的相關說法之外，鍾嶸《詩品序》說詩人「吟詠情性」，寫「即目」「所見」就可以了，不必藻飾；他慨歎「自然英旨，罕值其人」。鍾嶸以外，尚有許多作者和理論家，主張自然（也因此連帶地主張不用典）。李白《古風》謂「聖代復元古，垂衣貴清真」，又謂「一曲斐然子，雕蟲喪天真」，強調的是天真、天然。「天然」後來為元好問所用；他推許陶淵明，在其《論詩絕句》中說陶氏「一語天然萬古新，豪華落盡見真淳」，論調與李白相同。司空圖《二十四詩品》，其一是「自然」；陸游詩云「文章本天成，妙手偶得之」，都是這個意思。不過，這裏要指出，劉勰雖然認為文學（由情與采構成）源於道、源於自然，文學卻是可用典，且應用典的；用典在鍾嶸等人眼中並不自然，劉勰則認為，用典是「采」的表現，與「麗辭」（對偶）等其他藻采，也都是自然的。這一點下面還會論及。

　　「自然」（nature）在西方文論中，一樣佔有重要地位。柏拉圖和阿里斯多德認為文學藝術都是摹仿，摹仿什麼呢？摹仿理念（idea）、摹仿自然。朗介納斯在《論雄偉》的開首即指出，偉大是「自然的產物」（a natural product）；寫作的「第一資源是自然的偉大，這最重要」[9：150]。班・姜森（Ben Jonson）翻譯過賀拉斯的 The Art of Poetry（《詩藝》），他大概讀過稍後於賀拉斯的朗介納斯的《論雄偉》；班・姜森頌揚莎士比亞，指出莎氏作品之成功，乃因為得力於「自然」[13：1220]。像中外很多文論家一樣，他沒有解釋什麼是「自然」；怎樣才算合於自然，中西文論家可以不休地爭論。不過，無論如何，文學來自自然、詩文要寫得自然，是常見之論。學問淵博、喜歡用典的錢鍾書，其《談藝錄》也說：「藝之極至，必歸道原，上訴真宰，而與造物者遊。」[7：269]「道原」、「真宰」、「造物者」是自然的同義詞。同書另處論及性靈與創作的關係時 [7：205]，直接用了「心生言立，言立文明」，這是《原道》篇的話語，錢鍾書引時不加引號。

〔註7〕參考張長青：《「天人合一」的宇宙觀和方法論是打開〈文心〉理論體系的鑰匙》（載於中國文心雕龍學會編，《〈文心雕龍〉與 21 世紀文論研究國際學術研討會論文集》，北京：北京學苑出版社，2009 年）。關於文學的起源，就像很多其他文學問題一樣，說法眾多；將中西不同觀點加以比較的，包括李家驤著《中西文論源流縱橫論》（上海社會科學院出版社，2005 年）的第一章《中西文藝起源論》，可參看。

（2）采：日月山川、聖賢書辭，鬱然有采

文學源於道，源於自然。構成文學的采，因而也源於道，源於自然。《原道》篇說：

> 日月疊璧，以垂麗天之象；山川煥綺，以鋪理地之形；此蓋道之文也。〔……〕旁及萬品，動植皆文：龍鳳以藻繪呈瑞，虎豹以炳蔚凝姿；雲霞雕色，有逾畫工之妙；草木賁華，無待錦匠之奇；夫豈外飾，蓋自然耳。至於林籟結響，調如竽瑟；泉石激韻，和若球鍠：故形立則文生矣，聲發則章成矣。夫以無識之物，鬱然有采；有心之器，其無文歟？

日月山川動物植物皆有文采，何況是人，何況是人所寫的文章？

劉勰並非文采源於道說的發明者。《周易・系辭》：「仰以觀於天文，俯以察於地理，是故知幽明之故。」又說：「古者包犧氏之王天下也，仰則觀象於天，俯則觀法於地；觀鳥獸之文，與地之宜；近取諸身，遠取諸物；於是始作八卦，以通神明之德，以類萬物之情。」劉勰顯然接受了《周易》的說法。劉勰之後，也多有文采源於自然的論者。音響節奏，即《聲律》篇所論述的，屬文采範圍。朱熹《詩集傳序》說：「既有言矣，〔……〕必有自然之音響節奏，而不能已焉。」采是具藝術性的語言，是巧妙的語言，是「人巧」。文學理論中「自然」這個概念，上面說過，闡釋起來相當複雜困難。文采斐然，可以是自然；鍾嶸《詩品序》說的「自然英旨，罕值其人」也是自然；李白《古風》說的「清水出芙蓉，天然去雕飾」，指的是少「人巧」（鍾嶸那句涉及的是用典故）甚或沒有「人巧」的「自然」。「自然」這個概念的複雜性之一是：文學是文化（culture）的一部分，文化又「化」又「成」，顯然是人為的（artistic, artificial），又怎能「自然」（nature）地「自然而然」呢？不過西方文論中也多有「自然」之說，朗介納斯《論雄偉》曰：「藝術如若自然則完美。」[9：167] 只有一種「自然」較為容易解釋：「人巧」本與「自然」相對，不過，如果作者才華橫溢、想像豐富，則他下筆成文、出口成章，他之文采斐然，他之「人巧」，是自然不過的事。

《情采》篇說：「聖賢書辭，總稱文章，非采而何？」劉勰「徵聖」「宗經」，聖賢的書辭，既然稱為文章，怎能沒有文采？我們向聖賢學習書寫，怎能沒有文采？這是簡單的邏輯推論。《序志》篇說劉勰「予生七齡，乃夢彩雲若錦，則攀而採之」，這是個彩色而非黑白的夢，是唯美的夢；他三十多歲寫

成的這部《文心雕龍》，辭采華美，已是公論。論文學時，「情信而辭巧」、「銜華而佩實」之類情采兼重的主張，《文心雕龍》中幾乎篇篇可見。「聖賢書辭，總稱文章，非采而何？」由此引申，劉勰在《情采》篇認為儒家也重文采：「《孝經》垂典，喪言不文；故知君子常言，未嘗質也。」至於老子，他「疾偽」，他反對美麗的言辭，認為「美言不信」；然而，劉勰說，《老子》「五千精妙，則非棄美矣」，意思是《老子》行文是有辭采之美的。

文學既是語言的藝術，自然要講究修辭之美。《論語》記錄了孔子「文質彬彬，然後君子」的主張，文就是文采。《毛詩序》的賦比興說，賦比興即詩的技巧，其中比與興更是技巧之重大者。王逸《楚辭章句序》論屈原，謂「楚人高其行義，瑋其文采」，謂後世的詞賦作者，效法屈原，「取其要妙，竊其華藻」；王逸之重視文采，彰彰明甚。曹丕《典論‧論文》認為不同文體各有其宜，詩與賦兩種文體要美麗（「詩賦欲麗」），也是重視文采的宣示。陸機的《文賦》本身是篇美文，篇中「其會意也尚巧，其遣言也貴妍」之語，可視為作者的自我表白。

以上是劉勰之前的一些言論。他的同代或之後，各種類似說法不絕如縷。蕭統《文選序》：「若其贊論之綜緝辭采，序述之錯比文華，事出於沉思，義歸乎翰藻，故與夫篇什，雜而集之。」換言之，沒有「辭采」「文華」的書寫，就不佩文章之名了。蕭統的弟弟蕭繹在《金樓子‧立言》中說：「至如文者，惟須綺穀紛披，宮徵靡曼，唇吻遒會，情靈搖盪。」簡直是一則唯美主義的宣言。不再引述中國古代重文采的言論，讓我們一跳，躍到現代。錢鍾書曾構想撰寫《中國文學小史》，定其旨歸為「乃在考論行文之美，與夫立言之妙；題材之大小新陳，非所思存」[14：484]；這是青年錢鍾書的思想，其後一生中，「行文之美」「立言之妙」的主張並無改變。夏志清在其《中國現代小說史》的序言指出，作為文學史家，他的首要工作是「優美作品的發現和評審」[15：17]，這自然牽涉到作品的寫作方式，也就是技巧要高明，甚至寫法要有創新了。

阿里斯多德論悲劇，重視開頭、中間、結尾的組織秩序；論修辭，指出比喻（metaphor）之不可或缺。賀拉斯的名篇《詩藝》，顧名思義，詩歌是藝術：「在安排字句的時候，要考究，要小心，如果你安排得巧妙，家喻戶曉的字便會取得新義，表達就能盡善盡美。」[16：129] 這簡直可作為錢鍾書「行文之美」「立言之妙」的「前言」。上文介紹過，朗介納斯《論雄偉》認為達至「雄

偉」有五大因素，第一是「孕育偉大思想的能力」，第二是「強烈的感情」；跟著這裏要說餘下的三大因素：第三是辭格（figures），第四是辭彙（diction），第五是組織（composition）。這三者正屬於采的範圍。修辭學（rhetoric）在西方古典（希臘羅馬）時期很發達，修辭學家探討的正是寫作或演說的文采、技巧〔註8〕。重采之說，在西方文論史上當然也是不勝枚舉的。20世紀的文論名著 Theory of Literature（《文學理論》），以新批評（The New Criticism）的觀點為基礎，重視形式技巧；作者認為詩的語言「組織、旋緊了日常語言資源，有時甚至對日常語言行使暴力，俾使我們警覺它、注意它」[17：24]。作者對想像性十分重視，視之為文學的特色 [17：26～28]，其觀點不禁使我們想到蕭統《文選序》「事出於沉思，義歸乎翰藻」之說。20世紀詩人奧登（W. H. Auden）夫子自道：「我一生中，對技巧的興趣，超過任何其他東西」〔註9〕。哈樂德‧布洛牧（Harold Bloom）也極為強調文學的審美價值，他認為古今無匹的莎士比亞，其作品是審美的至尊（aesthetical supremacy），他慨歎當今很多批評家忽視審美價值，只會從社會政治角度研究作品，並斥他們為「憎恨派」（School of Resentment）[18：22]〔註10〕。

（3）情經辭緯，為情造文（內容與技巧的關係）

《情采》篇說：「文采所以飾言，而辯麗本於情性。」更謂：「情者文之經，辭者理之緯。」劉勰主張情采兼備，但顯然以情為先、為重。《情采》篇的「贊」把這個觀點清楚說出：「言以文遠，誠哉斯驗；心術既形，英華乃贍。吳錦好渝，舜英徒豔；繁采寡情，味之必厭。」

劉勰之前，《老子》、《論語》等都有類似反對「繁采寡情」的思想，劉勰之後亦然。「載道」論者、「藝術為人生」論者、「文章合為時而著，歌詩合為事而作」論者，自然主張以情（內容）為先、為重。不過，《論語》引孔子語，孔子說過「辭達而已矣」，卻也說「言之無文，行而不遠」；白居易主張「文章

〔註8〕 參看 George Kennedy, ed., The Cambridge History of Literary Criticism Volume 1 Classical Criticism; New York, Cambridge University Press, 1989。

〔註9〕 奧登原句為：「All my life, I have been more interested in technique than anything else.」參看 Margaret Ferguson, ed. Norton Anthology of Poetry（New York: W. W. Norton & Company, 1996）中奧登的「Versification」。

〔註10〕 School of Resentment 或應翻譯為「邪派」或「旁門左道派」，因為布洛牧認為指出作品的審美價值才是文學批評的正道，審美表現不凡的作品才有機會成為經典，或者說「正典」。

合為時而著，歌詩合為事而作」，他的詩文也自有其藻采。可見雖有先後輕重之分，文之為文，總有其采。

《情采》篇另有「為情而造文」、「為文而造情」之說：

> 昔詩人什篇，為情而造文；辭人賦頌，為文而造情。何以明其然？蓋風雅之興，志思蓄憤，而吟詠情性，以諷其上，此為情而造文也；諸子之徒，心非鬱陶，苟馳誇飾，鬻聲釣世，此為文而造情也。故為情者要約而寫真，為文者淫麗而煩濫。而後之作者，采濫忽真，遠棄風雅，近師辭賦，故體情之製日疏，逐文之篇愈盛。故有志深軒冕，而泛詠皋壤；心纏幾務，而虛述人外。真宰弗存，翩其反矣。

「為情而造文」的作品，即作者先有感動然後抒情成文；「為文而造情」的作品，即作者為了寫作文章可以虛述感情。劉勰貴真，反對「為文而造情」。劉勰之前，王充在《論衡》中指斥「虛妄」的寫作。劉勰貴真的理論，涉及讀者對作品所寫內容「真」與「不真」的判斷，而這是複雜困難的事。錢鍾書在《詩可以怨》中評論這種觀點時，指出「文藝取材有虛實之分，而無真妄之別」。他連帶論及近人所謂「不為無病呻吟」、「言之有物」等說法，指出這些說法與「作者之修養」有關，而與「讀者之評賞」無涉。這二者不可混為一談。他接著說：

> 所謂「不為無病呻吟」者即「修詞立誠」（sincerity）之說也，竊以為惟其能無病呻吟，呻吟而能使讀者信以為有病，方為文藝之佳作耳。文藝上之所謂「病」，非可以診斷得；作者之真有病與否，讀者無從知也，亦取決於呻吟之似有病與否而已。故文藝之不足以取信於人者，非必作者之無病也，實由其不善於呻吟；非必「誠」而後能使人信也，能使人信，則為「誠」矣。

他還認為作者「所言之物，可以飾偽」，讀者分辨不出來。比較兩人觀點，當以錢說中肯、周全，因為作者有病與否，不識作者、唯讀作品的讀者，實在無從得知。錢鍾書這種說法，與西方20世紀新批評學派的「作者意圖謬誤」（intentional fallacy）說互相發明。

《情采》篇的「采」，有跟進的多篇文章如《聲律》、《比興》等加以解說；什麼是「情」，「情」為何物，卻沒有加以解說；劉勰對文學的「情」，其意見散見於全書的不同篇章中。例如，《才略》篇講到馮衍（馮敬通）「雅好辭說，

而坎壈盛世；《顯志》、《自序》亦蚌病成珠矣。」意思是他那兩篇文章是司馬遷所說「發憤」、「鬱結」的結果。錢鍾書在《詩可以怨》中特別重視「蚌病成珠」一語，認為「病」就是悲、怨。誠然，我們可由此而討論文學創作的心理因素，進而兼及 20 世紀的心理分析文學批評理論，包括其「昇華」說法，又可以把阿里斯多德的悲劇理論放在這裏，以補《文心雕龍》的不足，並加強「情采通變」文論體系中西合璧的特色。

二、情采、風格、文體

（1）物色時序、才氣學習（影響作者情采、風格的因素）

《明詩》篇說：「人稟七情，應物斯感，感物吟志，莫非自然。」這「物」可以是自然環境即「物色」，也可以是時代社會即「世情」、「時序」。《物色》篇清楚說明自然環境對作者情志的影響：

> 春秋代序，陰陽慘舒；物色之動，心亦搖焉。蓋陽氣萌而玄駒步，陰律凝而丹鳥羞；微蟲猶或入感，四時之動物深矣。若夫珪璋挺其惠心，英華秀其清氣；物色相召，人誰獲安？是以獻歲發春，悅豫之情暢；滔滔孟夏，鬱陶之心凝；天高氣清，陰沉之志遠；霰雪無垠，矜肅之慮深。歲有其物，物有其容；情以物遷，辭以情發。一葉且或迎意，蟲聲有足引心；況清風與明月同夜，白日與春林共朝哉！

篇末這樣總結：「山遝水匝，樹雜雲合；目既往還，心亦吐納。春日遲遲，秋風颯颯；情往似贈，興來如答。」悅豫之情暢、鬱陶之心凝、陰沉之志遠、矜肅之慮深；春夏秋冬四季不同，作者感而受之，其情志出現不同的暢、凝、遠、深境界。關於山川自然的影響，《物色》篇說：「屈平所以能洞鑒風騷之情者，抑亦江山之助乎？」

《時序》篇則指出時代社會對作者情志的影響，作者有怎樣的情志，乃寫出與情志相關的作品來；此篇開首即謂：

> 時運交移，質文代變；古今情理，如可言乎？昔在陶唐，德盛化鈞；野老吐何力之談，郊童含不識之歌。有虞繼作，政阜民暇；熏風詠於元后，爛雲歌於列臣。盡其美者何？乃心樂而聲泰也。至大禹敷土，九序詠功；成湯聖敬，猗歟作頌。逮姬文之德盛，《周南》勤而不怨；大王之化淳，《邠風》樂而不淫。幽厲昏而《板》、《蕩》

怒，平王微而《黍離》哀。故知歌謠文理，與世推移；風動於上，而
波震於下者也。

劉勰用大手筆，作宏大論述（這裏筆者引申宏大敘事 grand narrative 一詞），一
口氣分析了自堯舜至東周不同政治經濟環境對作者的影響。

《時序》篇又云：「逮孝武崇儒，潤色鴻業；禮樂爭輝，辭藻競鶩。柏梁
展朝宴之詩，金堤制恤民之詠；徵枚乘以蒲輪，申主父以鼎食。」時當盛世，
且帝王重文，尊崇作家；作者在與有榮焉之際，多半會感覺良好，乃歌功頌
德，鳴其鼎盛。《時序》篇又云：「魏武以相王之尊，雅愛詩章；文帝以副君
之重，妙善辭賦；陳思以公子之豪，下筆琳琅。」受到禮遇、鼓舞的作者，
當然通常會努力文事，盡量發揮其俊才，以致「俊才雲蒸」，鳴文學之盛。《時
序》篇又以「文變染乎世情，興廢系乎時序」概括其旨，這兩句是經常被引
用的名言。

作者的經歷對作者情志的影響，也是可觀察到的。《才略》篇說：「馬融鴻
儒，思洽識高；吐納經範，華實相扶。」馬融雖然宦海浮沉，但屬碩學鴻儒，
門生眾多，且做過大官，顯赫一時；言志撰文，自然高奏崇儒的主旋律。「吐
納經範」，用今天的話來說，就是政治上正確。反過來，馮敬通則不然，《時序》
篇這樣說，剛才引過的：「敬通雅好辭說，而坎壈盛世，《顯志》《自序》，亦蚌
病成珠矣。」馮衍字敬通，《後漢書·馮衍傳》說他「喟然長歎，自傷不遭，
［……］乃作賦自勵，命其篇曰《顯志》」。

自然環境、時代社會、作者經歷對作者的情志產生影響，劉勰之前已有說
法。陸機《文賦》說詩人「悲落葉於勁秋，喜柔條於芳春」，表示自然環境對
作者情志或悲或喜的影響，意思與《物色》篇春夏秋冬四季對作者暢凝深遠不
同情志的影響相同。我們可說二人所見略同，也可說劉勰發揮了陸機的說法。
自然環境影響作者，作者與自然環境甚至有互動，有「移情作用」；錢鍾書認
為《物色》篇「心亦吐納」「情往如贈」八個字「已賅西方美學所稱『移情
作用』」[19：1182]。《孟子》說：「頌其詩，讀其書，不知其人，可乎？是以
論其世也。」這就是知人論世說，論世指對時代社會的研究、議論；時代社會
對作者的情志產生影響，所以為求瞭解深刻，要對時代社會加以研究。《毛詩
序》說：「治世之音安以樂，其政和；亂世之音怨以怒，其政乖；亡國之音哀
以思，其民困。」說的是作品反映時代社會，反過來說，則可稱時代社會影響
作者的情志，作者的情志乃從作品表現出來。司馬遷在其《太史公自序》中謂

他遭李陵之禍，幽於縲紲，意甚鬱結，不得通其道，歎身毀不用，化其悲憤情志為力量，終成其著述《史記》。他受過不公平的對待，因此特別強調《春秋》的公義，矢志繼承之。在他眼中，西伯拘羑里、孔子戹陳蔡、屈原放逐、左丘失明、孫子臏腳、不韋遷蜀、韓非囚秦，這些人的經歷對其情志影響很大，乃憑寫作把鬱結的情志反映出來，而有《周易》、《春秋》、《離騷》等作品。王逸的《楚辭章句序》則說「屈原履忠被譖，憂悲愁思，獨依詩人之義而作《離騷》；上以諷諫，下以自慰。」當然，用現代的心理分析學觀點來看，說他們寫作是一種「昇華」作用也可以。

劉勰同代或之後，各種類似說法不絕如縷。鍾嶸《詩品序》云：

> 嘉會寄詩以親，離群託詩以怨。至於楚臣去境，漢妾辭宮；或骨橫朔野，魂逐飛蓬；或負戈外戍，殺氣雄邊；塞客衣單，孀閨淚盡；或士有解佩出朝，一去忘反；女有揚蛾入寵，再盼傾國。凡斯種種，感蕩心靈，非陳詩何以展其義？非長歌何以騁其情？

最能說明作者經歷對作者的情志進而作品的影響。蕭統在其《文選序》中述屈原以其抑鬱之懷而作《離騷》，亦與其被流放的經歷有關。白居易在《與元九書》中力言「文章合為時而著，歌詩合為事而作」，他深知自然環境、時代社會、作者經歷對作者情志的影響，如謂「以康樂之奧博，多溺於山水；以淵明之高古，偏放於田園」，謝陶二人，生活於山水、田園之中，情志和作品的題材，自然離不開這樣的環境。歐陽修《六一詩話》指出，「孟郊賈島皆以詩窮至死，而平生尤自喜為窮苦之句」；窮的生活形成苦的情志，再形成「窮苦之句」。李清照論詞、朱熹論詩，在其名篇《論詞》、《詩集傳序》中，分別謂「亡國之音哀以思」，「感於物而動」乃有詩。今人賴欣陽提出《文心雕龍》的「作者」觀念說，詳細析論與作者相關的種種議題；他認為是書「真正能將歷來有關作者與環境間關係的問題與論述加以整合，並進行有理論意味的、全面而更深入的論述」[20：298]，洵為知言。

在現代，錢鍾書在其名篇《詩可以怨》中指出「蚌病成珠」，是寫作的一大現象。他旁徵博引，這裏僅錄他的若干西方例子：格里巴爾澤（Franz Grillparzer）說詩好比害病不作聲的貝殼動物所產生的珠子；福樓拜以為珠子是牡蠣生病所結成，作者的文筆卻是更深沉的痛苦的流露；海涅發問：詩之於人，是否像珠子之於可憐的牡蠣，是使它苦痛的病料。

19世紀法國泰恩（Hippolyte Taine）認為文學作品的產生和特質，受到種

族、環境、時代三個因素的影響。近世的唯物主義哲學（與唯心主義對立），認為物質為第一性、精神為第二性，世界的本原是物質，精神是物質的產物和反映。運用於文學批評，則自然環境、時代社會、作者經歷對作者的情志產生影響，是不言而喻的。加拿大批評家佛萊（Northrop Frye）的「四季──四種文類」理論（包括「春天──喜劇」、「秋天──悲劇」）和上面所引劉勰四季不同的暢、凝、遠、深，可相提並論：劉勰說的是詩人被四季的不同感染而有不同的情志和作品內容，佛萊說的是不同作品情調與四季不同的環境氣氛冥冥中契合〔註11〕。

有怎樣的作者，就有怎樣的作品，劉勰對此詳加議論。《文心雕龍·體性》認為作者的才、氣、學、習影響了作者作品的情采、風格：「才有庸儁，氣有剛柔，學有淺深，習有雅鄭；並情性所鑠，陶染所凝；是以筆區雲譎，文苑波詭者矣。」劉勰極言四者的影響，說：「故辭理庸俊，莫能翻其才；風趣剛柔，寧或改其氣；事義淺深，未聞乖其學；體式雅鄭，鮮有反其習：各師成心，其異如面」；因而有下面要說的「八體」，即作者作品的八種不同風格；他認為才、氣、學、習四者的相互關係是：「功以學成，才力居中，肇自血氣；氣以實志，志以定言」，更謂「吐納英華，莫非情性」，以為強調〔註12〕。《養氣》篇謂「學業在勤」，《神思》篇說「積學以儲寶，酌理以富才」，表示對學的重視。

才氣和學習，影響作者作品的情采風格；在劉勰之前和之後，都有與此相同或相通的言論。關於才氣，有《孟子》的「養氣」說，和曹丕《典論·論文》的「氣之清濁有體」說。關於學習，有陸機《文賦》對「佇中區以玄覽，頤情志於典墳」的表述；杜甫主張多方面學習：「不薄今人愛古人，清詞麗句必為鄰；別裁偽體親風雅，轉益多師是汝師。」學習之後自然會把「老師」的風格多少反映出來。嚴羽《滄浪詩話》的「詩有別材，非關書也」，說的則是一種「活學」法。錢鍾書認為影響作者風格的因素眾多，「同時同地，往往有風格絕然不同之文學」；「時地之外，必有無量影響勢力，為一人所獨

〔註11〕 參考黃維樑《中國文學縱橫論》（台北：東大圖書公司，1988年初版，2005年增訂二版）中《春的悅豫和秋的陰沉》一文，該文把劉勰和佛萊比照而論，也引述了龔鵬程這一方面的相關論點。近年流行的文學地理學理論（如楊義所論述）即重視文學中地理環境等外延因素。

〔註12〕 劉勰重視文才，誠如張健所言，他強調天賦才分對於文章的影響，認為「文章從構思到內容到表達，都與天賦之才有密切關係」。見張健《文道、才性與心術：〈文心雕龍〉幾個理論命題及其在中國文論史上的地位》（《學術月刊》2009年第3期，頁125）。

具，而非流輩之所共被焉」；他和嚴羽一樣，認為學問不是一切；然而，在論及性靈與學問時，他說：「今日之性靈，適昔日學問之化而相忘，習慣以成自然者也。」[7：209～210] 錢鍾書又引《滄浪詩話》「詩有別材［……］而非多讀書，多窮理，則不能極其至」之語，加評曰：滄浪這樣說「周匝無病」[7：210]。物色時序、才氣學習影響作者的情志（性情），進而影響風格。這正是布芬（George-Louis Leclerc de Buffon）說的「風格就是其人」（Le style c'est l'homme même）。

「才」與「學」跟「神思」有關係，現在申論之。《神思》篇說：

> 古人云：形在江海之上，心存魏闕之下，神思之謂也。文之思也，其神遠矣。故寂然凝慮，思接千載；悄焉動容，視通萬里；吟詠之間，吐納珠玉之聲；眉睫之前，卷舒風雲之色；其思理之致乎？夫神思方運，萬塗競萌；規矩虛位，刻鏤無形。登山則情滿於山，觀海則意溢於海；我才之多少，將與風雲而並驅矣。方其搦翰，氣倍辭前；暨乎篇成，半折心始。何則？意翻空而易奇，言徵實而難巧也。

陸機《文賦》的「精鶩八極，心游萬仞；［……］觀古今於須臾，撫四海於一瞬」，說的就是神思、想像；劉勰「寂然凝慮，思接千載；悄焉動容，視通萬里」之語，很可能受到其影響，至少是所見略同；《文賦》說「恒患意不稱物，文不逮意；蓋非知之難，能之難也」，與劉勰「意翻空而易奇，言徵實而難巧也」，說的是一個道理。蕭統《文選序》論創作，謂其「事出於沉思」，「沉思」即想像之意。清代葉燮論杜甫詩，析其「碧瓦初寒外」一句，就用了「想像」一詞；其《原詩》云：「然設身而處當時之境會，覺此五字之情景，恍如天造地設，呈於象、感於目、會於心。意中之言，而口不能言，口能言之，而意又不可解。劃然示我以默會想像之表，竟若有內、有外，有寒有初寒。」

西方文論中，想像這概念早就出現，論述者眾。阿里斯多德的著作中出現過「想像」（imagination）一詞，古羅馬的朗介納斯說：「我們的思想，常常在我們環境之外遊走。」[9：178] 這就是想像的運作情形。19世紀西方文論界重視想像這個概念，柯立基（S. Coleridge）分析 imagination 與 fancy 的異同，更引起議論紛紛；「形象思維」一詞在俄國興起，俄國著名文學批評家別林斯基有名言「詩是寓於形象的思維」，英國有人把俄國這個詞「形象思維」翻譯

為 imaged thought。論者認為這個概念「相當於古希臘人的 phantasia 和古羅馬人的 imaginatio」，也就是後來英文的 imagination 與 fancy [12：4]。劉勰「意翻空而易奇，言徵實而難巧也」的「翻」，和「翻譯」的「翻」，其意鄰近。意可翻空、奇幻，言要巧妙地捕捉之、坐實之，是難事。從事翻譯工作，把作品從甲語文翻譯為乙語文，要信實不異，也是難事，因為總會有一些變異以至有「叛逆」；謝天振說文學翻譯中的「叛逆」不可避免，正是這個意思 [21：95]。文學創作與翻譯學，都有變異以至「叛逆」的現象。

錢鍾書對「意翻空而易奇，言徵實而難巧也」，深有體會。他引述《神思》篇的話，再引西方幾個作家的言論，添趣添色地說：Lessing 劇本 Emilia Galotti 第一幕第四場有曰：「倘目成即為圖畫，不須手繪，豈非美事。惜自眼中至腕下，自腕下至毫顛，距離甚遠，沿途走漏不少。」後來 Friedrich Schlegel 亦言「男女愛悅，始於接吻，終於免身；其間相去，尚不如自詩興忽發以至詩成問世之遠。」嗜好比喻、本身是比喻大師的錢鍾書，在徵引二說之後，不忘讚曰：「嘗歎兩言，以為罕譬。」兩言還不夠，他要三言：Balzac 小說 La Cousine Bette 論造作云：「設想命意，厥事最樂。如蕩婦貪歡，從心縱欲，無罣礙，無責任。成藝造器，則譬之慈母恩勤顧育，其賢勞蓋非外人所能夢見矣。」他總結說：「此皆謂非得心之難，而應手之難也。」創作時得心非難，應手難。[7：209 ～210]

「意翻空而易奇，言徵實而難巧也」涉及「言如何達意」和「言能否達意」等問題，與文學創作有關，也與哲學、語言學等有關。劉勰之前，陸機以至更早的《周易》、《莊子》都論及。在西方，言意關係是 20 世紀人文學科的一大論述主題。汪洪章討論《莊子》、《文心雕龍》與現象學方法，把劉勰的觀點與德里達（有言意間有「無法縮減的差異之延異性」說法）及其後結構主義相提並論 [21A：100～101]，是恰當的。

言意的關係如此，《神思》篇乃主張向經典學習，「積學以儲寶，酌理以富才，研閱以窮照，馴致以懌辭」。羅馬的賀拉斯自問：「詩歌佳作，唾手可得，還是經營乃得？」自答：用功與才華都需要 [9：109]。姜森極言莎士比亞的偉大，說其成功有自然這因素，但另有原因：「然而我決不把一切歸之於自然，溫文的莎士比亞，你的功夫也有份。」[13：1220] 天才仍需靠努力，此乃不易之理。我們讀文學史，知道莎氏沒上過大學，但閱讀頗廣，知識甚豐。姜森在《題詞》裏，沒有直接告訴讀者，莎氏的學問如何如何；他用遺憾的語氣說：

「你不太懂拉丁，更不通希臘文。」[13：1220] 換言之，莎氏如懂拉丁文和希臘文，就會更傑出了。姜森又說：「誰想要／鑄煉出你筆下那樣的活生生的一句話，／就必須流汗，必須再燒紅，再錘打，／緊貼著詩神的鐵砧，連人帶件，／扳過來拗過去，為了叫形隨意轉；／要不然桂冠不上頭，笑罵落一身，／因為好詩人靠天生也是靠煉成。」[13：1220] 這樣看來，莎氏構思、寫作——至少是在某個情況中，或某個階段中的寫作——應近於《神思》篇說的「思之緩者」，如「相如含筆而腐毫」，「桓譚疾感於苦思」；至少不會像「子建援牘如口誦，仲宣舉筆似宿構」那樣快速。《神思》篇論想像、構思，實在照顧深廣，論者謂《神思》篇「是世界上第一篇系統論述創作過程中想像問題的論著」，誠非虛語 [4：1790]。

（2）風格的分類

《體性》篇稱文學有八種風格，即「八體」：「一曰典雅，二曰遠奧，三曰精約，四曰顯附，五曰繁縟，六曰壯麗，七曰新奇，八曰輕靡。」對每一體劉勰都加以解說：

> 典雅者，鎔式經誥，方軌儒門者也；遠奧者，馥采曲文，經理玄宗者也；精約者，核字省句，剖析毫釐者也；顯附者，辭直義暢，切理厭心者也；繁縟者，博喻釀采，煒燁枝派者也；壯麗者，高論宏裁，卓爍異采者也；新奇者，擯古競今，危側趣詭者也；輕靡者，浮文弱植，縹緲附俗者也。

對七、八兩體，即「新奇」和「輕靡」，他解說時語帶貶意。解說後，他補充道：「雅與奇反，奧與顯殊，繁與約舛，壯與輕乖。」說得中肯。這裏有個小問題，既然「雅與奇反，奧與顯殊，繁與約舛，壯與輕乖」，他上面列舉時，為什麼不用雙雙對對的方式？且按下不表。《體性》篇是中國古代文論史最早對風格問題的全面、系統論述。《文心雕龍》其他各篇描述作品時所用的字眼，也是風格的描述，例如《辨騷》篇稱《離騷》「文辭麗雅」；又謂「《騷經》、《九章》，朗麗以哀志；《九歌》、《九辯》，綺靡以傷情；《遠遊》、《天問》，瑰詭而慧巧，《招魂》、《大招》，耀豔而深華。」所用的形容詞指的就是風格。文學的風格，把上面出現過的形容詞，加以排列組合，再加上別的，真是多姿多采。《風骨》篇「唯藻耀而高翔，固文筆之鳴鳳也」說的也是風格，而這大概是劉勰最喜愛的；「八體」中「典雅」和「壯麗」，特別是「壯麗」，形容的

就是這種風格〔註13〕。

　　人類識字知書、懂得用形容詞以來，就可以描述文學藝術的風格。《尚書‧堯典》「直而溫，寬而栗」描述音樂的風格，《論語》謂《關雎》「樂而不淫，哀而不傷」，描述詩歌的風格。《毛詩序》、《典論‧論文》、《文賦》等無不描述詩文的種種不同風格。《文心雕龍》之後各種詩論文評，宋代歐陽修《六一詩話》及其後的各種詩話詞話，作者或隨意形容或細加分類（如司空圖、嚴羽所做），或用抽象形容如「飄逸」、「沉鬱」，或用具象比喻如「金鎞擘海」、「香象渡河」（以上都是嚴羽用語），當然比《文心雕龍》的形容更多樣多元了。劉勰分風格為八體，清朝的姚鼐在《覆魯絜非書》中，大而化之，只判為二；他說：「鼐聞天地之道，陰陽剛柔而已。文者，天地之精英，而陰陽剛柔之發也。」

　　在西方，朗介納斯以「雄偉」為最高的風格，他形容德默思芬尼斯（Demosthenes）的雄偉天才：「昂揚精密的言辭，活潑的情緒，豐饒的內容，準確性，逼切需要的速度，不可接近的猛烈與力量。」[9：177] 這近乎《風骨》篇「唯藻耀而高翔，固文筆之鳴鳳也」的形容。英國的班‧姜森譽莎士比亞為「愛芬河可愛的天鵝」（the Sweet Swan of Avon）[13：1220]，鳳凰和天鵝中西輝映，都是文學風格亮麗的比喻。18世紀英國伯克（Edmund Burke）論 sublime，拿它與 beautiful 比照，認為兩者互異；我們可把伯克說的 beautiful 譯為秀美、秀麗或美麗。「雄偉」近於劉勰「壯麗」的「壯」，「秀美」近於其「壯麗」的「麗」；更為接近的自然是「雄偉」之於「陽剛」、「秀美」之於「陰

〔註13〕邵耀成對劉勰的「風格論」有專題研究，他有這樣的定義：「風格」乃是「一個說者或作者，在一個特定的說話對象下，或因某一特定目的（若適用的話），應用標準或慣性的文學工具，例如修辭象徵等，通過最完美的「相襯關係」與「共鳴關係」，說出任何他想說出來的東西，但必須達到最低程度的「富於表達性」以及「結構良好性」。而且他氣質的流露是不受他意識所控制的。邵氏把劉勰「風格論」中主要的名詞，例如「體」（身體／本體／體裁／文體風格的分類）、「勢」（氣勢／從文體佈局而來的氣勢／從形而上的氣而來的勢）、「風」（實質會影響人的風／神情的風采／言談舉止的風度／感染力／感化力／「富於表達性」）、「骨」（起支撐作用的骨／起內在架構作用的骨架／結構／「結構良好性」），以劉勰「二層次的創作論」（「文心」〔包括意識與非意識二方面〕為一層次、「雕龍」〔也包括意識與非意識二方面〕為另一層次）為理論基礎，通過對風格最中心問題，例如「風格即個性」與「時代風格」等，作有系統的精細分析，試圖層層剝落包圍在這些既是玄學上的、也是譬喻性的專有名詞上帶有神秘意味的外衣，直指概念的本身，希望在分析的層面上，能有一個更明確的瞭解。請參閱邵耀成，《劉勰二層次「風格論」：「顯示關係」與「目的與工具關係」》，此文由作者以電郵方式傳給筆者。

柔」。《文心雕龍》認為傑出的作家「藻耀而高翔」，譽之為「文筆之鳴鳳」。明代朱權的《太和正音譜》，形容元明二代的曲家，大量用「朝陽鳴鳳」、「花間美人」之類的形象語；我們可說劉勰啟其先河。

《體性》篇有「新奇」一體，《定勢》篇則論文風之「奇」、「反正」、「訛」，有這樣的話：「自近代辭人，率好詭巧，訛勢所變，厭黷舊式，故穿鑿取新；察其訛意，似難而實無他術也，反正而已。故文反正為乏，辭反正為奇。效奇之法，必顛倒文句：上字而抑下，中辭而出外；回互不常，則新色耳。」阿里斯多德論詩，認為其語言應「清晰而不卑劣」[9：79]；他反對「謎語」詩或「粗劣難懂的歪詩」[22：156]。被文評家視為「新奇」的文風，歷代都有。莎劇 Romeo and Juliet（《羅密歐與朱麗葉》）第二幕第四景就有一段對白，諷刺一種時髦的古怪言談。劉勰生於 5 世紀，上面《定勢》篇的話，卻好像出自 21 世紀一個較為保守的批評家之口，反對近世流行的風潮，如現代主義詩歌和意識流小說，如法國 20 世紀 50 至 60 年代盛行阿蘭・羅伯—格里耶的「新小說」、「反小說」，如南美洲興起的、以馬奎斯為代表的魔幻現實主義小說。這些新風，端在「反正」一語。新銳之士，喜歡奇怪；保守之士，反對詭異〔註14〕。

（3）文體的分類

《序志》篇謂《文心雕龍》一書有「論文敘筆」部分，即第 6 至 25 共 20 篇，篇名為：明詩、樂府、詮賦、頌贊、祝盟、銘箴、誄碑、哀悼、雜文、諧讔、史傳、諸子、論說、詔策、檄移、封禪、章表、奏啟、議對、書記。多數篇章中，所論有兩種文體，即總共有詩、樂府、賦、頌、贊、祝、盟、銘、箴、誄、碑、哀、吊、雜文、諧、讔、史、傳、諸子、論、說、詔、策、檄、移、封禪、章、表、奏、啟、議、對、書、記 34 種文體。第五篇《辨騷》篇屬「文之樞紐」，如把騷也列為一種文體（理應如此），則《文心雕龍》所析論的文體，共有 35 種，誠然洋洋大觀。《序志》篇謂：「若乃論文敘筆，則囿別區分。原始以表末，釋名以章義，選文以定篇，敷理以舉統。」既是洋洋大觀，也作體體細析，劉勰的文體論工程，花了大功夫才完成。

分析與分類，是人類知性的應然與必然。面對紛繁的文學書寫和現象，必有分析與分類。《毛詩序》的風、雅、頌是分類，主要以作品的內容來分；也

〔註14〕20 世紀還有文論界毫不陌生的「陌生化」（defamiliarization）一詞，汪洪章《〈文心雕龍〉與二十世紀西方文論》（上海：復旦大學，2005 年）首章（頁 37～56）論「奇」和「陌生化」的異同。劉勰不能預知 20 世紀文論，但他實在思想廣遠。

涉及體式，所以風、雅、頌也可說是文體。《典論‧論文》云：「夫文本同而末異，蓋奏議宜雅，書論宜理，銘誄尚實，詩賦欲麗。此四科不同，故能之者偏也；唯通才能備其體。」奏議、書論、銘誄、詩賦是曹丕分的四種文體。《文賦》云：「詩緣情而綺靡，賦體物而瀏亮。碑披文以相質，誄纏綿而悽愴。銘博約而溫潤，箴頓挫而清壯。頌優遊以彬蔚，論精微而朗暢。奏平徹以閒雅，說煒曄而譎誑。」陸機分為詩、賦、碑、誄、銘、箴、頌、論、奏、說共 10 體。陸機應知道曹丕分的四體，分析之，稍加增益之，乃有 10 體。劉勰後出轉多，增至 35 體。劉勰同代或之後，如《文選》所分，以至清代姚鼐《古文辭類纂》所分，紛紛紜紜，並無共識，定不了一尊。現代中華學者如鄭明娳，單就「散文」就分出了多種文體（或次文體）。張少康認為：

> 劉勰的文體論是總結了前代有關文體論的研究成果，集其大成，作了更加系統而深入研究的結果，他把以前那些零星、片斷、不完整、不成熟的文體理論，經過歸納、總結、發展，而提到了一個新的高度，其完整性、系統性、科學性和理論深度，不但遠超前人，而且後來的論文體著作，也大都難與倫比。〔10：185〕

在西方，古希臘的阿里斯多德，在《詩學》中主要論悲劇，兼及史詩，提到還會論喜劇。看來他採三分法。阿伯拉穆斯（M. H. Abrams）指出，自柏拉圖和阿里斯多德以來，西方一直用下面的三分法：抒情詩（lyric）；史詩（epic）或敘事性作品（narrative）；戲劇（drama）[23：76]。有論者則謂西方傳統的文體分類為：悲劇、喜劇、抒情詩、田園詩（pastoral）；若在今天，則還可包括長篇小說、短篇小說、散文以至電視劇和電影劇本 [24：220]。韋勒克等的《文學理論》論文學，重視其想像性（imaginativeness），認為現代的分類理論傾向於小說、戲劇、詩的三分法；其中小說或稱為虛構性作品（fiction），包括長篇小說、短篇小說、史詩；戲劇（drama）則有散文體和詩體兩種；詩的主體與古代的抒情詩（lyrical poetry）相當 [17：227]。當然，西方的三體或四體說，還有其「分說」：如詩再分為抒情詩、史詩、戲劇詩；抒情詩又分為歌（song）、頌（ode）、民謠（ballad）、挽歌（elegy）、十四行詩（sonnet）等「次文類」（subgenre）。其他分類林林種種，其紛繁與中國歷代的文體分類法不遑多讓。

中西比較，我們發現劉勰對文體分類，以及中國古代其他文論家對文體分類，雖然與西方異其趣，但其分類的細密，乃傳統西方所不及。當然，中國古代沒有古希臘那類悲劇與史詩；劉勰的理論中，也就沒有這些文類。劉勰論述

的諸種文體，有些已少見或絕跡於當今的文學創作甚至應用文體，而應放入「文學博物館」；他對很多文體的闡釋，於 1500 年後的今天，則仍饒具意義，如其所論的「論」體。《論說》篇謂「論也者，彌綸群言，而研精一理者也。〔……〕故其義貴圓通，辭忌枝碎；必使心與理合，彌縫莫見其際；辭共心密，敵人不知所乘。斯其要也。」這絕對可作為現代學術論文（包括學位論文）寫作的指南。順便一說，筆者這裏所從事的，就是「論」體的寫作，即「彌綸群言，而建構一體（系）」。

《諧讔》篇認為「諧」之為體，「辭淺會俗」，即語言淺易，適合一般大眾閱讀或觀看，這說法正道出了今天我們所說通俗文藝的特色。《史傳》篇認為「俗皆愛奇」，劉勰連「受眾」（audience）的趣味也指出了。李漁在《閒情偶寄》中說戲曲之道，「詞貴顯淺」；今人余光中譯王爾德（Oscar Wilde）的喜劇 The Importance of Being Earnest 為中文，劇名作《不可兒戲》，他認為譯文要顧及觀眾，令他們一聽就明白 [25：153]，也就是「辭淺會俗」。當然所謂「俗」，尚有不同的層次；《不可兒戲》的「俗」觀眾，還是比較「雅」的。這裏點到即止。《史傳》篇的主體內容則可以作為撰史者（包括撰寫文學史者）的極佳參考，這一點留在下面加以說明。

三、剖情析采（實際批評）

（1）文情難鑒，知音難逢
（A）披文入情的困難

《知音》篇云：「知音其難哉！音實難知，知實難逢；逢其知音，千載其一乎！」而「貴古賤今」、「崇己抑人」、「信偽迷真」為「音實難知，知實難逢」的原因。劉勰再三感歎知音之難，也就是評價之難：「形器易徵，謬乃若是；文情難鑒，誰曰易分？」面對作品，多有下面的現象：「褒貶任聲，抑揚過實」；「鑒而弗精，翫而未核」。他認為批評首先必須言之有據：「將核其論，必徵言焉。」《知音》篇所說「貴古賤今」，劉勰舉出了多個實例。至於「崇己抑人」，也就是「文人相輕」，關於這個行為，劉勰歷引班固、曹植等嫉妒同文的例子，結論說：「故魏文稱文人相輕，非虛談也。」魏文帝曹丕說的「文人相輕，自古而然」，今仍如此。關於「信偽迷真」也是實有其人其事；清代趙翼《論詩》：「隻眼須憑自主張，紛紛藝苑漫雌黃；矮人看戲何曾見，都是隨人說短長。」是劉勰說法的形象性版本。今之「粉絲」，其中大概有不少趙翼說的「矮人」。

近年某德國「漢學家」肆意攻擊中國當代文學，也是一種「信偽迷真」的行徑；他在專業操守方面，言辭不具起碼的高度〔註15〕。近年「鄉愁詩人」余光中，埋怨其《鄉愁》一詩有如一張大名片，遮蔽了他的全面目，他言談間有「去《鄉愁》化」之意。以為余光中即《鄉愁》、《鄉愁》即余光中，也是一種「信偽迷真」，雖然沒有惡意的〔註16〕。

上面引述過班·姜森盛讚莎士比亞的長詩，此詩的開首這樣說：「莎士比亞，不是想給你的名字招嫉妒，我這樣竭力讚揚你的人和書」[13：1218]；因為他知道「嫉妒」、「相輕」在文人間是慣見的行為。20世紀西方的文論家，也不見得怎樣「相親」、「相重」。韋勒克在其著名的批評史 A History of Modern Criticism; Volume 5 English Criticism 1900～1950（《現代文學批評史：第五卷英國文學批評 1900～1950》）序言中說：「法國、德國、義大利、俄羅斯、西班牙的文學批評界，對英國和美國的，幾乎完全不屑一顧；[……] 在 1950 年代之前，俄羅斯和德國的批評家，在英語世界無人認識。這些現象的形成，不是由於無知，就是由於偏見。」[26：vii～viii] 據王寧說，佛克馬（Douwe Fokkema）也曾指出，不同的文論家之間很有門戶之見，甚至「相輕」[27：83]。

（B）讀者反應仁智不同

《知音》篇又云：「慷慨者逆聲而擊節，醞藉者見密而高蹈，浮慧者觀綺而躍心，愛奇者聞詭而驚聽。」這裏說的是不同讀者的口味，及其對作品的不同反應。《辨騷》篇論不同讀者對《離騷》等《楚辭》作品的接受：「故才高者菀其鴻裁，中巧者獵其豔辭，吟諷者銜其山川，童蒙者拾其香草。」《文心雕龍》這裏的兩段文字合起來，再加上《辨騷》篇所述不同時代的劉安、班固、王逸、揚雄對《離騷》等《楚辭》作品不同評價的話語，西方 20 世紀的讀者反應論（reader's response）和接受美學（reception aesthetics）的基本道理，都在其中了。

莎士比亞成為英國國寶久矣，而 20 世紀的蕭伯納大彈艾略特、大讚歌德、大褒托爾斯泰之際，大貶莎士比亞；托爾斯泰則以莎士比亞缺乏「道德教化」而大數他的不是 [28：168～176]。蕭伯納褒托貶莎，大概與托貶莎有關。托氏認為莎氏作品「瑣屑不道德，只求娛樂觀眾，[……] 大概不能代表對人生

〔註15〕 參考黃維樑《迎接華年》（香港：文思出版社，2011 年）中《請劉勰來評論顧彬》一文，此文已納入本書。

〔註16〕 參考黃維樑《壯麗：余光中論》（香港：文思出版社，2014 年）中《余光中〈鄉愁〉的故事》一文，此文已納入本書。

的教訓」[18：54]。布洛牧則為莎氏辯護，極言其偉大，為古今之最，是經典的中心[18：43]。香港學者黃國彬說莎翁有「神筆」，「寫盡人生百態，留下無窮珠璣」[29：350]，道出莎翁偉大的特色；而這正是布洛牧之意，也是千千萬萬稱美莎翁者之意。

說到批評家，韋勒克認為艾略特在現代英語世界中最為偉大[26：176]。布洛牧定的排行榜不同，他認為18世英國紀的約翰森（Samuel Johnson）最偉大，20世紀的艾略特只屬「次要」（a minor critic）[18：184～188]。基型論主將佛萊，更力責艾略特，說他對彌爾敦的評價忽低忽高，簡直和拋售股票、買入股票一樣[30：18]。莫言2012年得諾貝爾文學獎，中國讀者對其作品、對其獲獎，反應殊異〔註17〕。

讀者反應仁智不同，甚至南轅北轍，中外文學史上「罄竹難書」。難怪加拿大批評家佛萊（Northrop Frye）認為文學批評史只是口味（taste）變遷史而已，他要從事不帶評價性的文學研究：「原型論」。在 Anatomy of Criticism（《批評的剖析》）的《爭論性的導言》，以及 1951 年發表的《文學的原型》（The Archetypes of Literature）一文之中說：「我們要認識清楚沒有意義的批評，且摒而棄之。對文學的娓娓清談，卻不能有助於建立一個知識體系的，就是我所謂的沒有意義的批評。偶然的價值判斷，不屬於批評，只屬於品味變遷史（history of taste）的資料。」[30：9]他主張建立體系，用客觀方法研究文學。筆者認為文學研究始終應涉及評價（evaluation），佛萊不涉及，但他淵博，剖析文學時卻真的大有發現。

（2）平理若衡，照辭如鏡（理想的批評態度）

鍾嶸《詩品序》批評時人談詩，「喧議競起，準的無依」；劉勰呼籲建立客觀

〔註17〕 參考《海南師範大學學報》（2013 年 6 期）葉珣文章《中國讀者之於莫言獲獎的基本反應管窺》。又：原居香港、移民加拿大的作家阿濃，2014-10-18《大公報・小公園》他的專欄文章《忽然懶讀書》說：「近年受注視的新書不多，幾部獲大獎著作〔指莫言小說〕，一是皇皇巨著，篇帙浩繁，拿在手裏也嫌重；一是內容和敘述方式都不合自己胃口。有些書只適合少女們代入她們的愛情夢，有些書〔……〕要我花錢花時間找這些書來讀，實在提不起興趣。」他又論及村上春樹與諾貝爾文學獎，「為什麼至今他拿不到諾獎，原因只有兩個：一是還沒有輪到他（排隊得諾獎的人那麼多），二是評委會不喜歡他。」這又是喜歡與否的「胃口」問題了。2014 年 8 月周嘯天的舊體詩詞獲得魯迅文學獎，引起諸多不同反應，又是一例。古今中外例證多如恒河沙數，這裏所舉，筆者的一些閱報筆記而已。

的批評標準，希望批評者如《知音》篇說的「無私於輕重，不偏於憎愛，然後能平理若衡，照辭如鏡矣。」文學的作用，有如鏡說，有如燈說。文學批評的作用，也有如鏡說，有如燈說；18世紀德國的萊辛就喻之為「藝術的鏡子」，19世紀俄國的杜勃羅留波夫認為文藝批評「應當像鏡子一般使作者的優點和缺點呈現出來」〔註18〕。劉勰的如鏡說，早出現了一千多年：批評家要「平理若衡，照辭如鏡」。博觀很重要，即《知音》篇所說：「凡操千曲而後曉聲，觀千劍而後識器。故圓照之象，務先博觀。閱喬嶽以形培塿，酌滄波以喻畎澮。」博觀是批評家的必需條件，大批評家如劉勰自己，如18世紀英國的約翰森，20世紀的如錢鍾書、韋勒克、佛萊、布洛牧，哪位非如此？雖然我們都知道，文學是個浩瀚大海洋，要博觀天下之文學名著，是絕難完成的任務，不要說要博觀天下之書了〔註19〕。

論作品要從多方面著眼，這樣才少偏頗，劉勰提出「六觀」：「將閱文情，先標六觀：一觀位體，二觀置辭，三觀通變，四觀奇正，五觀，六觀宮商。斯術既形，則優劣見矣。」歷來對「六觀」的「觀」有不同的解釋，《文心雕龍學綜覽》和林杉對此有很好的概括〔6：132～136〕〔31：291〕；筆者認為「觀」指分析、評價作品的觀察點，「六觀」就是分析、評價作品的六個方面。「六觀」說是批評家力求客觀全面而應採用的方法學。筆者多年來對此加以提倡、試用，獲得頗多同行肯定。〔4：1777〕〔32：90～93〕〔註20〕。

（3）「六觀」中的四觀

歷來學者對「六觀」各觀的解釋，不若對「原道」、「風骨」那樣眾說紛紜，

〔註18〕轉引自《創作與評論》（2014年7月下半月刊）胡光凡《從「鏡子」和「燈」說開去：文藝批評隨想》一文，頁5～6。

〔註19〕韋勒克、佛萊、布洛牧儘管通曉多國的語言，畢竟不懂中文。布洛牧開列書目，許為「經典」或「未來經典」，洋洋灑灑，又指點江山，褒此貶彼，好像什麼名著非名著，都經過他閱讀甚至細讀過，是耶非耶？大詩人兼批評家艾略特就曾經說他自己的外文能力不理想；夏志清更曾經說他讀《紅樓夢》還不夠熟，所以沒讀張愛玲的《紅樓夢魘》（見夏志清編著《張愛玲給我的信件》〔武漢：長江文藝出版社，2014〕，頁305），而夏著《中國古典小說》（The Classic Chinese Novel）中，《紅樓夢》是他評論的六大小說之一，他為什麼沒有把它先讀熟呢？要博觀，難；博觀加上細觀，更難。

〔註20〕參考李鳳亮等著《移動的詩學：中國古典文論現代觀照的海外視野》（廣州：暨南大學出版社，2012年）第五章《傳統文論話語與海外中國現代文學批評》第三節《黃維樑：文論雕「龍「者》，頁257～276。又：《華文文學》（2013年10月出版）中包劍銳《黃維樑對《文心雕龍》「六觀「說的應用》一文，頁104～111。作者為內蒙古師範大學中文系碩士，《華文文學》所刊這篇文章是其碩士論文的一章。

不過也有歧見，例如，大家對「位體」的理解，就頗有分別。筆者綜合各家的解說，加上自己的意見，嘗試用現代的辭彙來說明「六觀」。為了方便討論，且看起來更為合理，筆者大膽地把「六觀」的先後次序予以調整，而成為：一觀位體，二觀事義，三觀置辭，四觀宮商，五觀奇正，六觀通變；於是形成了這樣一個現代的六觀說：

第一觀位體，就是觀作品的主題、體裁、形式、結構、整體風格；

第二觀事義，就是觀作品的題材，所寫的人、事、物種種內容，包括用事、用典等；以及人、事、物種種內容所包含的思想、義理；

第三觀置辭，就是觀作品的用字修辭；

第四觀宮商，就是觀作品的音樂性，如聲調、押韻、節奏等；

第五觀奇正，就是通過與同代其他作品的比較，以觀該作品的整體表現，是正統的，還是新奇的；

第六觀通變，就是通過與歷來其他作品的比較，以觀該作品的整體表現，如何繼承與創新。

《知音》篇對於六觀，只是舉出名稱，而不加解釋。不過，在《文心雕龍》其他篇章裏，我們可以找到很多與六觀有關的論述：

一、《情采》篇論及情，即主題；《鎔裁》、《附會》、《章句》諸篇論及結構；《體性》和《定勢》篇論及整體風格；此外《文心雕龍》全書有二十篇左右論及各種詩文體裁。

二、《事類》篇論及用典、用事。

三、《章句》、《麗辭》、《比興》、《誇飾》、《練字》、《隱秀》、《指瑕》論及用字修辭。

四、《聲律》篇論及音樂性。

五、《定勢》、《辨騷》篇論及正統與新奇。

六、《通變》、《物色》、《辨騷》、《時序》篇論及繼承與創新。

以上所舉篇名，只就其重要者而言，實際上不止這些。此外要說明的是，第二、三、四觀，可合成一大項目，以與第一觀比照。這個大項目就是局部、組成部份、局部肌理（local texture），以與第一觀的全體、整體大觀、邏輯結構（logical structure）比照；local texture 和 logical structure 是美國「新批評學派」用語。劉勰論文，非常重視局部細節與整體全部的有機性配合；事實上，「置辭」與「事義」息息相關，而此二者，加上「宮商」，乃構成整篇作品的

「位體」，或者說這三者都為「位體」服務。我們也可以反過來說，「位體」決定了「事義」、「置辭」和「宮商」。第一至第四觀，乃就作品本身立論；第五觀「奇正」，第六觀「通變」，則通過比較來評論該作品，用的是文學史的角度了。向來解釋「奇正」，多不能使人愜意。「奇正」與「通變」二者，分辨起來，又頗不容易。上面筆者的分辨很可供參考；也許我們大可不必強為劃分，就把二者當作用比較、用透視的方法來衡量作品的整體風格和成就好了。以下先說位體、事義、觀置辭、宮商四觀。

（A）觀位體

第一觀位體，就是觀作品的主題、體裁、形式、結構、整體風格。《文心雕龍》文體論部分所論的各種文體，其特色由作品的主題、體裁、形式、整體風格構成。〔註21〕

體裁、風格上文已有論述。古今中外的文學，無論什麼體裁（文體、文類）的作品，都應該有主題；極端的現代主義、先鋒派作品可能例外。主題就是《鎔裁》篇「設情以位體」的「情」；《附會》篇「附辭會義，務總綱領，驅萬途於同歸，貞百慮於一致」的「一致」；《論說》篇「彌綸群言，而研精一理」的「一理」；在西方，就是 theme 或是 thesis。劉勰論文非常重視結構。剛剛引述的《附會》篇片段，告訴我們文章應有「綱領」；《章句》篇云：「章句在篇，如繭之抽緒；原始要終，體必鱗次。啟行之辭，逆萌中篇之意；絕筆之言，追媵前句之旨；故能外文綺交，內義脈注；跗萼相銜，首尾一體。」指出作品要有秩序井然的組織（「體必鱗次」）；作品的開頭與結尾很受重視，

〔註21〕對《知音》篇的「位體」一詞的涵義，學者有不盡相同的意見。郭晉稀在《文心雕龍譯注十八篇》（香港：建文書局）中認為位體就是「安排情志」，即「奠定中心思想」，見該書頁224；陸侃如、牟世金在《文心雕龍譯注》（濟南：齊魯書社，1982 年）中認為位體是「體裁的安排」，見該書頁382；周振甫在《文心雕龍注釋》（北京：人民文學出版社，1981 年）中認為「觀位體」就是「根據體制風格來探索情理，從而研討作者怎樣『情理設位』，『因情立體』」，見該書頁524；張長青、張會恩在《文心雕龍詮釋》（長沙：湖南人民出版社，1982年）中位體是「文章的體式、格局與內容」，見該書頁337；王更生在《文心雕龍研究》（臺北：文史哲出版社，1984 增訂版）中認為位體即「安排作品的內容佈局」，見該書頁422；王禮卿在《文心雕龍通解》（台北：黎明文化事業股份有限公司，1986 年）中認為位體乃統「體類、體制、體勢」三者而言，見該書頁892；施友忠（Vincent Yu-chung Shih）在其英譯 The Literary Mind and the Carving of Dragons（Hong Kong: The Chinese University Press, 1983）中，認為位體是體裁和風格（genre and style），見該書頁509。筆者在本文中對位體的理解，採取廣義，即位體所指兼及主題、風格、體裁、結構等。

《附會》篇乃有「統首尾」、「首尾周密」，《章句》篇乃有「首尾一體」之說。
《附會》篇曰：「總文理，統首尾，定與奪，合涯際，彌綸一篇，使雜而不越
者也；若築室之須基構，裁衣之待縫緝矣。」其論最與美國新批評學派的「統
一有機體」（organic unity）理論相通。劉勰還從反面說明「統一有機體」的
重要，《鎔裁》篇云：「規範本體謂之鎔，剪截浮詞謂之裁；裁則蕪穢不生，
鎔則綱領昭暢。」「浮詞」、「蕪穢」就是不能為作品主題服務的字句，非作品
「有機」的部分。中國戲曲和小說以至散文的結構，也常常是文評家討論的
焦點。這裏只舉清代李漁對戲曲結構的看法，以概其餘。下面是《閒情偶寄》
的一段話：

> 至於結構二字，則在引商刻羽之先，拈韻抽毫之始。如造物之
> 賦形，當其精血初凝，胞胎未就，先為製定全形，使熱血而具五官
> 百骸之勢。倘先無成局，而由頂及踵，逐段滋生，則人之一身，當
> 有無數斷續之痕，而血氣為之中阻矣。

文學作品的結構，是「統一有機體」的說法，源遠流長。我們幾乎可以說，
人類自從有文學批評以來，就有這個概念。奧仙尼（Gian N. G. Orsini）告訴我
們，在古希臘，柏拉圖是「這個概念的提出者，也是它的主要形成者」[33：
90]。在柏拉圖的《斐多篇》（Phaedrus）中，有這樣一段重要的話：「每篇論說
都必須這樣組織，使它看起來具有生命，就是說，它有頭有腳，有軀幹有肢體，
各部分要互相配合，全體要和諧勻稱。」[33：34] 在《詩學》中，阿里斯多
德指出，情節是悲劇最重要的元素；像柏拉圖那樣，他用了個比喻：「有生命
的物體，其各部分的組成，必須有秩序，這樣才美麗。由部分組成全體的各種
物體，也必須如此。」[33：78]郎介納斯的《論雄偉》中，作者讚揚莎孚（Sappho）
的一首詩，說這位女詩人的技巧，表現於她「選擇了最適當的細節，然後組織
起來，形成一個有生命的個體」[33：92]。後世的談詩論文之士，對有機統一
體的肯定，例證太多，不勝枚舉，也許只多引柯立基（S. Coleridge）的一句話
就夠了。柯氏被新批評家許為現代文學批評的先鋒之一，他說過：「美的意識
存在於一種直覺，我們一時間感覺到部分與全體間和諧妥貼，那就是美了。」
[33：98]

20 世紀的文學批評理論中，敘事學（敘述學，narratology）是個重點。《文
心雕龍》沒有這方面的論述，我們可把它放在這裏，作為「位體」理論的伸延。
近年楊義、浦安迪、趙毅衡、傅修延等研究敘事學，並提出發展「中國敘事學」

理論的主張。用西方主流的小說敘事學理論，來看很多中國傳統章回小說如《儒林外史》，論者指出，這種小說的結構是「綴段式」（episodic），是「無主幹」的 [34：1～83]。傅修延認為「無主幹」說大可商榷，我們可以這樣看《儒林外史》：它或展現儒林中的「禮崩樂壞」，或指明出路在於「禮失而求諸野」；換言之，與「禮」有關的敘述構成了它的「主幹」[34：18]。引申傅說，並用《文心雕龍》的「位體」理論來解釋，我們可說《儒林外史》這類小說，表面看來是「綴段式」，是「無主幹」的，但它有「主題」，有其「主軸」意念，有其「主軸」情思，也就是說，有其「主幹」的「敘事語義」（「敘事語義」為傅修延用語 [34：8]）；這就是《文心雕龍》「設情以位體」的「情」（「情」狹義而言指作品的情思，廣義而言指作品的內容）；而「位體」意即安排（「位」）這樣的「綴段式」作為它的敘事體式、架構（「體」）。如果在西方主流的小說敘事學之外，還有「中國敘事學」，則《文心雕龍》的「位體」理論可對此作出貢獻。另一可貢獻的觀點是：20 世紀很多批評家重視「具體呈現」的敘事手法，而以「夾敘夾議」法為病；姑勿論二法之得失優劣，我們可說具體呈現法近於《文心雕龍・知音》說的「醞藉」風格，夾敘夾議法則近於其「浮慧」風格。

（B）觀事義

世間的種種人、事、物，都是文學作品的內容，或者說題材（subject matter）；作品中呈現某人、某事、某物，不論涉及的篇幅是多是寡，必有其呈現的理由，必有其要表達的思想、義理。劉勰析評作品，每每舉出其相關的人、事、物，再論及其「義」，例如《辨騷》篇就這樣列述人、事、物，進而申論其「義」：

> 故其陳堯舜之耿介，稱禹湯之祗敬，典誥之體也；譏桀紂之猖披，傷羿澆之顛隕，規諷之旨也；虬龍以喻君子，雲蜺以譬讒邪，比興之義也；每一顧而掩涕，歎君門之九重，忠怨之辭也：觀茲四事，同於《風》、《雅》者也。至於托雲龍，說迂怪，豐隆求宓妃，鴆鳥媒娀女，詭異之辭也；康回傾地，夷羿彃日，木夫九首，土伯三目，譎怪之談也；依彭咸之遺則，從子胥以自適，狷狹之志也；士女雜坐，亂而不分，指以為樂，娛酒不廢，沉湎日夜，舉以為歡，荒淫之意也：摘此四事，異乎經典者也。故論其典誥則如彼，語其誇誕則如此。

在這裏「陳堯舜之耿介，稱禹湯之祗敬」是人事，「典誥之體也」是其
「義」；「譏桀紂之猖披，傷羿澆之顛隕」是人事，「規諷之旨也」是其「義」；
餘類推。《文心雕龍》有《事類》篇，論及用典、用事，這在下面將論及。

文學的題材，是千匯萬狀的人生世相，及由此引生的各種思想義理。20 世
紀西方的文論，關乎各種思想、主義。《文心雕龍》涉及中國傳統的思想，它
有儒家、道家之思，卻沒有馬克斯；20 世紀的馬克斯主義者或「新馬」理論
家，剖析文學的內容思想時，《文心雕龍》無用「文」之地。《神思》篇論作家
創作時及構思時的意識，涉及「心」、「理」、「精神」等，非常精彩；可是，劉
勰的說法和心理分析（或曰精神分析）理論的性器意象、戀母情結、防衛機略
沾不上邊。《情采》篇說情理為經、辭采為緯，強調情之重要，說：「男子樹蘭
而不芳，無其情也。」姑勿論引自《淮南子》的這個說法可信與否，在種養蘭
花一事上，這裏顯然有抑男揚女之意；然而，《文心雕龍》並沒有女性主義
（feminism）的文學批評理論。《史傳》篇論及歷史上典章制度和政治興亡，有
「一代之制」和「王霸之跡」等語；然而，劉勰所論不涉及漢人胡人的侵略反
侵略等敵對政治關係，更沒有當代文論的殖民主義和後殖民主義話語。《麗辭》
篇引王粲《登樓賦》「鍾儀幽而楚奏兮，莊舃顯而越吟」，這裏面有鄉土故國之
思；然而，劉勰引述的目的在說明對仗句的優劣，與當前流行的「離散」
（diaspora）文學理論無涉。

文論傑構《文心雕龍》的作者劉勰，這位古代的文化英雄，因為沒有上述
的先「慮」之明，在當今的國際文論界，遂無用「文」之地？中西合璧是解決
問題的方案。上面介紹「六觀法」時，把「事義」解釋為「作品的題材，所寫
的人、事、物等種種內容……」以及思想、義理。馬克斯主義、心理分析學說、
女性主義、後殖民主義、離散文論等等，涉及的就是「作品的題材，所寫的人、
事、物等種種內容」及其義理；正因為如此，這種種 20 世紀的「新」文論，
這裏所述之外，還有像新歷史主義等，都可以納入五世紀的「舊」《文心》裏
面──歸類於或寄存於「六觀法」這個實際批評方法學的「事義」一項。包容
了這些，「情采通變」這個體系就更加宏大了。

（C）觀置辭

第三觀置辭，就是觀作品對文字的安排佈置。綴字成句，組句成篇章；「置
辭」跟「位體」大有關係，眾多局部的「置辭」合成一個「位體」。《章句》篇說
「章句在篇，如繭之抽緒；原始要終，體必鱗次。啟行之辭，逆萌中篇之意；

絕筆之言，追媵前句之旨。故能外文綺交，內義脈注；跗萼相銜，首尾一體。」其中「啟行之辭」的「辭」、「絕筆之言」的「言」，就是「置辭」的「辭」；「辭」的涵義略為擴大，可為「辭句」、「字句」之意。劉勰要求作者綴字成句準確無誤，《章句》篇又說：「篇之彪炳，章無疵也；章之明靡，句無玷也；句之清英，字不妄也。」《章句》篇列為《文心雕龍》的第 34 篇，其 35～38 篇依次為《麗辭》、《比興》、《誇飾》、《事類》，我們可把這四篇理解為「置辭」的四種重要手法，相當於我們今天修辭學的四種重要「辭格」，即對仗、比喻（兼及象徵）、誇張、用典。

關於這四者，劉勰論述如下。《麗辭》篇說：「造化賦形，支體必雙；神理為用，事不孤立。夫心生文辭，運裁百慮；高下相須，自然成對。唐虞之世，辭未極文，而皋陶贊云：罪疑惟輕，功疑惟重。益陳謨云：滿招損，謙受益。豈營麗辭，率然對爾。」認為麗辭本乎自然，貫徹了《原道》篇的理論。接下去陳述麗辭的種類及其優劣：「故麗辭之體，凡有四對：言對為易，事對為難；反對為優，正對為劣。言對者，雙比空辭者也；事對者，並舉人驗者也；反對者，理殊趣合者也；正對者，事異義同者也。」麗辭就是對仗；漢語用方塊字，往往單字成詞，從古到今，中國人寫作都喜用對仗。西方文學也有對仗，只是遠遠不及中國文學之常用與工整。麗辭的運用及其理論，乃成為中國文學與文論非常突出之處。

《比興》篇說：「比者，附也；興者，起也。附理者切類以指事，起情者依微以擬議。夫比之為義，取類不常：或喻於聲，或方於貌，或擬於心，或譬於事。詩人比興，觸物圓覽。物雖胡越，合則肝膽。」這裏比是比喻，興則近於現代我們說的象徵。《隱秀》篇的「隱」與象徵大有關係，下面將略為述及。《毛詩序》的賦比興說，其一是比，就是比喻。宋代的陳騤認為比喻是寫作的關鍵手法，在《文則》中說：「文之作也，可無喻乎？」現代的錢鍾書、秦牧，在其文論中，對它加以標榜、剖析不遺餘力。阿里斯多德極為重視比喻，認為創造比喻是天才的標誌；19 世紀詩人雪萊（Percy Shelley）和 20 世紀的新批評學派，也對它異常珍惜。古往今來，比喻為文學的最重要技巧之一，是詩藝的不二法門；劉勰立專章以論之，適當不過。《比興》篇精闢細緻，施友忠就曾力言此篇（及《麗辭》篇）的超強分析力 [35：xxxvii]。此篇的「物雖胡越，合則肝膽」一語可引而申之，用以解釋西方文論中的「巧喻」（conceit）。當然，中外關於比喻的說法極多，論者無數，《比興》篇並沒有涵蓋一切，例如西方

有名的「史詩式明喻［比喻］」（epic simile；又稱為荷馬式明喻［比喻］，即
Homeric simile），就不在劉勰的論說之內〔註22〕。

　　《誇飾》篇說：「自天地以降，豫入聲貌；文辭所被，誇飾恒存。言峻則
嵩高極天，論狹則河不容舠。」指出誇張這種修辭法早就存在，並舉例說明。
中外的浪漫豪放詩人，最喜歡用誇張的修辭。這個手法多是形象性的，好像這
裏劉勰引的「言峻則嵩高極天，論狹則河不容舠」；李白的「桃花潭水深千尺，
不及汪倫送我情」當然也是。阿里斯多德在《修辭學》（Rhetoric）第 3 卷第 11
章說：「成功的誇張也是比喻。」他道出誇張和比喻的關係，洵為知言。朗介
納斯有專節論 hyperbole ［9：179］，誇飾也是文學的最重要技巧之一，同樣論
者無數。

　　《事類》篇說：「事類者，蓋文章之外，據事以類義，援古以證今者也。
屬意立文，心與筆謀；才為盟主，學為輔佐。主佐合德，文采必霸。經典沉深，
載籍浩瀚；實群言之奧區，而才思之神皋也。」在修辭學上，如較為嚴格地區
分，「用典」指引用的文詞有出處，「用事」指引用的義詞涉及特定歷史或文學
中的人物、事件；如較為籠統地說，則可只用「典故」一詞。用典用事為作者
才與學的表現，可表達文意，顯示文采。傳統的博雅作者，引經據典，用典用
事乃寫作的常識常事。當然也有否定用典用事的，從珍惜「自然英旨」的劉勰
同代人鍾嶸，到主張「不隔」的清末王國維，都如此。五四新文學健將胡適也
不主張用典用事，他的同鄉胡先驌反對其說，列舉大量實例，指出中西文學莫
不用典用事；胡適文章中的「逼上梁山」，就是典故。胡先驌的觀察與主張，
比胡適通達。《雜文》篇說「智術之子，博雅之人，藻溢於辭，辭盈乎氣」，《詮
賦》篇指出賦的特色是「鋪采摛文」；當代的中華文學批評家有「學者散文」
之說，這種散文重學問、重文采，其行文即離不開徵引，離不開用典。典故西
方稱之為 allusion，20 世紀有「文本互涉」（intertextuality）的概念，根源於此。
現代詩宗艾略特認為詩應具「歷史感」（historical sense），有此特色的詩篇，必
用典，必有「文本互涉」手法；艾略特的代表作《荒原》（The Waste Land）即
大量用典。

　　修辭還有一大竅訣，就是要使得言辭少而意義豐，即富言外之意。《隱秀》
篇討論的，與此相關。它說：「隱也者，文外之重旨者也；秀也者，篇中之獨

〔註22〕 參考 Laurence K. P. Wong（黃國彬），"Homer as a Point of Departure: Epic Similes
　　　　 in The Divine Comedy," Mediterranean Review 4:1（June 2011），pp.83～143。

拔者也。隱以複意為工，秀以卓絕為巧。夫隱之為體，義生文外；秘響傍通，伏采潛發。隱文深蔚，餘味曲包。」隱」涉及的就是「文外之重旨」、「複意」、「餘味曲包」。「隱」與象徵大有關係，也因此其相關論述可視為《比興》篇內容的延續。「富言外之意」、「含蓄」是中國詩學所重視的詩歌品質，歷來論之者無數。後世的司空圖、歐陽修以至袁枚，其詩論文評中，言外之「意」、言外之「味」等詞，如響斯應。宇文所安（Stephen Owen）認為《隱秀》篇的「文外……」片語，成為以後中國文論中「X 外……」片語建構（如「言外……」「象外……」）的始祖，誠然。〔註23〕

　　至於西方，法國的白瑞蒙、瓦勒利所稱「貴文外有獨絕之旨、詩中蘊難傳之妙」這類觀點，錢鍾書在《談藝錄》補訂本和《管錐編》[7：268～276][19：719～723；19：1358～1366] 多處徵引析論，也不絕如縷。20 世紀西方這論題的一本名著，是燕卜蓀（William Empson）的 Seven Types of Ambiguity（《含混七型》）。有人認為 ambiguity 這詞欠妥，而轉用 plurisignation；後者多中譯為「多義性」，趙毅衡建議把它翻譯為「複義」。「複義」來自《隱秀》篇「隱以複意為工」的「複意」；像不少中西比較詩學論者一樣，趙毅衡拿 ambiguity（plurisignation）和劉勰的學說相提並論 [36：148～149]〔註24〕。

　　劉勰重視文字的運用，《練字》篇指陳「綴字屬篇」的毛病，要操翰者避免。《指瑕》篇亦然，但指陳的毛病不同。劉勰在本篇中指出：「古來文才，異世爭驅。或逸才以爽迅，或精思以纖密；而慮動難圓，鮮無瑕病。」確實如此。這兩篇的內容，主要屬於「置辭」的範圍。劉勰這本文論經典名為《文心雕龍》，「雕龍」者自然講究修辭，講究文采，而運用對仗、比喻（兼及象徵）、誇張、用典（即《麗辭》《比興》《誇飾》《事類》四篇所述者），可說是擅於修辭、講究文采的犖犖大端，也是現代修辭學的基本內容。置辭，就是語言文字的安排佈置，而文學是語言的藝術，置辭的重要不言而喻。艾略特說：「文學的優劣成敗，端視乎其語言運用；詩人的責任，在發展語言。」[26：193]

〔註23〕參考 Owen, Stephen（宇文所安）Readings in Chinese Literary Thoughts （Cambridge, Mass.: Council on East Asian Studies [Distributed by Harvard University Press], Harvard-Yenching Institute Monograph Series, 1992）。

〔註24〕關於言外之意、「複意」、ambiguity，可參考黃維樑《從〈文心雕龍〉到〈人間詞話〉》（北京：北京大學出版社，2013 年）中《中國詩學史上的言外之意說》一文，頁 149～194。

（D）觀宮商

漢語的每一個字，有形音義三部分，音的部分就是六觀中的「宮商」，是現代我們說的音樂性（musicality），是《聲律》篇所探討的。劉勰的時代，文學作品的聲律極受重視，當時的文壇祭酒沈約就有「四聲八病」說，《文心雕龍》把聲律即「宮商」獨立為一觀，顯示其重要性，有此時代背景。《聲律》篇說：「夫音律所始，本於聲者也。聲含宮商，肇自血氣，先王因之，以制樂歌。異音相從謂之和，同聲相應謂之韻。」說明聲律源於人類天生的一項特性，又指出音樂與詩歌的關係，簡約地解釋了「和」與「韻」的意義。我們觀察文學史，知道音樂與詩歌一向關係密切，從《禮記‧樂記》、《毛詩序》以來，有各種論述。自唐代的近體詩開始，後來的宋詞元曲更不用說，詩人詞客曲家吟詠，要嚴守平仄韻腳等的要求，聲律愈形重要，有關的論述極多。五四之後，新詩盛行，聲律的講究不嚴，甚至不講究，卻也還有「節奏」、「音樂性」等理論。卞之琳、余光中是新詩作者中相當重視音樂性的，余氏有「豈有啞巴繆思」的質問，可見其態度。不過，評論文學音樂性的有無優劣，容易流於主觀抽象；詩歌之外，散文、小說、戲劇的音樂性，更難以說得具體細緻。雖然如此，王蒙仍拿小說與音樂並論，認為「長篇小說的結構如同交響樂」，又謂其「寫作是真正的樂器演奏」［25A：167, 177, 189］〔註25〕。

〔註25〕 以下 ABC 為王蒙論小說之音樂性的三個片段：A.「我愈來愈感到長篇小說的結構如同交響樂，既有第一主題，又有第二第三主題，既有和聲，又有變奏，既有連續，有延伸、加強、重複又有突轉與中斷，還有和諧與不和諧的刺激、衝撞〔……〕結構的問題，主線的問題，與其說是一種格式一種圖形不如說是一種感覺，對於小說寫作的音樂感韻律感與節奏感是多麼地迷人！像作曲一樣地寫小說，這是幸福。什麼地方應該再現，什麼地方應該暗轉，什麼地方應該配合呼應，什麼地方應該異軍突起，什麼地方應該緊鑼密鼓，什麼地方應該悠閒踱步，什麼地方應該欲擒故縱，什麼地方應該稀裏嘩啦〔……〕全靠一己的感覺。寫作的人怎麼會沒有這種感覺呢？」（《半生多事》，香港：明報出版社，2006 年；頁 167）B.「我不會演奏任何樂器，然而我的寫作是真正的樂器演奏。寫《青春萬歲》，我的感覺是彈響了一架鋼琴，帶動了一個小樂隊，忽疾忽徐，高低雜響，流水叮咚，萬籟齊鳴，雷擊閃電，清風細雨，高昂狂歡，不離不即。而寫《組織部來了個年青人》是一架小鋼琴，升天入地，揉撚急撥，呼應回環，如泣如訴，如歌如詩。」（《半生多事》頁 177）C.「《青》書的寫作中我一直是沉迷其中，我背得下每一段，我不但設計人物，情節，場景，道具，而且在不斷地不出聲的或者讀出聲來的背誦中，我掂量每個字的平仄，聲母與韻母，圓唇與非圓唇音，我要求它們的舒暢，婉轉，幽雅，潔淨和光明。」（《半生多事》頁 180）

在西方，詩樂關係同樣是詩學的一大課題，抒情詩（lyric poetry）、歌曲的歌詞（lyrics），其詞源是 lyre（古希臘的一種弦琴），後來 lyre 被借代為「詩篇」或者「詩人」。在古希臘，抒情詩是由 lyre 伴奏的。在歐洲多國中，十四行詩（sonnet）流行了數百年，它有嚴格的聲律要求，可與中國的律詩相比。西方的詩律（prosody）見諸「音尺」（poetic foot; meter）、「韻」（rhyme）、「節奏」（rhythm）及由此衍生的概念和詩體（poetic form）；詩歌的音樂性，指的就是這些。不過用「節奏」一類術語的時候，常有含義模糊不清的，即使是著名的詩人、批評家也難免〔註 26〕。艾略特筆下，「節奏」、「音樂性」這些術語的涵義頗為模糊。艾略特說節奏「是地毯的真正樣式，是組織的格式，是思想感覺與辭彙的格式，是一切東西匯合之道。」韋勒克說他解釋得含混〔26：196〕。

劉勰論文，非常重視局部細節與整體全部的有機性配合；「位體」和「事義」、「置辭」「宮商」三觀的關係，上面已有闡述。《總術》篇說：好的作品「視之則錦繪，聽之則絲簧，味之則甘腴，佩之則芬芳；斷章之功，於斯盛矣。」這裏說的是視、聽、味、嗅四種感官，換言之，劉勰十分重視文學的形象性，要求作者運用具體生動的語言。這與阿里斯多德在《修辭學》強調的用比喻、要具體生動的寫作「基本法」，與 20 世紀詩學普遍認同的「形象思維」，其道理完全一致。我們還注意到，說這一番話時，劉勰用的「錦繪」、「絲簧」、「甘腴」、「芬芳」等詞，正是形象性語言；他身體力行，其書寫重形象性、重文采，這裏得到又一印證。當代西方文論界，反對把文學視為政治社會文獻的哈樂德·布洛牧（Harold Bloom），極言「審美能量」（aesthetic strength）為文學的一種正能量，而「審美能量」離不開各種修辭手法的揮灑自如（mastery of figurative language），和辭藻的璀璨華茂（exuberance of diction）。〔註 27〕這又是中外同心同理的一個例子，上文討論「情采」的「采」時，已有說明。〔18：27～28〕向來龍學學者如張少康、沈謙、黃春貴等，對《文心雕龍》修辭學部分的闡述頗為全面，值得參考。

〔註 26〕在艾略特筆下，「節奏」、「音樂性」這些術語的涵義頗為模糊不清。艾略特說節奏「是地毯的真正樣式，是組織的格式，是思想感覺與辭彙的格式，是一切東西匯合之道。」韋勒克說他解釋得含糊不清〔26：196〕。

〔註 27〕《西方經典》中布洛牧所說的「審美能量」，除了各種修辭手法的揮灑自如和辭藻的璀璨華茂外，還有「創新性」、「認知力量」和「知識」，即 originality, cognitive power 和 knowledge〔18：27～28〕。

四、通變（通過比較，實際析評不同作家作品的情采）

（1）「六觀」中的二觀

（A）觀奇正

第一至第四觀，乃就作品本身立論；第五觀「奇正」，第六觀「通變」，則通過比較來評論該作品，用的是文學史或近乎文學史的角度。相對於「通變」的貫時性（diachronality）觀察，我們可把「奇正」作共時性（synchronicity）解釋：評論某作品時，該作品與同時代其他作品相比，它是「正統」的呢，還是「新奇」的呢？《文心雕龍》鼓勵作家創新，但認為傳統、正統、雅正的品質不應拋棄。劉勰對奇詭訛巧的文字，大加針砭，《定勢》篇說：

> 自近代辭人，率好詭巧。原其為體，訛勢所變，厭黷舊式，故穿鑿取新。察其訛意，似難而實無他術也，反正而已。故文反正為乏，辭反正為奇。效奇之法，必顛倒文句：上字而抑下，中辭而出外，回互不常，則新色耳。夫通衢夷坦，而多行捷徑者，趨近故也；正文明白，而常務反言者，適俗故也。

《定勢》篇這番話，上面引述過，申論過。在中西文學史中，奇與正的現象及其爭論，長期存在。20世紀的文學藝術，人人爭奇、代代反正。劉勰這番話帶有批判性。

（B）觀通變

《通變》篇的要旨，是作家要繼承傳統，且有所創新；批評家則在發現、在說明作品如何繼承傳統、如何創新，據此來評論作品的成就。《通變》篇說：「文律運周，日新其業；變則可久，通則不乏。趨時必果，乘機無怯；望今制奇，參古定法。」劉勰高度評價《楚辭》，正因為其既通且變。《辨騷》篇說：「《楚辭》者，體憲於三代，而風雜於戰國；乃雅頌之博徒，而詞賦之英傑也。觀其骨鯁所樹，肌膚所附，雖取鎔經意，亦自鑄偉辭。」「取鎔經意」、「自鑄偉辭」是關鍵語句。清代趙翼著名《論詩》絕句云：「滿眼生機轉化鈞，天工人巧日爭新；預支五百年新意，到了千年又覺陳。」「李杜詩篇萬口傳，至今已覺不新鮮；江山代有才人出，各領風騷數百年。」強調的正是創新〔註28〕。

〔註28〕向來論趙翼詩觀的，都強調其創新說，霍松林在《甌北詩話》（北京：人民文學出版社，1963年）的《校點後記》寫道：「趙翼表現了發展觀點和追求創造的精神〔……〕，就對諸家的評論看，也同樣體現了發展觀點和追求創造的精神。他在評蘇軾時說：『意未經人說過，則新；書未經人用過，則新。詩家之

批評家通過比較，發現《楚辭》受到三代、戰國文學的影響，而有所開拓，所以說觀「通變」是對作品貫時性（diachronality）的觀察、比較。能從「通變」衡量作品的表現，則批評家自非博觀不可；《知音》篇說：「圓照之象，務先博觀」。《通變》篇論述的繼承與創新，則與艾略特（T. S. Eliot）的「傳統與個人才華」說相通：以傳統為基礎，或取資於傳統（此為「通」），然後發揮個人才華，有所創新（此為「變」）。艾略特認為「真正的創新只是發展而已」[26：200]，說的是同一個道理。

（2）通變·文學史·文學經典·比較文學

（A）時運交移，質文代變（文學發展史）

《通變》篇云：「文律運周，日新其業；變則可久，通則不乏。趨時必果，乘機無怯；望今制奇，參古定法。」「日新其業」加上《時序》篇「時運交移，質文代變」的說法，基本上可概括為文學發展的原理。新字在《通變》篇出現了四次，其中「通變無方，數必酌於新聲」和「文律運周，日新其業」道出了旨趣。《時序》篇本身是一中國古代文學發展史綱，《文心雕龍》第 6 至 25 篇則可作為 20 個分體文學史。中外古今文學史的編寫，不外是「通史」（順著整體文學發展的時序）和「分體歷史」（不同文體的各別發展史）兩種；《文心雕龍》中，這兩者都有〔註 29〕。《史傳》篇的見解則可以作為撰史者（包括撰寫文學史者）的極佳參考，它說：「原夫載籍之作也，必貫乎百氏，被之千載，表徵盛衰，殷鑒興廢。使一代之制，共日月而長存；王霸之跡，並天地而久大。」這說的是以國家政治盛衰為主軸的歷史。其中「貫乎百氏，被之千載」言內容之繁富、時間之綿長，涉及的是這類史籍的性質；「表徵盛衰」言事物之遞展變化；「一代之制，共日月而長存；王霸之跡，並天地而久大」言有重大貢獻的典章制度、人事業跡可藉史籍而傳諸久遠，涉及的是這類史籍的功用。以上所說同樣適用於文學史的著述。《史傳》篇又說明撰寫歷史的主要法則為：「尋繁領雜之術，務信棄奇之要，明白頭訖之序，品酌事例之條。」同樣是極好的指導原則。在四項原則之後，劉勰寫道：「曉其大綱，則眾理可貫。」即是「能夠掌握這個大綱，編寫史書的各種道理就都可貫通了。」

能新，正以此耳。』在評陸游的律詩時，也特別稱讚其『無意不搜，而不落纖巧；無語不新，亦不事塗澤』的特點。」

〔註 29〕關於《時序》的文學史觀，請參考張文勛《劉勰的文學史論》（北京：人民文學出版社，1984 年）；又：岑溢成，《劉勰的文學史觀》，中國古典文學學會主編，《文心雕龍綜論》（台北：學生書局，1988 年），頁 197～211。

文學史的撰寫也如此。

年前出版的 The Cambridge History of Chinese Literature（《劍橋中國文學史》頗受學術界關注。其主編謂此史之編寫，力求有「獨到的編撰觀點和認識」，包括其體例「完全按年代（時間順序）安排」[38：161]。在序言中，主編舉例稱，此書論述唐代文學時，不以唐詩、唐散文、唐小說、唐詞這樣分文類處理，而以「武后時代」、「唐玄宗朝代及其它」等作為界別，在每個時代兼論各種文體和作家作品 [39：xviii]。《文心雕龍》學者對此一定會指出，這個寫法並不新鮮，因為《時序》篇就是這樣寫的。劉勰論述一千多年文學的發展，即以帝王年代為經，論述年代中各種文體和作家作品為緯；在「漢武帝時代」和「建安時代」，這樣的寫法尤為明顯。「完全按年代（時間順序）安排」的編寫法，正是包括《時序》篇在內的一般文學史編寫法。

（B）文學經典

劉勰有強烈的「宗經」思想，《文心雕龍》第三篇即名為《宗經》，其篇首說：「經也者，恒久之至道，不刊之鴻教也。」篇末云：「性靈鎔匠，文章奧府；淵哉鑠乎，群言之祖。」這裏「經」相當於今天我們說的「經典」（classic）；當然我們知道《宗經》篇說的經典，指的是儒家的經書。第五篇《辨騷》稱屈原作品「氣往轢古，辭來切今；驚采絕豔，難與並能」；「其衣被詞人，非一代也」；從其高度評價看來，屈原的篇什，應該也是經典。第 6 至 25 篇為 20 個分體文學史，諸篇論文敘筆，囿別區分，主旨在說明各種文體的始末、名義、理統等：「原始以表末，釋名以章義，選文以定篇，敷理以舉統」；劉勰選出來的各種文體文章（「選文以定篇」），應具有經典意義。曹丕《典論·論文》說詩是「不朽之盛事」，能不朽的，自然是經典；《昭明文選》入選的篇章，應該是當時所認為的經典，或者是準經典。不過，時間會淘洗事物，一千多年後，原來是經典，或者是準經典的篇章，其尊貴地位已被降低甚或取消了。《聖經·傳道書》早就說「著書多，沒有窮盡；讀書多，身體疲倦。」作家多，且多產，更使得讀者覺得書多，讀不勝讀，於是只能選擇性地讀，讀大家公認的經典。經典的釐定，是人類閱讀史以至文明史的一個重要活動。19 世紀的聖佩甫（Sainte-Beuve）在其名篇《何為經典？》（Qu'est-ce qu'un classique?）中指出，經典之為經典，有其恒久性，有其對人類精神財富的增益；他引述德國文豪歌德的話：「古書之成為經典，非以其古老也，乃以其有力而健康，歷久而彌新。」哪些文學作品是經典，哪些作家是經典作家，是

會有爭議，是會有改變的。20 世紀布洛牧的書《西方經典》（The Western Canon）列出了 26 個西方古今作家作品，就引起諸多議論〔註30〕。一般而言，經典都是有相當的「年紀」，出版後沒有經歷至少一百幾十載的考驗，難稱經典。布洛牧所列的一些作家作品，顯然「歷練」還不夠。不過，經典一詞值千金，作家作品想成為經典，研究者要發揮話語權，想選出經典，於是就有現代的、當代的經典了。〔註31〕無論如何，劉勰說的「恒久」、「至道」、「不刊」、「鴻教」，都是解釋經典的關鍵字。

（C）比較文學

筆者請教過若干位《文心雕龍》專家：劉勰懂梵文嗎？沒有得到答案。以劉勰的好學、博學，他如果懂梵文、讀過梵文作品，他極可能是中國最早的比較文學學者。中國 20 世紀的比較文學研究，發展快速；到了 21 世紀，更為蓬勃。劉勰如生於當代，不論是影響研究、平行研究、跨學科研究或者跨文化研究，他一定可以大顯身手。在平行研究方面，他一定可以指出中國文學理論和印度文學理論（以及其他國家的文學理論）很多「心同理同」的地方，就像錢鍾書在《談藝錄》和《管錐編》所做的。上面引述過劉勰在《滅惑論》中說的「至道宗極，理歸乎一；妙法真境，本固無二；〔……〕故孔釋教殊而道契」。他和錢鍾書都應該是文學理論以至文化理論的「大同」論者。當代學者就有拿《文心雕龍》做跨學科研究和跨文化研究，以說明「大同」論的。劉勰《文心雕龍》和喬艾斯 Ulysses（《尤利西斯》），一為文論著述，一為小說創作，但有其「心同理同」，林中明謂二者相互映照〔註32〕。文學和軍事學本來屬於不同的範疇，正因為《文心雕龍》體大慮周，而不同學科有其相通之處，所以它的為文用心和兵略思想可以相提並論。林中明說：「文藝創作在神思情采之外，謀篇佈

〔註30〕 Harold Bloom 列出 26 個西方古今作家作品：Shakespeare, Dante, Chaucer, Cervantes, Montaigne, Molière, John Milton, Samuel Johnson, Goethe, Wordsworth, Jane Austen, Walt Whitman, Emily Dickinson, Charles Dickens, George Eliot, Tolstoy, Henrik Ibsen, Freud, Proust, James Joyce, Virginia Woolf, Franz Kafka, Jorge Luis Borges, Pablo Neruda, Fernando Pessoa, Samuel Beckett。

〔註31〕 參考饒芃子（香港）《文學評論》（2014 年 6 月出版）中《百年海外華文文學經典研究之思》一文。

〔註32〕 參考《日本福岡大學 2004〈文心雕龍〉國際學術研討會論文集》（台北：文史哲出版社，2007 年）中林中明《喬艾斯的「文心」與〈尤利西斯〉的文體、文術、文評——劉勰〈文心雕龍〉和喬艾斯〈尤利西斯〉的相互映照》一文，頁 59～94。

局，通變任勢，導意動情，也多不能脫離昇華抽象後的兵略藝術。」[40：311]
〔註33〕。《文心雕龍》的理論，筆者認為也可與大眾傳播學說互相印證〔註34〕。

五、文之為德也大矣（文學的功用）

（1）光采玄聖，炳耀仁孝（文學對國家社會的貢獻）

《原道》篇說：「觀天文以極變，察人文以成化；然後能經緯區宇，彌綸彝
憲，發揮事業，彪炳辭義。［……］光采玄聖，炳耀仁孝。」《明詩》篇說「詩者，
持也，持人性情；三百之蔽，義歸無邪，［……］順美匡惡，其來久矣」。《程器》
說：「安有丈夫學文，而不達於政事哉？」又說：「攡文必在緯軍國，負重必在任
棟樑；窮則獨善以垂文，達則奉時以騁績。若此文人，應梓材之士矣。」《原道》
篇說：「唯文章之用，實經典枝條。五禮資之以成，六典因之致用；君臣所以炳
煥，軍國所以昭明。」劉勰強調文學的實用功能，至為明顯。〔註35〕

《文心雕龍》之前，《毛詩序》早稱詩之美刺功能，美刺即歌頌（「頌者美
盛德之形容」）與批判。《毛詩序》又說：「故止得失，動天地，感鬼神，莫近

〔註33〕林中明《〈文心雕龍〉文體構思與〈建築十書〉建材設計》：「古羅馬維楚維斯
（Vitruvius）所寫的《建築十書》，與劉勰的《文心雕龍》在創作的基本結構
和思想上相切磋、互琢磨，以求發現隱藏的基本觀念。在探討的方法上，採用
一些有代表性的中西文章和建築實例，希望能再一次印證《文心雕龍》的文藝
理論可以有效地應用到跨領域的學科。」林文為 2008 年北京《文心雕龍》國
際學術研討會論文。閆月珍在《器物之喻與中國文學批評──以《文心雕龍》
為中心》中說：「在中國文學批評史上，有以器物及其製作經驗喻文的現象，
〔……〕器物之喻打通了文學與雕塑、音樂、建築及鑄造等之間的界限，使得
它們的經驗可以相互借鑒和延伸。」這可說也是一種跨學科研究。閆文刊於
《中國社會科學》2013 年第 6 期，頁 167～185，可參看。

〔註34〕筆者在此略作申論。例如「語義民主」（semiotic democracy）說。Graeme Burton
在其 Media and Society: Critical Perspective. 2nd ed.（New York: McGraw Hill,
2010）說：a media text "means different things to different people at different times."
這正是《文心雕龍·辨騷》的道理：「才高者菀其鴻裁，中巧者獵其豔辭，吟諷
銜其山川，童蒙者拾其香草。」也是《文心雕龍·隱秀》的道理：「隱也者，文
外之重旨」；因為不同受眾各有其接受的角度和背景，而文本（text）多少有其
「隱」的、可作不同解釋的地方。又如「新媒體」（new media）說。D. McQuail
在其 Mass Communication Theory 6th ed.（Los Angeles, Calif.: Sage, 2010）中說：
「All the older media are having to adapt to new market conditions and business
models.」「The range of communication technologies and their uses is now so large
and variable that there is no longer any dominant technology or dominant model.」這
正是《文心雕龍·通變》的道理：「文律運周，日新其業。通則可久，變則不乏。」

〔註35〕錢鍾書《管錐編》論文德〔19：1502～1507〕，可參看。

於詩」；「先王以是經夫婦，成孝敬，厚人倫，美教化，移風俗。」《太史公自序》云：「春秋采善貶惡。」曹丕《典論·論文》說：「蓋文章，經國之大業，不朽之盛事。」劉勰強調文學的實用功能，即是「經國之大業」觀點的發揮。白居易《與元九書》說：「文章合為時而著，歌詩合為事而作。」日本學者戶田浩曉指出，劉勰和白居易都很重視詩歌的教化作用，白居易可能受到劉勰的影響，而且「以劉勰文章載道說為創作基礎」寫出其作品［41：66～70］。主張文章載道的，代有其人。韓愈的明道、載道說，以至梁啟超論小說與群治的關係，強調文學對社會人心的教化作用；五四以來，新文學的載道論或社會功能論，真是「罄紙難書」，魯迅就認為作家描述社會的腐敗黑暗，乃為了「引起救療的注意」。〔註36〕劉若愚在其 The Art of Chinese Poetry（《中國詩學》）論及中國詩觀，謂有四類，首類即為「詩歌是道德教誨及社會批評」[42：65]；現代各種媒體的色情與暴力充斥，受到批判，正因為這些無益於仁孝。

　　文學的教化作用，不止於「炳耀仁孝」的、載道的，還可以是人文教化方面的。李元洛說：「閱讀與欣賞古典詩詞，不僅是一種含英咀華的過程，也是提升當代人人文涵養與精神品味的重要途徑。」[43：1] 含英咀華、腹有詩書的人，人文涵養深厚，精神品味高尚，正是《文心雕龍·雜文》說的「博雅之人」；文學提升人文涵養的功能，劉勰沒有特別說明，但當然是他所認同的。古今政治領袖都強調文學的正面作用，例子不勝枚舉〔註37〕。

〔註36〕參考劉紹峰《論新文學功能的形成演變及其影響》，載於《雲夢學刊》2014 年
　　　　9 月，頁 83～89。又：曾敏之撰聯語《紀念巴金誕辰一百一十周年》：「器識陟
　　　　峨眉筆肇歐陸文學功能輝史冊，節操澤大地情深家園良知隨想獻人民」（2014-
　　　　12-19 香港《大公報·大公園》）；看其辭彙「器識」「節操」「文學功能」「良
　　　　知」「情深」「獻人民」可見他對文學教化功能的重視。美國女作家哈珀·李
　　　　（Harper Lee）2016 年 2 月 19 日辭世，享年 89 歲。她 1960 年出版的《殺死
　　　　一隻知更鳥》(To Kill a Mockingbird)，「內容講述美國南方種族主義與不公義，
　　　　成為美國文學的經典。政壇與文化界名人同表哀悼，肯定她協助提倡寬容，並
　　　　在社交網站與正式聲明稿中引用她的名句表達崇敬。」（2016-2-21 香港《大公
　　　　報》A11 版）強調對文學教化功能的重視，又是一例。
〔註37〕這裏只舉兩個較近的例子。1942 年 5 月，中共中央在延安召開文藝座談會，
　　　　毛澤東主持會議並發表《在延安文藝座談上的講話》，指出文藝應該為工農兵
　　　　服務。2014 年 10 月 15 日習近平在文藝座談會上指出：「好的文藝作品就應該
　　　　像藍天上的陽光、春季裏的清風一樣，能夠啟迪思想、溫潤心靈、陶冶人生，
　　　　能夠掃除頹廢萎靡之風。廣大文藝工作者要用栩栩如生的作品形象告訴人們
　　　　什麼是應該肯定和讚揚的，什麼是必須反對和否定的，做到春風化雨、潤物無
　　　　聲。」「追求真善美是文藝的永恆價值。」（2014-10-16《大公報》A10 版）

在古希臘羅馬，阿斯奇勒斯（Aeschylus）認為「詩人是青年的導師」[9：viii]；柏拉圖聲稱：「只有歌頌諸神和善人的詩篇，才可以進入我們的理想國。」[9：49] 賀拉斯主張詩歌應有益有趣，他說「詩人的目標是從事善行，或給人歡樂；又或者，他所說所寫，對人生有趣味又有益處」[9：106]；「他苟能如此兩者兼顧，必所向無敵」[9：107]。在 17 世紀，彌爾頓寫《失樂園》，乃為了「向人類證明上帝之道」[44：1411]，「載道」之意非常明顯。到了近世，托爾斯泰、蕭伯納極重視文學的道德性；馬克斯主義的批評家，無不強調文學藝術的政治和社會功能。白璧德（Irving Babbit）反對浪漫主義的放縱，提倡理性，服膺傳統道德，而成其「新人文主義」學說；他認為在音樂方面，孔子比起柏拉圖和阿里斯多德更重視其「道德品質」[45：556]；梁實秋師承之，謂其道德觀「似乎很合於我們儒家之所謂克己復禮」[46：75]；朱壽桐謂其「新人文主義道德學說與孔子的文學功能道德觀息息相通」[47：182]。一代詩宗艾略特的《荒原》色調灰暗，意態消沉，但結束處卻用梵文帶出一條「光明的尾巴」：「Shantih shantih shantih」。對此詩人在篇末有這樣的註釋：Shantih 在《奧義書》的結尾，唱誦三次，以表示理解後的和平之意。可見艾略特仍然是肯定理解、和平的，這和劉勰的「炳耀仁孝」一樣，都希望作品有載道、勸善的作用。

奧登（W. H. Auden）在悼念葉慈的詩（題為「In Memory of W. B. Yeats」）中，這樣指出詩歌的作用：「在心靈乾旱的沙漠／讓甘美的泉水為之流湧；／日子痛苦像身為囚犯，／自由人因此學會禮贊。」〔註38〕不過，也有人認為閱讀文學，對自己沒有什麼大功用，甚至有很負面的影響。布洛牧說：「莎士比亞或者西萬提斯或者荷馬或者但丁［……］的真正用途，在於擴大自我生長中的內在自己。深刻閱讀經典，不會把自己變得好，也不會把自己變得壞；不會把自己變成好公民，也不會把自己變成壞公民。［……］西方的所有經典，可以帶給我們的，是教我們怎樣利用自己的孤獨；孤獨的最後形式是：人終將一死，人該如何抗衡死亡。」[18：28]〔註39〕相信劉勰如在生，會和布洛牧展開辯論。

〔註38〕原文是：「In the deserts of the heart / Let the healing fountain start, / In the prison of his days / Teach the free man how to praise.」W. H. Auden 詩的題目為「In Memory of W. B. Yeats」。

〔註39〕布洛牧還說：「The Iliad teaches the surpassing glory of armed victory, while Dante rejoices in the eternal torments he visits upon his very personal enemies ［……］. Spenser rejoices in the massacre of Irish rebels, while the egomania of Wordsworth exalts his own poetic mind over any other source of splendor.」[18：28]

（2）騰聲飛實，製作而已（文學的個人價值）

劉勰在《序志》篇說：「歲月飄忽，性靈不居；騰聲飛實，製作而已。」又說：「形同草木之脆，名踰金石之堅；是以君子處世，樹德建言，豈好辯哉？不得已也！」劉勰之心與古人相通。司馬遷《報任少卿書》說歷來的作者，都為了「舒憤」而寫作，目的在避免「姓名磨滅」、「文采不表於後世」；即是作者希望死而不朽，也就是曹丕《典論·論文》所稱，文章可以是「不朽之盛事」。錢鍾書在《詩可以怨》中對司馬遷的觀點，形象地引伸：文學是作者死後的防腐劑。我們可以說：寫作的人，大概沒有人不希冀作品不朽。白居易在《與元九書》中向好友元稹傾訴心聲，喜於得享名聲，又希望作品傳後，而自編詩集。果然，他晚年多次編定自己作品，就是為了傳世。今人陳幸蕙訪問余光中，余謂一生選定立言為目標。立言，是三不朽之一；余光中之心，吾人皆見〔註40〕。

或表示希望，或信心十足，都說文學不朽。在西方，莎士比亞屬於後者；在其第 55 首十四行詩中，他表示了詩歌永恆的信念：「王侯公子的大理石和鑲金碑座，／都比不上這有力的詩篇長壽。」現代的貝洛克（Hilaire Belloc）則屬於前者：「當我死時，希望有人這樣說：他的罪無可救贖，但他的書有人誦讀。」〔註41〕兩千多年前《聖經·傳道書》已有「讀書多，身體疲倦」、《莊子》已有「生也有涯，知也無涯」的歎息。現代媒體多元化，各科各種各家各樣的書，如火山爆發，如海嘯浪湧；文學只是一粟，而此一粟卻已有千書萬書億書。被邊緣化的文學，在社會裏且已失去轟動效應；為什麼作家還寫作呢？千萬億的書，有多少人會去讀而且去細讀呢？有多少當代文學以後能不朽呢？大概作家追求的，主要是個人的價值。騰聲飛實、文學不朽，黃國彬認為這是作家普遍的渴求〔註42〕。希冀作品不朽，可說是古今中外作家的集體顯意識，是「東海西海，心理攸同」的又一例子。騰聲飛實、希冀不朽是創作的一種原動力；當然也有別的原因：文學抒情言志，可使「幽居靡悶，貧賤易安」，這是

〔註40〕訪問記刊於台灣文學雜誌《文訊》2013 年 6 月號，頁 44～50；「立言」語見頁 50。

〔註41〕原詩的句子是：When I am dead, I hope it may be said, His sins were scarlet, but his books were read.

〔註42〕王蒙 1988 年 2 月 9 日在《人民日報》發表文章題為《文學：失卻轟動效應之後》。黃國彬之說見於 Laurence K. P. Wong: Dreaming across Languages and Cultures: A Study of the LiteraryTranslations of the Hong lou meng (New Castle upon Tyne: Cambridge Scholars Publishing, 2014), p.73.

鍾嶸《詩品序》的說法，其意接近 20 世紀心理分析學派說的昇華作用。錢鍾書在《詩可以怨》中對鍾嶸說法形象地引伸：文學是作者的止痛藥。

參、結語

「有中國特色的文化」、「有中國特色的藝術」云云，我們已司空見慣、聽慣。「中西合璧」也是套語、土語了；用手寫板作中文輸入，寫了「中西」，跟著「中西合璧」就出現；「中西合璧」已成為當代文化論述的一個陳腔濫調。「合璧」是讚美之詞，不用它，用「混雜」（hybrid）、「夾雜」，則含有貶抑之意。不過，筆者這個「有中國特色的」、「中西合璧」的文論體系，卻非用這樣的形容不可：「情采通變體系」的名稱，其綱領節目的用詞，和其他很多話語，都來自《文心雕龍》，或者其他傳統文論著作，也就是來自中國，因而極具中國性、中國特色；上面的解說、鋪陳，則中西文論並列，且頗能中西相容，如不用「中西合璧」來形容，也該用「中西組合」。筆者還要指出，如此這般的文論體系建構，以《文心雕龍》為基礎的，是學術界的第一次。而「情采通變體系」建構的可能，主要是因為《文心雕龍》的「體大慮周」，以及文學、文論以至文化的「東海西海，心理攸同」。劉勰寫作此書時，是個集大成者。他「彌綸群言」，容納、綜合了他之前的種種重要觀點，並加己見，「擘肌分理，唯務折衷」（《序志》篇語）；他「研精一理」，即分析歸納後說出文學的原理，也就是「文心」。劉勰更是個先知，他之後，中西不同時代的很多文學觀點，他好像預知了，後來者的說法往往與他的互相呼應。集大成使得《文心雕龍》「體大」，好像預知了後來者的說法，因為劉勰「慮周」。

筆者步武《文心雕龍》的方式，「彌綸群言，而研精一理」，建構這個「情采通變體系」。這是個嘗試。由於中西古今涉及的觀點，因為不同的語言、民族、宗教、時代、社會，而極其多元、非常複雜，筆者才學又十分有限，本文要增補的內容、深化的討論自然極多。前面說過，我們可根據這個「情采通變體系」撰寫一大部具中國特色的《文學理論》或《文學概論》。誠然，目前的這一章，只是這樣一部大書的雛型、「簡體」而已；且是最初的雛型、最簡陋的「簡體」而已。本文中的每個論題，無論「大」或「小」，由於人類文化的累積和發展，都可以擴充論述，成為煌煌專著。現在先把「簡體」的芻議獻呈於此，懇盼得到大雅君子的教益。《文心雕龍》是偉大的文論經典，「情采通變

體系」這個中西合璧的建構，筆者深信有其發揚中國文化的意義，可為國人參考，甚至可為各國文論界參考。寫出來的本章，如能反映我的思維，那麼，拳拳之心就有所寄託了；筆者引用的是《文心雕龍》全書最後兩句話：「文果載心，余心有寄。」

參考文獻

1. 陳耀南，文心雕龍論集〔M〕，香港：現代教育出版社，1989。

2. Cai, Zong-qi（蔡宗齊），ed. A Chinese Literary Mind: Culture, Creativity and Rhetoric in Wenxin diaolong [M]. Stanford: Stanford University Press, 2001.

3. 朱永嘉等，新譯呂氏春秋〔M〕，台北：三民書局，1995。

4. 曹順慶主編，中外文論史〔M〕，成都：巴蜀書社，2012。

5. Liu, James J. Y.（劉若愚）：Chinese Theories of Literature [M], Chicago: The University of Chicago Press, 1975.

6. 黃維樑，從《文心雕龍》到《人間詞話》（《中國古典文論新探》第二版〔增訂版〕）〔M〕，北京：北京大學出版社，2013。

7. 《文心雕龍學綜覽》編委會編，文心雕龍學綜覽〔C〕，上海：上海書店出版社，1995。

8. 錢鍾書，談藝錄「補訂本」〔M〕，北京中華書局，1993。

9. 蔡宗齊，比較詩學結構〔M〕，北京：北京大學出版社，2012。

10. Russell, D. A. & Winterbottom, M. Classical Literary Criticism. [M]. New York: Oxford University Press, 1989.

11. 張少康，文心雕龍新探〔M〕，台北：文史哲出版社，1991。

12. 涂光社主編，文心司南〔M〕，南京：江蘇人民出版社，2004。

13. 錢鍾書等編譯，論形象思維〔M〕，香港：三聯書店，1980。

14. Jonson, Ben. To the Memory of My Beloved Master William Shakespeare [C] // The Norton Anthology of English Literature, Vol. I (4th edition) ed. M. H. Abrams et al. New York: W. W. Norton & Company, 1979. 此詩有卞之琳的中文翻譯本。

15. 錢鍾書，錢鍾書散文〔M〕，杭州：浙江文藝出版社，1997。

16. 夏志清原著，劉紹銘編譯，中國現代小說史〔M〕，香港：友聯出版社有限公司，1979。

17. 楊周翰譯，詩學・詩藝〔M〕，北京：人民文學出版社，1962。

18. Wellek, Rene and Warren, Austin. Theory of Literature, 3rd edition [M], New York: Harcourt Brace and Company, 1956.

19. Bloom, Harold. The Western Canon: The Books and School of the Ages [M]. New York: Riverhead Books, 1994.

20. 錢鍾書，《管錐編》〔M〕，北京中華書局，1979。

21. 賴欣陽，「作者」觀念之探索與建構：以文心雕龍為中心的研究〔M〕，台北：學生書局，2007。

22. 謝天振，譯介學〔M〕，上海：上海外語教育出版社，1999。

23. 汪洪章，西方文論與比較詩學研究文集〔M〕，上海：復旦大學出版社，2012。

24. 陳中梅譯，詩學〔M〕，北京：商務印書館，1999。

25. Abrams, M. H. ed. A Glossary of Literary Terms (6th edition) [C]. New York: Harcourt Brace College Publishers, 1993.

26. Holman, C. Hugh and William Harmon. A Handbook to Literature 5th edition [C]. N. Y.: Macmillan Publishing Company, 1986.

27. 余光中譯，不可兒戲（原著為王爾德 Oscar Wilde 的 The Importance of Being Earnest）〔M〕，台北：大地出版社，1983。

28. 王蒙，半生多事〔M〕，香港：明報出版社，2006。

29. Wellek, Rene. A History of Modern Criticism; Volume 5 English Criticism 1900~1950 [M]. New Haven and London, Yale University Press, 1986.

30. 王寧，比較文學：理論思考與文學闡釋〔M〕，上海復旦大學出版社，2011。

31. 談瀛洲，莎評簡史〔M〕，上海：復旦大學出版社，2005。

32. 黃國彬，第二頻道〔M〕，香港：當代文藝出版社，2011。

33. Frye, Northrop. Anatomy of Criticism [M], Princeton N. J., Princeton University Press, 1957.

34. 萬奇、李金秋主編，文心雕龍探疑〔C〕，北京：中華書局，2013。

35. 汪洪章，《文心雕龍》與二十世紀西方文論〔M〕，上海：復旦大學出版社，2005。

36. Orsini, Gian N. G. Organic Unity in Ancient and Later Poetics. [M], Carbondale, Southern Illinois University Press, 1975.

37. 傅修延等,「中國敘事學」特輯〔J〕,中國比較文學,2014,(4):1～83。

38. Shih, Vincent Yu-chung（施友忠）, tr. The Literary Mind and the Carving of Dragons. [M]. Hong Kong, The Chinese University Press, 1983.

39. 趙毅衡,重訪新批評〔M〕,天津:百花文藝出版社,2009。

40. 王蒙,半生多事〔M〕,香港:明報出版社,2006。

41. 徐志嘯,北美學者中國古代詩學研究〔M〕,上海:古籍出版社,2011。

42. Chang, Kang-I Sun & Owen, Stephen. ed. The Cambridge History of Chinese Literature. 2nd vol. Cambridge, MA, Harvard University Press, 2010.

43. 林中明,劉勰和《文心》裏的兵略思想〔C〕,文心雕龍研究第二輯,北京:北京大學出版社,1996。

44. 戶田浩曉著,曹旭譯,文心雕龍研究〔M〕,上海:上海古籍出版社,1992。

45. Liu, James J. Y.（劉若愚）, The Art of Chinese Poetry [M], Chicago, The University of Chicago Press, 1962.

46. 李元洛,紅紫芳菲:詩詞經典導讀北京〔M〕,北京:華文出版社,2009。

47. Abrams, M. H. et al, ed. The Norton Anthology of English Literature, Vol.I, 4th edition [C]. New York, W. W. Norton & Company, 1979.

48. Bate, W. J. ed. Criticism: The Major Texts. [C], New York, Harcourt Brace Jovanovich, Inc., 1970.

49. 溫儒敏,中國現代文學批評史〔M〕,北京:北京大學出版社,1993。

50. 朱壽桐,新人文主義的中國影跡〔M〕,北京:中國社會科學出版社,2009。

其他參考文獻舉隅

1. 黃侃,文心雕龍箚記〔M〕,上海:上海世紀出版集團,2006。

2. 范文瀾,文心雕龍注〔M〕,香港:商務印書館,1960。

3. 楊明照,文心雕龍校注拾遺〔M〕,上海:上海古籍出版社,1982。

4. 陸侃如、牟世金,文心雕龍譯注〔M〕,濟南:齊魯書社,1995。

5. 王志彬譯注,文心雕龍〔M〕,北京:中華書局,2012。

6. 石家宜,文心雕龍整體研究〔M〕,南京:南京出版社,1993。

7. 馮春田,《文心雕龍闡釋》〔M〕,濟南:齊魯書社,2000。

8. 中國《文心雕龍》學會編,文心雕龍與21世紀文論研究國際學術研討會論文集〔C〕,北京:學苑出版社,2009。

9. 劉穎，關於文心雕龍的英譯與研究〔J〕外語教學與研究（外國語文雙月刊）第 41 卷第 2 期（2009 年 3 月）。

10. 黃慶萱，朝向宏觀綜合的文學研究〔J〕，國立台灣師範大學國文系國文學報，第 28 期 1999 年 6 月。

11. 龔鵬程，文學批評的視野〔M〕，台北：大安出版社，1990。

12. 樂黛雲，比較文學簡明教程〔M〕，北京：北京大學出版社，2003。

13. 曹順慶，比較文學與文論話語〔M〕，北京：北京師範大學出版社，2011。

14. 王寧，比較文學、世界文學與翻譯研究〔M〕，上海復旦大學出版社，2014。

15.「參考文獻」及「其他參考文獻舉隅」沒有列出，而本論文的正文與註釋提到的論著。

第三章　現代實際批評的雛型：
《辨騷》篇今讀

本章提要：

　　實際批評就是把某些理論應用於某些作品上，對作品加以批評。《知音》篇提出「六觀」說，這是從事作品批評時應觀察的六個方面——位體、置辭、通變、奇正、事義、宮商。劉勰在實際批評《離騷》等《楚辭》篇章時，即應用了六觀說。《辨騷》篇根據劉勰的文論標準，徵引細節、微觀作品，分析評論作品的各個方面；和其後詩話詞話裏經常出現的籠統概括作風相較，《辨騷》篇細緻得多。《辨騷》篇是中國古代罕見的實際批評佳構，是現代實際批評的雛型。它所包涵的思想和方法，輝照後世，啟悟今人，饒有現代意義。

一、釋實際批評

　　研究《文心雕龍·辨騷》的學者，一向最關心的，大概是這個問題：《辨騷》究竟應該屬於總論部分，即「文之樞紐」？還是應該屬於文體論部分？評論這個問題的文章有不少，但爭論已愈來愈不多見。學者們基本上已取得共識，就是說，《辨騷》屬於「文之樞紐」。對於此，周振甫下面的說法頗具代表性：

　　　　《序志》裏把這篇列入「文之樞紐」，不作為文體論中之一體，稱為「變乎騷」，這是極有見地的。蕭子顯在《南齊書·文學傳論》裏指出，「若無新變，不能代雄」，看來劉勰早已看到這一點，所以把「變」列入文之樞紐。那末他的《辨騷》，表面上是承接《宗經》辨別楚騷和經書的同異，實際是經過這種辨別來研究文學的新變，

　　只有經過辨別才能認識它的新變，「辨」和「變」是結合的，而以
「變」為主。所以《通變》裏說：「文辭氣力，通變則久」。〔註1〕
大家所關心的，就像張長青、張會恩所說，還有劉勰以什麼標準來評價《離騷》
及其他《楚辭》篇章？通過這些評論劉氏表達了什麼樣的文學見解？《辨騷》
篇是否含有對浪漫主義的看法？〔註2〕

　　對於以上種種，向來爭論也不多，絕不像對「風骨」的解釋那樣眾說紛
紜。本章要討論的，和以上種種有若干關連，但並不直接針對上述各項問題。
筆者打算把《辨騷》視作一篇「實際批評」（practical criticism）的文章，說明
它在今天文學批評上的意義。

　　粗略地說，實際批評，或稱為實用批評（applied criticism），就是把某些
理論應用於某些作品上，對作品加以批評。不過，實際批評有進一步的涵義。
倫納（Laurence D. Lerner）在 1960 年代初期說：「實際批評並不很古老。18
世紀以前，對文學作品的評論，能夠做到面面兼顧、發人深省的，並不多見。
〔……〕真正的實際批評之父是柯立基（Coleridge）。在他筆下，我們發現最
佳的『新批評家』（The New Critics）的本色：聚精會神地思考作品，以把握
其要義，並唯恭唯謹地徵引作品細節，以說明他的看法。〔……〕實際批評就
是對某些作品的深入研究。」〔註3〕倫納說的雖然只是英國的情形，但整個
西方文學批評界的樣子，大概也如此。

　　中國傳統的文學批評，其實際批評部分，向來被稱為印象式批評；也就是
說，批評家對作品的評論，籠統概括，不夠精微深入，不是倫納所說的那種實
際批評。翻閱中國傳統的文學批評資料，我們發覺例外的情形雖然也有不少，
但上面所講的，大抵不差。〔註4〕《文心雕龍》的《辨騷》篇，是這方面一個
罕見的例外，而且是極出色、極具現代意義的一個例外。

二、《辨騷》的實際批評

　　批評家從事實際批評時，用他對文學的觀點來析論所評作品。劉勰反對
「準的無依」、「褒貶任聲」；他對文學的見解，到底如何？他的文學主張，既

〔註1〕見周氏《文心雕龍注釋》（北京，人民文學出版社，1981），頁42。
〔註2〕見二氏《文心雕龍注釋》（長沙，湖南人民出版社，1982），頁38。
〔註3〕見 Princeton Encyclopedia of Poetry and Poetics（Princeton, N. J., 1957）一書中
　　　　Criticism 條目。
〔註4〕參看黃維樑著《中國詩學縱橫論》（台北，洪範，1977）。

見於《文心雕龍》開頭總論那幾篇,見於《知音》篇,見於全書其他很多篇,甚至可以說全書各篇無一不體現了他的主張。在《辨騷》篇,他也明確地宣稱:

> 若能憑軾以倚雅頌,懸轡以馭楚篇,酌奇而不失其貞,玩華而
> 不墜其實;則顧盼可以驅辭力,咳唾可以窮文致。

「倚雅頌」就是憑倚《詩經》所代表的儒家思想。「馭楚篇」則是在儒家的主導思想下,善加利用辭采和想像——這些是《楚辭》的藝術特徵。相對而言,《詩經》為正(貞),《楚辭》為奇;《詩經》為實,《楚辭》為華。這些思想,在《文心雕龍》的《原道》、《情采》、《知音》等篇,劉勰一以貫之地表現出來。質文、情采、正奇、實華的相結合,構成劉勰中庸之道、集大成式的文學觀。把上述理論應用於《離騷》等《楚辭》作品,劉勰這樣說:

> 故其陳堯舜之耿介,稱湯武之祗敬,典誥之體也;譏桀紂之猖
> 披,傷羿澆之顛隕,規諷之旨也;虯龍以喻君子,雲蜺以譬讒邪,
> 比興之義也;每一顧而掩涕,歎君門之九重,忠怨之辭也;觀茲四
> 事,同於風雅者也。

范文瀾在《文心雕龍注》中說「《詩》無典誥之體。彥和云『觀茲四事,同於《風》《雅》』,似宜云『同於《書》《詩》』。」〔註5〕范氏所評甚是。其實這裏劉勰所言,一語以蔽之,就是《離騷》這些地方符合儒家及其詩教思想。《辨騷》篇接著說:

> 至於托雲龍,說迂怪:豐隆求宓妃,鴆鳥媒娀女,詭異之辭也;
> 康回傾地,夷羿彈日,木夫九首,土伯三目,譎怪之談也;依彭咸
> 之遺則,從子胥以自適,狷狹之志也;士女雜坐,亂而不分,指以
> 為樂,娛酒不廢,沉湎日夜,舉以為歡,荒淫之意也。摘此四事,
> 異乎經典者也。

以上「異乎經典」的事,主要出於奇幻、誇誕的想像,劉勰對此並不予以否定。用今天的術語來說,就是劉勰在標榜文學的正統意識之餘,並不排斥它的神話色彩。所謂「取鎔經意」、「自鑄偉辭」,正顯示他的兼容並蓄精神。假如劉勰有機會讀到《伊利亞德》(Iliad)和《奧德賽》(Odyssey),則一近《詩經》之典誥,一似《楚辭》之誇誕,他都會喜歡。

　　劉勰在《知音》篇提出「六觀」說,這是從事作品批評時應觀察的六個方面——位體、置辭、通變、奇正、事義、宮商。位體指主題情思、整體風格。

〔註5〕見范氏《文心雕龍注》(香港,商務,1960),頁53。

置辭指用字修辭。通變指繼承與新變。奇正指正統與新奇。事義指素材與用事。宮商指音樂性。從這六個觀點看作品，才能面面兼顧。劉勰在實際批評《離騷》等《楚辭》篇章時，即應用了六觀說。《辨騷》的析評，多處涉及《楚辭》諸篇的主題和情思；論及《卜居》「標放言之致」、《漁父》「寄獨往之才」，更直接點明其主題。形容《離騷》《九章》時，劉勰用「朗麗」；形容《九歌》《九辯》時，用「綺靡」；形容《遠遊》《天問》時，用「瑰詭」，形容《招魂》《招隱》時，用「耀豔」；這些都與作品的置辭有關。至於「論山水，則循聲而得貌」，這裏涉及宮商，點到即止，頗嫌簡略。「同於風雅者」四事，「異乎經典者」四事，這些上文已有引述，自然是屬於事義的範疇。「典誥」者正，「誇誕」者奇，文風的奇與正，受到所用事義的影響。「固知《楚辭》者，體憲於三代」，這是「通」；「而風雜於戰國」，這是「變」。《辨騷》篇開宗明義說：「自《風》《雅》寢聲，莫或抽緒，奇文鬱起，其《離騷》哉！」這也從奇正與通變立論，和下文說的《楚辭》是「《雅》《頌》之博徒，而詞賦之英傑」一樣，都從文學的發展與演變而言，為《楚辭》定位、評價。因為如此，有人認為，「辨騷」在「辨」之外，還有「變」的意思，就是探尋《離騷》等新變的軌跡。〔註6〕

倫納認為現代的批評家，在實際析評作品時，「唯恭唯謹地徵引作品細節，以說明他的看法」。劉勰有沒有徵引作品的細節呢？有的，主要是引了同於風雅的四事、異乎經典的四事那些。20世紀的「新批評家」如布魯克斯（Cleanth Brooks），為文解說詩歌，徵字引句，剖析釐毫。現代中華學者如陳世驤、劉若愚、顏元叔等，受新批評學派影響，也常常用一頁篇幅分析一行詩，深入而細緻。《辨騷》篇雖然徵引細節、微觀作品，但其觀詩引文之微，還遠遠不能與上述中西諸學者相比。劉勰甚至不能和金聖歎評點小說那種精細手法相提並論。然而，和中國詩話詞話裏經常出現的籠統概括作風相較，《辨騷》篇細微多了。唐詩如酒，宋詩如茶。「唐詩如貴介公子，舉止風流；宋詩如三家村乍富人，盛服揖賓，辭容鄙俗。」〔註7〕──《辨騷》篇，用的絕非上述二例為代表的印象式批評手法。

三、《辨騷》的現代意義

《辨騷》篇徵引原文細節，容或不夠多，不能和現代的實際批評家相比；

〔註6〕見周氏《文心雕龍注釋》（北京，人民文學出版社，1981），頁42。
〔註7〕參看黃維樑著《中國詩學縱橫論》頁19所引。後者出於《霽雪錄》。

作為一篇文學論文，它也沒有西方現代學院式那種三句五句一註釋的格局。不過，劉勰歷引劉安、班固、王逸、漢宣帝、揚雄對《楚辭》的意見，然後平議之，這樣的做法，卻很有現代學術論文的精神。「將核其論，必徵言焉」：有多少分證據說多少分話，很有實事求是的態度。

　　劉勰的《文心雕龍》，體大慮周，其規模、識見，直到今天依然可說罕見其匹。《辨騷》篇一句「風雜於戰國」（「內容已雜有戰國時的東西」〔註8〕），正如《時序》篇所說「時運交移，質文代變」一樣，使我們知道劉勰早就注意到文學與時代社會的關係。劉勰有一套通達的文學發展史觀。前面引述過的「自風雅寢聲，莫或抽緒，奇文鬱起，其《離騷》哉」，是這一史觀的又一說明。劉勰本人「積學儲寶」，「操千曲而後曉聲，觀千劍而後識器」，是個博觀的批評家，因此他能觀作品的「通變」，看到《楚辭》的「雖取熔經意，亦自鑄偉辭」。他的這些說法，使現代的讀者不禁想起艾略特影響深遠的《傳統與個人才華》（Tradition and the Individual Talent）一文，而認為劉勰是具有現代意義的批評家。

　　其實所謂現代意識、現代意義，並不容易說得清楚。在所謂「後現代主義」思潮已流行多年的今天，何者為「現代」，何者為「後現代」〔註9〕，就更難分說了。也許《文心雕龍》，特別是《辨騷》這一篇，表現了發展的史觀，表現了對事實和前人成說的尊重，表現了相容正統和奇變的氣度，還表現了一些與當代流行理論相近的概念，這些就是它的現代意義了。

　　「與當代流行理論相近的概念」一項，需要作以下的說明。先看看這四句：「故才高者菀其鴻裁，中巧者獵其豔辭，吟諷者銜其山川，童蒙者拾其香草。」郭晉稀對此有這樣的語譯：

> 才華極高的人效法他們（指《楚辭》作者）的鴻偉佈局，心靈
> 精巧的人獵取他們的豔麗辭藻，吟味諷誦的人愛好他們的模山範水，
> 初學寫作的人拾取他們的花草字眼。〔註10〕

不同氣質不同程度的讀者，受了《楚辭》不同的影響；換言之，讀者之接受《楚辭》，各有不同。《辨騷》篇這幾句話，正屬於當代「接受美學」（reception aesthetics）的範圍。一如艾薩（Wolfgang Iser）說的，「接受美學」強調讀者反

〔註8〕見陸侃如、牟世金《文心雕龍譯注》（濟南，齊魯書社，1981），頁52。
〔註9〕參看羅青《什麼是後現代主義》（台北，五四書店，1989）一書。
〔註10〕見郭氏《文心雕龍譯注十八篇》（香港，建文書局），頁28。

應對作品所起的作用；「完全不同的讀者，可以受到某一作品的不同影響」〔註
11〕。「接受美學」的主要見解，非常簡易。《易經》早就說過：「仁者見之謂之
仁，知者見之謂之知。」可說是「接受美學」的先聲。《文心雕龍》體大慮周，
或就作品本身立論，或論作品與讀者之關係，或論作品與時序環境之關係，或
論作品與讀者之關係，誠然面面兼顧。《辨騷》篇「才高者」那幾句所論，是
作品與讀者之關係。

　　說《辨騷》篇有「接受美學」的思想，就像說它注意到文學作品有古典主
義和浪漫主義（劉勰用的字眼分別是「典誥」和「誇誕」）的特質一樣，並非
穿鑿附會之談；因為劉勰實在想得廣，想得深，把種種文學問題都想通想透了。
他的文學思想，不但通透，而且通達恢宏，足以涵古蓋今，是一偉大的架構。
所謂「現代意義」，不容易一語界定。我們知道現代社會是思想和結構都多元
化的社會，「現代意義」應該含有多元化這個特點。劉勰論文學，雖然有其原
道徵聖、情經辭緯的鮮明立場，但他對各種不同體裁、內容、風格的作品，卻
能夠相容並蓄，不亂加排斥。他這種態度，在《辨騷》篇也表現出來。受影響
者氣質、程度不同，但「鴻裁」「豔辭」「山川」「香草」各有其可愛可親之美。
《楚辭》雖然是《雅》《頌》之博徒，但不害其為詞賦之英傑。劉勰有容乃大，
其文論具有可貴的多元並蓄的思想。其《辨騷》一篇，是中國古代罕見的實際
批評佳構，是一個現代實際批評的雛型；它所包涵的思想，輝照後世，啟悟今
人，饒有現代意義。

〔註11〕見 Wolfgang Iser, The Implied Reader (Baltimore, The John Hopkins University
　　　　Press, 1974), p.279。

第四章　最早的中國文學史：
《時序》篇今讀

本章提要：

　　一般論者認為，最早的中國文學史，其編寫著是俄國人、日本人或英國人，成書於 19 世紀末、20 世紀初。此後才有中國人自己撰寫的中國文學史。本章指出，《文心雕龍‧時序》論述了唐虞至宋齊十個朝代文學的發展，兼論文學與時代、文化、政治環境的關係，且有作者的文學史觀。《時序》篇幅雖短小，卻具備今人所說文學史的諸項內容。因此，它是最早的中國文學史，至少是一篇中國文學史綱。劉勰為文學史的書寫樹立了原型，這原型可釋放出原子能般的威力。

一、引言

　　為了討論的方便，先把本章關鍵詞「文學史」做這樣的解釋：「論述某個時代（包括朝代）或連綿若干時代（包括朝代）的文學，說明其演變發展的歷程，這樣的著述是文學史。文學史論述的內容，主要是作家和作品，兼及作家作品與時代社會的關係，也可涉及與文學有關的文化現象。」這可說是本文對「文學史」所下的一個「工作性定義」（working definition）。舉例而言，《20 世紀中國文學史》、《清代文學史》、《中國現代小說史》、《維多利亞時代詩歌史》、《中國文學史》、《美國文學史》等等都是文學史。

　　一般論者認為，最早的《中國文學史》，其編寫者是俄國人、日本人或英國人，成書於 19 世紀末、20 世紀初〔註1〕。此後才有中國人自己撰寫的中國

〔註 1〕論者指出，俄人瓦西裡耶夫（V. P. Vasiliev）1880 年出版的《中國文學史綱要》，
　　　　日人〔上竹下世〕川種郎 1898 年出版的《支那文學史》，英人翟理斯（Herbert

文學史，其最早者為林傳甲和黃人的著作，二者都名為《中國文學史》，都在
1904 年寫作〔註2〕。黃人指出，中國古代雖然重視文學，「而獨無文學史」
〔註3〕；後來論者持同一說法，例如葉慶炳就認為「我國古代並無文學史之著
作。」〔註4〕黃人的《中國文學史》內容極為豐富，卷帙繁浩，都 170 萬字。
這位洋名「摩西」的炎黃子孫有此巨構，為華夏文化立言，自然居功厥偉；比
起林傳甲那七、八萬字的經史子集小雜燴式「文學史」〔註5〕，成就不凡。然
而，他說中國古代沒有文學史，以及後來和他一樣的「闕史」之論，卻不準確，
其說使人遺憾。黃人的《中國文學史》出版後，知者寥寥，其書幾乎被歷史淹
沒。經過「百年的孤寂」，黃人此書才如文物出土，發出亮光。不過，筆者認
為，中國人寫的最早的《中國文學史》，不是林傳甲或黃人的書，而是劉勰《文
心雕龍》中的《時序》篇。比起黃人的近百年孤寂，劉勰等待「知音」已等了
1500 多年。

　　劉勰的《時序》只得 1700 字，篇幅為黃人《中國文學史》的千分之一。
和今天我們一般所說的文學史相較，《時序》雖然篇幅極為短小，但意義重大、
威力強大，好比普通炸彈之於原子彈。現在讓我們拆解分析這枚原子彈、這個
文學史「原型」（prototype），來一個中國文學史「原論」。

二、《時序》對歷代作家作品的論述

　　文學史最重要的內容，是作家和作品的論述。劉勰在《時序》中論及「十
代」的文學，這「十代」是唐、虞、夏、商、周、漢、魏、晉、宋、齊。根據
《時序》篇，此十代的作家及作品為〔註6〕：

　　　　A. Giles）1901 年寫成的《中國文學史》為最早的中學文學史。參閱梁容若，
　　　　《中國文學史研究》（台北：三民書局，1967），頁 123；陳國球，《文學史書寫
　　　　形態與文化政治》（北京：北京大學出版社，2004），頁 46、51。
〔註2〕筆者所據的林著，是「宣統二年六月朔校正再版」版本，台北學海出版社 1986
　　　　年翻印。關於黃著，可參閱王永健《「蘇州奇人」黃摩西評傳》（蘇州：蘇州大
　　　　學出版社，2000）中第四章對黃著的論述。
〔註3〕轉引自王永健《「蘇州奇人」黃摩西評傳》，頁 222。
〔註4〕葉慶炳，《中國文學史》（台北：學生書局，1987），頁 3。
〔註5〕林著的內容包括對古文、小篆、草書、隸書、古今音韻、訓詁、《易經》、《禮
　　　　記》以及諸子和多種史籍的論述，內容龐雜，與今天所說的文學史的內容大異
　　　　其趣。
〔註6〕本文引述《文心雕龍》時，根據的是陸侃如、牟世金的《文心雕龍譯注》（濟
　　　　南：齊魯書社，1995）。引述時不一一注明頁碼。

　　（1）唐：「野老吐『何力』之談，郊童含『不識』之歌」。這裡劉勰說的是作者佚名的民間歌謠：《擊壤》唱的「吾日出而作，日入而息，鑿井而飲，耕田而食，堯何力於我也」；堯帝所聽到的童謠「立我蒸民，莫匪爾極；不識不知，順帝之則」。《時序》簡短的 14 個字，就介紹了中國文學的源頭——民間歌謠。

　　（2）虞：「『薰風』詩於元后，『爛雲』歌於列臣」。這裡指的是「南風之薰兮」的《南風歌》，和「卿雲爛兮」的《卿雲歌》。前者相傳為舜的作品，後者為舜時的作品。古代的歌謠，口耳相傳，或為集體創作，或者作者不詳，劉勰在這裡只標詩歌，不提作者。

　　（3）夏：「九序詠功。」這是說夏禹治好了國家，天下井然有序，於是產生了歌頌的作品。劉勰在這裡只作泛泛之談。

　　（4）商：「猗歟作頌。」簡潔的四個字，告訴我們《詩經》的《商頌》的《那》一詩的關鍵詞「猗歟」，《那》的首句是「猗歟那歟」。「猗」是嘆詞，「那」是多的意思。

　　（5）周：「《周南》勤而不怨」；「《邠風》樂而不淫」；「幽厲昏而《板》《蕩》怒，平王微而《黍離》哀」；「齊楚兩國，頗有文學［……］；鄒子以談天飛譽，騶奭以雕龍馳響；屈平聯藻於日月，宋玉交彩於風雲。」文獻足徵，劉勰對周代文學的論述，較為詳盡了。他介紹了《詩經》若干首的內容特色，又舉了鄒衍（鄒子）、屈原（屈平）和宋玉，以為代表性作家。

　　（6）漢：「高祖［……］《大風》《鴻鵠》之歌，亦天縱之英作也。」文帝、景帝時的作家，劉勰舉了賈誼、鄒陽和枚乘。武帝（孝武帝）時「辭藻競騖」，他自己就和《柏梁詩》、《瓠子歌》的創作有關。枚乘、主父偃、公孫弘、倪寬、朱買臣、司馬相如、司馬遷、吾丘壽王、嚴安、終軍、枚皋這些作者，劉勰一一列舉，有時附加簡潔的介紹。武帝之後是昭帝、宣帝、元帝、哀帝，劉勰的論述比較簡略，只舉出了王褒、揚雄（子雲）、劉向（子政）幾位，舉例時偶或有一言半語的介紹。此後，歷平帝、光武帝、明帝、安帝、和帝、順帝、桓帝以至靈帝，劉勰對不同朝代的文學教化作了簡括說明，列舉的作者有杜篤、班彪、班固（出現了兩次）、賈逵、東平王蒼、沛縣王輔、傅毅、崔駰、崔瑗、崔寔、王逸、馬融、張衡、蔡邕、樂松、楊賜，共 16 人。

　　劉勰指出，到了獻帝建安年代（196～219），「魏武以相王之尊，雅好詩

章；文帝以副君之重，妙善辭賦；陳思以公子之豪，下筆琳琅；並體貌英逸，故俊才雲蒸。」曹操、曹丕、曹植三父子都妙善詩文，且禮敬才士；俊彥的文人，自然都如雲聚集了。劉勰介紹了後來史稱「建安七子」中的六人（仲宣、孔璋、偉長、公幹、德璉、元瑜）加上楊修（德祖）、路粹（文蔚）、繁欽（休伯）、邯鄲淳（子叔），一共 10 個「英逸」之士。

（7）魏：於曹叡、曹髦、曹芳三朝，劉勰舉了何晏、劉劭、嵇康、阮籍、應璩、繆襲。

（8）晉：劉勰提到的能文之士有左思、潘岳、陸機、郭璞、干寶等 22 人。

（9）宋：劉勰介紹了謝靈運、范曄等 8 人。

（10）齊：劉勰泛泛述說「鼎盛」的景況，沒有提到個別作家。

以上我引錄《時序》的言論時，到了魏及以後，越來越簡略，因為不想一味地抄錄名字，把這幾段文字編成排行榜或錄鬼簿。《時序》篇僅得一千多字，而它提到的作家逾 90 人，劉勰評論作家時，自然簡潔、簡單以至簡陋到極點了。名垂史冊的作家，都有其代表性作品。劉勰在論述中，除了「何力」、「不識」、「薰風」、「爛雲」、《大風》、《鴻鵠》、《柏梁》等之外，很少提到作品的具體名稱，這自然也因為是受了篇幅的限制。也許最令現代讀者感到遺憾的是，劉勰沒有提到漢代的樂府民歌，沒有提到陶淵明（「隱逸詩人之宗」在《文心雕龍》裏隱逸不見），沒有提到劉義慶——《世說新語》的作者。劉勰對亦史亦文的《史記》作者司馬遷，只用「史遷」二字一筆帶過，連一言半語的形容也省了；我們對此也會不滿。然而，劉勰對唐虞到宋齊十代共三千年的文學史的宏觀，實在有其精銳卓越之處。「何力」、「薰風」等歌謠，為中國詩歌的源頭，劉勰引述之。《詩經》是中國第一本詩歌總集，劉勰多次引用之、形容之。屈原、宋玉等的《楚辭》，為《詩經》後的偉構，地位和《詩經》一樣顯赫，劉勰對《楚辭》推崇備至。《時序》這樣評論屈、宋的作品：「屈平聯藻於日月，宋玉交彩於風雲。觀其艷說，則籠罩雅頌。故知暐曄之奇意，出乎縱橫之詭俗也。」這裡認為屈、宋作品的壯麗，超過了《詩經》，並指出其「暐曄」想像的來源。劉勰還析論《楚辭》對後世的影響；「爰自漢室，迄至成、哀，雖世漸百齡，辭人九變；而大抵所歸，祖述《楚辭》，靈均餘影，於是乎在。」

劉勰論述的另一個重點，是漢武帝時文學之盛，這在上文已略加引述。誠然，枚乘、司馬相如、司馬遷等都在這個時期出現，這就像中國後來李白、杜

甫之在唐玄宗王朝，英國莎士比亞、馬羅之在伊利莎白時代一樣，是應該大書
特書的。另一個值得標榜的時代是漢末建安之世，有曹氏三父子、建安諸文士，
這些在上文也介紹了。劉勰觀書衡文，像司馬遷那樣「通古今之變」，乃能對
眾多作家作品予以定位，有其主次本末的評價。至於劉勰給予晉、宋文學的篇
幅較多，那也合乎史乘的慣例：一般通史，總是古較略而今較詳的。

三、《時序》闡釋文學所受的種種影響

　　《時序》雖然篇幅短小，但論述以作家作品為主，這正是文學史之為文學
史必需的做法。文學史在論述作家作品時，還應該顧及作家作品與政治社會的
關係，闡釋不同時期文學別具風貌的文化歷史因素。這一方面，劉勰在《時序》
中是傾力以赴的。下面分為四項加以說明。

　　（一）文學與政治的關係。劉勰說陶唐「德盛化鈞」，有虞「政阜民暇」、
「大禹敷土」、「成湯聖敬」，姬文「德盛」，而文學有「何力」「爛雲」等等的
歌頌；意思是在政治清明的時代，文學如實反映和樂的社會情況。反過來說，
「幽厲昏」、「平王微」的時代就有「《板》《蕩》怒」、「《黍離》哀」的作品；
意思是政治腐敗國運式微時，文學就表現了憤怒與哀怨。在列舉「何力」之談
到《黍離》之哀眾多例子後，劉勰下了一個結論：「故知歌謠文理，與世推移；
風動於上，而波震於下者。」由陶唐至東周，文學這樣「與世推移」；春秋戰
國以下，一直至劉勰寫《文心雕龍》時的齊朝，在他眼中，文學與政治的關係
就是這樣的密切。作家對亂世昏君，不掩怨怒；對盛世明君，自應歌功頌德。
劉勰對身處的齊代，頌揚甚力，什麼「皇齊馭寶，運集休明」，影響所及，齊
代文學的鼎盛是「跨周轢漢」、甚於唐虞的。我們讀到這裏應該知道，文學的
評論有其「誇飾」的一面；劉勰自許的「平理若衡，照辭如鏡」的標準，這裏
可能不適用。

　　文學受政治社會的影響，撰寫文學史者莫不知曉。王瑤《中國新文學史
稿》開宗明義這樣說：「中國新文學的歷史，是以『五四』的文學革命開始的。
〔……〕五四運動是發源於反帝的。」〔註7〕朱棟霖等主編的《中國現代文
學史 1917～1997》這樣開始：「中國現代文學，是中國文學在 20 世紀持續獲
得現代性的長期、複雜的過程中形成的。在這個過程中，文學本體以外的各
種文化的、政治的、世界的、本土的、現實的、歷史的力量都對文學的現代

────────
〔註7〕上海：上海文藝出版社，19？？，頁1。

化發生著影響。」〔註8〕

西洋人撰寫的文學史，也必先闡述產生文學的政治社會背景；如論述都鐸皇朝和伊利莎白時代的文學，通常先描寫一下當時的政治、宗教和科技的情形〔註9〕。

（二）學術文化也影響文學，劉勰深明此理。屈原、宋玉等的《楚辭》，充滿瑰麗雄奇的想像，即他所說的「暐曄之奇意」，而這是受「縱橫之詭俗」（縱橫家詭異的時尚風俗）影響的。《時序》指出，東晉時士人崇尚玄談，「江左稱盛，因談餘氣，流成文體。是以世極迍邅，而辭意夷泰；詩必柱下之旨歸，賦乃漆園之義疏」。老子（柱下）、莊子（漆園）的學術思想在東晉的詩文反映了出來。這好比20世紀有心理分析學、存在主義等學術文化思想，詩人、小說家受其影響，筆下自然多有性器的意象以及「虛無」的思想。為文學作史的人，當然知道這樣的時世文風，而且應該如實記錄。

（三）帝王也影響文學。在帝制的古代，帝王君主如果喜好、提倡文學，那麼「上有好者，下有甚焉」，文學必然獲得扶持。劉勰說漢武帝崇儒，「潤色鴻業，禮樂爭輝，辭藻競騖」，這是有名的例子。同樣有名甚至更有名的是，曹魏三父子「雅愛詩章」，一言已九鼎，三呼而千應，而「俊才雲蒸」了。《時序》篇還提到晉明帝「雅好文會」，宋文帝和孝武帝「彬雅」「多才」，也使「英采雲搆」，這些皇帝同樣對文學的繁榮有貢獻。劉勰這裏的論述，自然教人想起華夏的唐玄宗（李隆基）、清高宗（乾隆），以及西方的奧古斯都（Augustus）和伊利莎白；在他們主政之下，文學環境利好，有了興隆發皇的良佳時機。

（四）文學影響文學，劉勰也注意到這個現象。屈原、宋玉的《楚辭》，「籠罩雅頌」，這裏的「籠罩」頗有受影響而又超越了的意思。換言之，《詩經》

〔註8〕北京：高等教育出版社，1999，頁1。此外，如22院校編寫組《中國當代文學史》（福州：福建人民出版社，1980），在《緒論》的第二段說：「當代文學運動」是「社會主義革命事業重要組成部分。」（頁1）洪子誠《中國當代文學史》（北京：北京大學出版社，1999）第一章指出，20世紀四五十年代的中國社會發生了轉折，其文學也發生了轉折；那是個「文學與政治的關係密不可分」的時代。（頁3）姚春樹、袁勇麟《20世紀中國雜文史》（福州：福建教育出版社，1997）《緒論》說：「這20世紀的中國雜文，〔……〕是呼喚新時代黎明到來的號角，是覺世醒世的警鐘，是攻擊舊世界的匕首和投槍。」（頁3）有什麼樣的時代，就有什麼樣的雜文，這裏說出了文學與時代社會的密切關係。

〔註9〕參閱網上的 Columbia Encyclopedia（N. Y.: Columbia University Press, 2003）對 English Literature 的介紹。

影響了《楚辭》，又被《楚辭》所超越。《楚辭》受前代文學影響，又影響了後世。前面引述過的「爰自漢室，迄至成哀，雖世漸百齡，辭人九變，而大抵所歸，祖述《楚辭》，靈均餘影，於是乎在」等語，正是此意。在這裏，文學發展演變的軌跡，作家如何繼承與發揚，都解說得很清楚。

四、《時序》與當代文學史理論

　　國人一般以為最早的中國文學史，撰寫者不是中國人。中國人是向西洋人和東洋人借鑑之後，才撰寫自己的文學史的，最早的是文首所說的林、黃二書。崇洋之士認為，撰寫文學史，國人既非最早，似乎也非所長，於是向西方取經，介紹西人的文學史理論，如主張撰史者：（1）應注意文學結構的演化（evolution of literary structure）；（2）應注意文學作品的生成以及作品與歷史現實的關係（genesis of literary works and their relationship to the historical reality）；（3）應注意文學作品的接受史（the history of the reception of literary works）〔註10〕。

　　上述言論中，（1）的「文學結構」大抵指文學作品之組成（不外內容和形式兩部份）。在結構主義流行的時代，「結構」一詞是寵兒，有些人面對這樣的文學史理論，可能「受寵若驚」，以為天降新詞，在恭迎之餘，不知怎樣接待。其實所謂「文學結構的演化」，無非是作品（由內容、形式構成的）風格演化之意。（1）所說的，其實是任何一種文學史的必具內容。不述說不同時代文學作品前後的差異，當然就看不到演變、變化。在《時序》中，劉勰劈頭第一句是「時運交移，質文代變」，跟著以實例說明此理。如作品從「歌」「頌」變為「怒」「哀」（陶唐成湯至幽厲平王）；如《楚辭》的「艷說」「籠罩」（超越）《詩經》；如「世漸百齡，辭人九變」；如西晉時「貴玄」、「流成文體」，與前期大異。這些都是演變、變化，是《時序》主題語「文變染乎世情，興廢繫乎時序」說的「文變」。

　　至於（2），則本文前面的論述已十分詳盡：《時序》篇強調的是文學與政治社會、歷史現實的密切關係；我再點擊一下關鍵語，重述一遍：「文變染乎世情，興廢繫乎時序。」

〔註10〕見陳國球，《文學史書寫形態與文化政治　附編二》介紹伏迪契卡（Felix Vodicka, 1909～1974）的文學史理論，引述了這裏（1）（2）（3）幾個主張，見陳著頁333。

至於（3），《時序》篇也略現所謂「接受史」的筆跡：上面引過多次的「祖述《楚辭》，靈均餘影」自然涉及後世作家對《楚辭》的學習、接受。「樂松之徒，招集淺陋，故楊賜號為驩兜，蔡邕比之俳優」說的則為讀者的排斥，也是一種接受——「反接受」。論及晉朝文學時，劉勰說「前史〔即晉史〕以為運涉季世，人未盡才」，以致文學的表現未臻理想，這裏說的是晉史作者對那個時期文學的「接受」。不過，《時序》篇主要是劉勰的一家之言，很少具體談及其他人對這三千年文學的「接受」。順便一提，《文心雕龍》《辨騷》篇析論《楚辭》的風格、成就時，有自己的判斷，也常引別人的意見，自漢武帝、淮南王、班固、王逸以至漢宣帝、揚雄的都有，簡直可說是一部《楚辭》的接受史〔註11〕。

中華民族向來十分重視歷史，且史籍富厚，史學發達。太史公司馬遷說的「究天人之際，通古今之變」二語，已道出歷史、史觀、史學的要義。「通古今之變」不用多解釋。「天人」就是人與自然、社會、時代，把「天人」的「人」改為「文」，那就是文學與自然、社會、時代；司馬遷寫歷史、論歷史，劉勰論文學，離不開這十個字。

撰寫文學史，和撰寫一般歷史一樣，需要史才、史學、史識和史德〔註12〕。為當代文學撰史（嚴格來說，我們不應有以《當代文學史》為名的書，而只能有《當代文學概說》一類名稱的書），如果撰史者和當代文壇有接觸、交往甚至恩怨，則撰寫者難以做到高度客觀、公正，即使史德高尚者也不容易。一但握有書寫的權力，或者所謂「知識的權力」〔註13〕，就可能有「私於輕重」，有「偏於憎愛」〔註14〕。不去論述當代文學，而為年代較遠的文學撰史，也必然有撰史者的文學口味、標準藏於字裏行間，同時難於擺脫撰史者意識形態等「時代局限」。劉勰論文主張情采兼備，他能把較為質樸的初民歌謠寫入《時序》，表示他已力求客觀、相容，力求尊重歷史事實了。

〔註11〕筆者有專文論《辨騷》的實際批評，請參閱黃維樑，《中國古典文論新探》（北京：北京大學出版社，1996），頁1～8。該文已融入本書之中。

〔註12〕劉知幾有史才、史學、史識說，章學誠加上史德。論此三長、四長者歷來甚眾，王爾敏的《史學方法》（台北：東華書局，1988）頁119～137對這方面有很好的闡述，可參看。文、史多共通處，史學方法和文學史方法亦然。

〔註13〕傅柯（Michel Focault）即持此論，見其《論權力》（On Power）一文（收於 L. D. Kritzman, ed., Politics, Philosophy, Culture: Interviews and Other Writings 1977 ～1984, New York and London: Routledge, 1988）。

〔註14〕「私」、「偏」二語見《文心雕龍》的《知音》。

近年，文學史的書寫是多人關心的課題，黃慶萱、龔鵬程認為文學史除了必備的作家作品論述外，應兼及相關的文學現象，包括「文學生產、消費〔……〕政府的文藝政策〔……〕乃至報酬體系」〔註15〕等等。這些主張應可獲接納。劉勰《時序》以千多字論述三千年的文學，自然不可能樣樣兼顧（他那個時代的文學現象也遠遠沒有現在那樣多元複雜），不過，他畢竟是體大慮周的理論家、批評家、史家。《時序》說「齊開莊衢之第，楚廣蘭台之宮」（帝王建華美宮殿以禮待文士），「徵枚乘以蒲輪，申主父以鼎食；擢公孫之對策，歎倪寬之擬奏；買臣負薪而衣錦，相如滌器而被繡」（因能文而受獎掖、獲厚待、得富貴），這些豈非涉及「報酬體系」？引文這裏連作家的生活際遇都素描了。

五、《時序》的定位

《時序》具有文學史應具或者可以具備的內容，但它並不具備可以具備的一切內容。《時序》說建安時文人「雲蒸」，但它沒有把建安諸子當作文學流派來論述。《時序》沒有把文學流派作為它的一項內容。古代的文學怎樣被「消費」，《時序》也不涉及。我們還可以對《時序》提出其他批評：《時序》以唐、虞、夏、商、周、漢……等朝代分期，固然可行，20世紀學者所撰的中國文學史即往往如此〔註16〕。而以朝代分期，則大有可能論述每個朝代皇帝的權威性施政對社會文化（包括文學）的影響；然而，劉勰也未免太以皇帝「掛帥」了，由漢至宋、齊，每個皇帝的名字都出現如儀。皇帝這樣出鋒頭，實在過了頭。

我們最感遺憾的，大概是《時序》對作家、作品的論述太簡潔、簡單以至簡陋（這些是上文用過的形容詞）了。我們習慣了的文學史，對大作家的處理，應該是有生平介紹、作品概述、代表作析論、地位論定、影響尋蹤等項目的，應該是有相當篇幅的──或者可借用阿里斯多德要求於悲劇的 magnitude，是篇幅上的 magnitude。劉大杰《中國文學史》在屈原身上用了多少篇幅，王瑤《中國新文學史稿》在魯、郭、茅、巴身上花了多少筆墨，《劍橋英國文學史》怎樣把專章給予莎士比亞？而《時序》幾個句子就打發了屈原及其《楚辭》。

〔註15〕 參閱黃慶萱，《朝向宏觀綜合的文學研究》，《國文學報》，28 期（1999.6），頁193～197；龔鵬程，《怎樣寫台北市文學史？》，《文訊雜誌》2001 年 2 月號，頁 29～30。這裏所引者為龔文，頁 30。

〔註16〕 如黃人的《中國文學史》、劉大杰的《中國文學發展史》（台灣、大陸都出版過此書，有多個版本）就是這樣的。

這樣的文學史，讀來太不過癮了。說《時序》具有文學史的資格，它過
關嗎？如果我們認定文學史必須具有相當的篇幅，如果我們以篇幅論「是
非」，則不到二千字的《時序》是通不過「資格檢定」的。然而，如果不視篇
幅為一切，而以性質、品質為標準，則《時序》是文學史，且是「品質控制」
優等的文學史：劉勰為文學史的寫作樹立了「原型」，《時序》具有當今文學
史書寫應備的種種重要內容，它論述有度、褒貶有據，它的言論具深遠影響，
常為後世引用〔註17〕。說《時序》「麻雀雖小五臟俱全」不能盡道其價值；把
這原型式的《時序》原子能引發出來，則其蘊含的威力，大大有助於我們的
文學史書寫。

中華民族有深厚的歷史感。為政治事件、帝王將相生平而撰寫的歷史，其
來久矣；為文學而撰寫的歷史呢？古代也有，就是《文心雕龍》。它有這樣的
內容：其《明詩》、《樂府》、《詮賦》等篇，是不同文類的文學史（至少有文學
史的成分）；其《時序》一篇，是文學通史，是唐虞至劉勰身處的齊代的中國
文學史或中國文學通史。目前西方文化是強勢文化，西風吹到了東方，華夏學
人往往望風歸順，望風西拜〔註18〕。筆者一向認為，西方的可崇者我們崇之，
可拜者我們拜之；但我們不要只看西方，不要忘了古代，特別不要只看西方的
現代，而忘了中國的古代。《文心雕龍》學者如周振甫、張少康、張文勛、岑
溢成等，對《時序》的文學史觀向來有詳明確當的論說，也有學者用「文學史
（綱）」一詞來形容它〔註19〕。不過，說它是文學史的，都只是一筆帶過，我
至今沒有見過「《時序》是文學史（綱）」這個命題的詳明論述。筆者忝為「龍

〔註17〕20世紀多本中國文學史（如〔註16〕的劉著）都引述《時序》篇的論點。李
白《江上吟》「屈平辭賦懸日月」可能得自《時序》的「屈平聯藻於日月」，當
然也可能受《史記》的影響。

〔註18〕20世紀中國文學理論和批評深受西方影響，有的影響流於「惡性西化」。筆者
《期待文學強人：大陸台灣香港文學評論集》（香港：當代文藝出版社，2004）
中《唉，艱難文論》一文可供參考。

〔註19〕關於《時序》的文學史觀，請參閱《張文勛文集（三）》（昆明：雲南大學出版
社），頁95～257；岑溢成，《劉勰的文學史觀》，中國古典文學學會主編，《文
心雕龍綜論》（台北：學生書局，1988），頁197～211。關於《時序》之為文
學史（綱），《張文勛文集（三）》頁96說：「例如《明詩》篇，實際上就是一
篇詩歌發展簡史，《樂府》篇也就是樂府詩的發展簡史。」「在《通變》、《時序》
等篇中，劉勰〔……〕明確地概括了一個文學發展史綱。」又：祖保泉在《文
心雕龍解說》（合肥：安徽教育出版社，1993）說：「《時序》是一篇簡要的文
學流變史。」見頁896。

的傳人」，試作劉勰的知音，在紀念並研討百年前的林、黃《中國文學史》的時候，抹去《時序》千多年的塵埃，擦亮這件文物——「文」學史的證「物」，把它認知為最早的中國文學史。假如這個「最早的中國文學史」說法一時難獲共識，則我這裡發揚《文心雕龍》徵聖宗經的精神，以儒家溫柔敦厚的、折中的態度，把文學史「原型」的《時序》，認定為中國文學史之源，為「最早的中國文學史綱」。

第五章 《論說》篇與現代學術論文的撰寫原理

本章提要：

　　受到西方強勢文化的影響，中華學者從事研究後撰寫學術論文，都以西方學術論文（thesis, academic article, academic paper）的撰寫原理和規格體例為模式。這樣做自有其學理的根據、建制的理由。《文心雕龍・論說》對「論」體的規範和現代學術論文的撰寫原理，翕然相通。〈論說〉篇指出，「論」乃「彌綸群言，而研精一理」，此即現代學術論文的要求：綜合、分析各種相關資料、說法後達成一個結論。〈論說〉篇認為優秀的「論」，必須「師心獨見，鋒穎精密」，這就像現代學術論文重視獨創的見解、精確的表達力、嚴密的邏輯性一樣。〈論說〉篇還論「說」體，認為其特色在說服人，在使人「悅」服。現代學術論文固然論證嚴密且筆調嚴肅，但也有另類，如錢鍾書的現代學術論文就有奇色，是「論」「說（悅）」的合璧。〈論說〉篇對表「巧」實「妄」的論文加以責難，而當前學術界正有這類「學術論文」，學者應引以為戒。20世紀西方的各種文學理論繽紛多元，自有其價值，學者自可採用。中華學者在以西方為馬首之際，應該回顧東方的龍頭——一筆豐厚的文論遺產，並擇其精當者而用之、發揚之。

一、引言：論文・treatise・thesis

　　論文一詞的涵義帶有相當的學術性、嚴肅性，大約相當於英文的 treatise。如果要強調此詞的學術意涵，可加上 academic 一詞而成為 academic treatise，即學術論文。大學裡的學生（包括碩士生、博士生）研究某一課題，撰寫論文，以符合學位的要求，這論文稱為 thesis；如果與博士學位相關，則或稱為

dissertation〔註1〕。這些論文都稱為學位論文或學術論文。在大學裡教書，或從事學術研究的專家學者，撰寫論文，在學術期刊上發表的，通常稱為 article 或 paper；為了強調學術的意涵，又可稱為 academic article 或 academic paper。這些當然也是學術論文。規模宏大、歷史悠久的「現代語言學會」（Modern Language Association），其出版的論文寫作規範性手冊，用以指稱學術論文的，則是 research paper 一詞〔註2〕。無論如何，上述的幾個英文詞語，用字有異，而意義則差不多：指的都是從事學術研究後寫成的議論性文章。因為研究者、撰寫者都在學術建制（establishment）之內，所以學術論文在體例上、形式上有其相當的規範。

　　20世紀西方各國強大先進，西方文化是強勢文化。中國及其他東方國家，莫不受到西方文化影響。中國的教育、學術種種典章制度，都相當西化，或者說現代化。現代學術論文是學術建制的一部分，中華學者撰寫學術論文，一切以西方模式為範式，是順理成章甚至是理所當然的事。以西式為範式的現代學術論文，自然有其學理的根據，有其建制的理由；中華學者為了與國際學術界接軌，遵照現代學術論文的撰寫原理和體例格式，完全無可厚非。不過，如果有人認為現代學術論文是西方先進文化獨有的、優越的文體，「落後」的中國傳統文化缺乏這種文體，中華學者只得謙卑地接受和模仿這西方的恩物，那就大謬不然了〔註3〕。

　　關於文體，吳承學指出：「在中國古代，『文體』一詞，內容相當豐富，既指文學體裁，也指不同體制、樣式的作品所具有的某種相對穩定的獨特風貌，是文學體裁自身的一種規定性。」〔註4〕所言甚是。中國古代的文體，類別繁多。《典論‧論文》分為奏、議、書、論、銘、誄、詩、賦8體，〈文賦〉則有10體：詩、賦、碑、誄、銘、箴、頌、論、奏、說。至《文心雕龍》，其「論

〔註1〕關於這幾個英文名詞的解釋，可參考 *Oxford English Dictionary,* Oxford: Oxford University Press, 1989 及 *Oxford Advanced Learner's Dictionary,* 7th ed., Oxford, Oxford Univesity Press, 2005 等。

〔註2〕*The MLA Handbook for Writers of Research Papers*（2003 edition）用了 research paper 一詞。

〔註3〕中華學者在文學理論方面如何抑華而崇洋，本書《20世紀文學理論：中國與西方》一章已有述論。一位學者對此曾感慨地說：「在一些所謂的學術交流中，西方學者總是擔當傳道、授業、解惑的教師爺角色，而在國人面前本為『博導』、『名流』的教授，卻立馬扮演著小學生，提一些謙虛得幼稚的問題。」

〔註4〕吳承學，《中國古代文體形態研究》（廣州：中山大學出版社，2000 年），第 322 頁。

文敘筆」21 篇，共有 35 體。後來吳訥的《文章辨體》、徐師曾的《文體明辨》，更多至 59 體和 127 體。中國古代文體的分類，實在是個複雜的問題。本文不討論這個問題；為了論述的方便，本文依從現代西方的說法。

根據現代西方的一般做法，我們把文學分為四個類型（genre）：詩、散文、小說、戲劇。散文有抒情（expressive）、寫景（descriptive）、敘事（narrative）、論說（expository）四種性能。我們可據其性能把散文分為抒情散文、寫景散文、敘事散文、論說散文四個次類型。現代學術論文屬於論說散文。中國 1500 年前的文學理論傑構《文心雕龍》，體大慮周，有近半的篇幅論述各種文體，其〈論說〉篇論的正是論說散文。中西文化就其異者而觀之，有迴異說，有大異小同說；就其同者而觀之，則有相同說，有大同小異說。錢鍾書論述中西文化，曰：「東海西海，心理攸同。」〔註 5〕筆者服膺其說，且引申補充之：東海西海，文理不異。《文心雕龍‧論說》所述「論」（論文）的撰寫原理，與現代學術論文的要求，並無二致。

二、「彌綸群言，而研精一理」

先引《文心雕龍‧論說》的前半篇，即討論「論」體的部分，如下：

> 聖哲彝訓曰經，述經敘理曰論。論者，倫也；倫理無爽，則聖意不墜。昔仲尼微言，門人追記，故抑其經目，稱為《論語》。蓋群論立名，始於茲矣。自《論語》以前，經無「論」字。《六韜》二論，後人追題乎！

> 詳觀論體，條流多品：陳政則與議說合契，釋經則與傳注參體，辨史則與贊評齊行，銓文則與敘引共紀。故議者宜言，說者說語，傳者轉師，注者主解，贊者明意，評者平理，序者次事，引者胤辭：八名區分，一揆宗論。論也者，彌綸群言，而研精一理者也。

> 是以莊周《齊物》，以論為名；不韋《春秋》，六論昭列。至石渠論藝，白虎通講，述聖通經，論家之正體也。及班彪《王命》，嚴尤《三將》，敷述昭情，善入史體。魏之初霸，術兼名法。傅嘏、王粲，校練名理。迄至正始，務欲守文；何晏之徒，始盛玄論。於是聘周當路，與尼父爭途矣。詳觀蘭石之《才性》，仲宣之《去伐》，叔夜之《辨聲》，太初之《本無》，輔嗣之《兩例》，平叔之二論，並

〔註 5〕見錢氏《談藝錄》（北京：中華書局，1984 年）的序言。

師心獨見，鋒穎精密，蓋論之英也。至如李康《運命》，同《論衡》而過之；陸機《辨亡》，效《過秦》而不及，然亦其美矣。

次及宋岱、郭象，銳思於几神之區；夷甫、裴頠，交辨於有無之域；並獨步當時，流聲後代。然滯有者，全系於形用；貴無者，專守於寂寥。徒銳偏解，莫詣正理；動極神源，其般若之絕境乎？逮江左群談，惟玄是務；雖有日新，而多抽前緒矣。至如張衡《譏世》，頗似俳說；孔融《孝廉》，但談嘲戲；曹植《辨道》，體同書抄。言不持正，論如其已。

原夫論之為體，所以辨正然否。窮於有數，究於無形；鑽堅求通，鉤深取極；乃百慮之筌蹄，萬事之權衡也。故其義貴圓通，辭忌枝碎；必使心與理合，彌縫莫見其隙；辭共心密，敵人不知所乘：斯其要也。是以論如析薪，貴能破理。斤利者，越理而橫斷；辭辨者，反義而取通；覽文雖巧，而檢跡知妄。唯君子能通天下之志，安可以曲論哉？

若夫注釋為詞，解散論體；雜文雖異，總會是同。若秦延君之注《堯典》，十餘萬字；朱文公之解《尚書》，三十萬言；所以通人惡煩，羞學章句。若毛公之訓《詩》，安國之傳《書》，鄭君之釋《禮》，王弼之解《易》，要約明暢，可為式矣。

首先，請注意「彌綸群言，而研精一理者也」這一句。牟世金的語體譯文是：「對各種說法加以綜合研究，從而深入地探討某一道理。」〔註6〕這一句中，又請先注意「研精一理」四個字。研就是研究，正是現代學術界說的做 research。研究得有個焦點，有個主題；研究之後，得到一個結論，說出一個道理。「研精一理」的「理」，就是 thesis。這上文出現過的 thesis 一詞有二義：一是大學裡學生（包括碩士生、博士生）經過研究後寫成的學術論文；二是有根有據、符合邏輯地加以論證得出來的論點、觀點。把兩個解釋合而觀之，即學術論文必須有一個中心論點，有劉勰所說的一個「理」。大學教授指導學生撰寫學術論文，強調其論文必須有一個主張、一個論點。例如，美國聖雲州立大學的一份教材就這樣說：「社會安全與老年」可以是一篇學術論文的題目，卻不能作為它的論點；而「社會安全制度經常有變動，人要明智地計劃退休後的生活，

〔註 6〕陸侃如、牟世金，《文心雕龍譯註》（山東：齊魯書社，1996 年）。下文引述牟氏的語體譯文，都根據這本書，不一一註明了。

是幾乎不可能的」則可以〔註7〕。劉勰推崇嵇康的〈聲無哀樂論〉一文，這篇論文很清楚地有一個論點，有一個嵇康說的「理」，就是聲音本身沒有哀和樂的分別。

學術論文的論點不能憑空而來，不能由作者信口開河而得，乃必須通過對種種資料、說法的理解、分析、歸納、判斷才能獲致，這就是劉勰說的「彌綸群言」。現代學術論文的一般體例，包括列出一份參考書目（bibliography）。這份參考書目表示作者做研究時參考過的文獻，表示作者並非閉門造車，並非「思而不學」。現代學術論文在文首還往往來一節「文獻探討」，先介紹前賢和時人在相關論題的種種研究成果和說法，下文才展開討論，然後提出作者本人的意見。在一篇教人撰寫學術論文的文章中，作者說：「學術論文不是簡單地說出作者的觀點而已；比這更重要的，是表達他人已有的成果；這些成果，和作者經過一番研究後得到的合乎邏輯的意見一併寫出來。」〔註8〕從大學裡研究生的論文，到資深教授發表在學報上的論文，都要這樣：要「彌綸群言」，即「對各種說法加以綜合研究」。

三、「師心獨見，鋒穎精密」

〈論說〉篇解釋「論」這種文體的性質後，舉出傅嘏、王粲、嵇康等人的幾篇論文，稱讚它們「師心獨見，鋒穎精密，蓋人論之英也」。這裡請先注意「師心獨見」四個字。「師心獨見」就是觀點獨到，就是有創見、有新意。研究生花幾年功夫讀學位，博學、審問、慎思、明辨後寫出來的論文，當然不能只是資料的羅列，當然必須有新的發現，有學術上的收穫，即英文所謂的 new discoveries，所謂的 findings。已建立學術地位的學者，繼續「窮經」，以至成為「皓首」，其辛勤研究後寫成的論文，當然必須有創見，有新意，否則寫來何用。設審稿制度的學報，其編輯請專家審評文稿，審評表上列出來的項目，第一個通常是：「請問送審的這篇論文是否有創見？」譬如一篇《楚辭》、《紅樓夢》或者荷馬史詩、莎士比亞悲劇的論文，相關的論著有成千上萬種，如果作者只是東抄西引前人的說法，完全沒有自己的論點，那麼，這篇東西怎能稱得上是論文？劉勰在〈論說〉篇讚美了「論之英」者，他也毫不客氣地指出，「曹植〈辨道〉，體同書抄」，而沒有價值。

〔註7〕見 St. Cloud State University 網頁的 Write Place and LEO。
〔註8〕見 K G Support: English language document review and editing specialists 網頁的「Tips on Writing an Academic Paper」。

接著請注意「師心獨見」後面的「鋒穎精密」四個字。論文有創見是好的，但先要看是什麼「創見」，要看是否真的是中肯可信的創見。如果所謂的創見只是偏見、謬論，是譁眾取寵的狂妄之言，則這篇論文不要也罷。劉勰認為好的論文，筆鋒要銳利（「鋒穎」），敢破敢立，其立論則要嚴謹精密，否則獲致的結論必不能使讀者折服。對於「精密」的要求，〈論說〉篇有下面的補充：「必使心與理合，彌縫莫見其隙；辭共心密，敵人不知所乘。」牟世金這樣譯為語體：「必須做到思想和道理統一，把論點組織嚴密，沒有漏洞；文辭和思想密切結合，使論敵無懈可擊。」這就是現代學術論文要求的嚴謹的邏輯推理了。美國大學教授編著的學術論文寫作指引一類書，無不強調學術論文行文的邏輯性〔註9〕。「精密」說也和〈論說〉篇較早講的「義貴圓通」說相互發明。〈論說〉篇兼論「註釋」，這是「論」的一個分支，劉勰舉了毛亨、孔安國等人的幾種著述，說他們「要約明暢，可為式矣。」「註釋」是「論」的分支，其寫作原理與「論」相同（「總會是同」）；換言之，「論」的語言風格是「要約明暢」。在一本「介紹當今國內外文體學研究領域前沿理論」的《文體學概論》中，編著者指出：科技文體（包括學術論文）「的文體特點是：清晰、準確、精練、嚴密」〔註10〕。這和劉勰對「論」體的寫作要求，是一致的。〔註11〕

四、「論」「說（悅）」合璧

劉勰論詩、賦時，主張作品情采兼備。《文心雕龍·總術》認為上乘的詩、賦這類美文（相當於西方的 belles-lettres），其風格是「視之則錦繪，聽之則絲

〔註 9〕見 K G Support: English language document review and editing specialists 網頁的「Tips on Writing an Academic Paper」即強調立論的邏輯性（logical）；Harvard University 網頁的 The Writing Center 亦然，見其「Developing a Thesis」一節。

〔註10〕劉世生、朱瑞青編著，《文體學概論》（北京大學出版社，2007 年），第 1 頁、第 238 頁。

〔註11〕〈論說〉篇認為「論」體的特徵，還有「辨正然否，窮於有數，究於無形，鑽堅求通，鉤深取極」等，林家宏《文心雕龍文體論實際批評研究》（台灣彰化師範大學國文系碩士論文，2008 年；尚未出版）對此有很好的說明。錢鍾書對嵇康〈聲無哀樂論〉一文稱讚有嘉，以其「匠心獨運」也。劉慶華及林家宏對錢說都有引述，並因此更肯定劉勰對嵇文的評論。劉慶華觀點見其《操斧伐柯論〈文心〉》（香港：中華書局，2004 年）第 130～132 頁。劉氏又指出，嵇文的一些觀點與「儒家相違」，而尊崇儒家的劉勰，仍對嵇文予以高度評價，可見「劉勰的評論是客觀的，不偏於個人的愛憎」（劉著第 132 頁）。又：安曉陽在涂光社主編的《文心司南》（南京：江蘇人民出版社，2004 年）一書中有章節論《文心雕龍·論說》，頗有佳見，可參看。

簧，味之則甘腴，佩之則芬芳」。對於「論」體，劉勰卻沒有這樣的形容，沒有這樣的要求。上引《文體學概論》一書描述科技文體的特點時指出：這種文體「講究邏輯上的條理清楚和思維上的準確嚴密，不像文學語言那樣充滿感情色彩，而是以一種冷靜而客觀的風格陳述事實和揭示事理」〔註12〕。劉勰如起於九泉之下，讀到這段說明，一定點頭稱是。不過，《文心雕龍》這本「體大慮周」傑構的作者，應該會接著說：「論」體固然以明暢精密、不帶感情、不求華采為正宗，為正色，卻也有另類，有奇色。

錢鍾書的現代學術論文屬另類，有奇色。錢氏的〈詩可以怨〉、《宋詩選註·序》等篇，旁徵博引，「彌綸群言，而研精一理」，當然是現代學術論文。他這些論文在「明暢」說理之際，講究用比喻、用對仗（即《文心雕龍》說的比興和麗辭），文采斐然，與一般現代學術論文的行文平實以至枯燥乏味風格大不相同。例如，〈詩可以怨〉比較司馬遷和鍾嶸對寫作動機的說法，解釋道：

> 司馬遷〈報任少卿書〉只說「舒憤」而著書作詩，目的是避免姓「名磨滅」、「文采不表於後世」，著眼於作品在作者身後起的作用，能使他死而不朽。鍾嶸說：「使窮賤易安，幽居靡悶，莫尚於詩。」強調了作品在作者生時起的作用，能使他和艱辛冷落的生涯妥協相安；換句話說，一個人潦倒愁悶，全靠「詩可以怨」，獲得了排遣、慰藉或補償。〔註13〕

這樣說固然文意清晰暢達，而錢鍾書不滿足於「辭達而已矣」，乃要在這段話之前，先來一句：

> 同一件東西，司馬遷當作死人的防腐溶液，鍾嶸卻認為是活人的止痛藥和安神劑。〔註14〕

讓讀者眼前一亮，腦海一閃，跟著追讀下文。這好比是作戰時夜空中先放了個照明彈，然後揮軍出擊，直搗黃龍。《宋詩選註·序》的辭采更璨亮，比喻一個接一個，如：

> 1. 詩是有血有肉的活東西，史誠然是它的骨幹，然而假如單憑內容是否在史書上信而有徵這一點來判斷詩歌的價值，那就彷彿要從愛克司光透視裡來鑒定圖畫家和雕刻家所選擇的人體美了。〔註15〕

〔註12〕劉世生、朱瑞青編著，《文體學概論》，第238頁。
〔註13〕錢鍾書，《七綴集》（上海古籍出版社，1985年），第105頁。
〔註14〕錢鍾書，《七綴集》，第105頁。
〔註15〕錢鍾書，《宋詩選註》（北京：人民文學出版社，2005年），第3頁。

2. 假如宋詩不好，就不用選它，但是選了宋詩並不等於有義務或者權利來把它說成頂好、頂頂好、無雙第一，模仿舊社會裡商店登廣告的方法，害得文學批評裡數得清的幾個讚美字眼兒加班兼職、力竭聲嘶的趕任務。〔註16〕

還有對仗式語句：

1.〔在宋代〕又寬又濫的科舉制度開放了做官的門路，既繁且複的行政機構增添了做官的名額。〔註17〕

2. 偏重形式的古典主義有個流弊：把詩人變得像個寫學位論文的未來碩士博士，「抄書當作詩」，要自己的作品能夠收列在圖書館的書裡，就得先把圖書館的書安放在自己的作品裡。〔註18〕

《文心雕龍·論說》除了論「論」體之外，還論「說」體。劉勰解釋曰：「說者，悅也；兌為口舌，故言資悅懌。」牟世金這樣語譯：「所謂『說』，就是喜悅。『說』字從『兌』，《周易》中的〈兌卦〉象徵口舌，所以說話應該令人喜悅。」「論」「說」是兩體卻合為一篇，原來二者有共通之處。牟世金對〈論說〉篇有這樣的闡釋：

> 「論」與「說」在後代文體中總稱為「論說文」。本篇所講「論」與「說」也有其共同之處，都是闡明某種道理或主張，但卻是兩種有區別的文體：「論」是論理，重在用嚴密的理論來判斷是非，大多是論證抽象的道理；「說」是使人悅服，除了古代常用口頭上的陳說外，多是針對緊迫的現實問題，用具體的利害關係或生動形象的比喻來說服對方。後世的論說文，基本上是這兩種文體共同特點的發展。

牟氏說明「說」體有「使人悅服」的目的，又說用「生動形象的比喻來說服對方」，洵為知言。用比喻來說明道理，來說服人，正是劉勰之意；他在〈論說〉篇就這樣說：「至於鄒陽之說吳梁，喻巧而理至，故雖危而無咎矣」；這使人聯想到古希臘大學者阿里斯多德在《修辭學》（*Rhetoric*）一書中，教人演說時用具體生動的言辭、用比喻，以達到說服人的目的。阿氏《修辭學》專注的，正是說服人的藝術（the art of persuasion）。

〔註16〕 錢鍾書，《宋詩選註》，第9頁。
〔註17〕 錢鍾書，《宋詩選註》，第1頁。
〔註18〕 錢鍾書，《宋詩選註》，第17頁。

上面說錢鍾書的現代學術論文是另類，有奇色。由〈論說〉篇之「說」體特色觀之，則錢氏不過以「說」為「論」，在「論」色之外加上了「說」色，增添了文采，不過是「論」「說」合璧而已，其目的在使人「悅讀」後「悅服」。

五、〈辨騷〉、整本《文心雕龍》：學術論文

筆者曾撰文指出《文心雕龍·辨騷》是一篇實際批評（practical criticism）的文章〔註19〕，我們也可稱它為一篇學術論文。〈辨騷〉篇徵引劉安、班固、王逸、漢宣帝、揚雄等各家對《楚辭》的評論，又列舉〈離騷〉等《楚辭》作品以為研究對象，加以綜合析辨，這正是〈論說〉篇說的「彌綸群言」、「研精一理」。劉勰的結論，或者說對《楚辭》的最終評價是：「固知《楚辭》者，體憲於三代，而風雜於戰國，乃雅頌之博徒，而詞賦之英傑也。」把《辨騷》篇的引述語（quotations）從「撮述式」（撮述大意）變為「全引式」（原文全引），加上三數十個註釋，再加上一份參考書目，然後投寄給《中山大學學報》或《文學遺產》，或者把它譯成英文後投寄給 Harvard Journal of Asiatic Studies，這篇現代學術論文一定會獲得編輯部的青睞。

《文心雕龍·序志》寫道：

> 詳觀近代之論文者多矣：至如魏文述典、陳思序書、應瑒文論、陸機《文賦》、仲治《流別》、宏範《翰林》，各照隅隙，鮮觀衢路，或臧否當時之才，或銓品前修之文，或泛舉雅俗之旨，或撮題篇章之意。魏典密而不周，陳書辯而無當，應論華而疏略，陸賦巧而碎亂，《流別》精而少功，《翰林》淺而寡要。又君山公幹之徒，吉甫士龍之輩，泛議文意，往往間出，並未能振葉以尋根，觀瀾而索源。

劉勰「詳觀近代之論文者」，而後有所褒貶。他閱讀歷代的文學作品，加以析評，其意見「有同乎舊談者」，「有異乎前論者」（〈序志〉篇語）。這表示他「彌綸群言」然後加以論斷。「詮序一文為易，彌綸群言為難」（〈序志〉篇語），而劉勰窮多年之力以「彌綸群言」、「研精一理」。這裡的「一理」為：什麼是文學？什麼是好文學？這就是《文心雕龍》全本書的旨趣。《文心雕龍》無疑是一本學術論文，體大而慮周、高明而中庸的學術論文。憑這本論文，加上引

〔註19〕 參閱黃著《中國古典文論新探》（北京大學出版社，1996 年）中〈現代實際批評的雛形——《文心雕龍·辨騷》今讀〉一文，此文已納入本書。

文、註釋、書目等現代學術包裝，劉勰應該得到名牌大學的幾個博士學位——至少是一個攻讀學位得來的博士學位，加上幾個頒贈的榮譽博士學位。

六、東海西海，文理不異

　　20 世紀中外學者對中國古代文論多所貶抑，中華學者從事文學研究時，多一面倒地只引用西方文論，甚至囫圇吞棗地、「不求甚解」地引用。有識之士，為此而興嘆。如何重新發現中國古代文論的價值，並用於文學作品的研究、批評，應為中國古代文論學者所關心、所致力。筆者認為中國古代文論的龍頭大典《文心雕龍》的理論具備體系性、恆久性、普遍性，極具價值。近年筆者用力於比較《文心雕龍》與西方古今文論，指出其價值所在；並把《文心雕龍》的理論，用於對屈原、范仲淹、余光中、白先勇、莎士比亞、王爾德、馬丁‧路德‧金等詩、文、小說的實際批評，還用於對韓劇《大長今》的評論、對德國「漢學家」顧彬的批駁。筆者所應用的《文心雕龍》理論，包括「六觀」「鎔裁」「比興」「麗辭」「知音」「詭巧」等等。筆者又指出，《文心雕龍》的〈史傳〉、〈時序〉篇，對文學史的撰寫，極具指導意義。

　　本文則指出《文心雕龍‧論說》的理論，完全符合現代學術論文的撰寫原理，誠然可以古為今用。其可用之處，上文已一一說明。這裡再補充一點。劉勰一方面稱讚優秀的論文，一方面則責難其差劣者。〈論說〉篇這樣批評後者：「辭辨者，反義而取通；覽文雖巧，而檢跡知妄。」牟世金的語譯為：「巧於文辭的人，違反正理而勉強把道理說通，文辭上看起來雖然巧妙，但檢查實際情形，就會發現是虛妄的。」這個評語用於當代的某些「學術論文」，十分貼切。十餘年前發生於美國學術界的索卡爾惡作劇（Sokal Hoax），正是一面「巧」而「妄」的西洋鏡。當代研究文學的眾多學者，無論西方、東方，都主義掛帥，撰寫的「論文」，五花術語充斥、八門主義連篇，因為如此這般，才算高深，才趕上潮流。紐約大學的艾倫索卡爾（Alan Sokal，有人把姓氏戲譯為「騷哥」）教授編導了一齣表「巧」實「妄」的惡作劇，令人震驚。讓我們回顧一下。這位教授痛心於學術界的歪風，乃泡製了一篇冗長、艱澀、術語和引文充斥的「學術論文」，投給著名學報《社會文本》（Social Text），蒙其編委及匿名評審袞袞諸公「青睞」審查通過，予以發表。發表之日，騷哥預先寫好的惡作劇式事件本末聲明也公布了。原來其「大作」弄虛作假、胡說八道，一大堆的術語、一大串的徵引，都不過是裝腔作勢、眩人耳目而已。七寶樓臺，

拆卸下來，不成片段，而且材料多是贗品。「論文」和聲明一發表，美國的學術界為之騷動〔註20〕。騷哥此「論文」，是名副其實的西洋鏡，他自行拆穿；東方的學者，能不借此西洋鏡為戒嗎？「遙遠的東方有一條龍」，這條「龍」的作者，早就警誡過這類表巧實妄的「論文」了。

　　20世紀西方的各種文學理論繽紛多元，自有其價值；文學研究者採用之，頗有收穫。然而，「東海西海，心理攸同」；東海西海，文理不異。高明而中庸、體大而慮周的《文心雕龍》，實在具有恆久而普遍的理論價值。《文心雕龍》的理論視野，自然不包括20世紀源於西方的多種理論，如心理分析學，如女性主義，如後殖民主義；它對文學的種種論述，卻無疑具有「放諸四海而皆準」的意義。〈論說〉篇的「彌綸群言，而研精一理」等說，和現代學術論文的撰寫原理，翕然相通。中華學者在學術文化方面，以西方為馬首之際，應該回顧東方的龍頭——一筆豐厚的文論遺產，並擇其精當者而用之、發揚之。

〔註20〕 蔡仲等譯的《索卡爾事件與科學大戰》（南京大學出版社，2000年）一書，即述論此事。台灣也出版了關於這事件的專著。香港學者李天命對這類艱難而實詭亂的「論文」極為反感，他用了「學混」一詞來指稱某一類的學者：廣義文科（人文社科）方面的學混，尤其是哲學、社會學、教育學、藝文批評、文化研究等等領域裡的學混，有下列特徵：（a）語意曖昧；（b）言辭空廢；（c）術語蒙混；（d）隨波逐流。參見李著〈哲學衰微哲道生〉，載《明報月刊》2003年8月號，第48～56頁。艱難文論之風，在海峽兩岸三地的文學學術界吹了多年，頗為猛烈。正在哀文論多艱之際，筆者讀到美國文論界老將布扶（Wayne Booth）的一封書信，精神為之一爽。布扶越洋飛來的是一封公開信，題為〈致所有關心文學批評前途的人〉。信函刊登在2004年冬季號的《批評探索》（Critical Inquiry）上。布扶長期任教於詩家谷（Chicago）大學，後為該校榮休教授（professor emeritus）。他趁美國文論界群英谷中論劍之際，發表此函，筆鋒所及，我相信已刺痛刺傷了當代不少名家及新秀，乃至刺出了日後一些文壇恩怨。在公開信中，他謔稱自己是老笨蛋。這個老笨蛋和它相熟的一些老讀者，讀著時下《批評探索》的眾多文章，全然摸不著邊際，被嚇跑了。布扶常常擲卷興嘆。太息之餘，他苦苦勸告《批評探索》的編委：你們「不能完全看懂的論文，就不要發表，即使論文作者是名家」。有艱難的文論，乃有艱難的論文。讀者讀不懂，文論和論文，雖多亦奚以為？難怪布扶公開信發表之日，也是《批評探索》主辦的座談會舉辦之時，引來了《紐約時報》的貶抑性報導：「最新的理論就是理論沒有用」。

第六章 《文心雕龍》的雅俗觀及文學雅俗之辨

本章提要：

《文心雕龍》謂文學風格有八種，第一種是典雅，而「典雅者，鎔式經誥，方軌儒門者也」；《文心》一書，「雅」字常出現。《文心》論「諧」，則說它「辭淺會俗，皆悅笑也」，又說「俗皆愛奇」。《文心》並沒有「雅文學」和「俗文學」的名目，也沒有把「雅」和「俗」放在一起加以比較討論；但上引的觀點，對我們今天的文學雅俗之辨，頗有參考價值。

一般來說，通俗文學「辭淺」、「奇」情、富娛樂性（刺激、「悅笑」），其讀者為普通大眾；高雅文學則辭較深、情較不奇、缺乏通俗的娛樂性，其讀者為文化修養較高的人，尤其是文學學者。《詩經·國風》的情詩、很多唐詩宋詞、荷馬的史詩、莎士比亞的戲劇，在發表、流行的當時是通俗文學。屈原的《離騷》、杜甫的《秋興》、艾略特的《荒原》、喬艾斯的《尤利西斯》，在發表時一直到現在，都是高雅文學。通俗文學如經得起時間的考驗，且成為學者注釋、賞析、研究的對象，則轉化成為高雅文學。

本章引述現代學者對雅俗文學的見解，列舉古今中外的作品，包括上述提到的，以及狄更斯、余光中、九把刀等作品，作縱橫析論，以暢題旨，並指出《文心》雅俗觀歷久彌新的理論價值。

一、引言

文藝自古就有雅俗之分。《論語》《衛靈公》及《陽貨》說孔子認為「鄭聲

淫」，夫子「惡鄭聲之亂雅樂」；換言之，「鄭聲」是俗樂。《論語·述而》且有「雅言」之說，雅言即雅正之言，是雅士、大夫的言辭。《孟子·梁惠王》把樂分為「世俗之樂」與「先王之樂」，「先王之樂」即雅樂。道家雖有逍遙、齊物之論，但對雅俗仍分別看待。《莊子·天地》：「大聲不入於里耳，《折楊》、《皇莩》，則嗑然而笑。是故高言不止於眾人之心，至言不出，俗言勝也。」意思是：大度的音樂入不了市井里巷之人的耳朵，而《折楊》、《皇莩》一類的曲調，聽著就嗑然笑起來；所以，高雅之言不能在大眾心中留下印象，至理名言也不能傳播出去，俚俗的話卻贏得聽眾。句中「高言」、「至言」即高雅之言。戰國楚宋玉《對楚王問》：「客有歌於郢中者，其始曰：《下里》、《巴人》，國中屬而和者數千人。〔……〕其為《陽春》、《白雪》，國中屬而和者不過數十人。」這是雅俗之異的經典故事。

　　時光流轉二千多年，雅文藝和俗文藝，仍然是談藝者的話題，是學術研究的對象。鄭振鐸 1938 年出版的《中國俗文學史》是一塊里程碑。1980 年代中期大陸的「中國俗文學學會」成立，其成員集體努力的一個成果，是吳同瑞等編的《中國俗文學概論》；此書於 1997 年在北京出版，是另一個標誌。《概論》之後，2000 年由范伯群主編的《中國近現代通俗文學史》面世，又是個標誌。台灣則有曾永義 2003 年出版的《俗文學概論》，與對岸的同類論著映照。〔註1〕有俗就有不俗，即有雅。在世紀之交，台灣的國立中興大學舉辦學術會議，研討雅文學與俗文學，《通俗文學與雅正文學：第一屆全國學術研討會》論文集，於 2001 年出版；到了 2014 年，已辦了十屆。海峽對岸則有朱棟霖、范伯群主編的《中國雅俗文學研究》第一輯於 2007 年出版，其後還有多輯。〔註2〕本章所論為文學，為行文需要，有時不用文學而用文藝或藝術一詞；所用的高雅文學一詞則與雅正文學、雅文學相當。本章介紹《文心雕龍》對雅與俗的看法，徵引古今學者對雅文學和俗文學的析論，對種種相關論點和文學現象加以綜合研議，提出筆者對文學雅俗之辨的見解。

〔註 1〕鄭著 1938 年出版後多次重印；吳編書由北京大學出版社出版；范編書由江蘇教育出版社出版；曾著由台北三民書局出版。

〔註 2〕此外門巋、張燕瑾有《中國俗文學史》（台北：文津，1995）；范伯群有《中國現代通俗文學史》（北京大學出版社，2007）；譚帆有《中國雅俗文學思想論集》（北京：中華書局，2006），譚著首篇《「俗文學」辨》對俗、世俗、風俗、通俗、雅俗等義解說甚詳，可參看。本文這裏提及的雅俗研究論著，只是筆者向來注意所及的，這絕不是一份有關論著的完整書目。

二、《文心雕龍》論「雅」和「俗」

　　劉勰的《文心雕龍》是研討文學的論著，以體大慮周著稱。這本文學理論的經典，有《定勢》篇「雅俗異勢」和《通變》篇「隱括乎雅俗之際」等說法，但沒有「雅文學」和「俗文學」的名目，也沒有直接把「雅」和「俗」放在一起加以比較論述。它對「雅」和「俗」有多處論及，其觀點對我們今天的文學雅俗之辨，甚有參考價值。

　　先說「雅」。首篇《原道》有「雅頌所被，英華日新」之語，第三篇《宗經》有「酌雅以富言」之說；「雅」固然指的是《詩經》篇章，卻也與本文所論的雅文學相關。次篇《徵聖》稱「聖文之雅麗，固銜華而佩實者也」；其中「雅麗」與《體性》篇的「典雅」，可說是《文心雕龍》的關鍵詞。「雅麗」、「典雅」是劉勰珍重的文學風格，甚至是最理想的風格。一直到最後的第 50 篇《序志》，他仍強調寫作人要「按轡文雅之場」。《體性》篇論文有八體，一是「典雅」，而「典雅者，鎔式經誥，方軌儒門者也」；《文心雕龍》以儒家學說為主導思想，劉勰認為徵聖宗經，這樣寫出來的文章才典雅。次說「俗」。八體之七為「新奇」：「擯古競今，危側趣詭者也」，這裏用了「奇」「趣詭」等字。八體之八即序列最後的是「輕靡」：「浮文弱植，縹緲附俗者也」，這裏用了「俗」字。劉勰論「俗」，下面將較詳細地介紹其說，這裏先行指出，他對「雅」和「俗」的看法，和近世和現代很多學者對雅正文學和通俗文學的解釋，並無二致。

　　清代李漁《閒情偶寄・詞曲部》認為戲曲的觀眾有讀書人與不讀書人，能讓「讀書人與不讀書人同看」的才算成功。這裏包含的意思是：讀書人欣賞的是高雅文學，不讀書人欣賞的是通俗文學。讀書人即是學士大夫，不讀書人即是一般平民大眾。文學的雅與俗，是風格的體現，而題材影響風格。唐代司空圖的《二十四詩品》有「典雅」之品：

> 玉壺買春，賞雨茅屋。坐中佳士，左右修竹。
>
> 白雲初晴，幽鳥相逐。眠琴綠陰，上有飛瀑。
>
> 落花無言，人淡如菊。書之歲華，其曰可讀。

雅士大夫的生活及其品味，這是一寫照。〔註3〕

　　鄭振鐸《中國俗文學史》首章釋「俗文學」，就這樣指出：它「就是通俗

〔註3〕題材影響風格。林淑貞：《詩話風格論》（台北：文津，1999）第六章第四節《題材風格論》可參看。

的文學，就是民間的文學，也就是大眾的文學。換一句話，所謂俗文學就是不登大雅之堂，不為學士大夫所重視，而流行於民間，成為大眾所嗜好，所喜悅的東西。」曾永義在比較過多種「俗文學」的解釋後，認為鄭振鐸的說法「最為平正通達」〔註4〕。

金榮華論雅正文學，說「雅」指措辭，「正」指內容；《論語》說「子不語怪力亂神」，從傳統的雅正文學看，「怪力亂神」就是「不正」；所以雅正文學就是措辭典雅而內容不涉「怪力亂神」的作品。金氏論通俗文學，則說：「通俗文學是寫給大眾看的文學。」〔註5〕

吳同瑞認為俗文學之美，包括「傳奇美」，即「無奇不傳，無傳不奇」之美。這和清代金聖嘆對《水滸傳》宋江潯陽江遇險一節的批語可互相印證：「此篇節節生奇，層層遇險。」〔註6〕吳氏稱俗文學還有「諧趣美」，即詼諧靈動的趣味，供「大眾消遣娛樂」。〔註7〕當代有論者指出，「台港通俗文學是台灣和香港發達商業社會的產物，它有著強烈的商品化特徵」，有大眾認同的「喜聞樂見」的承載形式。「台港暢銷小說的特點是故事性、傳奇性強，善於運用懸念來吸引讀者」。「跌宕起伏、曲折動人的情節，從語言方面來看，通俗文學的語言都通俗易懂」。〔註8〕

回到《文心雕龍》。《體性》篇的新奇和輕靡二體與「俗」有關，已如上述。此外，《知音》篇說：「俗監之迷者，深廢淺售；此莊周所以笑《折楊》，宋玉所以傷《白雪》也。」在這些地方劉勰對俗有貶意。《諧讔》篇也論及「俗」，說「諧」這種文體「辭淺會俗，皆悅笑也」。換言之，「諧」的作品，或者說吳同瑞所稱有「諧趣美」的作品，可供「大眾消遣娛樂」，「會俗」正是適合大眾閱讀或觀賞之意。「辭淺會俗，皆悅笑也」之外，在《史傳》篇中劉勰提出了另一個重要觀點：「俗皆愛奇」。劉勰論史時指出，史家「貴信史」，然而「俗皆愛奇，莫顧實理」，總愛誇張，「傳聞而欲偉其事」。「俗皆愛奇」，讀史如此，觀文亦如此。劉勰「辭淺會俗，皆悅笑也」、「俗皆愛奇」等語道出了俗文學的

〔註4〕曾永義：《俗文學概論》頁23。
〔註5〕金榮華：《通俗文學與雅正文學的本質和趨勢》，載《通俗文學與雅正文學：第二屆全國學術研討會》論文集（台中，國立中興大學中國文學系出版，2001年），頁8等。
〔註6〕吳同瑞等編：《中國俗文學概論》（北京大學出版社1997），頁24、25。
〔註7〕吳同瑞等編：《中國俗文學概論》，頁24、25。
〔註8〕朱壽桐主編：《漢語新文學通史》上下卷（廣州：廣東人民出版社，2010），頁563。

特色，兼及其功能，與上面引述的近世和現代的相關見解正可互相發明。

　　《諧讔》篇在解釋「諧」的意義之後，舉了好幾個諧趣的故事：「昔齊威酣樂，而淳于說甘酒；楚襄宴集，而宋玉賦好色。意在微諷，有足觀者。及優旃之諷漆城，優孟之諫葬馬，並譎辭飾說，抑止昏暴。」其中「優旃之諷漆城」的故事，據《史記·滑稽列傳》所說，是這樣的：優旃「善為笑言，然合於大道」；話說秦二世打算把一座城髹漆，優旃說：這好啊，雖然百姓將為費用發愁，但很好看呢；只是有個困難，哪裡可找到一個大的房子罩住城，以便把它陰乾。秦二世聽後取消了漆城的計畫。「優孟之諫葬馬」同樣出於《史記·滑稽列傳》：春秋時楚莊王所愛的馬死了，打算採用為大夫舉殯的儀式來葬牠。群臣勸諫，阻止不了。優孟故意說，用大夫禮太薄待了，應該用國君的禮儀來葬牠才對。先秦時期如果已有手機短信、微博、微信，那末，漆城、葬馬一類時事，一定是通俗文學大好的題材，寫成的諧趣短文，為千萬網友所愛讀和轉發。

　　依著「辭淺會俗，皆悅笑也」、「俗皆愛奇」的理論，這裏再舉一例。《孟子·離婁下》有齊人與妻妾的故事：

　　　　齊人有一妻一妾而處室者，其良人出，則必饜酒肉而後反。其妻問所與飲食者，則盡富貴也。其妻告其妾曰：「良人出，則必饜酒肉而後反；問其與飲食者，盡富貴也，而未嘗有顯者來，吾將瞷良人之所之也。」蚤起，施從良人之所之，遍國中無與立談者。卒之東郭墦間，之祭者，乞其餘；不足，又顧而之他，此其為饜足之道也。其妻歸，告其妾，曰：「良人者，所仰望而終身也，今若此。」與其妾訕其良人，而相泣於中庭，而良人未之知也，施施從外來，驕其妻妾。

　　　　由君子觀之，則人之所以求富貴利達者，其妻妾不羞也，而不相泣者，幾希矣。

　　齊人言行怪異，整個故事有傳奇色彩，屬上述所說「怪力亂神」中的「怪」。故事講完了，孟子還來一個主題闡釋，或者說，來一個教訓。《漢書·藝文志·諸子略》有小說家之目，認為：

　　　　小說家者流，蓋出於稗官。街談巷語，道聽途說者之所造也。孔子曰：「雖小道，必有可觀者焉；致遠恐泥，是以君子弗為也。」然亦弗滅也。閭里小知者之所及，亦使綴而不忘。如或一言可采，

此亦芻蕘狂夫之議也。

我們不妨把這類「街談巷語，道聽途說者之所造」視為通俗的故事和議論。〔註9〕六朝的志怪、唐的傳奇、宋的《京本通俗小說》、明的《三言》《兩拍》、20世紀的言情（包括「鴛鴦蝴蝶」）、武俠、偵探、推理、奇幻小說，即以「奇」、以種種「怪力亂神」吸引讀者。現代的張恨水、金庸、瓊瑤、亦舒一直至當今九把刀、郭敬明的熱賣作品，就是這類傳奇、通俗小說。

在西方，先有荷馬史詩在誦讀時吸引了大量聽眾，以至文藝復興時期莎士比亞戲劇的大受歡迎，以至印刷發達通俗讀物大增，20世紀廣播、電視出現後大眾傳播日盛，包括通俗文學在內的大眾文化流行，通俗劇（melodrama）、連載小說（serial fiction）、好萊塢電影、電視肥皂劇（soap opera）等等是其主要類型，而這些都不脫「辭淺」、「傳奇」的特色。因為地球縮小成為村莊，而「東海西海，心理攸同」（錢鍾書語），東方的受眾（或者說「聽閱人」，audience）自然悅讀悅聽樂觀之，受之者極眾。

《哈利‧波特》一類小說的奇幻不必說，這裏只說近年兩岸三地都有眾多讀者的九把刀。原名柯景騰、筆名奇特的九把刀，作品以奇標榜。其小說《臥底》以這樣的內容開始：

> 外表平凡的少年聖耀，有著極不平凡的手掌掌紋，掌紋的輪廓脈絡是一張攝取人魂的惡魔之臉。所有進入他生活圈子的人，都會駕鶴西歸。面對自己像得了瘟疫一樣的淒慘人生，聖耀到了近乎崩潰的邊緣。於是，他四處求仙拜佛，極力去挽救最後的親人——媽媽。但是，手掌仍然沒有回答，惡魔的臉仍在繼續獰笑〔……〕。〔註10〕

他另一部小說《殺手》所述的四個故事中，首個題為《殺手鷹：陽台上燦爛的花》，題材離不開通俗小說的情愛與暴力。酷酷的殺手與美術系大二女生有一段愛情；他行兇殺人，使用暴力而若無其事。〔註11〕九把刀的文字淺白，

〔註9〕《孟子‧齊人有一妻一妾》的故事，不但是個有趣的寓言，且是個技巧卓絕、題材獨特的短篇小說。《齊人》具備人物、事件、情節結構等小說要素，統一而完整，字字珠璣，最能符合現代「有機體」的理論要求。它的反諷（irony）技巧，如「良人」一詞的正言若反、悲喜場面的巧妙經營等，尤其令人拍案叫絕。可參看黃維樑：《中國文學縱橫論》（台北：東大圖書公司，1988）中《中國最早的短篇小說》一文。

〔註10〕引自九把刀：《臥底》（南寧：接力出版社，2006）封底摺頁《關於本書》。

〔註11〕筆者根據的《殺手》是台北春天出版國際文化有限公司2005年7月初版7刷的版本。

青年讀者易讀且愛讀；愛讀的一個原因是流行語多，令人覺得親切。如年前暢銷的《那些年，我們一起追過的女孩》，其常用的「靠」（與粗口「操」的音近）一詞，就是「會」合當下青年流行「俗」語的「淺」白之「辭」。

《文心雕龍》「辭淺會俗」、「俗皆愛奇」的說法正道出了今天我們所說通俗文學的特色。《體性》篇的八體中，「典雅」排頭，「奇」「趣詭」「俗」等在末；首尾之異，應有劉勰抑揚輕重之意。從其他篇章的論述看來，揚雅抑俗之意，甚為明顯：如《辨騷》稱《楚辭》為「雅頌之博徒」；《樂府》稱「自雅聲浸微，溺音騰沸」，「溺音」即鄭聲，就是輕靡附俗之聲。《體性》再揚雅聲，稱「習有雅鄭」，「體式雅鄭，鮮有反其習」，所以「童子雕琢，必先雅製」。

三、通俗作品後世需要註釋

劉勰在《知音》篇稱知音甚難，知音難的原因之一為作品優劣難分。他這樣說：

> 夫麟鳳與麏雉懸絕，珠玉與礫石超殊；白日垂其照，青眸寫其形。然魯臣以麟為麏，楚人以雉為鳳，魏民以夜光為怪石，宋客以燕礫為寶珠。形器易徵，謬乃若是；文情難鑒，誰曰易分？

文之「雅鄭」（或「雅俗」）也難分嗎？還是二者截然可辨？

劉勰亟稱《詩經》之為儒門經典，是《宗經》篇所示寫作人宗奉的五經之一：「賦頌歌贊，則《詩》立其本」；《辨騷》篇開宗明義即以「《風》《雅》寢聲」為憾；由此看來，《詩經》為雅正文學的代表，殆無疑義。然而，《詩經》的篇章在當時寫作、傳播時全都是雅正文學嗎？《詩經》裏的《雅》和《頌》固然多是大夫之作、廟堂之篇，是雅正文學；但《詩經》裏《國風》的很多作品，如《關雎》《桃夭》《摽有梅》《將仲子》《女曰雞鳴》《有女同車》《狡童》《靜女》等，辭意淺易，講的是戀愛婚姻，是一般老百姓能懂能唱的，是當時大眾化的流行歌曲，其性質與功能與今天的流行歌曲無異。朱熹《詩集傳・序》：「凡《詩》之所謂《風》者，多出於裡巷歌謠之作，所謂男女相與詠歌，各言其情者也。」正是此意。至於社會抗議詩如《魏風》的《碩鼠》，語言同樣淺易，反戰詩如《豳風》的《東山》，篇幅雖較長，內容也並不深奧。《小雅》的《蓼莪》涉及孝道，內容也不「古雅」，語言亦甚淺白。這裏隨意舉出的《詩經》篇章，都有《文心雕龍・諧讔》所說「辭淺會俗」的特色，是當時的通俗文學。這些，劉勰卻在亟稱《詩經》之為儒門經典、為雅正文

學的代表時，沒有加以辯說。

周朝已有採集歌謠的官員，後來魯國也有樂師編定詩歌。孔子以《詩經》教學生：「小子何莫學夫《詩》？《詩》可以興、可以觀、可以群、可以怨。邇之事父，遠之事君，多識於鳥獸草木之名。」三百五篇有興觀群怨的功用，一旦入了教室（classroom），「升堂入室」，漸漸演變成為經典（classic），地位大為提高了。孔子之後傳授《詩經》的，有魯國申培公、齊國轅固生、燕國韓太傅三家，又有魯國的毛亨、趙國的毛萇。《詩經》成為教材，專家加以研究，以至後世論者和文學史家的推崇，乃成為雅正文學，取得經典地位。這樣的過程是通俗文學「雅正文學化」的一個典範。換言之，劉勰所稱述的雅品，其中相當一大部分的出身並不「高貴」。

裡巷歌謠的用詞，是當時流行的民間語言，通俗易懂。但語言因時代而變化，一代有一代的語言。《詩經》第一首《關雎》的「左右流之」、「左右芼之」，流、芼二字應是當時的口語，是抒取、採摘之意。不知道孔子教學時，師生對流、芼二字的理解有沒有問題，有沒有「詞語解釋」這一項。今天教師向中學生以至大學生解說《關雎》時，則必要有這一項，否則學生就不明白。此詩「寤寐思服」中的思、服二字的情形大概相同。作品成為研讀對象，很多語詞要註釋才能讓讀者明白。這不止是雅正化，更是典雅化了；典在這裏有古典、典奧、古奧的寓意。語詞要註釋，作品涉及的人事物要註釋，這是雅正文學和「雅正化」文學常有以至必有之事；因為文學是語言的藝術，語言又是常常流轉變化的。且略舉當前一些語詞為例。

現在一般大眾讀來覺得語言淺易的作品，如果繼續流傳，一二十年後可能變得不全然淺易，不要說一二百年後以至一二千年後了。例如，當代通俗的詞語中，「曬」指將自己珍惜的事物或引以為傲的才能在人前展示（用時每含貶義，有炫耀之意），此詞大概源自香港式粵語；埋單、爆料等詞亦然。這些詞語現在大陸和台灣也流行。它們的壽命如不長，在後世成為「古」且「稀」之言，就非註釋不可。超哈、好康、凍蒜、奧步、酷、轟趴這些閩南話或音譯的外來語，台灣當代的讀者讀來不成問題，年代久遠則難說。公車在台灣指巴士之類的公共交通車輛，在大陸則指政府機構（公家）的車輛。台灣的公車等於大陸的公交車。此公不同彼公，後世非註釋不為功。「酷酷嫂」周美青，幾個世代後的人讀來會否誤會周美青是個冷酷、殘酷的婦人，大概也得靠註釋。大陸的政府官員向民眾拜年，說要「和大家一起置頂幸福，hold 住美好未來」，

這真是潮語。〔註12〕潮流是夾雜中文英文，是網羅網路（網絡）語言。中英夾雜的「hold 住」且不說。「置頂」為網路語，是「把 XX 置於最高地位」之意。若干年或若干世代之後，「置頂」如果不再「置頂」或「置中」（且容筆者杜撰此詞，它是「把 XX 置於其中」之意）潮語，甚至不再是潮語，幸福的讀者就不幸地不懂了，至少「無感」（no feel）了。「無感」是另一個潮語。在英語裏這類的例子也絕不缺乏。如當代英語的 conscience 意為良知，sadness 意為憂傷；在莎士比亞的劇本中，conscience 解作思想，sadness 解作嚴肅。不靠註釋，我們就不能瞭解其意。莎劇《漢穆萊特》中丹麥王子瘋了，2012 年 2 月一位籃球王子也「瘋」了：Jeremy Lin（林書豪）成為 Linsanity（「林來瘋」）。從 Lin 和 insanity 到 Linsanity，如果林書豪不能「永續地」（sustainably）風靡若干年，一兩個世代之後的讀者在作品中遇到 Linsanity 或「林來瘋」就要靠註釋才能明白了（幸好 Linsanity 已火速般被納入全球語言觀察〔GLM〕字庫，以後的英文字典可將這個字列入）。

　　註釋包括解釋詞語的意義，還有解釋非潮流的較遠年代的事物。如果今天某些微博短文流傳後世，後世的讀者如非淵博之士，就要靠註釋才能讀懂下面這則微博：

　　　魯迅回鄉發現：閏土房子被強拆，大兒子上課時死於地震，老二喝三鹿結石了，老三打疫苗殘了。阿 Q 因土地徵用，多次上訪被斃了。孔乙己研究生畢業即失業，去 KTV 買醉被打廢了。祥林嫂丈夫去山西挖煤喪命，兒子在幼稚園校車禍中死去。魯迅怒發微博，被刪帖封號，後以短信發《新狂人》，當即送安定醫院。

　　在這篇戲劇性十足的批判現實主義微型小說中，三鹿、上訪、KTV 等都要註釋。為什麼說是安定醫院而非別的醫院，為什麼說在山西而非別的地方挖煤；亦然。說不定閏土、祥林嫂、狂人以至魯迅，也成為註釋的對象。

四、通俗作品的高雅化、正典化

　　原來通俗的作品，流傳廣遠，其內容思想和寫作手法受到多方面肯定，且成為談論、學習、研究的對象；各種註釋（包括上面所說語詞的註釋）、分析、評論隨著產生，作品乃高雅化、正典化（canonized）。這裏說的高雅化，與讀者和研究者的身份屬高人雅士不無關係。《詩經》《風》詩的高雅化，情形如此。

〔註12〕引自南京《揚子晚報》2012 年 1 月 19 日第 A5 版。

很多唐詩、宋詞（自然包括有井水處即有人歌唱的柳永詞）、元曲、明清民國現代小說的高雅化，也如此。這裏再舉些例子以為說明，如充滿「怪力亂神」的《西遊記》。百年來肯定這部古典小說的言說極多，這裏引述一則近年的評論。電視劇集《西遊記》的製作人張紀中認為：

> 《西遊記》的主題其實並非曲折、離奇和驚險，而是貫穿其中的文化表達，是對世界和內心的價值指證。每個人的從生到死都是一部《西遊記》，都是取經的過程，遇到的都是妖魔鬼怪，無非《西遊記》以更高明的方式把我們的心魔，如貪欲、色欲、嫉妒外化了，同時它還講了怎樣去對待這些心魔。

張紀中說：「我重拍《西遊記》最大的動力，就是希望讓今天的人們能夠更清晰地知道我們的人生，去除我們心中的欲念，變得更加善良。」其說法正好用來說明「通俗文學」不普通、脫凡俗的文學品位。〔註13〕

又如張恨水的小說。1920、30 年代張恨水寫了《春明外史》、《金粉世家》、《啼笑因緣》等作品，極受讀者歡迎。然而，當年的文學界一般都視他為通俗小說家，說他的作品為「鴛鴦蝴蝶」小說，不能登大雅之堂。近二、三十年來，張恨水等一些鴛鴦蝴蝶派作家，有人作深入研究了，「平反」了。1988 年和 1994 年，中國大陸先後舉行了張恨水學術研討會，各地學者雲集，對張氏小說所寫的人情世相，對其反映的社會現實性，特別重視。首屆會議的論文集，於 1990 年出版。在此之前，美國的學者如夏志清、林培瑞（Perry Link），早已著文探討張氏等鴛鴦蝴蝶派作品的文學價值。張恨水這位雅俗共賞的小說家，漸漸正典化了。最近香港有學者研究 20 世紀中期香港的「廉紙小說」、「三毫子小說」，說不定在這些通俗的、像「垃圾」一樣的東西中，會有「有價值」的作品被發現出來，從而書寫地位提升，甚至高雅化、正典化起來。〔註14〕

在西方，荷馬的史詩《伊利亞德》和《奧德賽》由詩人吟誦時，雖然內容

〔註13〕2012 年 2 月 15 日《深圳特區報》C08 版《觀眾尖銳評說新〈西遊記〉》一文引述張紀中的話；張氏是電視劇集新《西遊記》製作人。

〔註14〕1982 年春秋兩期合刊的《譯叢》（Renditions）為通俗小說專號，有張恨水等通俗小說家作品的英譯及評論，可參看；趙孝萱：《張恨水小說新論》（台北：學生書局，2002），可參看；另請參看黃維樑：《香港文學初探》（香港：華漢文化事業公司，1985）與《香港文學再探》（香港：香江出版有限公司，1996）二書中多篇論高雅與通俗的文章；以及黃維樑：《期待文學強人》（香港：當代文藝出版社，2004）中《文學的雅與俗》一文。至於香港的「廉紙小說」、「三毫子小說」研究，可參考香港《百家》雙月刊（2014 年 8 月）的報導和論文。

豐富、情節動人，語言仍是淺易的；普羅大眾容易聽得懂，更愛聽其「怪力亂神」的驚險奇詭故事，它們乃能流傳廣遠，歷久不衰。羅馬繼承希臘文化，荷馬的史詩進入教室，成為經典，乃既正且雅了。莎士比亞的《羅密歐與朱麗葉》和《漢穆萊特》等劇，生動語言進入時人之耳，常涉及性愛暴力的故事刺激時人之心。美國繼承英國文化。一直到 19 世紀，美國從大城到小鎮，莎劇處處上演，處處朗誦。達官貴人與普通百姓，常常在同一劇院裡觀賞莎劇，而劇院的喧嘩吵鬧，也許不下於中國數十年前的京劇、粵劇劇場。在 17 至 19 世紀，莎士比亞當然有其知音。不過，一直到了 19 世紀末，莎劇的語言「變得」難懂起來，連大學生閱讀也感到吃力，非靠註釋與導讀不可，莎氏作品的學術研究於是日益蓬勃，學者認為莎氏文才卓越，其人物性格、時代風尚、哲理宗教等議題饒具探討價值。經過文人雅士的品題、品評，莎劇這些俗物才「提升」為雅品。〔註15〕

再以狄更斯為例。他在英國文學史上的地位，大概僅次於國寶莎士比亞。他一生寫了十多部小說，受大眾歡迎的程度，與後來東方的張恨水、高陽和金庸相比，只有過之而無不及。他在美國同樣被「追捧」。1842 年和 1868 年，狄更斯先後兩度在費城，受到今天搖滾樂巨星一樣的歡迎；光是與「粉絲」握手，就用了幾個小時。第二次在費城時，狄更斯自誦作品，狄迷露營等待購票，「黃牛」則炒賣，其盛況只能用狂熱來形容。1930 年代朱自清參觀倫敦的名人故居，引述文學史家之言，稱狄更斯是「本世紀最通俗的小說家」〔註16〕。時光使狄更斯高雅化、正典化，他成為學者研究的重要作家（major writer）、英國文學史上雅俗共賞的大文豪。他實至名歸，其小說人物形象鮮明、典型多類、刻畫入微，情節動人而筆調細緻鋒利，莊諧兼之，對人生社會有劉勰所說的「順美匡惡」之效。而且，其內容有普遍性。加州大學的狄更斯專家約翰‧喬丹（John Jordon）曾指出：「狄更斯筆下的種種社會問題，今天仍然如影隨

〔註15〕參閱 Lawrence Levine 的書 Highbrow/Lowbrow: the Emergence of Cultural Hierarchy in America（《高額／低額》）（Cambridge, Mass: Harvard University Press, 1988）第一章 William Shakespeare in America。Lawrence Levine 書頁 225 引述 Hiram Stanley 的話，這樣形容「俗人」即普羅大眾：他們只喜歡「飲食煙酒男女，喜歡吵鬧活躍的音樂和舞蹈，喜歡華麗的表演」；他們喜歡的，用今天的話來說，是通俗流行普及商業消費的大眾文化，訴諸感官為主的。反過來說，較為文靜的、訴諸理性的文化，就是高雅、精雅的文化。我們尚可補充的是：欣賞高雅文化需要修養、訓練，而通俗文化較不需要。
〔註16〕參看朱自清 1935 年發表的《文人宅》一文。

形跟著我們：如貧窮、財富不均、虐待兒童、社會階級、生於低層人望高處引生的各種情事。」狄更斯已成為英國文化遺產的一大筆財富。2012 年 2 月 7 日是他二百周年誕辰，英國的王儲、倫敦的市長、全國文化學術各界的精英，為此舉行連串慶祝活動；英國文化協會主辦的「狄更斯 2012」更是全球性的，參與的國家有 50 個之多。我們只能用普天同慶、盛況空前來形容。現代的狄學與莎學一樣，都是嚴肅的雅士的學術。〔註 17〕

通俗作品流傳久遠，為不同時代讀者、批評家、文學史家所肯定，成為研究註釋的對象，高雅化了。也有一些通俗文學當代就邁向高雅化的。20 世紀產量與讀者都極多的武俠小說，文學地位低，甚至有人認為不入文學之流。然而，1980 年代起，情形有很大的改變。以《書劍恩仇錄》、《射雕英雄傳》等名聞遐邇的金庸（查良鏞），1980 年代中期獲香港大學頒授榮譽博士學位，1994 年獲北京大學頒授榮譽教授職銜；他的武俠小說得到多方面的肯定，且有了外文譯本。一些較不保守的文學批評家，更把金庸雅俗共賞的小說與魯迅、巴金、沈從文的作品並列，予以極高的評價。1980 年代以來，研究金庸小說的學者，愈來愈多，有關論著和學術研討會不斷出現，「金學」建立起來。他的小說，不管是《倚天屠龍記》、《天龍八部》、《鹿鼎記》或是其他，就都登龍門、得高位，「問鼎」高雅文學了。

上面提到的九把刀，自言愛情、奇幻、武俠、科幻、驚悚、爆笑文學等都是他的「拿手好戲」，其作品離不開「俗皆愛奇」的「奇」。他的書先在台灣出版，後來也在香港、大陸發行。大陸有這樣的書評：「九把刀以現實社會為藍本，構建了一個虛擬世界，並通過對非現實世界的描述呈現了現實世界中的種種矛盾，弘揚了真善美。」〔註 18〕「閱讀九把刀的作品會產生奇妙的快感和美感，是因為其作品融合了各種複雜審美心理，讓人進入了一種高級享受的精神層面。」〔註 19〕2011 年 11 月大陸某機構且頒給他一個「中華文化人物」獎，11 月 5 日又在北京大學演講；這些好評和榮譽如果增多，作品又成為學者專家研究的對象，則九把刀的高雅化是為期不遠的。他的《殺手》首章題為《任性的殺手》，作用有類於序言，用了四個比喻形容殺手，又用了佛洛依德、人

〔註 17〕參看黃維樑：《全球朗誦狄更斯》，《深圳特區報·人文天地·首發》（2012 年 2 月 9 日）。

〔註 18〕以上引自九把刀：《臥底》（南寧：接力出版社，2006）封底摺頁《關於本書》。

〔註 19〕以上引自《中華讀書報》書評，印於九把刀：《臥底》（南寧：接力出版社，2006）封底的。

類學等詞，有文化點綴之效。〔註20〕如果他的作品終於高雅化，那麼，這些文化點綴正是「伏筆」。九把刀由於《那些年，我們一起追的女孩》小說和電影的流行，「那些年」三字已成為潮語，被襲用套用之多，不下於二、三十年前起流行的「生命中不能承受之重」一語。〔註21〕長時期為歌星周杰倫撰寫流行歌詞的方文山，其作品得到不少人的喜愛。國立清華大學前任校長劉炯朗在一篇關於方文山的長文中說：「方文山的《青花瓷》也讓我們想起十九世紀英國名詩人濟慈（John Keats）寫的一首詩《希臘古甕之歌》（Ode on a Grecian Urn）。」〔註22〕如果有更多這樣的相提並論，方文山一定文重如山、如高山，向高雅之門邁進了。通俗作品為高人雅士所接受、所喜愛，乃成為雅俗共賞的文學。這一節所論的種種，正附帶出這個觀點。

五、「雅」「俗」難劃分，「雅」「俗」可共賞

通俗作品可能轉化為高雅作品，正因為如此，用以分辨雅俗的一些標準，有時會變得模糊起來。上面徵引《文心雕龍》「辭淺會俗」、「俗皆愛奇」的說法，以指出通俗文學的特色。現代西方學者也認為通俗文化（mass culture；popular culture）的特色，是以訴諸受眾的感官為主的，常有煽情濫情之處。反過來說，較為文靜的、訴諸理性的文化則屬高雅文化。目前很多正典、高雅作品是由通俗作品轉化成的，因此以訴諸感官與否、以奇情煽情濫情與否，作為雅俗之辨的標準，似乎也有點含糊不清了。

〔註20〕筆者根據的《殺手》是台北春天出版國際文化有限公司 2005 年 7 月初版 7 刷的版本。

〔註21〕暢銷賣座的通俗文藝影響不可小覷。香港一位專欄作家古德明在 2011 年 12 月 21 日刊出的文章《那些年的最好之一》中說：台灣作家九把刀小說《那些年，我們一起追的女孩》最近拍成電影，「那些年」馬上成為流行詞語。上海作家毛尖今年六月發表《約夏貝爾》一文說：「那些年，我們唯讀外國詩。」「『那些年』應是英文 in those years 的化身。」古氏所舉之外，其他例子甚多。另一位香港專欄作家陶傑 2011 年 11 月 25 日在香港一份報紙的專欄文章《最難忘的對白》中指出：「最近外國流行票選『我最難忘的電影對白』，西方電影經典像《北非諜影》男主角堪富利保加的『我們將永遠擁有巴黎』（We'll always have Paris），還有《亂世佳人》女主角慧雲李的『畢竟，明天又是新的一天』（After all, tomorrow is another day），通常是大熱雙冠軍。」他語帶誇張地說：「美國荷里活，對於人類，是偉大的文化貢獻，憑這一對感人千古的對白就夠了。」

〔註22〕劉炯朗：《國文課沒教的事》（台北：時報文化出版企業股份有限公司，2011），頁 139。

正典性的作品如《麥克佩斯》、《牡丹亭》、《西遊記》、《尤力西斯》、《百年孤寂》等的「詭異」「譎怪」成份，是每個文學學者都知道的。連高古的《楚辭》也如此。劉勰盛稱《楚辭》，譽它「氣往轢古，辭來切今；驚采絕豔，難與並難」；同時指出《離騷》《天問》《招魂》等篇的「士女雜坐，亂而不分；娛酒不廢，沉湎日夜」的「荒淫之意」，以至「木夫九首，土伯三目」等的「詭異」「譎怪」內容。

至於濫情煽情，到底情是何物？濫情煽情與多情深情的界線怎樣劃清？《紅樓夢》中黛玉葬花、黛玉焚稿表現的是多情深情，還是濫情煽情？香港的「通俗」「流行」「言情」小說家亦舒的《香雪海》這樣寫情：

> 上天啊，我一生活了近三十歲，最痛苦是現在。我心受煎熬，喉頭如火燒。我輾轉反側，不能成眠。與香雪海在一起，我看到的是叮噹；與叮噹在一起，我閉上雙目，看到的又是香雪海。整個人有被撕裂的痛苦，但表面上還不敢露出來。我一不敢狂歌當哭，二不敢酩酊大醉，一切鬱在體內，形成內傷。〔註23〕

這寫的究竟是甚麼情：通俗的？高雅的？無疑，這是愛情的苦杯，與《聖經》中耶穌在客西馬尼園那一個，同樣使人肝腸寸斷。如果應該分辨亦舒小說中這段情的雅俗，我們似乎也應該分辨耶穌客西馬尼園那份情的雅俗。然而，有這樣的需要和可能嗎？

電影《鐵達尼號》（Titanic）、小說及電影《麥迪遜之橋》（The Bridges of Madison County）、小說及電影《霸王別姬》的愛情，是雅的還是俗的？以電影文學劇本《苦戀》著名的白樺，1990年代他是一位「後中年」作家，那時電影《麥迪遜之橋》放映，他看了很喜歡。一次，他有愛奧華城（Iowa City）之旅，特別要求當地的文友，帶他到附近參觀電影中的麥迪遜之橋。一位當年二十餘歲的英文系女生，看過《麥迪遜之橋》之後說，她不欣賞這本小說及電影，嫌它不深刻。她看了電影《鐵達尼號》，卻大為感動；影片中的露絲，遇到像傑克那樣的深情男子，實在刻骨銘心。1998年，美國國務卿艾爾褒萊特（Madeleine Albright）在北京觀看一部中國電影，她和該電影的導演都表示不喜歡《鐵達尼號》，嫌它膚淺。當普天下很多年輕人用眼淚浮起《鐵達尼號》之時，它被評為膚淺。與艾氏心氣相通的是導演《霸王別姬》的陳凱歌。

李漁在《閒情偶寄‧詞曲部》裏表示：戲曲的文詞「做與讀書人與不讀書

〔註23〕亦舒：《香雪海》（香港：天地圖書公司，1983），頁37。

人同看,又與不讀書之婦人、小兒童看,故貴淺不貴深」,因此要像元曲那樣
「意深詞淺,全無一毫書本氣」,方為佳構。〔註24〕「意深詞淺」難能可貴,
但是感情思想的深刻、深切與否,感受往往因人而異,並無明確更無絕對的標
準來加以衡量。「雅」「俗」確難劃分,「雅」「俗」確可共賞。〔註25〕金庸通俗
的武俠小說至今得到高級知識分子包括文學系教授的嗜讀(否則自然談不上
上述的「問鼎」高雅文學);還有,寫《殺夫》的李昂愛讀瓊瑤,寫《遊園驚
夢》的白先勇愛讀還珠樓主,都是高雅作家對通俗作品的「垂青」。英國1960
年代流行樂隊披頭士(The Beatles)的歌曲為當時不少高雅的現代文學家(包
括台灣的余光中、香港的黃國彬)喜愛;21世紀韓國電視通俗劇《大長今》迷
倒的觀眾包括人文學科教授、中央研究院院士金耀基等等;凡此種種,既印證
了《孟子》的話:「口之於味也,有同嗜焉;耳之於聲也,有同聽焉;目之於
色也,有同美焉。」另一方面,也說明雅俗難辨,正像《文心雕龍‧知音》說
的「文情難鑒,誰曰易分」。近半個世紀以來,西方學術界流行「文化研究」
(cultural studies)理論,通俗文化成為研究對象。紐甘穆(Horace Newcomb)
等人指出,通俗文化,尤其是電視這媒體,所呈現的內容,遠遠比表面我們看
到的要複雜得多。〔註26〕這再次說明深淺雅俗之難以鑒別、劃分。當然,文學
作品之傳後,要情思深刻且具相當的普遍性,題材和技巧有相當的創新,即
《文心雕龍‧辨騷》說的「自鑄偉辭」。有時還要加上運氣。雅文學和俗文學
基本上都如此,不同的是俗文學流傳後世,而成為註釋、研究的對象,就雅化
了,不再是俗文學了。我們只能說,某些被眾多評論家認定是粗俗、惡俗的低
劣文字,是無論如何高雅化、正典化不來的。

六、一誕生就「高雅」的作品

　　文學有其雅俗難分之處,卻也有作品一誕生就是高雅文學的。《詩經》中
的《雅》(尤其是《大雅》)《頌》、屈原的《離騷》、「登高能賦,可以為大夫」
的漢賦、李白的《蜀道難》、杜甫的《秋興》八首,以至今人余光中的詩如《唐
馬》、《慰一位落選人》,散文如《鬼雨》、《逍遙遊》,以及現代作家錢鍾書、梁

〔註24〕 吳同瑞等編:《中國俗文學概論》(北京大學出版社,1997),頁381。
〔註25〕 朱自清1940年代發表的《論雅俗共賞》一文的一些觀點,可參看。
〔註26〕 參見 Stanley J. Baran & Dennis K. Davis, Mass Communication Theory: Foundations,
　　　　Ferment, and Future(Belmont, CA, Wadsworth/Thomson Learning, 2003), pp.247
　　　　～249。

錫華、董橋、黃國彬的「學者散文」，一出生就有高雅的身份。一百年前陳獨秀倡言文學革命，要打倒貴族文學、建立平民文學。我們確有「貴族」文學。

余光中的《鄉愁》、《民歌》等「辭淺」，所以通俗，但是另一些詩如《唐》、《慰》則不然。這裏僅以此二首詩為例略加闡述。《唐馬》一詩，從秦時明月漢時關，到唐三彩，到二十世紀香港的賽馬博彩，到中國、蘇聯的邊境衝突，讀者都必須有認識；香港那些中學畢業後就忘了《詩經》只誦「馬經」的普羅大眾，怎會去讀它、讀懂它、欣賞它、喜歡它呢？《唐馬》一出馬，就跑進高雅文學的殿堂。〔註27〕余氏的《慰一位落選人》，內容涉及尼克森、福特、卡特幾位美國總統的經歷，又有水門案，又有華府地理；更有英國詩人約翰‧鄧恩（John Donne）的語句；在中國方面，則毛澤東、劉少奇、牛鬼蛇神等或隱或現。讀者若非對美國當時的政治、中國文革的本末，有基本的認識，就難以理解這首詩。換言之，只有「國事天下事事事關心」的士人、雅人能理解此詩。此詩一出生就成了「貴族」，過了五十年、一百年後，連雅人也難解索，要讀懂此詩，就更非靠註釋不可了。

在西方，17世紀米爾頓（John Milton）的史詩《失樂園》（Paradise Lost），也是一誕生就是「貴族」，只有博學的讀者才能理解詩中各種神話、宗教的典故。約翰遜（Samuel Johnson）有「容易的詩」（easy poetry）之說，《失樂園》顯然應屬於對比性的「艱難的詩」（difficult poetry）。此詩開首的透迤綿長句子，構成其高昂氣度（lofty style）的，就夠使讀者「英雄氣短」了。艾略特

〔註27〕以下為余光中的詩《唐馬》全文：「驍騰騰兀自屹立那神駒／刷動雙耳，驚詫似遠聞一千多年前／居庸關外的風沙，每到春天／青青猶念邊草，月明秦時／關峙漢代，而風聲無窮是大唐的雄風／自古驛道盡頭吹來，長鬃在風裏飄動／旌旗在風裏招，多少英雄／潑剌剌四蹄過處潑剌剌／千蹄踏萬蹄蹴擾擾中原的塵土／叩，寂寞古神州，成一面巨鼓／青史野史鞍上鐙上的故事／無非你引頸仰天一悲嘶／寥落江湖的蹄印。皆逝矣／未隨豪傑俱逝的你是／失群一孤駿，失落在玻璃櫃裏／軟綿綿那綠綢墊子墊在你蹄下／一方小草原馳不起戰塵／看修鬣短尾，怒齒複瞋目／暖黃冷綠的三彩釉身／縱邊警再起，壯士一聲忽哨／你豈能踢破這透明的夢境／玻璃碎紛紛，突圍而去？／仍穹廬蒼蒼，四野莽莽／嚳篥無聲，五單于都已沉睡／沉睡了，眈眈的弓弩手射雕手／窮邊上熊覷狼覷早換了新敵／氈冒壓眉，碧眼在暗中窺／黑龍江對岸一排排重機槍手／筋骨不朽雄赳赳千里的驊騮／是誰的魔指冥冥一施蠱／縮你成如此精巧的寵物／公開的幽禁裏，任人親狎又玩賞／渾不聞隔音的博物館門外／芳草襯踏，迴圈的跑道上／你軒昂的龍裔一圈圈在追逐／胡騎與羌兵？不，銀盃與銀盾／只為看台上，你昔日騎士的子子孫孫／患得患失，壁上觀一排排坐定／不諳騎術，只誦馬經」。

（T. S. Eliot）1922 年發表的長詩《荒原》（The Waste Land），意象並置、情景割裂、時空交錯，已夠晦澀了；詩中英文之外還有德文、法文、義大利文、拉丁文、希臘文的典故，還有似乎更煩人的梵文。這樣語言多元化，只有錢鍾書一類的學者才能消化。艾略特為美國人，他認為英國文化較諸美國深厚，而入了英籍。《荒原》一發表就入了詩中精英之籍。同年喬艾斯（James Joyce）出版了《尤利西斯》（Ulysses），煌煌然的意識流長篇小說，寫的雖然只是幾個平民百姓的凡俗生活，但裏面希臘羅馬阿拉伯的神話傳說、荷馬史詩、《聖經》故事，與當時愛爾蘭的社會事物或平行或對比地交織縐結，文學系的教授忙於解讀、註釋，可說一出版就超俗入雅，穩登高雅文學的高位。

大體而言，自 20 世紀初以來，作品一誕生就屬於高雅文學的，一般都比較講究技巧，如比喻、象徵、典故、音樂性；如屬敘事文學（narrative literature），則不重視故事的奇情曲折，而講究敘述手法，包括意識流等等。在內容方面，則高雅文學可能刻意表現存在主義、心理分析學、女性主義、後殖民主義等思想。因此，高雅文學在理解上對讀者有較高的要求，閱讀時需要具備一些專業知識。有論者指出：「教育越普遍，文學專業的知識份子在整體知識分子中所佔的比例就愈少，非文學專業的知識份子不一定對『雅正文學』有興趣，在閱讀傾向上，他們大概是偏向『通俗文學』的。」〔註28〕正因為要理解、欣賞雅正文學應具備相當的專業知識。能夠理解、欣賞雅正文學的讀者，在今天來說，至少要具備優質大學文學系優秀畢業生的專業水準。具備這樣專業水準的讀者，大概可「換算」為前文李漁說的「讀書人」。

文學批評是一門力求科學化的藝術。在不少批評家眼中，文學的雅與俗可分也不可分。作品有　一誕生就屬於雅正的，也有由通俗轉化成雅正的。〔註29〕文學雅俗之辨涉及複雜的問題，連雅俗這等名目也很難說沒有爭論。事實上除

〔註28〕 金榮華：《通俗文學與雅正文學的本質和趨勢》，載《通俗文學與雅正文學：第二屆全國學術研討會》論文集（台中：國立中興大學中國文學系出版，2001年），頁 9。

〔註29〕 有頗多學者曾指出有通俗變成雅正的現象，如周慶華即謂：「在中國，雅俗文學觀念的對比，歷來並不是絕對分明，而是時有變動。」見《通俗文學與雅正文學：第一屆全國學術研討會論文集》（2001），頁 401。又吳同瑞也說：「時代推移，『今』逐漸成為『古』，語言文字有了發展變化，歷史積澱越來越多，於是『俗』的才逐漸變成『雅』的，其間的畛域原是很難劃分的。」（吳同瑞等編：《中國俗文學概論》，北京大學出版社，1997，頁 2）；「雅與俗既是相互區別的，又是相互聯繫的，兩者之間並沒有嚴格的界限。」（同上，頁 4）

了「高雅、通俗」、「雅正、通俗」之外，我們還有不少相近的用語，如「嚴肅、流行」「精緻、通俗」「精英、普及」「高級、通俗」（high culture, popular culture）以至「小眾、大眾」（elite, mass）等等。「高雅、通俗」或「雅正、通俗」之稱在學術上並沒有絕對「雅正」的地位；「高雅、通俗」或「雅正、通俗」之稱，其實是學術界某種約定俗成的方便而已。

七、結語

《文心雕龍‧論說》指出「論」這種文體在「彌綸群言，而研精一理」；「一理」就是一個道理、一個論點。本文到了這裏，也應是概括前文作個結論的時候。

杜甫《秋興》八首、余光中《唐馬》、米爾頓《失樂園》、艾略特《荒原》一類作品，文化內涵豐富，藝術技巧高超，有劉勰說的「鎔式經誥」的「典雅」色彩，有相當的深奧性，無疑是天生的、本色的高雅文學，愈流傳愈高雅，若成為經典則更是典雅。《奧德賽》、《西遊記》一類作品，面世時因為「辭淺會俗」、令「愛奇」的受眾「悅笑」，而可稱為通俗文學。這類作品流傳久遠，雅士學者肯定其價值，並解說、註釋、導讀之，成為學術研究的對象，其文學地位日益提高，以至成為文學經典，這類通俗文學於是轉化成高雅文學。

《文心雕龍》對「雅」和「俗」的解釋，對今天我們辨析雅文學和俗文學頗有參考價值；雖然，劉勰對雅和俗的分辨，尚欠精細；對「俗」向「雅」的轉化，也缺乏論述。不過，《文心雕龍》的「辭淺會俗」、「俗皆愛奇」之說，簡直是形容通俗文學的八字真言；1500 年前之論，歷久彌新。

第七章　劉勰與錢鍾書：文學通論
（兼談錢鍾書理論的潛體系）

本章提要：

　　劉勰和錢鍾書博通古今，錢氏更兼中西，都是文學理論大師。二人的時代相距約 1500 年，放在一起作專題比較，本書可能是第一個嘗試。這裏比較的對像是劉勰的《文心雕龍》和錢鍾書的《談藝錄》，以及錢氏 1946 年 36 歲或以前完成的其他文學論著。本章依據《文心雕龍》的理論體系，從「原道」到「隱秀」，作劉、錢文論的比較，對二人論比喻和論言外之意著墨較多。二人「打通」復「圓覽」，直探文學的核心。本章通過對若干文論概念（或範疇）的比較，說明東海西海心理攸同，古學今學道術未裂，「大同詩學」（common poetics）可以成立。錢鍾書作文學論述時，旁徵博引，以海量式例證，說明東方西方同心同理；其發現有助於促進人類溝通、世界和平，他應得全球最高榮譽的和平獎。有論者謂錢氏的《談藝錄》（以及《管錐編》）都屬箚記式書寫，缺乏體系，而有微詞。本章指出，錢氏固然有其具備體系的文論篇章，其《談藝錄》（以及《管錐編》）自有其「潛」體系或「錢」體系；錢學學者就錢著內容加以分類、整理、建構，當可形成「顯」體系。我們也藉本章看到《文心雕龍》理論的恒久性。1500 年前的觀點，與今天文學大師的意見，多有共同共通之處，由此顯示其重大的現代意義。

一、引言：比較劉勰和錢鍾書

　　錢鍾書（1910～1998）學問淵博，著述宏富，這已是中華學術界的公論。知錢深者、尊錢重者如湯晏更譽他為「民國第一才子」，舒展譽他為「文化昆

命」，汪榮祖譽他为「橫跨中西文化之文史哲通人」〔註 1〕。閱讀這位文化英雄、文學大師的著述，我想起另一位文學大師、「體大慮周」的《文心雕龍》作者劉勰（c.465～c.520）。錢出生長大於無錫，劉出生長大於鎮江，二者地理上相距只有約一百公里。兩人年代上則相差近一千五百年。時代遠隔，歷史文化背景殊異，年壽也大別，我們怎樣拿他們兩人來做比較呢？錢鍾書是文史哲通人，劉勰的《文心雕龍》也涵蓋了文史哲，也是通人。兩位通人論述的重心都是文學，我們就來一次「比較」文學吧。20 世紀的《文心雕龍》研究相當蓬勃，號稱龍學；二十多年來錢鍾書研究頗盛，號稱錢學。學術界似乎還沒有人作過劉、錢的專題比較，筆者不避淺陋，這裏做個嘗試。

　　二人的時代、歷史文化背景不同，他們對文學的看法，可有心同理同處？在探索他們的文心異同之前，我們先說其生平經歷的異同。錢鍾書自幼聰穎好讀書，抓周時抓的就是書；我們相信劉勰也聰穎好讀書，有沒有抓周，如有，抓的是什麼，我們不知道。錢鍾書大學畢業後，留學英、法三年；劉勰青壯年時期在南京的定林寺協助僧佑整理佛經十多年。錢鍾書年輕時戀愛結婚，與夫人楊絳女士一生恩愛，且兩人一生愛書，在國難時期生活雖受困擾，其他歲月錢氏卻不必因家務事或其他事而對讀書著書心有旁鶩；史書說劉勰因家貧而不婚娶，我們相信他生平中也是與書為伍的日子居多。中文之外，錢鍾書通曉英、法、德、意、西和拉丁文，三十多歲時擔任過英文刊物《書林》的主編，又當過國立中央圖書館編纂。劉勰懂不懂梵文，我們不得而知；他長期整理編修佛經，則是史籍所記述的。錢鍾書讀書過目不忘，記憶力強如照相機，而他仍勤於做讀書筆記。他自己的藏書據說不多，但身邊周遭的河圖洛書、中典西籍甚為豐富。留學牛津大學時，他在著名的飽蠹樓（Bodleian Library）如蠹蟲般飽蚀館藏；29 歲至 31 歲在湖南藍田師範學院——日後所寫長篇小說《圍城》那所三閭大學以藍田這學校為藍本——雖處僻地，學校又屬初辦，卻是出乎意料地藏書甚富，《四部叢刊》等大部頭書籍俱備。劉勰的學術資源也不匱乏。龍學學者指出，劉勰待了十多年的定林寺，除佛教經籍外，儒家以至諸子百家的典籍也很多。定林寺在南京城外，劉勰要進城讀

〔註 1〕對錢氏的稱譽請參閱湯晏，《民國第一才子：錢鍾書》（台北，時報文化，2001年）；舒展，《文化昆侖 錢鍾書：關於刻不容緩研究錢鍾書的一封信》，《隨筆》1986 年第 5 期；汪榮祖《史學九章》（北京，三聯書店，2006 年），頁169。

寺藏之外的書籍相當方便〔註2〕。我們相信劉勰和錢鍾書一樣，也是「蠹蟲」。《文心雕龍·知音》說「圓照之象，務先博觀〔註3〕」；據《文心雕龍·知音》推論，劉勰博觀了經史子集各類的書（經史子集自然是後世才有的分類）。

劉勰處身分裂動盪的南北朝，是儒釋道多元文化交鋒、交融的時代。好學深思的劉勰，思想受到衝擊，探索怎樣擇善固執，怎樣在文學文化上找到安身立命之所。錢鍾書大半生中國家同樣動盪不安，思想文化有中土的也有西方的，因此更為複雜多元。《談藝錄·序》自言此書「雖賞析之作，而實憂患之書也」〔註4〕；他之讀書寫書，本於興趣，也尋求寄託，以期安身立命。中國弱而西方強，說不定他在中西的比較中更想為中西文化異同問題探索究竟，以認定中國文化的特色與發展方向。

無論生平與時代文化有何異同，兩人博學、「積學以儲寶」是一致的。學問愈淵博的人，往往態度愈謙虛。錢鍾書名其書為《管錐編》，取管窺錐指之意；劉勰在《文心雕龍·序志》謙稱「識在瓶管」，即見識狹窄。這「管」正是《管錐編》「以管窺天」的管，然則劉勰的《文心雕龍》也可名為《管錐編》。

錢鍾書的《管錐編》有上百萬言，其《談藝錄》等專書或論文，加起來約有《管錐編》一半的篇幅；他還有長、短篇小說，還有雜文集，還有用英文寫作的多篇論文。劉勰流傳下來與文學有關的著作，就只有三萬多字的《文心雕龍》一書。二人著作篇幅懸殊，這又怎樣比較呢？龍學學者普遍地認為《文心雕龍》在劉勰35、36歲時成書，筆者據此決定，本文拿來相比的錢鍾書著作，只計其文學論述，而且只限於1946年或以前完成的作品。1946年錢鍾書36歲，約略與劉勰完成《文心雕龍》時同一年紀。根據這個年限，本文比較的對象為：劉勰的《文心雕龍》；錢鍾書的《談藝錄》（完稿於1942年，

〔註2〕史書對劉勰生平記載簡略。關於定林寺地位之重要和藏書之豐富，可參看孫蓉蓉《劉勰與〈文心雕龍〉論》（北京，中華書局，2008年）頁32、33；牟世金《雕龍後集》（濟南，山東大學出版社，1993年），頁78。坊間已有錢氏傳記多種，包括錢夫人楊絳女士的記述；本文提及藍田師範學院藏書多，可參看湯晏，《民國第一才子：錢鍾書》（台北，時報文化，2001年）頁225。

〔註3〕本文所引《文心雕龍》文句，主要根據牟世金《文心雕龍譯注》（濟南，齊魯書社，1995年）一書；引述時註明篇名，不逐一註明出處。

〔註4〕本文所據《談藝錄》為北京中華書局1984年版本（準確地說，是1984年9月第1版1993年3月第五次印刷）。此為「補訂本」，全書逾650頁。本文所論，乃據《談藝錄》初版（開明書店1948年出版）內容，所以只包括1984年中華版的前半部，即頁1～312。

時錢氏 32 歲〔註 5〕），以及《錢鍾書散文》中 1946 年或以前寫成的文學論文，主要為《中國文學小史序論》（1933 年）、《中國固有的文學批評的一個特點》（1937 年）、《中國詩與中國畫》（1939 年）、《小說識小》（1945 年）、《談中國詩》（1945 年）。（其巨著《管錐編》在 60 多歲時寫作、出版，不在本文探討範圍〔註6〕。）

二、據《文心雕龍》理論體系作劉、錢比較

劉錢二人論述的範圍，都極廣闊。劉通論古今文學的各種體裁各個方面，錢更是古今中西兼論。《文心雕龍》論述先秦至南北朝千多年間 35 種文體、兩百多個作家的種種，有理論闡釋，有實際評論；此書有組織有條理，成一體系，是文學理論、實際批評、文學史的綜合體。錢鍾書的《談藝錄》（以及不在本文範圍的《管錐編》）是劄記式文字，論者或視為詩話、文話之類，而評之為不具體系，甚至有論者批錢著只是羅列資料，不成一家之言。筆者在此鄭重指出：《談藝錄》（以及不在本文範圍的《管錐編》）確屬劄記形式，各則劄記長短不等，長者固然可視作文學論文，短者也可稱為文論小品。《談藝錄》（以及不在本文範圍的《管錐編》）的片片段段，加以分類、排比、建構，當可成為具系統的論述。

至於《中國文學小史序論》、《中國固有的文學批評的一個特點》、《中國詩與中國畫》、《小說識小》、《談中國詩》諸文，其論點明確、論據充分、層次井然、邏輯嚴謹，與現代一般學術論文並無差別。其中《中國文學小史序論》一文是錢氏擬撰寫的「中國文學小史」的綱要，體系性明顯。不過，在錢氏已發表的著述裏，向來沒有《中國文學史》或《中國文學小史》一類專著，這可能因為他在《序論》後沒有寫這本專著，或曾動筆而沒有完成，或寫作了而沒有發表。學術體系有大中小各種規模，正如佛教所說有小中大千各種世界，《中國文學小史序論》一文至少已成為一個小體系。其他單篇論文或《談藝錄》較長的片段，至少可成為小小體系。他的所有文學論著的內容，

〔註 5〕《談藝錄》在 1942 年初稿既就，錢氏「時時筆削之」，後於 1948 年出版；參見 1948 年《談藝錄》的《序》。

〔註 6〕本文所據《錢鍾書散文》在杭州浙江文藝出版社 1997 年出版；錢氏 1946 年或以前完成的文學論評還有用英文寫成發表的「On Old Chinese Poetry」、「Tragedy in Old Chinese Drama」，「China in the English Literature of the Seventeenth Century」等等，陰差陽錯，本文未能列入討論，以後當補充之。

分類之、排比之，而建構成「中體系」、「大體系」，是完全可能的。只是錢氏最感興趣的是實際作品的鑒賞〔註7〕；雖然他胸有成竹，竹且成林（體系），卻不把竹林繪畫出來。

　　兩位博學的通人如何通論文學，古劉與今錢兩位文化英雄所見的異同如何，下面加以探究。《文心雕龍》體大慮周，向來學者公認。我們不妨先標出其體系，並以此為準，就其中項目，作劉、錢的比較。劉勰在《序志》篇中這樣說明《文心雕龍》全書的綱領、體系：

　　　　蓋文心之作也，本乎道，師乎聖，體乎經，酌乎緯，變乎騷；
　　文之樞紐，亦云極矣。若乃論文敘筆，則囿別區分，原始以表末，
　　釋名以章義，選文以定篇，敷理以舉統；上篇以上，綱領明矣。至
　　於剖情析采，籠圈條貫，攡神性，圖風勢，苞會通，閱聲字，崇替
　　於時序，褒貶於才略，怊悵於知音，耿介於程器，長懷序志，以馭
　　群篇；下篇以下，毛目顯矣。

　　我們可以根據《序志》篇的綱領來建立一個《文心雕龍》的理論體系，作為下文的依據；我們也可換個方式，「西化」一點，例如根據面世 70 年、影響很大的韋勒克、華倫（Rene Wellek & Austin Warren）合著的《文學理論》（Theory of Literature）的綱領，重新組織《文心雕龍》的論點，作為它的體系。《文學理論》把文學研究分為三個範疇。（一）文學理論：研究文學的原理、類別、標準等；（二）文學批評：對具體作品的研究，基本上是靜態的；（三）文學史：對具體作品的研究，有不同時代的演變。韋、華二氏從另一個角度，再把文學研究分為二類。（A）外延研究：研究文學與傳記、心理學、社會、理念的關係，以及文學與其他藝術的關係；（B）內在研究：研究文學的節奏、風格、比喻、敘述模式、體裁、評價等等。筆者認為更可以中西合璧地（即兼用《文心雕龍》和西方的術語、概念）建立的「情采通變」《文心雕龍》文學理論體系，作為下文討論的依據〔註8〕。這個體系主要由「情采（情志、主題；辭采、技巧）」、「剖情析采（對作品的實際批評）、批評的態

〔註7〕參閱鄭朝宗編《〈管錐編〉研究論文集》（福州，福建人民出版社，1984 年），頁 11。

〔註8〕關於這個體系的解說，參看拙文《以〈文心雕龍〉為基礎建構中國文學理論體系》，刊於《文藝研究》2009 年第 1 期。此文後來擴充舖演而成為本書的第二章。又：這一段所說 Rene Wellek & Austin Warren, Theory of Literature 乃 New York, Harcourt, Brace & World, Inc., 1956 年版本。

度及批評的方法」、「通變（通過比較，實際析評不同作家作品的情采）」、「文之為德也大矣（文學的功用）」構成。

三、文學通論：從「原道」到「隱秀」

　　論及文學的本質和功用，劉勰在《文心雕龍》首篇《原道》開宗明義說：「文之為德也大矣，與天地並生者何哉？」「心生而言立，言立而文明，自然之道也。」錢鍾書在《談藝錄》說：「藝之極至，必歸道原，上訴真宰，而與造物者遊。」〔註9〕同書另處論及性靈與創作的關係時，直接用了「心生言立，言立文明」〔註10〕這《原道》篇的話語而不加引號。

　　作品顯現作者的情志、風格，而情志、風格受各種因素影響。《物色》篇說「春秋代序，陰陽慘舒，物色之動，心亦搖焉。」《時序》篇則謂「文變染乎世情，興廢系乎時序」；此外，《體性》篇指出作者「才有庸儁，氣有剛柔，學有深淺，習有雅鄭；並情性所爍，陶染所凝，是以筆區雲譎，文苑波詭」，這些也都是因素。錢鍾書也認為影響作者風格的因素眾多，「同時同地，往往有風格絕然不同之文學」；「時地之外，必有無量影響勢力，為一人所獨具，而非流輩之所共被焉。」〔註11〕

　　現代人把文學界定為語言的藝術，劉勰在《情采》篇早就說：「聖賢書辭，總稱文章，非采而何？」采就是文采，就是藝術，就是各種修辭技巧。《情采》篇雖然指出「文采所以飾言，而辯麗本於情性」、「情者文之經，辭者理之緯」、「繁采寡情，味之必厭」；龍學學者都知道，劉勰對文采十分重視，《文心雕龍》用了四分之一篇幅闡述鎔裁、比興、誇飾、麗辭、聲律等技巧〔註12〕。劉勰崇奉儒家思想，主張「徵聖」「宗經」；不過他對文學的內容思想並沒有集中而詳盡的說明。錢鍾書對技巧的強調，絕不遜於劉勰。錢氏認為作者的「感遇發為文章，才力定其造詣」；他構想中的《中國文學小史》，其旨歸「乃在考論行文之美，與夫立言之妙；題材之大小新陳，非所思存」。在論及作者誠偽及修辭時，他強調必須「精於修辭」，「捨修辭而外，何由窺作者之誠偽乎」？在同一篇文章中，他說「至精文藝，至高之美」要那些好學深思者才能心領神會。他

〔註 9〕《談藝錄》頁 269。
〔註10〕《談藝錄》頁 205。
〔註11〕《錢鍾書散文》頁 483。
〔註12〕龍學學者張少康《〈文心雕龍〉新探》（濟南，齊魯書社，1987 年）論《文心雕龍》的「文術」甚善，可參看。

說，談藝者定「文章之美惡」，這包括「佈置鎔裁」種種技巧的考慮〔註13〕。

作家須具想像力。劉勰《神思》篇對神思（包括想像力）有生動的描述：「文之思也，其神遠矣。故寂然凝慮，思接千載；悄焉動容，視通萬裡；吟詠之間，吐納珠玉之聲；眉睫之前，捲舒風雲之色。」神思蹁躚飛舞，要把神思凝定、轉化為文字，卻並不容易。劉勰跟著又有一番生動而中肯的記述：「夫神思方運，萬塗競萌；規矩虛位，刻鏤無形。登山則情滿於山，觀海則意溢於海；我才之多少，將與風雲而並驅矣。方其搦翰，氣倍辭前；暨乎篇成，半折心始。」為什麼呢？「意翻空而易奇，言徵實而難巧也。」錢鍾書的看法與劉勰殊無二致。他引述《神思》篇的話，再引西方幾個作家的言論，添趣添色地說：

> Lessing 劇本 Emilia Galotti 第一幕第四場有曰：「倘目成即為圖畫，不須手繪，豈非美事。惜自眼中至腕下，自腕下至毫顛，距離甚遠，沿途走漏不少。」〔……〕後來 Friedrich Schlegel 亦言「男女愛悅，始於接吻，終於免身，其間相去，尚不如自詩興忽發以至詩成問世之遠。」

嗜好比喻、本身是比喻大師的錢鍾書，在徵引二說之後，不忘贊曰：「嘗歎兩言，以為罕譬。」兩言還不夠，他要三言：

> Balzac 小說 La Cousine Bette 論造作云：「設想命意，厥事最樂。如蕩婦貪歡，從心縱欲，無罣礙，無責任。成藝造器，則譬之慈母恩勤顧育，其賢勞蓋非外人所能夢見矣。」

一次拍案之後，錢氏真要二拍驚奇了。他總結說：「此皆謂非得心之難，而應手之難也。」〔註14〕創作時得心非難，應手難。為此，《文心雕龍・神思》主張向經典學習，「積學以儲寶，酌理以富才，研閱以窮照，馴致以懌辭」。錢鍾書贊成宋代嚴羽《滄浪詩話》的「詩有別材，非關書也」說法，認為學問不是一切；然而，在論及性靈與學問時，他說：「今日之性靈，適昔日學問之化而相忘，習慣以成自然者也。」〔註15〕錢鍾書又引《滄浪詩話》「詩有別材〔……〕而非多讀書，多窮理，則不能極其至」之語，加評曰：滄浪這樣說「周匝無病」〔註16〕。

〔註13〕《錢鍾書散文》頁 486 等。
〔註14〕上述諸引文見《談藝錄》頁 209、210；錢氏原書這幾則所附外文，這裏為省篇幅，從略。
〔註15〕《談藝錄》頁 206。
〔註16〕《談藝錄》頁 207。

風格的區分，更再三論及。《談藝錄》第一則論的就是唐宋詩之分，錢鍾書說：「唐詩、宋詩，亦非僅朝代之別，乃體格性分之殊。天下有兩種人，斯分兩種詩。唐詩多以丰神情韻擅長，宋詩多以筋骨思想見勝。」〔註17〕俗語說一樣米食百樣人，文學的風格自有多種；錢氏這裏的二分法，就和君子小人之別、雄渾秀美（the sublime and the graceful）之分一樣，屬於大而化之的分類。順便一提：上引「體格性分」四個字，使人想起劉勰《體性》篇的「體性」。錢氏是否受《文心雕龍》影響，其用詞已「化而相忘」？錢氏又說「格調之別，正本性情」〔註18〕，這又與《體性》篇所說的無異：八體雖然不同，但「莫非情性」的表現。當然我們可以說「文如其人」的見解大概是文學常識。

作品的風格應該怎樣分類，難有定論；要形容風格，則較為容易。而作品的評價，向來是難題；《文心雕龍・知音》以「褒貶任聲，抑揚過實」為戒。讀者對作品的反應可能很主觀，跟別的讀者很不一樣。劉勰在《知音》篇列舉了四種氣質品味不同的讀者：「慷慨者逆聲而擊節，醞藉者見密而高蹈，浮慧者觀綺而躍心，愛奇者聞詭而驚聽。」這差不多就是20世紀西方讀者反應論（theory of reader's response）的說法。錢鍾書也認為讀者「嗜好不同，各如其面」〔註19〕。劉勰在承認讀者氣質品味不同、反應不同之餘，認為：「凡操千曲而後曉聲，觀千器而後識器；故圓照之象，務先博觀。閱喬嶽以形培塿，酌滄波以喻畎澮。無私於輕重，不偏於憎愛，然後能平理若衡，照辭如鏡矣。」意即博觀圓照之士乃能評斷作品的美醜優劣。博觀圓照者是談文者中不可多得的品類，錢鍾書的看法也頗為「貴族」，他說：

> 竊謂至精文藝，至高之美，不論文體之雅俗，非好學深思者，
> 勿克心領神會；素人（amateur）俗子（philistine），均不足與於此事，
> 各何有於「平民」（the court chaplains of king Demos）〔註20〕。

不過，我們要指出，即使是文評的精英、貴族，其個別的氣質品味仍有不同，還是會影響到對作家作品的不同評價的。《詩品》的作者鍾嶸，應該是「博觀」的、「好學深思」的人了，但他在評價陶淵明時，只把他列為中品，稱其篇章「文體省淨，殆無長語」。文學史上為陶淵明抱不平的極多。錢鍾書認為鍾嶸的作法，有其原因，即鍾嶸評詩——

〔註17〕《談藝錄》頁2。
〔註18〕《談藝錄》頁5。
〔註19〕《錢鍾書散文》頁491。
〔註20〕《錢鍾書散文》頁491。

貴氣盛詞麗，所謂「骨氣高奇」、「詞彩華茂」。故最尊陳思、士衡、謝客三人。以魏武之古直蒼渾，特以不屑翰藻，屈為下品。宜與淵明之和平淡遠，不相水乳，所取反在其華靡之句，仍囿於時習而已。〔註21〕

拘於口味之外，還「囿於時習」。錢鍾書對鍾嶸個人更有這樣的貶抑：「眼力初不甚高〔註22〕」。這是一個文評家對另一個文評家的批評，評價的問題太複雜了。評價包括對「文情」的鑒識。《情采》篇認為就情而言，作品有兩類：有「為情而造文」的作品，即作者先有感動然後抒情成文；也有「為文而造情」的作品，即作者為了寫作文章可以虛述感情。劉勰貴真，反對「為文而造情」。王充《論衡》斥「虛妄」的寫作，錢鍾書在評論其立場時，指出「文藝取材有虛實之分，而無真妄之別」。他連帶論及近人所謂「不為無病呻吟」、「言之有物」等說法，指出這些說法與「作者之修養」有關，而與「讀者之評賞」無涉。這二者不可混為一談。他接著說：

所謂「不為無病呻吟」者即「修詞立誠」（sincerity）之說也，竊以為惟其能無病呻吟，呻吟而能使讀者信以為有病，方為文藝之佳作耳。文藝上之所謂「病」，非可以診斷得；作者之真有病與否，讀者無從知也，亦取決於呻吟之似有病與否而已。故文藝之不足以取信於人者，非必作者之無病也，實由其不善於呻吟；非必「誠」而後能使人信也，能使人信，則為「誠」矣〔註23〕。

他還認為作者「所言之物，可以飾偽」，讀者分辨不出來〔註24〕。比較兩人觀點，當以錢說中肯、周全，因為作者有病與否，不識作者、唯讀作品的讀者，實在無從得知。錢鍾書這種說法，與新批評學派（The New Criticism）的「作者意圖謬誤」（intentional fallacy）說互相發明。

錢氏拈出「善於呻吟」四字，這就關乎寫作技巧了。上面說劉勰重視寫作技巧，《文心雕龍》有四分之一篇幅都在論述修辭。《知音》篇舉出衡文的六觀，涉及的主要是技巧：「將閱文情，先標六觀：一觀位體，二觀置辭，三觀通變，四觀奇正，五觀事義，六觀宮商。」筆者根據《文心雕龍》所述，對六觀作如下的解釋。這裏對原來六觀的先後次序，稍微做了調整。第一觀位體，就是觀

〔註21〕《談藝錄》頁 93。
〔註22〕《談藝錄》頁 93。
〔註23〕《錢鍾書散文》頁 489。
〔註24〕《談藝錄》頁 163。

作品的主題、體裁、形式、結構、風格；第二觀事義，就是觀作品的題材，所寫的人、事、物等種種的內容，包括用事、用典等；第三觀置辭，就是觀作品的用字修辭；第四觀宮商，就是觀作品的音樂性，如聲調、押韻、節奏等；第五觀奇正，就是通過與其他作品的比較，以觀該作品的整體手法和風格，是正統的，還是新奇的；第六觀通變，就是通過與其他作品的比較，以觀該作品的整體表現，如何繼承與創新。

六觀中的第二、三、四觀，可合成一大項目，以與第一觀比照。這個大項目就是二十世紀新批評學派所說的局部、組成部份、局部肌理（local texture），以與第一觀的全體、整體大觀、邏輯結構（logical structure）比照。劉勰論文，非常重視局部細節與整體全部的有機性配合；事實上，「置辭」與「事義」息息相關，而此二者，加上「宮商」，乃構成整篇作品的「位體」，或者說這三者都為「位體」服務。我們也可以反過來說，「位體」決定了「事義」、「置辭」和「宮商」。第一至第四觀，乃就作品本身立論；第五觀「奇正」，第六觀「通變」，則通過比較來評論該作品，用的是文學史的角度了〔註25〕。

《談藝錄》對詩文的修辭有極具體極細緻的評論，如指出李賀詩好用「金石硬性物做比喻」，以其「昆山玉碎鳳凰叫」「羲和敲日琉璃聲」等詩句為例；又說「其比喻之法，尚有曲折」，剛剛引的「羲和」句就是；又說李賀好用「啼」「泣」等字，如「芙蓉泣露香蘭笑」等〔註26〕。錢鍾書所重視於文學的，是「行文之美」、「立言之妙」，對比喻的論述尤多（後來《管錐編》更有喻之二柄、喻之多邊等說）。美妙的「置辭」，包括一種含蓄的手法。《文心雕龍‧隱秀》解釋何為隱、何為秀：「隱也者，文外之重旨者也；秀也者，篇中之獨拔者也。隱以複意為工，秀以卓絕為巧。」「秀」的手法包括用比喻，「隱」則是含蓄。《隱秀》篇還這樣說：「夫隱之為體，義生文外，秘響傍通，伏采潛發。隱文深蔚，餘味曲包。」言外之意為中國古今詩學一大論題。錢鍾書在析評《滄浪詩話》和王士禎神韻說時，都曾論及，他的要點是：「詩者，藝之取資於文字者也」；「調有弦外之遺音，語有言表之餘味，則神韻盎然出焉」〔註27〕。不過，

〔註25〕 關於六觀法，可參閱拙著《中國古典文論新探》（北京大學出版社，1996年）一書中《重新發現中國古代文化的作用》一文（寫於1992年），以及同書中《〈文心雕龍〉「六觀」法和文學作品的評析》一文（寫於1995年）的有關說法。也可參考本書第二章所述論。

〔註26〕 《談藝錄》頁51。

〔註27〕 《談藝錄》頁42。

和劉勰不同，他向來沒有對文學的修辭之美作系統的述說。

　　上面錢氏說鍾嶸眼力不甚高。眼力不高是個缺點，雖然眼力高與低的評價有相當的主觀性，不像運動會跳高比賽可以尺寸為準。劉勰對歷來作家的「瑕病」常常指出來，《文心雕龍》有《指瑕》篇。他說：「古來文才，異世爭驅。或逸才以爽迅，或精思以纖密，而慮動難圓，鮮無瑕病。」跟著舉了很多實例。他對歷來的論文者也有頗多不滿，《序志》篇歷數曹丕、曹植、應瑒、陸機等等的不是或不足；正因為如此，他「搦筆和墨，乃始論文」，而有《文心雕龍》。

　　在錢鍾書眼中，「慮動難圓，鮮無瑕病」的人，到處可見。他古今中西兼評，對外國談藝之士往往很不客氣。20 世紀中華知識份子崇洋的極多，抑洋的甚少。錢鍾書則不同，他的刀筆這樣削下來：法國神甫白瑞蒙《詩醇》一書，發揮瓦勒利（Paul Valery）重視「文外有意」的思想；英國人李特著書批評白氏，謂英美文人已先有這樣的觀點。錢鍾書評李特說：白氏「原未自矜創見」，「李特窮氣盡力，無補毫末」。他對白氏也不放過。白氏《詩醇》雖然「繁徵廣引」，但對同屬舊教的名詩人柏德穆的相關見解欠徵引，覺得可惜；總之，白氏的書「考鏡源流，殊未詳核」〔註28〕。錢氏英法同批，男女都評。英國女詩人薛德蕙（Edith Sitwell）──

　　　　明白詩文在色澤音節以外，還有它的觸覺方面，喚作「texture」，自負為空前的大發現，從我們看來「texture」在意義上，字面上都相當於翁方綱所謂肌理。從配得上「肌理」的 texture 的發現，我們可以推想出人化文評應用到西洋詩文也有正確性〔註29〕。

「自負為空前的大發現」這一個大英的光榮，經中華學者錢鍾書的評騭而遜色了。不過，這實在難怪，薛女士又不是博學的漢學家，她怎樣知道遠在東亞的翁方綱已有「肌理」的宏論。

四、「打通」和「圓覽」

　　中西兼采、中西兼評正是錢鍾書過人的優勢和成就。這種作法，是他所說的一種「打通」。他的「打通」有好幾種，曲文軍歸納為三種〔註30〕：（一）在橫向上將中西文化思想打通；（二）在縱向上將不同時代的文化思想打通；（三）在不同學科上打通觀照。我們還可在曲氏的「三部曲」之外加上第四種，

〔註28〕　關於對白氏的評論，見《談藝錄》頁 268～270。
〔註29〕　《錢鍾書散文》頁 392。
〔註30〕　曲文軍，《試論錢鍾書「打通」的思維模式》（《理論學刊》1999 年第 2 期）。

即：（四）事物內裏和外表打通。我們可以說，就文學研究而言，則為（一）中西文學理論、現象打通；（二）不同時代的文學理論、現象打通；（三）不同文學類型（genre）打通觀照；（四）作家、作品、文學現象內裏和外表打通。

　　夏志清 1961 年出版的《中國現代小說史》高度評價錢氏小說《圍城》，錢氏在歐美漢學界自此受矚目；1979 年錢著《管錐編》面世，周振甫、鄭朝宗等以它為研究對象，錢學跟著興起。周、鄭等對錢氏的「打通」說法、做法加以標榜。其實錢氏在早期的著作中，已有「打通」之用意和用詞。1933年錢氏 23 歲時寫成的《中國文學小史序論》中，對談藝者視「詩文詞曲，壁壘森然，不相呼應」表示不滿。他認為不同文體「觀乎其跡，雖復殊途」，然而細究其理，「則又同歸」；他強調談藝者要「溝通綜合」〔註31〕。1937 年錢氏 27 歲時發表的《中國固有的文學批評的一個特點》中，他引述黑格爾「表裏神體的調融」論點和章實齋本末內外道德文章「而一」之說後，加評道：這是「人化文評打通內容外表的好注腳。」〔註32〕從這裏所述，我們知道錢氏並舉黑格爾和章實齋之說，是上面說的第一種打通（即中西文學理論、現象打通）；錢氏認為不同文體的森然壁壘可以拆除，是第三種打通（即不同文學類型打通觀照）；錢氏《中國固有的文學批評的一個特點》所揭示的「文章通盤的人化或生命化（animism）」現象（如錢氏所引《文心雕龍·附會》說的「以情志為神明，事義為骨髓，辭采為肌膚」），即剛才徵引黑、章說然後指出的「人化文評」，是第一種也是第四種（即內容外表的）打通。至於第二種打通（即不同時代的文學理論、現象打通），則前面錢氏並引《文心雕龍》「隱」說和王世禎「神韻說」屬之。錢鍾書打通，劉勰也打通。《文心雕龍》上半部有 20 篇分論各種文體，「囿別區分」，「釋名以彰義」。到了下半部，近半篇幅都用於論述各種不同文體的修辭技巧，論述時把各種不同文體合而析之，通而論之，這正是「打通」。做法一如其書名，劉勰探討的是「文心」：各種不同體裁的「文」的核「心」。

　　具備聰明智慧，加上對文學有深入通透的認識，才能發出通達之論。博觀之後才能貫通、通達，劉勰說「圓照之象，務先博觀」正是此意。太史公司馬遷遊歷四方，廣博地閱覽分析史料文獻，乃能「通古今之變」，其理相同。「博」與「通」與「圓」關係密切。劉、錢兩位淵博的文論家，著述裏博字、通字還

〔註31〕《錢鍾書散文》頁 480。
〔註32〕《錢鍾書散文》頁 406。

有圓字，經常出現，如《文心雕龍》的博觀、通變、圓備、圓合、圓照、圓該、圓通等，圓通且出現了三次。錢鍾書在論「人化文評」時，提到《文心雕龍‧比興》的「觸物圓覽」說，認為劉勰對圓字「體會得無比精當」〔註33〕。《談藝錄》有一則錢氏花了近三千字說「圓」，引述西方「形體以圓為貴」說法，表示對此有同感：「竊常謂形之渾簡完備者，無過於圓。」西方從古代希臘、羅馬到近代英國、德國、法國，中土從《論語》到漢譯佛典到唐詩到清代散文，語語都是圓形、圓覺、圓智、圓通，思轉都圓，「乃知『圓』者，詞意周妥、完善無缺之謂」〔註34〕。因為博觀圓覽，劉勰深諳衡文不能只觀一面之理，而有其六觀說（見上文介紹）。因為博觀圓覽，在《辨騷》篇中，劉勰對屈原作品乃能兼顧多方，指出其「同於風雅」和「異乎經典」的兩面，而總體評為「雅頌之博徒」、「詞賦之英傑」。錢鍾書對時人單方面的文學反映時代精神說不以為然，認為「當因文以知世，不宜因世以求文；因世以求文，鮮有不強別因果者矣！」他的圓說是：

> 鄙見以為不如以文學之風格、思想之型式，與夫政治制度、社會狀態，皆視為某種時代精神之表現，平行四出，異轍同源，彼此之間，初無先因後果之連誼，而相為映射闡發，正可由以窺見此種時代精神之特徵；較之社會造因之說，似稍謹慎〔註35〕。

五、東海西海心理攸同，古學今學道術未裂

博觀圓覽的劉勰，立論時必詳舉例證，這一點上文略為提過。這裏試舉其文才的「遲速異分」說：

> 相如含筆而腐毫，揚雄輟翰而驚夢；桓譚疾感於苦思，王充氣竭於思慮；張衡研京以十年，左思練都以一紀；雖有巨文，亦思之緩也。淮南崇朝而賦騷，枚臯應詔而成賦；子建援牘如口誦，仲宣舉筆似宿構；阮瑀據鞍而制書，禰衡當食而草奏；雖有短篇，亦思之速也。

遲速各舉六例，夠豐富了。錢鍾書的旁徵博引遠遠超過劉勰，甚至在中外學者裏前無古人，而可名登「健力士紀錄」（又稱堅尼斯紀錄、金氏紀錄）或「健筆士紀錄」。例如，他議論詩歌的神、韻、言外之意時徵引之繁，誠為觀止：

〔註33〕《錢鍾書散文》頁 398。
〔註34〕《談藝錄》頁 111。
〔註35〕《錢鍾書散文》頁 483～484。

〔白瑞蒙（Henri Bremond）《詩醇》一書〕發揮瓦勒利（Valery）之緒言，貴文外有獨絕之旨，詩中蘊難傳之妙（l'expression de l'ineffable）；〔……〕《碎金集》第一千八百八十七則謂「詩之為詩，不可傳不可說（unbeschreiblich undindefinissabe）」亦遠在蘭波（Rimbaud）《文字點金》（Alchimie du verbe）自詡「詩不可言傳」（Je notais l'inexprimable）以前。〔……〕《滄浪詩話》曰：「不涉理路，不落言詮。〔……〕言有盡而意無窮，一唱三歎之音。」〔註36〕

比喻大師錢鍾書論比喻，《談藝錄》自然更非獺祭前人種種比喻不可。《談藝錄》的獺祭略引如下：

《大般涅槃經》卷五《如來性品》第四之二論「分喻」云：「面貌端正，如月盛滿；白象鮮潔，猶如雪山。滿月不可即同於面，雪山不可即是白象。」《翻譯名義集》卷五第五十三篇申言之曰：「雪山比象，安責尾牙；滿月況面，豈有眉目。」即前引《抱朴子》《金樓子》論「鋸齒箕舌」之旨。慎思明辨，說理宜然。至詩人修辭，奇情幻想，則雪山比象，不妨生長尾牙；滿月同面，盡可妝成眉目。英國玄學詩派（Metaphysical Poets）之曲喻（conceits）多屬此體。吾國昌黎門下頗喜為之。〔……〕浪仙《客喜》之「鬢邊雖有絲，不堪織寒衣」；玉川《月蝕》之「吾恐天如人，好色即喪明」。而要以玉溪為最擅此，著墨無多，神韻特遠。如《天涯》曰：「鶯啼如有淚，為濕最高花」，認真「啼」字，雙關出「淚濕」也；《病中游曲江》曰：「相如未是真消渴，猶放沱江過錦城」，坐實「渴」字，雙關出沱江水竭也。《春光》曰：「幾時心緒渾無事，得及遊絲百尺長」，執著「緒」字，雙關出「百尺長」絲也〔註37〕。

非議錢鍾書者說他只會羅列資料，只會抄書。這樣評說極不公平。錢氏若不充分以至「過分」地把證據一一羅列出來，他的論點就欠缺說服力了。錢氏「炫」學因為他「實」學，這是「小心求證」的科學方法。沒有東海西海「海量」式的徵引羅列，他怎能讓人信服「東海西海，心理攸同」這個學說？這個學說是錢鍾書在完成《談藝錄》時建立的；這以後，他繼續在著述中用大量的例證去支持。剛才說的言外之意和比喻，正是中外古今心同理同的文論核心。

〔註36〕《談藝錄》頁 268～275。
〔註37〕《談藝錄》頁 22。

上述《文心雕龍・隱秀》的「隱」正屬言外之意的範疇。劉勰之後，從唐代皎然、宋代梅堯臣到清代陳廷焯，重視言外之意的說法極多〔註38〕。西方亦然。上面錢鍾書所引言論之外，20 世紀名詩人佛洛斯德（Robert Frost）說的ulteriority 正是此意——言外之意。艾略特（T. S. Eliot）的 objective correlative（筆者譯為「意之象」）亦是，艾略特說：

> 表達情意的唯一藝術方式，便是找出「意之象」，即一組物象、一個情境、一連串事件；這些都會是表達該特別情意的公式。如此一來，這些訴諸感官經驗的外在事象出現時，該特別情意便馬上給喚引出來〔註39〕。

20 世紀新批評學派喜用的象徵（symbol）一詞，也與言外之意密切相關。涵義豐富、以少言多是文學語言的核心藝術，這正是言外之意的詩學價值。經濟學（economics）研究的是怎樣發揮最小資源的最大效能；文學語言之精美者，則能以最少的語言涵蘊最多的意義。就此而言，筆者可以這樣「打通」：這就是文學的經濟學。

劉勰重視比喻，與錢鍾書不相上下。二人筆下比喻紛紛、對仗紜紜、典故頻頻，更可作一專題論述〔註40〕。《文心雕龍・比興》篇論比（即比喻）和興（相當於象徵），所說的「物雖胡越，合則肝膽」那樣的比喻，更與上述的「曲喻」相通。《毛詩序》言詩藝，早就標舉賦比興三者；宋代陳騤在其《文則》宣稱：「文之作也，可無喻乎？」近人秦牧則謂比喻是文學語言這隻孔雀的彩屏。劉勰重視文采，錢鍾書認為佳作必「精於修辭」。中外同理：阿里斯多德

〔註38〕參看拙著《中國詩學縱橫論》（台北，洪範書店，1977 年）中《中國詩學史上的言外之意說》一文。

〔註39〕參看拙著《中國詩學縱橫論》，頁 140。

〔註40〕劉、錢二人筆下辭采斐然。其不同點為：劉較嚴肅而錢常見機智幽默。錢對詼諧文字常感興趣。《錢鍾書散文》中的《小說識小》一文所引笑話提神醒腦，此處聊舉一二，以博此處拙文讀者諸君一粲，也可見東方西方心同笑同。《笑林廣記》謂南北二人均慣說謊，一次二人相遇，南人謂北人曰：「聞得貴處極冷，不知其冷如何？」北人曰：「北方冷時，道中小遺者需帶棒，隨溺隨凍，隨凍隨擊，不然人與牆凍在一處。聞尊處極熱，不知其熱何如？」南人曰：「南方熱時，有趕豬道行者，行稍遲，豬成燒烤，人化灰塵。」錢氏又引英詩人《羅傑士語錄》（Table Talk of Samuel Rogers, ed. by A. Dyce）第一百三十五頁記印度天熱而人化灰塵之事（pulverised by a coup de soleil），略謂一印度人請客，驕陽如灼，主婦渴甚，中席忽化為焦灰一堆；主人司空見慣，聲色不動，呼侍者曰：「取箕帚來，將太太掃去（Sweep up the mistress）。」錢氏曰：較之《廣記》云云，似更詼諧。

在《詩學》中為悲劇下定義，在強調其情感作用之際，即指出悲劇所用的是「裝飾」的語言（英譯本相關語句中連用 embellished 和 artistic 二詞〔註41〕）。比喻是語言藝術的核心。阿里斯多德在《修辭學》中指出，比喻是修辭的三大技巧之一；其他重視比喻的言論，如「詩是韻語與比喻（Poetry is meter and metaphor）」之說，舉不勝舉。正因為如此，大作家通常也是創造比喻的大家，如荷馬、但丁、莎士比亞、李白、蘇軾、余光中。文學中的比與興、秀與隱，相當於比喻與象徵，有如宗教倫理中儒家的仁、基督教的愛、佛教的慈悲，是「東海西海，心理攸同」的。

人類數千年歷史中，各種思想、宗教、文學、藝術，百家百花以至萬家萬花，多采多姿。愈是近代愈多樣多元，簡直千家爭鳴、眾聲喧嘩，心異理異者不能勝數。在《前赤壁賦》中蘇軾從變者和不變者兩個角度看宇宙人生，我們也可從異者和同者兩個角度看宇宙、人生、文學。劉勰和錢鍾書從異者也從同者看，而他們在「打通」之後，看到同心。劉勰之生也早，未接觸西方（佛教所說的西天仍在東方），但他在博觀圓覽之後，發現「文心」就是「道心」。他在《滅惑論》一文中說：「至道宗極，理歸乎一；妙法真境，本固無二。」又說：「故孔釋教殊而道契。」這是劉勰「打通」後發現的核心、圓心，也正是錢鍾書「東海西海，心理攸同」的那個核心、圓心。《談藝錄·序》在「東海西海，心理攸同」兩句之後是「南學北學，道術未裂」，我們也可以說「古學今學，道術未裂」。英國詩人吉卜林（Rudyard Kipling）有「東方是東方，西方是西方，兩者永遠不會相遇」（「East is East, and West is West, and never the twain shall meet」）的「名言」；錢鍾書把它徹底顛覆了。

已辭世的法國人類學者李維·史陀（Claude Levi-Strauss；1908 至 2009-10-30）在其 1955 年出版的名著《憂鬱的熱帶》（Tristes Tropiques）中，指出亞馬遜雨林印第安部族的不同部落，骨子裏有相同的深層結構；而原始部族的深層思想體系，跟文明的西方社會並無分別〔註42〕。加拿大文學理論家弗萊（或譯為佛萊，Northrop Frye）在其 1957 年出版的名著《批評的剖析》（Anatomy of Criticism）〔註43〕中，指出不同國家語言的文學中有其普遍存在的各種原型

〔註41〕 S. H. Butcher tr. (with Introduction by Francis Fergusson), Poetics (N. Y., Hill and Wang, 1961), p.61.

〔註42〕 "Claude Lévi-Strauss dies at 100". The New York Times. http://www.nytimes.com /2009/11/04/world/europe/04levistrauss.

〔註43〕 此書在 1957 年由 Princeton University Press 出版。

（或譯為基型，archetype）。史陀和弗萊之說也就是「心同理同」之意。二人的學說獲普世重視，影響深遠。錢鍾書的《談藝錄》在 1948 年出版（其伸延性巨著《管錐編》則在 1979 年），錢鍾書視野之闊大，大概超過史陀和弗萊二人。中華學者中仰錢、迷錢者眾，其「東海西海，心理攸同」說深得張隆溪等的認同〔註44〕，錢學且已建立起來，但可惜的是其學說尚未有國際性地位。心同理同，中西大同；人類應有民胞物與的心情，應盡量消弭爭端，促進和諧。當然，中西文化的異同是個極大的議題，涉及諸種學科諸多個角度既深且廣的研探，議論紛紛是必然的。筆者絕無才學獨力作全面的研討與判斷，對此所能說的只是比管更狹窄、比錐更尖小的一得之淺見而已，只是震驚於錢鍾書的海量式論據進而折服於他之高見而已，只是憑數十年的閱讀、觀察、體會認為東海西海事事物物的基本性質或核心價值相同而已。

六、結語：「潛」體系或「錢」體系；龍學和錢學

　　本文對劉、錢兩人文學見解的介紹與比較，並不完整；即使如此，我門已發現劉、錢通論文學，慮周思精，多有心同理同處。一古一今二人都是文論大師。劉勰在中國文論史上，享譽最隆；可以和他相提並論的，大概只有錢鍾書。劉勰其生也早，歷史與地域視野遠不及錢鍾書廣闊，學科知識也不及錢氏豐富多元，所以《文心雕龍》的廣度不及錢氏，對很多議題的析論也不及錢氏深入細緻。不過，高明而中庸的種種見解，使劉勰前無古人，後少來者；《文心雕龍》還勝在有明顯的體系。錢鍾書自有其「隱」體系，這需要鍾錢鍾書的學者努力把錢氏著述內容加以分析、分類、整理後建構了。《談藝錄》等論著的點點滴滴、片片段段、則則篇篇，有如「理格高」（Lego）積木塊，有耐心的錢學學者可把這些片片篇篇堆砌成理論格局高華的體系——可以是參照上述韋勒克、華倫《文學理論》綱領而成的體系，可以是參照上述「情采通變」《文心雕龍》架構而成的體系，也可以是參照錢學學者如蔡田明的《管錐編述說》綱目而成的體系（我初步的看法是：《管錐編》和《談藝錄》的基本思想和寫作方式是一脈相承的）。

　　其實，在 1933 年發表的《中國文學小史序論》中，正如筆者上面所說，錢

〔註44〕張隆溪在其《同工異曲》（南京，江蘇教育出版社，2006 年）的序中，說此書「強調東西方文化和文學在各方面的契合與類同，而不是專注於極端的區別或根本的差異」，見頁 3；張氏又說「本書中有很多想法，都是受錢鍾書先生著作典範的啟迪」，見頁 5。

氏已建立了一個體系。該文一論文學史與文學批評的體制；二論文章體制；三論體制與品類——體制定文學的得失，品類辨其尊卑；四論文學史之區劃時期；五論文學與時代精神之表現；六論文學之價值端在其「行文之美」、「立言之妙」；七論文學狹義說之不當；八論虛實真偽之分辨與文學之評賞；九論由行文語體區分雅俗之理；十論文學佳作應有之功用；文末附論兼及八股文之理由。

在 1945 年發表的講稿《談中國詩》，是一篇中西詩歌比較的論文。錢氏層次井然地指出：（一）西方先有史詩，中國不然，先有抒情詩。（二）與西洋詩相比，中國的詩短小，「中國詩是文藝欣賞裏的閃電戰，中國詩人只能算是櫻桃核跟兩寸象牙方塊的雕刻者」（錢氏以詩為論，在論文中常用比喻，這裏提供了例證）；詩短，所以詩貴有「悠遠的意味」。（三）「中國詩用疑問語氣做結束的，比我所知道的西洋任何一詩來得多。」（四）新式西洋標點往往不適合中國的舊詩詞，因為詩意往往包含「渾沌含融的心理格式（Gestalt）」。（五）「西洋讀者覺得中國詩筆力輕淡、詞氣安和。」「西洋詩的音調像樂隊合奏（orchestral），而中國詩的音調比較單薄，只像吹著蘆管。」（六）「中國詩跟西洋詩在內容上無甚差異；中國社交詩（vers d'occasion）特別多，宗教詩幾乎沒有，如是而已。」「中國詩並沒有特特別別『中國』的地方。」錢氏繼續指出：

> 每逢這類人講到中國文藝或思想的特色等等，我們不可輕信，好比我們不上「本店十大特色」那種商品廣告的當一樣。中國詩裏有所謂「西洋的」品質，西洋詩哩，也有所謂「中國的」成分。〔註45〕

在這裏，錢鍾書再一次表明他「東海西海，心理攸同」的思想。

劉勰與錢鍾書學博思精，文心共通，且通於東海西海，其論點儘管有岐異之處（如上面論及的「為情造文」），基本上可構成大同詩學（common poetics）；錢著之有異於劉書的，主要是所謂「缺乏」體系。筆者在上面指出，錢氏的一些論文，已呈現了體系，而他「不成體系」的「隱」體系則可以轉變成為「理格高」的「顯」體系。明顯可見、綱張目舉的體系，便於閱讀、認識，且予人自成一家、自成格局的感覺。錢鍾書的「隱」體系也許應稱為「潛」體系，或者「錢」體系。鍾錢鍾書者不斷研究，嘗試建構其宏大的文論體系，從「潛」到「顯」，而錢學更是顯學了。龍學與錢學，並為當世顯學。從本章劉勰與錢鍾書的比較，我們也可看出《文心雕龍》理論的恒久性：1500 年前的觀點，與今天文學大師的意見，多有共同共通之處，由此顯示其重大的現代意義。

〔註45〕《錢鍾書散文》頁 532～539。

第八章　委心逐辭，辭溺者傷亂：從《鎔裁》篇論《離騷》的結構

本章提要：

　　《離騷》是中國古代文學的瑰寶，但其層次結構有問題，論者甚至批評它「如萬千亂絲，毫無端緒」。本文應用《文心雕龍・鎔裁》的理論，指出《離騷》在「規範本體」「體必鱗次」方面的缺憾，認為它的層次感不足，層遞法幾乎沒有。劉勰認為作品應該字字珠璣，作者應該「剪裁浮詞」，即刪削「蕪穢」「駢贅」的字句。屈原寫作《離騷》時，可能情緒過於鬱結激越，他「委心逐辭」，而「辭溺者傷亂」。本文指出悲吟《秋興八首》的杜甫，以至莎士比亞筆下的漢修雷特王子，創作《神曲》的但丁，都有激盪悲鬱的感情，但其相關的作品，不論是詩是戲劇，在結構上都穩妥有序、剪裁得體。比照而論，《離騷》失去了節制。

一、引言：《離騷》「毫無端緒」

　　劉勰在《文心雕龍・辨騷》說「漢武愛騷，而淮南作傳」；漢人開始對《楚辭》加以研究。司馬遷為《離騷》作者屈原撰寫傳記，認為《離騷》是「自怨生」之作；特別推崇屈原志潔行廉，說他可以「與日月爭光」。東漢的王逸注釋《楚辭》，在其《楚辭章句序》中，力稱「屈原之辭，[⋯⋯] 金相玉質，百世無匹，名垂罔極，永不刊滅者矣。」劉勰對屈騷（屈賦）更是褒揚備至，說它「取鎔經意，自鑄偉辭」，「氣往轢古，詞來切今，驚采絕豔，難與並能」，

是「詞賦之英傑」。劉勰幾乎襲用王逸的「金相玉質」一語，而有「金相玉式」之說；他的「衣被詞人，非一代也」也和王逸的「百世無匹，[……]永不刊滅」相呼應。在《文心雕龍》裏，《辨騷》篇屬於「文之樞紐」，位於《明詩》篇之前，更讓我們認識到劉勰心目中屈騷在文學上的顯赫地位〔註1〕。《辨騷》之外，體大慮周的《文心雕龍》，論述屈騷的篇章還有很多。正如徐志嘯所說的，劉勰「抓住楚辭的根本特徵，高度評價其藝術特色與成就」，「充分肯定《楚辭》的價值與歷史地位」〔註2〕。此後歷代學者對《楚辭》的注釋、解讀，對屈原的研究，對其傑出文學成就的論述，乃眾所周知，不必贅言；連反叛傳統、貶抑經典的魯迅，也不得不承認屈騷「逸響偉辭，卓絕一世」〔註3〕。

劉勰對《離騷》等屈騷作品，剖情析采，對其「豔溢錙毫」的文辭，簡直是「驚豔」。其《辨騷》等篇，對《離騷》有多個角度的析論；《知音》所說析評作品的「六觀」，他幾乎都用了。《離騷》有一個地方，卻為劉勰所忽略，那就是這一篇的鎔裁、結構。

朱熹在《楚辭辯證》中認為王逸雖然注釋《楚辭》有功，卻埋怨他「不先尋其綱領」。錢杲將《離騷》分成十二大節，這是「尋其綱領」的嘗試。周建忠說：「宋代錢杲之首將《離騷》分成十二大節，於是騷賦章節之學，油然而興。」章節之學，著眼的正是作品的層次、結構。姜亮夫說：「《離騷》的難點在篇章層次」；他指出，關於《離騷》的篇章層次的劃分法，歷來有95家之多〔註4〕。《離騷》本身不分節分段，綱領並不一目了然，而它有2477字，解讀注釋者自有把它分節分段的必要：或分為兩段，或三段、四段……甚至有十四段的。

歧見如此之多，反映出《離騷》的層次、結構很可能有問題。清代學者對

〔註1〕古代司馬遷、王逸以至朱熹等對《楚辭》的評論，很容易查到，不----注明。引述《文心雕龍》時，也不注明。歷代論者評析《離騷》的文字，也可參閱游國恩主編《離騷纂義》（北京：中華書局，1982年）一書。

〔註2〕徐志嘯，《劉勰論楚辭》，收於徐著《古典與比較》（上海：上海古籍出版社，2003年），第184～190頁。徐氏不用「屈賦」一詞，改用「屈騷」，筆者從之。

〔註3〕魯迅，《漢文學史綱要》。收於《魯迅全集》（北京：人民文學出版社，1998年）第9卷；引語見第370頁。

〔註4〕周建忠對《離騷》層次、結構的論述，見其《〈楚辭〉層次結構研究——以〈離騷〉為例》一文，刊於《雲夢學刊》2005年3月出版那一期第28～37頁。筆者在本文引述宋代至今多位學者對《離騷》的意見，主要轉引自周氏此文；也有引自顏翔林《楚辭美論》（上海，學林出版社，2001年）一書的，見此書第95至130頁；註1所提到的《離騷纂義》也可參考。

《離騷》的層次不清，牢騷最多。朱冀說：「讀《離騷》如滿案散錢，必須用索貫串」；他通篇前後求索（這讓我們聯想到《離騷》說的「路曼曼其修遠兮，吾將上下而求索」），才認為「守死善道」四字「可作全篇骨子」。其實這四字只能說是《離騷》的主題而已，還不能說是它結構、組織上的主線。吳世尚像屈原那樣多怨，他怨的是《離騷》的紛亂：「其最令人心絕氣盡，如萬千亂絲，毫無端緒，如百十里黑洞，杳無熒光。」可與日月爭光的屈原，其代表作《離騷》在吳氏眼中，竟是漫天亂絲，遮陽蔽日地黑暗不明。在清代《楚辭》學者的傾力「求索」（尋求《離騷》線索、脈絡）後，現代學者對它的視野較少模糊了，但尚欠清晰。褚斌傑說：「《離騷》一詩夙稱難讀，這除了南楚的方言、歷史、神話、風物帶來的某些理解上的障礙以外，主要由於全詩感情回環激蕩，反反覆覆，脈絡不易掌握。」〔註5〕顏翔林則謂：《離騷》「渾然一體，自然天成。〔……〕乃是不可分割的生命有機體。〔……〕我們很難以邏輯方式來劃分《離騷》結構。」

二、《離騷》的段落、層次

筆者認為《離騷》的鎔裁、結構確有問題。結構本指房屋的構造，引申指一實體或文藝作品各個部分的組織、配合。作者依照表現主題的需要，把作品中的種種人、事、物組織安排，使作品成為一個有理有序的藝術性整體，這就是作品的結構，或者說章法。「鎔裁」是《文心雕龍》的用語。劉勰在《鎔裁》說：「規範本體謂之鎔，剪截浮詞謂之裁。裁則蕪穢不生，鎔則綱領昭暢。」張文勛說「鎔」是「規範本體」，也就是「對作品內容的整體規劃」，即「提煉主題、確定重點、理順脈絡、前後照應」。「裁」即「剪截浮詞」，浮詞就是《鎔裁》篇說的「蕪穢」、「異端」、「駢贅」；把這些都剪掉、都截去，作品的重點才突出、脈絡才清晰、主題才明確〔註6〕。「鎔」的意義與「結構」相通；「裁」則為達致作品結構嚴謹的應有手段。筆者認為《離騷》的鎔裁、結構有問題，這卻不是說《離騷》沒有結構，不是說《離騷》的作者對它沒有任何「規劃」。

清代王邦采把《離騷》分為三段：首句至「豈余心之可懲」為第一段；接著的「女嬃之嬋媛兮」至「余焉能忍與此終古」為第二段；接著的「索藑

〔註5〕褚傑斌對《離騷》的評論，見其《楚辭要論》（北京大學出版社，2003）第三章。

〔註6〕張文勛對「鎔裁」的解說，見其《文心雕龍探秘》（台北，業強，1994）第十五章。

茅以筵篿兮」至篇末為第三段。這個三分法廣為後世接受，直至現代的游國恩、馬茂元、周秉高、周建忠、顏翔林等都是這樣〔註 7〕。當然，這裏應該指出，眾多學者在接受王邦采的三段說之際，大都把三段的每一段再分為若干小段，而這細分就不盡相同了。例如，致力於研究《楚辭》層次結構的周建忠，就對《離騷》細分為 10 段：第一段細分為 4 小段；第二段細分為 2 小段；第三段細分為 4 小段；最後是「亂詞」（如果把「亂詞」獨立為 1 小段，那就是 11 小段了）。

　　《離騷》寫屈原美好的自我，忠君愛國，卻不見容於君，又受到小人的嫉妒、排斥，他叩問神靈，周流天地，上下求索，在去國與留下來之間，猶疑掙扎；最後，「國無人莫我知兮，又何懷乎故都？既莫足與為美政兮，吾將從彭咸之所居！」（這四句就是篇末的「亂詞」）。這是《離騷》的內容，其情其思，都並不難懂，並不費解。劉勰《情采》、《鎔裁》、《附會》諸篇所說的「情」、「情理」或「文理」，我們都曬然可見。三段說的第一段，主要是屈原的獨白；第二段有與女嬃的對話；第三段有與靈氛、巫咸的對話；這裏人與事的區分，也很明顯（筆者推測，女嬃之出現，以及靈氛、巫咸之出現，應是王邦采「三段說」分段的根據：女嬃出現為第二段之始，靈氛出現為第三段之始）。這豈不是有層次嗎？第三段駕著飛龍的「周流」遠遊，比起前兩段的，最為壯觀，起到高潮的作用；高潮來臨，篇章戛然而止，這不是成功的結構嗎？為什麼筆者說《離騷》的鎔裁、結構有問題？

三、《離騷》「規範本體」「體必鱗次」的問題

　　《離騷》在鎔裁、結構上的問題，依筆者看來，有兩個：一是「規範本體」、「體必鱗次」問題，二是「剪截浮詞」問題。先說「規範本體」、「體必鱗次」。《文心雕龍·章句》篇認為作品的章法佈局，「原始要終，體必鱗次」，就是說作品由首至尾，其內容的安排必須像魚鱗一樣有次序。這樣，才能使作品像《鎔裁》說的「綱領昭暢」。次序即先後、前後等序列。由高到低、由大到小、由重到輕、由多到少、由明到暗等等的次序，是層次；逐漸有序的層次變化，在修辭學上名為層遞。筆者認為《離騷》的層次感不足，層遞法幾乎沒有。從人的層次說起。

〔註 7〕游國恩的見解，可見其主編的《先秦文學史參考資料》（台北：漢京文化事業有限公司，1983 年重印）第 509～534 頁。周秉高的見解，見其《屈原賦解析》第 18 至 24 頁。周建忠與顏翔林的見解，見註 4 所引周文及顏著。

　　女嬃、靈氛、巫咸是《離騷》的重要角色，是屈原叩問、乞靈的對象。論者認為女嬃是屈原之姊，或認為是女侍，或認為是一般女性，沒有定論。論者認為靈氛、巫咸是善占卜者、是巫，或認為二者沒有分別。《離騷》中，屈原先聽女嬃的說法，後聽靈氛和巫咸的說法。這三者中，女嬃是人，靈氛和巫咸則是人與神的仲介者。前者和後二者身份有別，後二者則身份近似或相同。《離騷》的作者，如果安排三者身份從人到巫到神明顯有別，則屈原層層叩問、乞靈，乃可反映主角的情緒或處境層次上的變化，較具戲劇效果。

　　第三段有「求女」的敘述。游國恩把「求女」分為四層：第一層寫求神女而無所遇；第二層寫求宓妃而中途遺棄；第三層寫欲求簡狄（「有娀之佚女」指簡狄）而苦無良媒；第四層寫欲求有虞二姚而苦於理弱媒拙〔註8〕。依《離騷》原文看來，我們並不認為這些美女在身份、地位、品格、行為或容貌方面有任何類別或層次上的分野。

　　通篇《離騷》多處提到「黨人」、「眾女」、「世〔人〕」——如「惟夫黨人之偷樂兮」（《離騷》原文第33句，簡為33，下同）、「眾皆競進以貪婪兮」（57）、「雖不周於今人兮」（75）、「眾女嫉余之蛾眉兮」（87）、「世並舉而好朋兮」（139）、「惟此黨人其獨異」（270）、「惟此黨人之不諒兮」（303），也就是嫉妒屈原、排斥屈原、同流合污的小人。對這些人，作者也不分層次、不分類別。

　　其次說事件——指「行」「征」「遊」「周流」等事件——的層次。第一段有「寧溘死以流亡兮」（95）、「回朕車以復路兮，及行迷之未遠；步余馬於蘭皋兮，馳椒丘且焉止息」（107～110），筆者把這當作《離騷》的第一遊。蘭皋是植有蘭花的水旁之地，椒丘是植有椒樹的山丘。這一遊的敘述甚為簡略，地理位置並不確切。第二段有「濟沅湘以南征兮」（143）之句，可說是《離騷》的第二遊。「濟沅湘」句接下去的是「就重華而陳詞」，對歷史上有道之君和無道之君加以評論，這一遊征的情況如何，根本毫無交代。第二段還有一遊，從「駟玉虯以乘鷖兮，溘埃風余上征」（184）至「懷朕情而不發兮，余焉能忍此終古」（255～256），可說是《離騷》的第三遊。這一遊內容豐富，作者用了不少篇幅敘述。這裏提到的蒼梧即湖南的九疑山，縣圃所在的崑崙山則在新疆。其他的地名如縣圃、崦嵫、扶桑則屬神話之地。這裏寫主角從南方到北方，遍遊各地；玉虯、鳳鳥為他駕車，風神飛廉、雷師豐隆聽他指揮；他叩天帝之關，

〔註8〕見游國恩主編，《先秦文學史參考資料》，第509～534頁。

作春宮之遊，多次訪求美女；他既逍遙，也狐疑苦悶，「閨中既已邃遠兮，哲王又不寤」，最終是失望。

第三段寫叩問、乞靈於靈氛和巫咸，與他們對話後，展開第四遊——最壯觀的最後之旅（335～368）。這第四遊與第三遊一樣，有神駒駕車，遊蹤廣遠。比第三遊壯觀的是：備有精美的糧食（「折瓊枝」「精瓊靡」），氣派宏大（「駕八龍之蜿蜿兮，載雲旗之委蛇」；「屯余車其千乘兮」），而且還載歌載舞（「奏《九歌》而舞韶兮」）。

四遊之中，第三遊比第一遊壯觀，敘述詳盡；第四遊比第三遊更壯觀，敘述也詳盡。這裏我們看到近乎「層遞」的寫法。問題是：第二遊只得簡略的「濟沅湘以南征兮」一句，第一、二、三、四遊的層遞關係於是不能成立。精心設計、層次井然的寫法，應該是在四遊之中，後遊比前遊時間長、地域廣、氣勢壯、內容豐，第一、第二、第三，層層遞進，然後第四，把敘述推上高峰；可是《離騷》這四遊的章法，整體上達不到這樣的藝術境界。

關於「規範本體」、「體必鱗次」的問題，就評說到這裏。下面議論「剪截浮詞」。

四、《離騷》「剪截浮詞」的問題

前文已經說明，浮詞就是「蕪穢」、「異端」、「駢贅」，是與主題無關的言詞，或與主題有關，但不必要地重複出現的言詞。劉勰反對縱溺、煩濫的修辭，反對任意、「委心逐辭」（《鎔裁》）；即使作者下筆時，佳句奔來腕底，只要是與主旨不合的，都要割愛，也就是《鎔裁》說的「繩墨以外，美材既斫」。陸機學富才高，但他筆下繁蕪，即《鎔裁》說的「士衡才優，而綴辭尤繁」，劉勰並不欣賞。劉勰應該也不欣賞《離騷》的繁蕪文辭。

屈騷學者為《離騷》分節分段，盡量為每段撮寫大意，希望做到綱張目舉。例如，周秉高採用王邦采的三段說，另外加上「亂詞」，把全文分為「四大層次」：第一層次為「回顧」，1～128句；第二層次為「求索」，129～256句；第三層次為「矛盾」，257～369句；第四層次為「亂詞」，最後5句。每個層次再分為若干個小層次〔註9〕。這是可佩的努力。「回顧」「求索」「矛盾」等似乎也能道出每一層（段）的大意。然而，第一層（段）說是「回顧」，而它有「回顧」以外的內容：「願依彭咸之遺則」（76）乃對未來行為的預述；

〔註9〕見周秉高，《屈原賦解析》，第18～24頁。

「回朕車以復路兮，乃行迷之未遠」（107～108）是求索旅程的敘寫。第二層（段）說是「求索」，而它除了「路曼曼其修遠兮，吾將上下而求索」（191～192）之外，有對政治人物如夏桀、商紂、夏禹、商湯的評論（157～162）；有「曾歔欷余鬱邑兮，哀朕時之不當」（177～178）的遭遇感懷；還有「心猶豫而狐疑兮」（241）的矛盾。第三層（段）說是「矛盾」，它確有與第二層（段）完全一樣的「心猶豫而狐疑」（278）之句，顯示其矛盾心情，可它也記敘了一場周流、求索，且是最為壯觀的求索。我們可以說，求索、矛盾以至回顧這些心情、事情，通篇都有。作者心情複雜，「極意陳詞」，乃至「回環激蕩，反反復復」，三大段「互相滲透」，甚至因此而被批評為「顛倒雜亂，脫離複疊」。

屈原有「內美」，有「修能」，他自信甚至自戀，《離騷》通篇都有這樣的描述：如「紛吾既有此內美兮，又重之以修能」（9～10），「苟余情其信姱以練要兮」（67），「鷙鳥之不群兮」（97），「伏清白以死直兮」（103），「苟余情之信芳」（116），「余獨好修以為常」（126），以上屬王邦采三段說的第一段；「孰云察余之中情」（138），此屬第二段；「孰云察余之善惡」（268），「苟中情其好修兮」（289），這兩句屬第三段。

有內美，有修能，屈原以香花芳草為佩，與她們為伍。《離騷》中哪一段沒有這些美好的植物？江離、辟芷、木蘭、宿莽、申椒、菌桂、蕙、茝、留夷、揭車、杜衡、芳芷、秋菊、薜荔、芙蓉等出現在第一段，蕙、瓊樹等出現在第二段。幽蘭、芷、荃、蕙、揭車、江離、瓊樹等出現在第三段。各段中香花芳草的種類多少有異，但《離騷》通篇花草紛繁，是眾香國。當然，裏面廁雜了蕭艾茅草，這些就不芳不香了，這裏也不詳述了。

屈原極願參與美政，但君王疏遠他，「黨人」嫉妒他、排斥他。他失望、痛苦、憤懣、怨恨。《離騷》滿是花香，也溢著淚水：第一段有「長太息以掩涕兮，哀民生（人生）之多艱」（77～78）；第二段有「曾歔欷余鬱邑兮，哀朕時之不當；攬茹蕙以掩涕兮，霑余襟之浪浪」（177～180）；「忽反顧以流涕兮，哀高丘之無女」（215～216）；第三段有「僕夫悲余馬懷兮」（367；不但屈原自己難過，連隨從和馬兒都悲傷）。

不能參與美政，為國為民建功立業；而時不我予，《離騷》中常慨歎時光之飛逝：第一段有「汩余將不及兮，恐年歲之不吾與」（13～14），「日月忽其不淹兮，春與秋其代序；惟草木之零落兮，恐美人之遲暮」（17～20），「老冉

冉其將至兮，恐修名之不立」（63～64），這一段裏已再三再四致意了；第二段
還有「欲少留此靈瑣兮，日忽忽其將暮」（187～188）之句。

他功業未建，修名不立，只得求索周流，希望尋得新天地，找到美好的新
世界（brave new world）；擬遠走高飛的屈原，卻又捨不得離開故鄉（「忽臨睨
夫舊鄉」，不想前行了，366～368）。去國呢，還是留下來？難怪內心矛盾，「心
猶豫而狐疑」一句在第二段和第三段都出現了。

五、「委心逐辭」，「辭溺者傷亂」

像莎士比亞筆下的丹麥王子一樣，to be or not to be，難以解決；屈原感情
激蕩，言詞重複，以致「恍恍惚惚，杳杳冥冥，〔……〕故其詞忽朝忽暮，倏
東倏西，如斷如續，無緒無蹤，惝恍迷離」（清人吳世尚語）〔註10〕，也就情
有可原了。豈只情有可原，甚至可以說，這樣的寫法，最能反映內心的真實——
——《離騷》表現了「心靈的想像之流或意識之流」。這樣說，《離騷》是比西方
的意識流文學「先鋒」了二千年了。

《離騷》不一定要寫得言詞重複，駢枝贅疣一大堆。《漢穆雷特》中的王
子，父仇未報，世情混濁，他應生應死，何去何從，費煞思量。然而，主角矛
盾遲疑的情緒，並沒有使莎士比亞把劇本寫得言詞複杳，章法淩亂。《漢穆雷
特》的情節（plot）清晰可見，結構穩妥，言詞豐富卻不雜亂。《離騷》是抒情
詩，也有其敘事（narrative）成分，為什麼它不可以和《漢穆雷特》一樣清晰
暢順呢？

徐志嘯析論《離騷》和義大利詩人但丁的《神曲》，認為二者構思奇獨、
想像豐富，二者擅用比喻和象徵手法，如此等等，《離騷》可和《神曲》媲美
〔註11〕。此洵為知言。然而，有以上的特點，又同樣不滿於現實，抗議時代的
黑暗，為什麼《神曲》寫得架構宏大、層次分明——宇宙分為地獄、煉獄、天
堂三界，三界各有九層，每一層所囚禁或棲居的人，或為惡，或為善，有明晰
的分類；而《離騷》沒有這樣的層次？

回顧東方。杜甫和屈原一樣忠君愛國，遭逢世亂，身心都痛苦；論者都說
杜詩沉鬱，他的《秋興》可為代表。組詩《秋興》共有八首七律。詩人身在夔
州，心繫長安，全詩的心情和事情，圍繞、來往於這兩個地方。第一、二、三

〔註10〕轉引自顏翔林，《楚辭美論》，第95～130頁。
〔註11〕見徐志嘯，《劉勰論楚辭》，第454～467頁《屈原與但丁》一文。

首主要寫夔州的情景，第四首過渡到長安。後半的四首，主要寫國都長安的風物、朝廷，集中寫家國大事，也兼及個人生活。這四首的每一首，前六句寫長安，後兩句如電影鏡頭一轉，回到夔州。第一、二、三首寫日暮、夜晚和（翌日的）早上，時間推移有序；第五、六、七首寫長安山水宮殿及相關情景，景象的大小遠近，光線的明暗，其變化、層次都井然。這是上佳的章法、結構；其遣詞用語更是如珠如璣。

　　劉勰重視結構，阿里斯多德亦然，這是中西同理的〔註12〕。論者喜歡用浪漫主義來形容屈騷。《離騷》想像豐盈，上天下地，又古又今，感情激蕩，確有其浪漫性。然而，英國浪漫詩人柯立基（Samuel Coleridge）在讚美想像之餘，認為詩應該是「最佳的文字放在最佳的位置」（the best words in their best orders）〔註13〕，也就是絕不能忽略結構謀篇之意。可見浪漫主義仍離不開古典主義的節制、規範。

　　《文心雕龍》重視鎔裁，認為作品不能不講結構，劉勰且常以「淫麗而煩濫」（《情采》）、「辭溺者傷亂」（《神思》）為誡。《離騷》「鎔」得不好，結構欠妥善；言辭重複泛濫，應該「裁」掉浮詞。不過，這樣批評《離騷》，並無損於這篇作品傑出的文學地位。它的豐盈想像、悲壯情懷、瑰麗辭采，作者屈原愛國憂時、上下求索的情操，確定了《離騷》在中國文學史上的崇高地位。然而，屈原太激蕩縱溺了，他「委心逐辭」，以致「辭溺者傷亂」；也許流傳下來的《離騷》只是草稿，尚待作者好好地「鎔裁」；又也許屈原那個時代，結構並不普遍受到重視；又也許屈原明知結構重要，卻要「解構」，要顛覆。無論如何，筆者認為《離騷》雖然詩情飽滿十足，詩藝卻未臻一流。論者認為《離騷》是「心靈的想像之流或意識之流」，全篇「很難作出邏輯劃分」〔註14〕。筆者尊重這樣的意見，卻要指出，像《秋興》、《神曲》那樣的鎔裁結構，才更具藝術性、可讀性。班·姜森（Ben Jonson）讚譽莎士比亞，說他下功夫鑄煉詩句，因為「好詩人靠天生也是靠煉成」（「For a good poet's made as well as born」）〔註15〕。《離騷》的佳句雋語盈篇，它們早就成為中國語文的重要部分，但就《離騷》的文本看來，它缺乏嚴謹的鎔裁、結構。這除了影響藝術性、可

〔註12〕見阿氏《詩學》（The Poetics）第 6 章。
〔註13〕見柯立基的 Biographia Literaria。
〔註14〕見顏翔林，《楚辭美論》，第 95〜130 頁。
〔註15〕見班·姜森 1623 年為莎士比亞作品集所寫的序詩，此詩有卞之琳等的中譯本。

讀性之外，還削弱了可誦性。由於它沒能「綱領昭暢」，且「辭溺者傷亂」，相信能通篇背誦《離騷》的人不多；背誦十篇《秋興》那樣的組詩，一定比背誦一篇《離騷》容易（《離騷》篇幅約為《秋興》的五倍強），因為《秋興》的「鎔裁」優於《離騷》。最近讀報，知道「那麼繞口的古詩《離騷》」（從維熙語），文懷沙竟能背誦如流，實在使人佩服之至。

第九章 中華文化「春來風景異」：
用六觀法析范仲淹《漁家傲》

本章提要：

很多中華學者析評文學作品時，只應用西方當代的文學理論。本章用《文心雕龍‧知音》的六觀法，析評宋代范仲淹的詞《漁家傲》，指出其位體、事義、置辭、宮商四「觀」的特色；又用奇正、通變二「觀」，通過比較，論述其文學史上繼承與創新之處。本章徵引古今，旁及西方文論，呈現了一種以中為主、中西合璧的批評模式。

在一篇論《岳陽樓記》的文章中，我這樣說過：

> 20世紀的中國知識分子憂什麼樂什麼呢？憂患之一，是中國文化還不能在世界文化中發揮應有的作用，是中國仍然在文化上以西方為主，仍然入超。讓我們反省、回顧、選擇吧，然後把若干精美獨特的國粹向西方推介，〔……〕中國的讀書人在閱讀魔幻寫實意流小說的時候，如果知道西方人也懂得欣賞「滄海月明珠有淚，藍田日暖玉生煙」、「先天下之憂而憂，後天下之樂而樂」這類對偶句，那就是快樂的時候了。〔註1〕

在20世紀，我國面臨龐大的「文化赤字」：大量入口西方文化而甚少輸出中國文化。這正是中華知識分子的文化憂患。就以文學研究而言，我們深受西

〔註 1〕黃維樑《對比‧對聯‧中國文化的輸出——讀〈岳陽樓記〉隨筆》，收於景范教育基金會統籌《范仲淹研究文集（之一）》（香港：新亞洲文化基金會，2000年），頁 295、296。

方各種文學理論——如馬克思主義、心理分析學、新批評、神話原型論、結構主義、女性主義、後殖民主義等等——的影響，不少學者一面倒地、一知半解地用西方理論，一切以西方的馬首是瞻，而無視東方的「龍頭」：以《文心雕龍》為高峰、為重鎮的中國文學理論。若干中華學者甚至認為中國傳統文論常是印象式、直覺式的，籠統而含糊，少分析而無體系。〔註2〕筆者多年來受西方文論影響，多蒙其益處，卻對「體大慮周」、高明而中庸的《文心雕龍》成為「潛龍勿用」而深感遺憾，認為有提倡龍學、把「雕龍」化為飛龍的必要。於是嘗試把《文心雕龍》的理論，應用於文學研究；曾先後用它來分析、評價中國古今的文學，以至外國文學，頗見成效，獲得一些好評。〔註3〕本文析論的是范仲淹的詞《漁家傲》，是龍學應用的另一個例證。筆者對《文心雕龍》「六觀」法特別珍惜，下文即用此法析論這首詞。關於「六觀」法，請見本書第二章的介紹和評論。

以下是范仲淹的《漁家傲》：

> 塞下秋來風景異，衡陽雁去無留意。四面邊聲連角起。
>
> 千嶂裡，長煙落日孤城閉。
>
> 濁酒一杯家萬里，燕然未勒歸無計。羌管悠悠霜滿地。
>
> 人不寐，將軍白髮征夫淚。

一觀位體。范仲淹（989～1052）允文允武，官至樞密副使陝西四路宣撫使，戍邊四年，鞏固防禦，操練士兵，外敵西夏聞之喪膽，警戒說：「小范老子（范仲淹）胸中自有數萬甲兵」！然而，邊塞的生活畢竟艱苦，防守的責任非常重大，況且遠離京師、家園，小范老子及眾士卒不免流下「征夫淚」。這首《漁家傲》所寫的情——它的主題——就是詞末最後三個字「征夫淚」，也可說是「邊」「秋」之愁。在形式上，這首《漁家傲》分為上、下兩片，各佔 31 個字。上、下兩片的區分正好是結構上的兩個板塊：上片寫邊塞的景物，下片主要寫邊塞的人事（「羌管悠悠霜滿地」寫景，是例外）。《文心雕龍·

〔註2〕對中國傳統文化的不當評論，以及筆者的為傳統辯護，可參閱拙作《略說中西思維方式：比較文論的一個議題》，載於《香江文壇》2002 年 11 月號，頁 8～14。

〔註3〕筆者於 1992 年撰文，用六觀法析白先勇小說《骨灰》。此文載於拙著《中國古典文論新探》（北京：北京大學出版社，1996），現在是本書的第十一章。此文及其所用六觀法，得到游志誠、劉紹瑾、汪洪章、陳室如的肯定；他們或予以稱述，或收錄此文，或因此也用六觀法。

鎔裁》認為「設情以位體」（根據情理、主題來安排全篇的體制、架構）之後，還要「酌事」、「撮辭」；《漁家傲》的具體內容，下面論述其事義、置辭時，將一一顧及。至於這闋千古傳誦名篇的風格，則可用氣象闊大、意境蒼涼來形容。

二觀事義。《文心雕龍・附會》說：「情志為神明，事義為骨髓，辭采為肌膚，宮商為聲氣。」作品情思、主題的表達，要靠事義、辭采、宮商。《漁家傲》寫征夫淚、邊秋愁，其內容自然離不開秋天、邊塞、戍邊的征夫。日落，城孤且閉，加上秋霜滿地，而將軍頭髮已白（寫《漁家傲》時范仲淹 52 歲），這些事物組合起來構成邊塞文學具普遍性的蒼涼境界，是加拿大文學批評家弗萊（Northrop Frye）說的秋天黃昏晚年悲劇性的基型（archetype）。荷馬史詩《伊利亞德》（Iliad）中，希臘遠征特洛依的統帥阿加曼農久攻特洛依城不下，駐紮於海邊，歲月蹉跎，其情懷當和《漁家傲》的將軍近似。

三觀置辭。劉勰認為文學應該「情采」兼備，他用了整整一篇《情采》來說明這一點。上文又引過「辭采為肌膚」一語。在《漁家傲》中，為情意、事義服務的辭采，作者是怎樣鋪陳、經營的呢？首句「塞下秋來風景異」即點明時間之「秋」和空間之「塞」，可謂開門見山，用字準確。這就是《文心雕龍・鎔裁》說的「撮辭以舉要」。次句寫雁。湖南的衡山有回雁峰，傳說雁自北南飛，到了衡陽就不再南下。作者這裡借用其意，謂邊塞荒涼，連雁也不想停留。這使人聯想到王之渙的《涼州詞》：「黃河遠上白雲間，一片孤城萬仞山。羌笛何須怨楊柳，春風不渡玉門關。」春風不渡玉門關，就像雁鳥不留窮邊塞一樣。第三句寫邊聲，這就在「塞」、「雁」等視覺之外，加上聽覺，有色且有聲了。接下去「千嶂裡」等十個字，則又恢復到視覺的描寫。「落日孤城閉」的「落」「孤」、「閉」等字眼，字字蒼涼，正是《文心雕龍・章句》說的「句之清英，字不妄也。」范仲淹稟性聰穎，自幼好學，李陵《答蘇武書》的「涼秋九月，塞外草衰，〔……〕邊聲四起」，杜甫《月夜憶舍弟》的「戍鼓斷人行，邊秋一雁聲」，以及上引王之渙「一片孤城萬仞山」等詩文句子，應該都讀過。這裡用了「秋」、「邊聲」、「雁」、「孤城」等，我們聯繫到上述前人用語，可以說就是一種「文本互涉」（intertextuality），是一種有意識或無意識的用典了。

《文心雕龍・物色》論述文學創作與自然景物的關係：「春秋代序，陰陽慘舒；物色之動，心亦搖焉。」劉勰說明春天使人有怎樣的感受，夏天和秋天又如何呢？「天高氣清，陰沉之志遠。」《漁家傲》寫的不是江南的秋天，而

是邊塞的秋天；這就不只是陰沉，而是蒼涼且肅殺。

下片寫「落日孤城」秋霜滿地，異域情調的羌管悠悠響起，守邊殺敵的戰功未成，離家萬里，借酒消愁，心事重重，「人不寐」，點出了邊秋愁、「征夫淚」的主題。「將軍白髮」的遲暮意象，加強了愁的氣氛、淚的重量。上片所寫，景象闊大。下片寫的「濁酒一杯」、「羌管悠悠」，視野縮小；至「白髮」和「淚」，範圍收窄至最小。讀者所見，仿如影視的大特寫鏡頭，全篇的情意焦點，凝聚在這「白髮」和「淚」的人事上。柳宗元《江雪》「千山鳥飛絕，萬徑人蹤滅；孤舟簑笠翁，獨釣寒江雪」寫景由遠至近、由大至小，最後的「釣」與「雪」的大特寫如《漁家傲》的「白髮」與「淚」。不過，《江雪》的大特寫聚焦，主要表現了圖像的層遞之美；《漁家傲》的大特寫聚焦，則在圖像之外，更具情意的「點睛」、簡直可說是「點情」作用了。

宋人魏泰《東軒筆錄》有一個記載：范仲淹這篇《漁家傲》以及其他幾篇同詞牌名之作，頗述邊鎮之苦，歐陽修曾形容這些作品為「窮塞主」之詞。後來歐陽修一個朋友出守平涼，修作《漁家傲》送之，有句曰：「戰勝歸來飛捷奏，傾賀酒，玉階遙獻南山壽」，並說「此真元帥之詩也」〔註4〕。魏泰這段記載的真實性如何，難以斷言。不過，「窮塞主」就是窮塞主，范仲淹直抒胸臆，正是《文心雕龍・情采》說的「為情造文」而非「為文造情」，有何不妥？范文正公保家衛國，先天下之憂而憂；然而「燕然未勒」（後漢將軍竇憲追擊匈奴，直驅燕然山即杭愛山，勒石紀功），未到凱旋歸家的時候。「詩可以怨」，「詞」窮而後工，《漁家傲》作者的憂怨蒼涼之情，見乎「白髮」與「淚」之辭，豈不是文學創作的當行本色？

四觀宮商。宮商就是聲律，就是音樂性。中國詩詞的音樂性，由句法（節奏）、平仄、押韻加以規範。絕句、律詩和宋詞、元曲的音樂性，前二者勝在整齊鏗鏘，後二者因為「長短其句」的關係，且有很多押入聲韻的詞牌、曲牌，而美在抑揚頓挫。四者因為都講究平仄聲調的交錯搭配，所以絕句、律詩在整齊中不至單調，而宋詞、元曲在頓挫中有其和諧。文學的音樂性可分為先天和後天兩種。先天音樂性指作品原文的句法、平仄、押韻，後天音樂性指朗誦者朗誦作品時，他本身的條件和實際的處理。論述文學作品的音樂性，即使面對的是音樂性最強的詩歌，我們「紙上談聲」未必發而一一中節。《漁家傲》除了「千嶂裡」和「人不寐」是三字句外，都是七字句，基本上是整齊的。它用

〔註 4〕轉引自劉逸生《宋詞小箚》（廣州：廣州出版社，1998 年），頁 2。

的韻由「異」到「淚」都是仄聲中的去聲韻。「去聲分明哀遠道」，就此而言，這「哀」聲頗能與其怨情相配合。

　　五觀奇正。唐五代以至宋初的詞，如吳功正等眾多論者說的，乃以「深閨繡院、紅男綠女、秦樓楚館」的生活感情書寫為「通常現象」〔註5〕。這類題材及其婉豔風格是正統、正聲。范文正公的《漁家傲》不是正統，正聲。李元洛繪影繪聲地說：「『塞下秋來風景異』，范仲淹激越蒼涼的一聲豪唱，應該使宋代初期的詞壇吃了一驚」〔註6〕。是的，沉醉於綺羅香澤的柳永、晏殊、歐陽修、張先等詞人，聽到當時范仲淹的「顛覆」性吟詠，應該拍「板」驚奇，因為這首《漁家傲》的內容與意境和晏殊的「無可奈何花落去，似曾相識燕歸來」、歐陽修的「淚眼問花花不語，亂紅飛過鞦韆去」、柳永的「楊柳岸，曉風殘月」大異其趣。在當時的詞壇，《漁家傲》不是正統、正聲，而是新異之聲，成為日後蘇軾、辛棄疾豪放詞派的先聲。

　　六觀通變。范仲淹飽讀詩書。傳統與邊塞有關的詩文，如上面引述過的李陵、杜甫、王之渙等人作品，以至《文心雕龍·隱秀》所引西晉王贊《雜詩》「朔風動秋草，邊馬有歸心」的詩句，他很有可能讀過。戍邊之際，「秋來風景異」，觸景感懷，前人作品的「邊」、「秋」種種意象，又都奔來腕底，范仲淹靈機一動，咦，何不用詞這種較詩為新的體裁，來承載這蒼然意緒呢？詞為什麼只能寫花前月下、綺羅香澤？變舊法、行新政固然是大丈夫可有的作為，在文學藝術上開拓創新更可流芳百世。范仲淹就這樣以《漁家傲》為詞開闢了新境界。

　　以上析論《漁家傲》的內容與技巧，在闡釋上自問沒有任何石破天驚的新論。稱得上新的是「六觀」這個批評架構的應用。范仲淹的後人范文瀾（1893～1969）在其「板凳要坐十年冷，文章不寫一句空」〔註7〕努力後成果之一《文心雕龍注》中，解說「通變」時引述黃侃《文心雕龍劄記》的話，認為文學創作有可變革者也有不可變革者；「不可變革者，規矩法律是也」〔註8〕。文學批評何嘗不然？六觀法提供了批評作品時照顧周全的一個架構，分析作

〔註5〕吳功正《繼往而開來──范仲淹的文學審美論、審美成就及其歷史地位》，收於景范教育基金會統籌《范仲淹研究文集（之三）》（香港：景范教育基金會，2003年），頁197。

〔註6〕李元洛《宋詞之旅》（武漢：長江文藝出版社，2005年），頁50。

〔註7〕見范止安發行《范氏歷代先賢史料》（香港景范教育基金會，2001年），頁295。

〔註8〕范文瀾《文心雕龍注》（香港：商務印書館，1960年），頁521。

品的內容與技巧，評價其如何繼承傳統與開拓創新，這就是文學批評的「規矩法律」，古今中外任何批評家都不能不用這樣的架構、這樣的規律。六觀法這文學批評方法學本身，也不是石破天驚的獨一構思。筆者近年來隆重地介紹它、應用它，毋寧說是為了打破中國傳統文論「不重分析沒有體系」的迷思（myth）。

析評作品時，我們如果一律一、二、三、四、五、六觀地採用此法，則寫出來的論文極有可能流於機械化，非常單調。筆者自然不提倡這種模式化的文學批評寫作，然而，六觀法所顯示的原則和精神，卻有普遍意義。一百年前，蔡元培校長在開學典禮上對北京大學的新生說：「我們一方面注意西方文明的輸入，一方面也應注意我國文明的輸出」〔註9〕。旨哉斯言！有文化憂患意識的中華知識份子，應該選擇中華文化之美善者發揚光大且輸出之。范文瀾花了大功夫大力氣注釋《文心雕龍》，其書成為「龍學」必備之書，有功於「龍學」的發揚。范仲淹在《岳陽樓記》中說「古仁人」「進亦憂，退亦憂」；我們可進而論之，愛國者憂蒼生亦憂文化。目前國家經濟發展順利，民生改善，外國則興起學習漢語熱潮，孔子學院在多個國家成立，發展全球教化。在這時談中華文化的輸出，不亦宜乎？心懷家國、景仰范公的中國文學研究者，都應該努力，發潛德、「潛龍」之幽光，在百年的西方文化輸入之後，加強自我文化的輸出；能如此，則中國文化在國際上必然是「春來風景異」、風景好了。

〔註 9〕見梁柱《蔡元培與北京大學》（北京：北京大學出版社，1996 年），頁 137。

第十章　余光中的「文心雕龍」

　　余光中 1928 年出生於南京，祖籍福建永春。1950 年到台灣，創作不輟，詩名文名漸顯，至 1960 年代奠定其文壇地位。他手握五色之筆：用紫色筆來寫詩，用金色筆來寫散文，用黑色筆來寫評論，用紅色筆來編輯文學作品，用藍色筆來翻譯。數十年來作品量多質優，影響深遠；其詩風文采，構成 20 世紀中華文學史璀璨的篇頁。

　　筆者在大學時代開始閱讀余氏的詩歌散文，且於 1968 年開始發表文章評論他的作品，40 多年來寫了長長短短數十篇評論。大學時期修讀過《文心雕龍》，從此心裡有「文心」，閱讀寫作時不忘記「雕龍」。近年深感於許多中華學者研析文學時，唯馬克思、後殖民的馬首是瞻，成為「後學者」，忘記了自身所在的東方有一條龍──1500 年前劉勰所撰的《文心雕龍》；於是嘗試通過中西的比較，闡述《文心雕龍》的理論，並應用於實際批評，希望使雕龍成為飛龍。

　　在龍年出生、今年要歡慶八十大壽的余光中，其詩心文心彷彿與《文心雕龍》呼應。《情采》篇說「聖賢書辭，總稱文章，非采而何」，可見文采的重要。余光中情采兼備，而「采」使「情」得以傳之久遠。「光中」就是光采奪目的中文，他筆下總是奇比妙喻如龍飛鳳翔。其《逍遙遊》、《登樓賦》、《咦呵西部》諸篇寫中西文化、異國風光，抒發昂揚的意志，或「太息啊不樂」（diaspora）情懷；作者向中西文學傳統吸收營養，而銳意鑄造新詞彙新句法，正是《辨騷》篇說的「取鎔經意」、「自鑄偉辭」。其散文創作號稱余體，他為中國現代散文的藝術開闢新境界。

　　《鎔裁》、《章句》、《附會》諸篇，是「結構」主義（不是 20 世紀中葉流行一時的「結構主義」structuralism）的宣言。劉勰強調「首尾周密」「體必鱗次」的組織、秩序之美，這正是余氏《民歌》、《珍珠項鍊》、《控訴一支煙囪》和其他詩作謀篇的特色。像余氏新詩脈絡清晰、明朗可讀而義蘊豐富的，求諸 60 年代的台灣現代詩、80 年代的大陸朦朧詩，極為罕見。當然，余氏的詩歌管領風騷，其成就絕不止於結構圓美。

　　《原道》篇認為文學的功用在於「經緯區宇」、「炳耀仁孝」（治理國家；使道德倫理獲得了宣揚）。余氏詩文有感時憂國之思，對世道人心常有諷喻，有儒家精神。

　　余光中在評論、翻譯、編輯方面也卓有貢獻；五色筆耕耘數十年，成為當代文學的重鎮。《體性》篇把文學的風格分為八類：典雅、遠奧、精約、顯附、繁縟、壯麗、新奇、輕靡。基於不同文體的性質、不同的時空創作背景，加上他這個「藝術多妻主義者」的多方嘗試、自我超越，余光中詩文有廣闊的題材、繁富的情采，其書寫風格可說涵括了上述的「八體」。他是博大型作家。

　　批評家對余氏作品或有《知音》篇所論的仁智之見，其崇高地位則廣獲肯定。《總術》篇說美文佳章「視之則錦繪，聽之則絲簧，味之則甘腴，佩之則芬芳」，這正道出余氏情采的豐美。如果用《風骨》篇的形容，那麼，一生繫乎「文心」、以「雕龍」為志業的余光中，「藻耀而高翔，固文筆之鳴鳳也」。

　　［本書作者黃維樑按：筆者 2008 年 4 月寫成《余光中的「文心雕龍」》，文長 15000 字，為 2008 年 5 月 24 至 25 日台北國立政治大學文學院「余光中先生八十大壽學術討論會」論文。此文先後收入本人的《中西新舊的交匯：文學評論選集》（北京：作家出版社，2013）和《壯麗：余光中論》（香港：文思出版社，2014）兩本書中，因此本書不再納入。本書這裏收的是這篇長文的節寫本。另附筆者的用六觀法析評余光中散文《聽聽那冷雨》短文於後。這篇短文是應朱棟霖教授而寫的，他把此短文收在其主編的《中國現代文學經典 1917 ～2010（精編版）》（北京大學出版社，2011）中，作為對該文的「解讀」。］

附錄　用六觀法析評余光中《聽聽那冷雨》

　　讓我們以《文心雕龍》「六觀法」來觀賞余光中的《聽聽那冷雨》。

　　一觀「位體」，即體裁、主題、結構、風格。《聽聽那冷雨》是散文，寫作

於 1974 年春分之夜，當時大陸的「文革」高潮已過，而兩岸仍隔閡不通。在臺北，余光中看雨、聽雨，情意滿溢於大地山河與文化人生，華夏的鄉愁與雨的韻律渾然交集，成為本文的主體情調。文中不同時空交錯出現，似是意識隨便流蕩，實則有其脈絡，有其前後呼應。本文想像富贍、言辭典麗、音調鏗鏘。

二觀「事義」，即作品所寫的人事物及其涵義。作者從臺北寫到廈門、江南、四川、香港以至美國丹佛，從春雨寫到秋雨，從太白、東坡的詩韻寫到《辭源》、《辭海》的霜雪雲霞，英文和法文的 rain 與 pluie，在在顯示作者寬廣的生活經驗和文化關懷。

三觀「置辭」，即作品之修辭。用比喻、對偶、疊詞、典故是本文修辭的主要特色。雨是「溫柔的灰美人」，雨「輕輕地奏吧沉沉地彈，徐徐地叩吧撻撻地打」；「杏花春雨」、「牧童遙指」、「劍門細雨渭城輕塵都不再」的典故則透露了作者的腹笥，也抒發了他的文化鄉愁。

四觀「宮商」，即作品的音樂性。題目是《聽聽那冷雨》，文中擬聲詞和疊詞極多，正為了在音樂性方面與綿綿的雨聲配合。

五觀「奇正」，即作品風格之新奇或正統。五四以來冰心、朱自清等名家散文所提供的美感經驗，余光中並不滿足；他開拓散文的疆域，乃有《逍遙遊》和本文等想像縱橫、修辭新巧的「現代散文」。

六觀「通變」，即作品的繼承與創新。余氏積學儲寶、取鎔經意（包括李清照「尋尋覓覓冷冷清清」的疊詞運用）、自鑄新辭，乃有本文等「余體散文」的佳章傑構。

第十一章　「重新發現中國古代文化的作用」：用六觀法析評白先勇的《骨灰》

本章提要：

　　本章用「六觀法」析評白先勇 1986 年發表的短篇小說《骨灰》，析論其主題與敘述手法；兼用西方「基型論」，以說明其氣氛營造。《骨灰》涉及中國現代歷史，「事義」豐富，其中敘述者的一個夢，饒有象徵意義，有《文心雕龍》所說「深文隱蔚，餘味曲包」的佳勝。筆者改動《文心雕龍》論《離騷》的字眼，借它來形容白先勇小說的「通變」：白氏小說者，體憲於中外，風雜於當世，乃說部之新變，而現代之英傑也。觀其骨鯁所樹，肌膚所附，雖取鎔經意，亦自鑄偉辭。

一、引言

　　《文心雕龍》涉及的文類很多，但主要的是詩歌和散文兩大類。《文心雕龍》是 1500 年前的文學批評專著，劉勰寫作此書時，心中並沒有我們今天所謂的小說。用《文心雕龍》的六觀法來析評 1980 年代的小說，譬如白先勇的《骨灰》吧，行得通嗎？能顯出作品的優劣嗎？中國這個古代的理論，能運用於現代的作品嗎？這裏試用「六觀」法。對於「六觀」法的介紹和評論，請看本書第二章。

　　白先勇是位量少而質高的小說家，他的作品在海內外眾口交譽。他的短篇小說，數十年來共發表了 30 多篇。1980 年代的短篇，只有一個，就是 1986

年 12 月發表於《聯合文學》的《骨灰》〔註1〕。《骨灰》寫兩代中國人的故事，空間橫跨大陸、台灣和美國。故事的敘述者羅齊生，是個工程師，在紐約的一間美國公司工作，40 多歲。他的哥哥在上海，他的堂哥及堂嫂，也住在美國。上一代的人物主要有三個：羅齊生之父羅任平，原為上海交通大學的數學教授，文革期間勞改，1976 年初去世。羅齊生的大伯（即羅任平的哥哥）羅任重，原為國民黨軍官，1949 年到了台灣，1970 年代初與妻子到了美國，先住在兒子家裏，後來搬出來自己住。此外，還有羅齊生的表伯龍鼎立，年輕時是「中國民主同盟」健將，後來是優生學名教授，1957 年被打為右派，以後受盡折磨，最近來了美國。

二、《骨灰》的位體、事義、置辭、宮商

故事發生在三藩市羅任重的家裏。羅齊生從紐約乘坐飛機到三藩市，準備再飛上海，參加交通大學為其父親開的追悼會。他在三藩市停留一夜，乃為了探望大伯。在大伯的家裏，羅齊生見到了剛從上海來此，擬轉赴紐約的龍鼎立表伯。羅齊生的父親，死後多年才被找到了骨灰，不久將舉行安放儀式。大伯年紀老邁，說將來自己死後，要齊生把他的骨灰統統灑到海裏去。龍鼎立表伯這次來美國，身邊帶著剛去世的妻子的骨灰，要在美國找個安息的地方；而他本人也要在紐約好好找一塊地，以備百年歸老時之用。骨灰，骨灰，骨灰，成為這篇小說的話題，也構成了它的主題。內戰、革命、鬥爭，羅任重經歷過這些，目睹了這些，撫今傷昔感慨最深。他說：他從前殺的雖然「都是漢奸、共產黨，可是到底都是中國人哪，而且還有不少青年男女呢。殺了那麼些人，唉──我看也是白殺了。」又對龍鼎立說：「我們大家辛苦了一場，都白費了──」上一代的這幾個人，死的死，老的棲身異國，行將死於斯，有國而不歸，年輕時都是熱血沸騰的愛國者啊！由此我們看到了《骨灰》這篇小說的思想。胡菊人在析評《骨灰》時說，它有兩個主題：「一個是表現中華民族近半世紀的時代，革命、戰爭的荒謬；另一個就是對中國傳統文化『落葉歸根，入土為安』的乖離現象的控訴。」〔註2〕所言甚是。而兩個主題，其實關係密切，前者為後者之因，說二者實為一個，並無不可。

第一觀「位體」。「位體」就是「設情以位體」，就是主題，就是情。《情采》

〔註 1〕這裡引述時，根據的是白先勇著《骨灰──白先勇自選集續篇》（香港：華漢，1987）一書。

〔註 2〕引自白先勇著《骨灰──白先勇自選集續篇》胡菊人所寫的代序。

篇說：「情者文之經」，《附會》篇說「以情志為神明」，可補充解釋情就是主題的意思。《骨灰》這個主題所流露的情，是沉鬱、沉痛的。《文心雕龍》《時序》篇論及某個時代的文風，說「世積亂離，風衰俗怨」，這可借為《骨灰》的形容。《文心雕龍》《物色》篇的「陰沉」、「矜肅」秋冬之氣，也可用來幫助說明《骨灰》的調子。

「位體」也包含體裁、形式、結構等意義。《骨灰》在體裁上屬短篇小說，就其敘述觀點而言，則屬於第一身戲劇式手法。劉勰的《文心雕龍》，討論的是詩文；小說在那時的中國，尚在萌芽階段，劉勰根本不可能怎樣去注意，更不可能有什麼敘述觀點（point of view）這樣的理論──西方也要到 20 世紀才產生。〔註3〕至於結構，其重要性則是劉勰所大書特書的。《文心雕龍》多處論及結構，《附會》篇說：「總文理，統首尾，定與奪，合涯際，彌綸一篇，使雜而不越者也。若築室之須基構，裁衣之待縫緝矣。」

《章句》篇則有「外文綺交，內義脈注」之語，與西方的「有機統一體」（organic unity）說法，若合符節。六觀中，第一觀與第二、三、四觀關係密切，我們應該分析《骨灰》的事義、置辭等，看看它們怎樣和這篇小說的主題配合，看看整篇小說的結構嚴謹與否。

《骨灰》的素材、事件、情節非常豐富，包含抗日、內戰、學潮、大陸易手、反右、文革、平反，以至羅任重的在台灣坐牢、在美國潦倒，龍鼎立的晚年去國，以及羅齊生那一輩的「保釣」運動等等。夏志清多年前指出，白先勇的小說不啻是一部民國史。〔註4〕我們可以說，加上較後期的白氏小說《夜曲》和《骨灰》，則白先勇的小說足以構成中國的現代史，或者說，中國現代史的縮影。《文心雕龍》《知音》篇的「事義」，還包括用典。《骨灰》中的羅任重和龍鼎立，都有文化修養，後者是名教授。羅任重用練字來修身養性，曾書寫陸游的詩句「夜闌臥聽風吹雨，鐵馬冰河入夢來」。龍鼎立來到美國與羅任重重敘，對著後者引陳與義「此身雖在，堪驚」的詞句，來表示感慨。陸游和陳與義的詩詞，寫的都與國難時艱、民族苦痛有關，白先勇所

〔註3〕筆者認為《文心雕龍》《知音》篇的「醞藉」和「浮慧」二者，可借來形容敘述觀點中的「客觀呈現法」和「夾敘夾議的全知」。請參閱黃維樑《中國文學縱橫論》（台北：東大，1988）一書中《醞藉者和浮慧者──中國現代小說的兩大技巧模式》一文。
〔註4〕請參閱夏志清《文學的前途》（台北：純文學，1974）一書中《白先勇早期的短篇小說》一文，頁 164。

用的典故，顯然切合人物身份和經歷，切合作品反映的歷史時代，也切合作品要表達的主題。

《骨灰》的「事義」，異常豐富，這裏不可能一一引述和分析。不過，有一個情節，是非討論不可的，那就是小說結束前羅齊生做的夢：

> 老人細顫、飄忽的聲音戛然而止。黑暗中，一切沉靜下來，我仰臥在沙發上，房中的寒意凜凜的侵了過來。我把毯子拉起，將頭也蒙上。漸漸的酒意上了頭，我感到愈來愈昏沉，朦朧中，我髣髴來到一片灰暗的荒野裏，野地上有許多人在挖掘地坑，人影幢幢，一起在揮動著圓鍬、十字鎬。我走近一個大坑，看見一個身材高大的老人站在坑中，地坑已經深到了他的胸口。他掄著柄圓鍬，在奮力的挖掘。偌大的坑中，橫著、豎著竟臥滿了纍纍的死人骨頭，一根根枯白的。老人舉起圓鍬將那些枯骨劇起便往坑外一扔，他那柄圓鍬上下飛舞著；一根根人骨紛紛墜落地上，愈堆愈高，不一會兒便在坑邊堆成了一座白森森的小山。我定神一看，赫然發覺那個高大的老人，竟是大伯，他憤怒地舞動著手裏的圓鍬，發狂似在挖掘死人骨頭。倏地，那座白森森的小山嘩啦啦傾瀉了，根根人骨滾落坑中，將大伯埋陷在裏頭，大伯雙手亂招，狂喊道：「齊生──」

這個夢十分耐人尋味，把它放在全篇作品中來看，筆者覺得它有下面的含義：

一、坑很大，死人骨頭纍纍，可堆成一座小山；換言之，死的人很多。死的人或死於自然，或死於迫害、戰爭等，若屬於後者，自然不無「一將功成萬骨枯」之意，不無控訴時代之意。

二、人死了，卻入土而不能安，其骸骨被人亂挖亂掘，這實在乖離死者安息的傳統思想〔註5〕。

三、掘坑者憤怒地、發狂地挖，他大概為自己被逼做此事而憤憤不平，也可能為死人感到不值，代他們生氣。（正如龍應台說的：「中國人，你為什麼不生氣！」〔註6〕）

四、種種戰爭、鬥爭的結果，是纍纍的死人骨頭，這已是徒勞無功；挖坑

〔註5〕中國傳統文化重視人死後的安葬。例如《晉書·祖逖傳》謂祖逖「克己務施，〔……〕又收葬枯骨，為人祭醊，百姓皆感悅」。

〔註6〕這句話是龍著《野火集》（台北：圓神，1985）一書第一篇文章的標題。

堆起來的骨頭，那座小山嘩啦啦傾瀉了，這項工作也是一場空。徒勞，徒勞！

五、骨山傾瀉，滾落坑中，埋陷了掘坑者。這大概意味著個人及其努力，被歷史所淹沒。

六、現實中，挖墳的人原為龍鼎立，那是文革時期；夢境裏，挖骨的卻是羅任重。在四十年代龍、羅二人因為政治立場不同而敵對，龍甚至罵過羅是「劊子手」。然而，龍在夢中卻成了羅，其身份的混淆或逆轉，使人有啼笑皆非之感。

總括而言，這個夢隱含之意，是徒勞、荒謬、可哀、可笑。用西方現代評論術語來說，這個夢是意義豐富深刻的象徵。用《文心雕龍》的話來說，它是「興」，是「隱」。《比興》篇說「興者，起也」，「興之託諭，婉而成章」，「比顯而興隱」；《隱秀》篇說「隱也者，文外之重旨」，「隱以複意為工」，「隱之為體，義主文外」，「深文隱蔚，餘味曲包」。由此可見在一千五百年前，劉勰已有象徵這個概念，已非常重視象徵這個手法。

龍鼎立和羅任重年輕時敵對，在齊生的夢中，二人的身份卻混淆了，這實在乖謬可笑，對此上文已有析論。龍鼎立投身共產黨，後來卻被打成右派，身心備受摧殘；羅任重在文革時因為有海外關係而被打成反革命分子，如今海外關係卻為他帶來平反的機會，至少是加快帶來此機會；龍鼎立和羅任重年輕時是健將，是壯士，如今卻羸弱衰殘，「頂天立地」、「任重道遠」的美名，空餘歔欷感嘆……凡此種種，我們稱之為「反諷」。假如劉勰起於九泉之下，讀《骨灰》，「披文入情」，體會到以上這些現象背後的無奈與荒謬，他會怎樣形容呢？大概會用剛才引用過的「重旨」、「複意」、「餘味曲包」等詞吧。象徵與反諷，靠的都是「言外之意」。

六觀法第三觀是置辭。置辭與事義與位體關係密切，上文已提到。籠統來說，大凡在交代事件和人物的核心元素之外，作者在文字上所花費的功夫，可納入「置辭」的範圍，如果用《文心雕龍》的比喻，則「事義為骨髓，辭采為肌膚」。辭采即置辭。《骨灰》的文字，稱得上肌膚細膩，試看對羅任重和龍鼎立的描寫。先看羅的部分：

> 大伯南人北相，身材魁梧，長得虎背熊腰，一點也不像江浙人，尤其是他那兩刷關刀眉，雙眉一聳，一雙眼睛炯炯有神，頗有懾人的威嚴。後來大伯上了年紀，發胖起來，眼泡子腫了，又長了眼袋，而且淚腺有毛病，一逕淚水汪汪的，一雙濃眉也起了花白，他那圓

厚的闊臉上反而添了幾分老人的慈祥。

下面寫的是龍：

> 在燈光下，我看清楚老人原來是個駝背，而且佝僂得屬害，整
> 個上身往前傾俯，兩片肩胛高高聳起，頸子吃力的伸了出去，頂著
> 一顆白髮蒼蒼的頭顱；老人身子十分羸弱，身上裹著一件寬鬆黑絨
> 夾襖，好像掛在一襲骨架子似的，走起路來，抖抖索索。

端的是工筆細繪。「置辭」的功夫，還可見於作品中對專有名詞的安排。羅任
重和龍鼎立兩個名字，都具反諷意味，不是隨便取的，這一點上文已有論及。
「置辭」還可包括對氣氛的營造。《骨灰》寫的是十二月下旬一個晚上，三藩
市羅任重家中幾個人物的晤談。白先勇這樣細細描摹當時當地的景象：

> 舊金山傍晚大霧，〔……〕整個灣區都浸在迷茫的霧裏，一片燈
> 火朦朧。〔……〕加利福尼亞街底的山坡，罩在灰濛濛的霧裏，那些
> 老建築，一幢幢都變成了黑色的魅影。爬上山坡，冷風迎面掠來，
> 我不禁一連打了幾個寒噤，趕緊將風衣的領子倒豎起來。〔……〕舊
> 金山的冷風夾著濕霧，當頭罩下，竟是個寒惻惻的，砭人肌骨。

季節是冬天，時分是夜晚，霧大風寒，魅影幢幢，濛濛惻惻，這樣的景物
氣氛，正好襯托出篇中羅、龍兩個老人的年邁體衰，襯托出小說的悲劇調子。
如果用佛萊（Northrop Frye）的「基型論」（archetypal criticism）來理解，則《骨
灰》顯然屬於悲劇或諷刺詩文類型，寫的是英雄的死亡或解體，相當於一年中
的秋冬，一日中的昏夜。《文心雕龍》沒有「基型」體系，不過，《物色》篇中
所說的秋之「陰沉」和冬之「矜肅」，卻與佛萊的基型論相通。〔註7〕

從以上所說，我們知道《骨灰》運用的種種細節，其選辭擇事，都為作品
的主題服務，氣氛首尾一致。至於第四觀宮商，這裏略作說明。在各種文學體
裁中，詩的音樂性最強，評詩的時候，自然不能忽視其音樂性。至於小說作
品，綴字成句，積句成段，組段成篇，字詞的聲調，句子的長短，固然有其音
樂性，但到底難以由首至尾，逐字逐句分析，似乎也無此必要。也許我們可轉
而談小說整篇的節奏。《骨灰》主要用內心獨白和對話交代情節，談話時，人
物不過三個，時間是一個晚上，故事發展的節奏，非常舒緩；然而，由於整篇
《骨灰》涉及的人物多，時間長，空間闊，事件和情節的密度是很高的。以樂
曲為喻，則《骨灰》好比是一個眾多樂器交響並奏而速度緩慢的樂章。

〔註7〕請參閱黃維樑《中國文學縱橫論》中《春的悅豫與秋的陰沉》一文。

三、《骨灰》的「奇正」、「通變」

第五觀奇正，其準確含義似乎不易說明。《定勢》篇說：「舊練之才，則執正以馭奇；新學之銳，則逐奇而失正；勢流不反，則文體遂弊。」《辨騷》篇說：「酌奇而不失其貞，翫華而不墜其實。」如果說「正」是正統、正宗，則「奇」應該是新奇、新潮、標奇立異一類的東西。不過，奇與正大概是相對的。就以小說技巧而言，詹穆士式的敘述觀點、意識流手法、魔幻寫實主義手法、法國新小說手法這些，剛剛出現的時候，都是「奇」的，後來，有些已經變成「正」的，或可能變成「正」的了。又以小說中的性愛描寫而言，在20世紀初期的西方，在《尤利西斯》和《查泰萊夫人的情人》被禁的年代，性愛描寫是不正統的，後來卻成為不新奇的事物了。20世紀是文化藝術思想多元化發展的時代，正統與否，有時很難確定，即使能夠確定，意義似乎也不很大。說回白先勇的《骨灰》。我們知道，這篇成於1980年代中期的小說，在技巧方面，是「正統」的，比起魔幻寫實小說、新小說、反小說，它簡直保守極了。在內容方面，也一點不離經叛道。《骨灰》與別的小說相比，情形有如上述。如果以它和白先勇從前的小說如《冬夜》等相比，它也是「正統」的——《骨灰》在思想和藝術上，保留了白氏多數作品的特色。

評論白先勇小說的，自夏志清、歐陽子以降，都覺察到白氏作品中深沉的國家、民族、時代、文化思考，他具有一種憂患意識。〔註8〕白氏的興衰今昔之感、人生無常無奈之慨，也為論者所體會到。《骨灰》秉承的，恰恰是白氏自己這樣的傳統。若有與前不同的話，則是白氏這種憂患意識更深更強了。《骨灰》中的主角，對政黨和政治並沒有嚴詞斥責，然而，羅任重對龍鼎立所說的一句「我們大家辛苦了一場，都白費了——」，包含了多少悲哀和辛酸！1988年3月，白先勇在香港與胡菊人對談，白氏說：「我覺得我們中國人在20世紀很失敗。」〔註9〕這段心聲，和《骨灰》中羅任重的，可說完全一樣。

在技巧上，白先勇一向對人物容貌服飾，對場景擺設，其工筆摹狀手法，《骨灰》一仍其舊。他喜用的象徵、反諷筆法，《骨灰》承襲之。在小說藝術上，從1960年代到80年代，白先勇還有一共通點。《遊園驚夢》的故事，由

〔註8〕請參閱夏志清《文學的前途》《白先勇早期的短篇小說》一文，及歐陽子《王謝堂前的燕子——〈台北人〉的研析與索隱》（台北：爾雅，1976）一書的《白先勇的小說世界》一文及書內其他文章；又：1《骨灰》中胡菊人的代序，及書末戴天所寫的代跋。

〔註9〕引自白先勇《第六隻手指》（香港：華漢，1988）頁175。

錢夫人在竇公館門口下車走入屋裏開始；《梁父吟》由樸公下車回寓所開始；《冬夜》由余嶔磊在門口等待吳國柱開始；《骨灰》則由敘述者下飛機後到羅宅開始（不過在飛機上他有一番頗長的回憶）。這四篇小說，實際的時間都只有短短數小時，而主要的故事內容都是由角色的對話交代的。這是戲劇式小說，是白氏小說的一個模式。

第六觀通變，乃論繼承與創新。《通變》篇說：「設文之體有常，變文之數無方。[……] 文辭氣力，通變則久。」《物色》篇說：「古來辭人，異代接武，莫不參伍以相變，因革以為功。」《辨騷》篇說：「《楚辭》者，體憲於三代，風雜於戰國，乃雅頌之博徒，而辭賦之英傑也。觀其骨鯁所樹，肌膚所附，雖取鎔經意，亦自鑄偉辭。」合起來，足以說明繼承與創新的道理。綜覽文學史，我們知道即使才高八斗的作家，也不可能一無依傍，完全白手興家。作家多方吸收營養，轉益多師，是自然且必要的事情。白先勇從早年閱讀小說開始，即已受各家影響，已上通於中外的文學傳統。〔註10〕簡單來說，在廣闊多樣的中外古今文學中，《紅樓夢》的工筆寫法，亨利・詹穆士以降的小說敘述觀點理論，佛洛伊德的心理分析學說，以至象徵、反諷和中國古典詩詞的凝鍊修辭等技巧，對白先勇的小說，影響最為深遠。所謂創新，往往只是採摘、繼承各家之長所新形成的綜合體。白先勇在小說技巧上的創新，正是上述諸家之長的綜合。技巧上這個綜合體，加上白先勇的憂患意識，他寫出來的形形色色悲歡離合的人物故事，他細意經營的一個個象徵、反諷，合起來就是白氏小說的特色、成就、個人風格和創新表現。「白氏小說者，體憲於中外，風雜於當世，乃說部之新變，而現代之英傑也。觀其骨鯁所樹，肌膚所附，雖取鎔經意，亦自鑄偉辭。」——我們可改動《辨騷》篇的字眼，借它來形容白先勇小說的「通變」。而《骨灰》「白風」明顯，是當代一篇沉鬱耐讀的上乘之作。

四、結語：「重新發現中國古代文化的作用」

20 世紀是理論林立、批評發達的時代。西方的文學批評，有五花八門的種種學說，1500 年前的《文心雕龍》，就和任何 20 世紀之前的中西文學批評經典一樣，雖然了不起，卻不可能預開本世紀的百花。《文心雕龍》有原道宗經之說，但它沒有馬克思主義文論；它強調情理的重要，如《情采》篇說的

〔註10〕可參閱陸士清《白先勇的世界白先勇的夢》一文，刊於香港《文匯報》1988 年1 月 10 日 17 日的《文藝版》。

「情者文之經，辭者理之緯」，但它沒有心理分析學說；它注意到《離騷》的神話成份，覺察到四季變遷物色感人的現象，但它沒有一套神話理論或佛萊式基型論。〔註11〕它認為文學作品有其體裁上的要求和作品本身的規律，但它沒有結構主義理論或解構理論；它瞭解到不同讀者對作品的不同反應，但它沒有森嚴的一套「接受美學」。然而，《文心雕龍》有很多精見卓見，有很多中庸而高明的理論，有的可以發展成為圓融宏大的理論體系，六觀法就是其中之一。六觀法是析評作品藝術、衡量作品成就的一個理論架構；西方「新批評」（The New Criticism）及其以前的種種技巧分析理論，基本上都可以納入六觀法的體系裏面。如何實際地析評作品？《文心雕龍》的六觀法，提供了一個可以放諸四海而皆準的方法學典範。

　　筆者向來推崇《文心雕龍》的體大慮周，極高明而道中庸，多年來又深愛白先勇小說的沉鬱精深、憂時感世，現在討論其《骨灰》，嘗試以古法證論新篇，這也可算是劉勰「通變」說的一項實驗。白先勇在嘆息現代中國失敗之餘，對中國傳統文化是有信心的。《冬夜》的余嶔磊說：「有時候，洋法子未必奏效，還得弄帖土藥秘方來治一治。」〔註12〕《骨灰》中的羅任重，悲慨之餘，就靠練書法，寫陸游詩句「夜闌臥聽風吹雨，鐵馬冰河入夢來」，以修心養性。而白氏本人也認為應該來一個中國文化復興，「重新發現中國古代文化的作用」〔註13〕。筆者這裏以六觀法析評《骨灰》，只用了一個例子。六觀法是可以用來衡量古今中外各種作品，極具普遍性實用價值的。洋法有洋法的好處，中國人向來大抵都學習、借鑑，且往往不遺餘力。不過，我們應該「重新發現中國古代文化的作用」，且向外國介紹，以期對世界文化有所貢獻，同時治療一下近代以來飽受摧殘的民族自尊。

〔註11〕《辨騷》篇是一篇很好的實際批評文章，請參考本書《現代實際批評的雛型——〈辨騷〉篇今讀》一章。拙文提到劉勰對神話、誇誕事物（這些都是「異乎經典」的）的相容並包。當然，劉勰並無對神話作系統式的研究，不像20世紀初期費雷薩（J. G. Frazer）的《金枝》（The Golden Bough）那樣；正因為如此，《楚辭》的神話傳統成份，乃成為本世紀學者自聞一多以至陳炳良（其《神話・禮儀・文學》一書（台北：聯經，1985）中有《聖與俗——〈九歌〉新研》一文，很有啟發性）的研究課題。無論如何，劉勰對神話誇誕素材的並蓄精神，在在顯示他是一個博大的批評家。

〔註12〕引自《白先勇自選集》（香港：華漢，1986）頁232。

〔註13〕引自陸士清《白先勇的世界白先勇的夢》。

第十二章　炳耀仁孝，悅豫雅麗：
用《文心雕龍》理論
析評韓劇《大長今》

本章提要：

　　韓國電視劇集《大長今》2003 年 9 月在韓國首播後，在台灣、日本、香港、大陸先後播映，大受歡迎。我們可以從多種西方文藝批評理論來分析、評價《大長今》。本章用「遙遠東方的一條龍」──《文心雕龍》──的理論，在「情」「采」兩方面對《大長今》加以析評。《文心雕龍》以儒家思想為主導，強調人要「發揮事業」、「炳耀仁孝」。綜覽《大長今》，可知這劇集宣揚的就是儒家思想：仁孝之外，還有忠義禮智信等美德。而主角大長今集諸種美德於一身，已臻聖者的境界。《大長今》在表現手法方面，中心人物鮮明，脈絡清晰，結構前後呼應。劇集故事有傳奇性，重情，有細水長流的愛情，但還不算濫情；它「辭淺會俗」，有「悅笑」的人物，並「藻飾」以美衣美食美景美人。飾演大長今的李英愛溫柔雅麗，人見人愛，是洛水女神，是漢江明珠。仁義禮智信等美德，中西共尊；就像情采兼重的文論，中外如一。通過《文心雕龍》看《大長今》，也有揚起東方文論，讓雕龍成為飛龍之意。

一、引言：《文心雕龍》和《大長今》

　　韓國電視連續劇《大長今》近年在亞洲「大」受歡迎，如「長」風吹拂，粉絲隨劇隨歌而動，直到撰寫本文的「今」天。《大長今》於 2003 年 9 月起在韓國首播且是熱播，翌年台灣和日本接上了熱浪，2005 年香港和中國大陸

「不甘後人」，迎來了這韓劇（不是「寒」劇）的熱潮。據說在香港播映最哄動時，近一半人口，即 329 萬人，都在看《大長今》。2006 年杪，香港的「工展會」舉辦才藝大賽，一位參賽的「工展小姐」以「大長今舞」贏得獎項，可見《大長今》長久不衰的魅力〔註1〕。

印刷媒體的文友，和電子媒體的網友，對《大長今》評頭品足、道短說長的不計其數。《大長今》是電視連續劇，是所謂通俗劇（melodrama）；電視這媒體，以及電視連續劇，都是西方的產物。用西方的媒體理論、「文化研究」（cultural studies）理論等來評論《大長今》，當然可行。《大長今》的主角是女性，此劇涉及古代女性的地位等問題，用西方的女性主義來審視其內容，必大有可觀之處。《大長今》的故事發生在五百多年前的朝鮮時代，當時韓國多與明國（即明代的中國）來往，受其影響；用目前西方的新歷史主義（new historicism）理論來分析《大長今》的文化、政治背景，也一定有學術上的收穫。

本文另闢蹊徑，用東方的理論，來考察這個東方的電視故事。這裡要用的理論，是西方人眼中「遙遠東方的一條龍」——1500 年前劉勰所寫的《文心雕龍》。筆者似乎正在強調東方、西方的分野：英國詩人吉卜齡（Rudyard Kipling）所說的「東方是東方，西方是西方，兩者永遠不相遇」（East is East, and West is West, and never the twain shall meet）〔註2〕。不是的，東方與西方有其匯通融合之處，這個觀點在文末將會說明。本文舞動「遙遠東方的一條龍」的原因，乃是在 20 世紀，中華學者（我相信亞洲其他各地很多學者也這樣）都大用特用馬克思主義、心理分析、新批評、神話、女性主義、解構、後現代、後殖民等西方理論來研究文藝作品，而不用或極少用東方的理論，包括體大而慮周、中庸而高明的《文心雕龍》。

二、《文心雕龍》的儒家思想

對文學作品的評論，離不開「剖情」和「析采」二大項目。剖情就是對作品的內容——包括題材即作品所寫人、事、物，以及主題即作品表達的感情思

〔註 1〕根據香港《大公報》的《大公網・新聞》2006 年 12 月 27 日報導。又：根據 2004 年 7 月 14 日《網易》的「網易娛樂」報導，《大長今》在美國非亞裔人士中也受到歡迎。在芝加哥播出時，劇名為 A Jewel in the Palace。《大長今》也先後在加拿大、俄羅斯、約旦、伊朗、埃及等國家播出。

〔註 2〕語見吉氏的 The Ballad of East and West。

想——的剖析；析采就是對作品技巧——形式、語言等表現方式——的剖析。剖情析采正是《文心雕龍》的用語，怎樣情剖情析采正是《文心雕龍》論述的重要範疇〔註3〕。本文對《大長今》的剖析，基本上也分為情、采兩方面。劉勰曾在佛寺飽讀經籍，晚年且出家，但《文心雕龍》的主導思想顯然是儒家的。劉勰怎樣推崇孔子及其學說，怎樣把儒家經典作為寫作和評論的最高準則，已有多種析論，詹鍈在其《〈文心雕龍〉的思想體系》一文中就作了很好的明辨、詳說〔註4〕。

　　劉勰對孔子亦步亦趨，《文心雕龍・序志》說：他「齒在逾立，則嘗夜夢執丹漆之禮器，隨仲尼而南行；旦而寤，乃怡然而喜，大哉聖人之難見哉，乃小子之垂夢歟！自生人〔民〕以來，未有如夫子者也。」孔子是聖人，且是文學、文教之師：「徵之周孔，則文有師矣。」（《徵聖》）文學的目的和功能是什麼呢？《原道》篇說是「光采玄聖，炳耀仁孝」，就是使古代聖人（主要是孔子）發出光輝，使仁、孝等教化發揚光大。《祝盟》篇說：「夫盟之為體〔……〕必獎忠孝。」《程器》篇表揚屈原賈誼的「忠貞」、「黃香之淳孝」；「棄孝廢仁」的商鞅、韓非，則遭斥責。劉勰著書立說，更有志於為國家幹一番事業。《原道》篇指出文學教化旨在「經緯區宇」（治理國家）、「彌綸彝憲」（整理解釋永久性的法制）、「發揮事業」；《程器》篇把這些意見再加以強調：「君子〔……〕發揮事業；擒文必在緯軍國，負重必在任棟樑。」

　　宋末文天祥說「孔曰成仁，孟曰取義」。嚴義利之辨的孟子，以及「義」的道理，《文心雕龍》沒有怎樣提到。不過《諸子》篇說「孟軻膺以磬折」（孟了服膺儒術），又說孟子和荀子所述，「理懿而辭雅」；劉勰是肯定孟子思想的孔「仁」孟「義」。在《孟子》一書中，仁和義，與禮和智，四種美德相提並論。《告子上》篇說：「惻隱之心，仁也；羞惡之心，義也；恭敬之心，禮也；是非之心，智也。仁義禮智〔……〕。」管子為孔子所推許的先秦政治家、思想家，他則有「禮義廉恥，國之四維」說，其思想與孔子、孟子之道互相印證、說明。仁義禮智、禮義廉恥，以及上述《文心雕龍》提到的忠、孝，都是儒家強調的美德，也是以儒家思想為主導的中國文化的核心美德。

　　漢代尊崇儒家的董仲舒提出「仁義禮智信五常之道」說。後來五常又稱五性，宋儒二程和朱熹，對其說加以闡釋、發揮，這五種德目的地位就更穩固，

〔註3〕《文心雕龍》有《情采》篇；「剖情析采」四字見於《序志》篇。
〔註4〕詹文發表於廣州《暨南學報》1989 年第 1 期。

更為提高了。近年大陸一些研究中國傳統道德文化的學者，合力編寫出版了《中國人的美德》一書，其副題是「仁義禮智信」，對五者詳加論述；並認為「忠孝廉恥勇」「也是中華美德體系中的重要德目」，而加以討論和宣揚〔註5〕。

　　《文心雕龍》肯定仁孝等儒家美德，認為文學應發揚它們；不過，《文心雕龍》是文學理論的書，而非儒家思想的專論，所以對此未能「體大慮周」地暢言。把《文心雕龍》涉及的仁、孝、忠等儒家德目擴充發展至仁義禮智信五項，甚至加上忠孝廉恥勇，成為十項，甚至更多，譬如加上堅毅、謙遜、勤奮等，劉勰一定會同意。其實五項、十項以至更多項目，中國文化眾多美德的關鍵應該就是「仁」、「義」二項，甚至只是「仁」一項。

　　歷來論儒家思想、論仁義學說的書，用汗牛充棟不足以形容。《中國人的美德》一書在不違背各個字詞原有涵義的前提下，用現代的思維和語言，精要地解釋各項美德，謹引述如下。

　　　仁：仁愛和諧　　　義：正義奉公　　　禮：尚禮守法
　　　智：崇智求真　　　信：誠實守信
　　　忠：盡己致公的責任　孝：事親敬老的愛心
　　　廉：正派清白的品質　恥：人之為人的底線
　　　勇：肩挑大義的氣概

三、《大長今》的「情」：發揮事業，炳耀仁孝

　　綜覽《大長今》的全部劇情，我們幾乎可以說，文學理論家劉勰一變而為編劇家，研讀了歷史中大長今及其相關的材料後，加上想像（《文心雕龍》說的「神思」），確定了這個連續劇要表達的中心思想感情，所謂「設情」；並建立它的人物故事架構，戲劇性豐富的情節一波接一波，成為一個連續搬演的整體，所謂「位體」；然後一集一集編寫成劇本。這樣設想劉勰是《大長今》的編劇，當然對表現傑出的《大長今》導演和編劇絕不公平。劉勰能評論，不一定創作時成績斐然。也許我們可以改個方式說，起劉勰於九泉之下，請他觀看《大長今》，他一定會說：《大長今》之為德也大矣，它經緯區宇、發揮事業、炳耀仁孝啊！《大長今》包含的儒家思想等中華文化元素，論者多能指出〔註6〕。

〔註5〕此書由中國思想政治工作研究會、中宣部思想政治工作研究所組織編寫，由荊惠民主編，於 2006 年 10 月，由中國人民大學出版社出版。
〔註6〕如龔知敏的《韓劇登陸引發的思考》一文（《南方文壇》2006 年 6 月）即論及《大長今》「深邃的儒家文化思想，厚重的東方倫理道德」，見第 79、80 頁。

本文論述此劇的思想，卻與眾不同，是由《文心雕龍》的仁孝之「情」出發的；正如本文下半部論述此劇的「采」，也由《文心雕龍》出發。

《大長今》的粉絲和知音已多，其人物故事近年來在亞洲各地街知巷聞。為了評論的方便，還是先述其梗概〔註7〕。1482年朝鮮國王成宗在位時，燕山君的生母遇害：軍判徐天壽奉命逼燕母喝下毒藥致死。差不多同時，宮女朴明伊目睹御廚裡有人在食物中加入可疑物，朴被發現知情，將被秘密殺害，幸得宮中好友韓白英機警營救，得回一命。後來徐天壽辭去軍職，結識朴明伊，成婚，遠去他方，以賤民身份隱居，生下女兒徐長今。

天倫和樂的日子並不長久。燕山君繼位後下令捕殺當年毒死燕母的相關人士。徐天壽被捕，失蹤。宮廷裡，朴明伊從前的敵對者崔成今升為御廚的最高尚宮，知道朴明伊並沒有死亡，全力追殺她。朴母女四處逃避。朴終於中箭身亡，死前說明遺願，望稚齡的女兒長今考慮在日後爭取入宮，伺機洗雪母恨。長今在「熟手」姜德久夫妻家裡漸漸長大，入宮成為小宮女，學廚藝。她聰明好學，表現出眾，乃為人妒忌，且被發現其身份，遭陷害，流放至濟州。長今遇到濟州首醫女張德，獲栽培，經重重困難波折之後，努力學習醫術，取得資格，返回宮廷。宮廷中忠奸派系鬥爭不斷，長今遭排擠、陷害，但她堅毅，且得閔政浩相助；長今醫術高明，救苦救難，皇室諸人以至平民百姓，都經她醫治。國王中宗感佩其成就，而且愛慕其端麗賢淑〔註8〕，以她作御用醫女，賜以「大長今」之號，封以正三品官位。

當時男尊女卑，群臣反對中宗的舉措，並大力彈劾多年來與大長今有情愫的「同副承旨」閔政浩。中宗不得已把閔政浩流放到遠方。後中宗患重病，大長今認為剖腹切腸為唯一的療法。群臣聞此議而譁然，斥大長今大膽且大逆，中宗雖對大長今有信心，畏懼物議，也不敢接受這樣的手術。中宗下詔大長今

〔註7〕筆者觀看劇集《大長今》，由於長達70集，並非一氣呵成，而且可能有遺漏。我看的既有在台灣（由「華亞國際」製作發行）的版本，也有在大陸的。我不懂韓文，幸好二者都以普通話配音，有中文字幕。一位韓國的中國文學學者告訴過我，中文版本的《大長今》，翻譯有不盡不實之處。但願這缺點對我理解《大長今》沒有太大的妨礙。此外，我也涉獵過柳敏珠撰寫、王俊等譯的「電視小說」《大長今》（台北：麥田出版社，2004年），它和劇集的內容不盡相同。例如，劇集開頭沒有「電視小說」徐天壽射箭前的夢，而「電視小說」結尾沒有大長今建議為中宗剖腹治病、為山洞難產婦人剖腹生子的情節。筆者對韓國歷史、文化瞭解有限，本文不妥有誤之處，敬請高明（特別是韓國學者）指正。

〔註8〕台灣配音附中文字幕的《大長今》，用的是「愛慕」一詞。

與閔政浩遠赴明國（即明代中國）避難。二人卻留在朝鮮，隱居，生下女兒閔曉賢。大長今仍以醫術濟世。中宗駕崩後數年，大長今一家奉太后（即中宗的皇后）之命回宮，她與友好敘舊甚歡。大長今決定離宮行醫。她發揮所長，一家三人貧而樂。一次，在荒郊山洞發現一難產婦人，大長今為她剖腹生產，手術成功，母嬰平安。於此《大長今》全劇終結。

　　《大長今》一開始，就涉及「仁」與「義」。軍判徐天壽奉命逼廢后喝下毒藥，任務完成了，卻極為內疚。廢后死前那眼神，徐印象特深，以至他精神彷彿，昏倒過去。這就是「惻隱之心，仁也」。話分兩頭，宮女朴明伊發現另一宮女崔成今在御廚的食物中加入可疑物，基於正義，她舉報此事，卻為宮中歹人（可說是宮廷中一個犯罪集團）加害，幸得另一宮女韓白英機警救助，暫免於死。韓的作為，正是見義勇為，也出於一番對朋友的仁愛。這長篇連續劇開宗明義，就點出「義」與「不義」，就涉及仁愛精神。後來徐與朴在患難中相遇，結為夫妻，誕下女兒長今，其仁心義行，或者可以說是由父母繼承得來吧。

　　《大長今》由宮廷鬥爭、軍人和宮女的奇遇等啟其端，情節起伏跌宕，吸引著觀眾；一幕一幕的宮廷生活，色彩繽紛，很為可觀。宮廷中，有各種禮儀：告祀、生日有其「大典」，拜別有其禮，謝恩有其禮；不同官階、職責的大小臣子，服飾有別，也是基於禮制。小宮女學習禮儀，規行距步。士族、平民、賤民三種階級分明，各守本份。凡此種種，都顯示與中國文化一脈相承的朝鮮王朝，重視禮法，力求臣民彬彬有禮。大長今醫術高明，在醫療上功勞巨大，中宗要對她封官賜爵，眾多大臣反對。這表示眾臣頑固，且不無政治上的考慮。然而，他們搬出國家大典，以勸止中宗，也是一種重禮崇法的表現。士族階級的兒童，讀書識字；小宮女學習禮儀，還要誦讀經典；醫女所受訓練極為嚴格，實地考察、背誦經籍雙管齊下，務求知識豐富；凡此種種，都表示對智的重視。中宗身為國王，頗熟歷史，閔政浩出身狀元，滿腹經綸，這些都不用說。釀酒的「熟手」姜德久，有一次稱讚長今，說她是諸葛孔明，可見他腹中既有不少酒精，也有點墨水。

　　閔政浩是《大長今》全劇的第二主角。他為官忠於職守，建立功勳。就算和國王中宗同時愛慕大長今，他對中宗仍然克盡臣下的忠誠。換了莎士比亞筆下的馬克佩斯，情節就會殊異了：彼可取而代之也，何況這個「彼」是自己的情敵。閔政浩和大長今上面的這個君主，也確是個仁孝之君。他貴為國王，對

母后的意見仍非常尊重，是個孝子。他愛慕大長今，用種種方法試圖打動她，包括與閔政浩比賽射箭，以顯示身為男人的一個強項。「君子無所爭，必也射乎？」《論語》這樣說。仁厚的中宗，爭之以禮，而不橫刀或橫箭奪愛──劇中有一幕是中宗在射箭比賽進行至尾聲時，突然轉身，拉起弓，把箭對著閔政浩的頭顱，作勢要射殺他。這只是潛意識中人性之惡一個剎那的呈現而已；中宗「約之以禮」，歸之以仁。中宗關心民間疾苦，對待臣子和皇室中人，也都溫雅仁慈，極少嚴厲斥責，更無濫懲濫殺臣子的事。皇后以至太后，基本上也可以仁厚一詞來形容。至於韓尚宮、張德等與長今的師生之情，連生、信非與長今的朋友之情，也都可說是仁愛的表現。

四、大長今：五美十德的聖者

上面我們簡略論述了《大長今》中若干人物的仁義禮智忠孝等美德，現在輪到大長今了。她集諸種美德於一身。她之成為醫女，後來且是中宗的主治醫官，一個重要的因素是「智」。兒童時期，她屬於賤民階層，是不能讀書識字的，但她苦苦求學。在宮廷中，她博覽群書，好學不倦。在一次考試中，主考官問她朝鮮的各種官職，她數「國珍」如數家珍。問她曹操打算撤軍時頒下的軍中口令是什麼，她正確地說是「雞肋」。她晝夜苦讀，把老師指定的醫學書籍和其他經典，都讀熟背熟了，憑真才實學成為醫女，絕非倖致。後來為了精進，為了治病，她對相關事物（如宮中醬油變味，如百姓集體染病，如痘瘡的流行）查根究柢，既學且思，還做實驗（先在動物身上做，再在人體），甚有神農嘗百草的求真精神，且處處顯示她的專業智慧。顯然，「崇智求真」是大長今的一大美德。

在求真的過程中，她表現了勇氣。她還是「使喚醫女」、職位低下時，皇后小產體弱，她參與會診。她為皇后把脈，判斷與她的資深同事不同，她忠誠於自己，不人云亦云以求無災無難，而勇敢地說出自己的想法。她若非如此，皇后的健康必定惡化，極可能死亡。後來成為主治醫師，她忠於職守，殫精竭慮為中宗治病。她指出剖腹切腸是唯一救療之道。當時群臣斥責這樣的主張為大膽、大逆，幾乎要以異端問罪（這使人想起西方倡地圓說的天文學家伽利略）。大長今勇於堅持主張；不像魯迅那樣「橫眉冷對」，她溫柔面對「千夫指」。中宗畏於眾論，可能對剖腹手術也有點心怯，終於否決此議，大長今無可奈何。還是宮女時期的長今，面對自恃有後台而作威作福的令路，敢於向她

挑戰，也是勇氣的表現。

「人誰無過？」長今在宮廷中的新味祭競賽中取巧，結果落敗，她的導師韓尚宮加以訓斥，長今認錯了，這表示她知恥。朝廷中有幾個大臣，聯同宮中親信，斂財舞弊，形成一個集團，維持幾代人的榮華富貴。大長今不與他們貪汙，一生廉潔。宮中的漫長歲月，我們觀眾看到的，都是她如何勤勞地烹調御膳、醫治病患；她廚藝精湛，色香味俱全的食物，或珍稀的食療食品，都是她提供給別人的，她從來沒有饕餮進食，大快朵頤。她與閔政浩結婚之後，生活簡樸，後來且捨棄官復原職的宮廷生活，而在民間救療疾苦。她可富貴而不富貴，當然更不會以不義手段而得富貴。孔子說的「不義而富且貴，於我如浮雲」，她一定有同感。

正義是大長今一生堅守的原則。《大長今》劇情發展的一大動力，無可否認是報仇雪恨。長今之矢志入宮成為宮女，後來被逐，再入宮成為醫女，並且克服種種困難留在宮中，主要是為含冤而死的母親朴明伊報仇。古今中外的文學多的是復仇的故事：《三國演義》、《水滸傳》以至《漢穆雷特》、《馬克佩斯》以至《書劍恩仇錄》，其眾多人物，為了雪恨，手起刀落，滿頭滿手都是紅血。在被追殺中，朴明伊以身體擋護小女兒長今，中箭重傷，終於死去。（那一幕長今拿著野草莓餵食母親，不知她已死去，是《大長今》眾多最感動人的場面之一。）慈親之死，使無助的孤雛傷痛萬分。她要報仇，為母親爭回清白，或者說「平反」，除了伸張正義外，還為了報答親恩，而且也是一種「揚名聲，顯父母」，是孝順的表現。她為導師韓尚宮伸冤雪恨，同樣為了正義，為了對導師情義的報答，為了對她的愛。

在現代文明的社會，報仇雪恨的正當方式是：在法律上尋求伸張正義，把犯罪的仇人依法懲處。在古代，這樣做往往不切實際，而且不夠痛快——怎比得上以超強武功，刀砍仇人，滿手鮮血，把仇人頭顱獻祭於死去至親的靈位之前？上述的中外小說或戲劇，其報仇方式多屬後者。大長今習醫而不學武，她沒有練就一身武功，擊殺仇人，或者請允文允武的閔政浩用暴力殺死仇人。大長今選擇了文明的伸張正義的方式來報仇：向朝廷舉報犯罪者，繩之於法。

要達到報仇的目標，過程是漫長的；長今有屈原「路漫漫其修遠兮，吾將上下而求索」的堅毅。從宮女到官婢，她被流放至濟州。她學醫，希望成為醫女，這樣才能回到宮廷中，就近報仇。成為正式醫學學生之前要通過考驗，其

一是品性。選拔官說明行醫者要有仁心，而不能有仇怨之心。長今明知這是個關鍵問題，應該回答說自己無報仇怨恨之心，否則就會落選。然而，她忠誠於自己，不說謊。幸而她醫學知識紮實，口試表現優異，才通過這一關。

心中有怨恨，但長今的言談舉止，有無限的溫柔。孔子說：「溫柔敦厚，詩教也。」溫柔敦厚的大長今，其愛情也和激烈以至暴烈的生死戀，如《羅密歐與朱麗葉》及其現代版《夢斷城西》（West Side Story）、《鐵達尼號》（Titanic）等所講述的，大異其趣。她和閔政浩互相愛慕之情，如清溪水慢慢長流，而非瞬間的地震海嘯。二人相戀，發乎情止乎禮，來往多年，而親密行為止於手牽手（在絕處逢生後，二人感極而泣，也有互相擁抱的場面）。和今天不少未「明心」已「見性」的火紅火旺行為相比，他們的相戀，表現出一種特純的古風。二人相見，都出於自然。閔政浩「發揮事業」，有時不在漢陽，長今明乎此，不怨不愁。難得的是中宗「經緯區宇」，尊貴為國王，對大長今的愛慕，也是發乎情止乎禮，絕不專橫霸道，這一點上文已提到了。

貫串《大長今》之情，是柔情、溫情，是仁愛之情。醫者須有仁心，應是仁者。這是老生常談。在不知名疾病流行的時候，長今在隔離區中，不顧自己的安危，悉心悉力救治病患者。後來痘瘡流行，她為了尋求醫療之方，自己身入「虎穴」——把患病兒童集中在一起的被孤立的小茅舍，像慈母一樣照料他們，並探索醫治之道。曾愛護支持她、也曾懷疑她的醫學老師申益必看到此情此景，極為感動，承認自己醫術醫德遜於大長今，表示願意由她領導內醫院。大長今的表現，可和深入非洲行醫的史懷惻（Albert Schweitzer）相提並論。仁慈的大長今，是觀世音菩薩，是聖母瑪利亞。《文心雕龍·原道》說的「發揮事業」、「炳耀仁孝」，大長今完美地體現了，她可說已到達聖人的境界。

五、《大長今》的「采」：辭淺會俗，奇悅雅麗

大長今是聖者。《原道》篇說的「光采玄聖」一語，在本文這裡可以借作這樣的解釋：韓劇《大長今》，以卓越的編導演等技藝，使古代（五百多年前）大長今這位聖者，發出光輝。「光采玄聖」的采字，在這裡與「情采」（前面說過的）的采接上了。大長今的仁孝故事，因為《大長今》表現的「采」——形式、技巧、藝術手法——成為大受歡迎、雅俗共賞的電視連續劇。

　　文學有雅俗之分，但怎樣分辨雅與俗一向是個難題〔註9〕。《文心雕龍》經常雅俗並論，而以雅為尚。《史傳》篇說「俗皆愛奇」，《諧讔》篇說「諧」的作品「辭淺會俗」（語言淺易，適合「俗」人即一般人），有「悅笑」的功能，道出了通俗文學的特色。雅是褒詞，俗則常有貶義。說《大長今》是通俗劇，望文生義，似乎也有貶意。現在是個教育普及、文化蓬勃的時代，一般大眾都有機會接觸「高雅」、「通俗」各類文化。這裡不如把雅俗之俗、通俗劇之俗當作「廣大的受眾」（讀者、聽眾、觀眾）或「大眾」來解釋吧。《大長今》之「俗」之廣受歡迎，幾年來文友、網友以至喜愛此劇的親朋戚友，各種議論已有很多。本文這一部分是析《大長今》之采，主要從《文心雕龍》所說的「奇」、「情」、「外文綺交，內義脈注」、「積學」、「辭淺」、「悅笑」、「雅麗」等理念出發。

　　不少小說和戲劇都有傳奇性甚至神奇性的開頭，如《紅樓夢》大荒山無稽崖那塊空空道人所讀的石頭。《大長今》以毒死廢后的奇案開始，不久奉命毒殺了她的徐天壽昏迷，被一道人救了。臨別道人告訴他，他的命運取決於三個女人（綜觀劇情，我們發現是廢后、朴明伊、長今）。這樣的開頭近於莎士比亞《馬克佩斯》首幕女巫向主角預言他未來的升遷和生死。這樣的開頭有奇異、神秘、懸疑的色彩。徐天壽，然後朴明伊，然後他們生的女兒長今，故事發展下去，一直到結局時大長今為難產婦人剖腹生子，甚富傳奇性。通俗劇絕不能編得和喬艾斯所寫的小說《尤力西斯》一樣，後者「悶」死人，前者才有吸引力；因為，正如上面引述過的，「俗皆愛奇」。當然《大長今》並不賣弄奇案、奇遇這些情節，更絕對不是目前不少年輕人喜歡的奇幻文學。

　　「奇」之外，通俗劇還非常重視「情」。上文說過，情采的情，廣義指作品的中心情思。《大長今》表揚了仁孝忠義等美德——這就是它的情。較為狹義的情，則指親情、友情、愛情，特別是愛情。這正符合《文心雕龍・情采》

〔註9〕文學的雅與俗，眾多學者辯來辯去，並嘗試為其下定義，似乎都難以令人滿意，至少筆者認為如此。最近的一個例子是，《「俗文學」辨》（作者為譚帆，刊於2007年1月出版的《文學評論》）一文這樣形容俗文學的特質：「以道德教化〔……〕娛樂消遣為最基本的價值功能」；內容形式「追求世俗化」；「有傳播普及的特性，具有一定的商業消費性。」（頁80）我們都把《紅樓夢》和莎士比亞戲劇視作文學經典，是雅文學，然而，它們豈無上述「俗文學」的特質或部分特質？拙著《期待文學強人——大陸台灣香港文學評論集》（香港當代文藝出版社，2004年）有《文學的雅與俗》一文論述這個問題，可參看。本書第六章詳論文學的雅俗問題，且以《文心雕龍》理論為基礎，更可參考。

說的「情者，文之經」；詩文等作品，都「吟詠情性」。中國古代的小說戲劇，多半不離才子佳人的悲歡；20 世紀的中國文學，仍然不能「無情」。西方亦然。通俗劇在西方 19 世紀得名，主要源於它的濫情（sentimental）內容〔註 10〕。《大長今》重情，尤其是大長今和閔政浩之間的愛情。重情是這個通俗劇的策略。它的情是溫馨之情，溫情洋溢，它不算濫情。親情、友情等不算濫；兩個主角之間柔情似水，細水長流，更甚有節制。（衡量濫情與否，難有明確的準則；所以《大長今》是否濫情，或有仁智之見。）《文心雕龍‧鎔裁》說文學作品或剛或柔，要「立本」，就是確立、規範本體。《大長今》的編導，在規範這連續劇的本體基調時，正是重情而不至於濫情、煽情。

編導所規範、經營的劇情，除了突顯重情這基調外，對人物的形象、性格，以至角色所屬的組群的描述，都頗為清晰。主角大長今及其他宮中男女大小官員，是一組，他們大致上有「忠」「奸」之分，有膳、醫等職責之別。國王、皇后等皇室成員是一組，大長今的大叔大嬸（或者說養父母）即姜德久夫婦是一組，此外還有其他的角色如濟州的首醫女等。而最重要的小組自然是大長今閔政浩若即若離發乎情止乎禮的二人世界。編導以大長今為中心，她從小孩至成人的發展為脈絡，經歷宮女、官婢、醫女的幾個階段，其間涉及眾多人物、事件，一一鋪陳演述，情節起伏變化，如《章句》篇說的「體必鱗次」，有條不紊。故事的時空不同，悲喜異調，或清寂或熱鬧，或輕快或凝重，或簡樸或華麗，最終都為了呈現大長今忠孝仁義的美德，做到了《章句》篇說的「外文綺交，內義脈注」（文采交織於外，情思貫注於內）。《大長今》長達 70 集，不見得每個節段（episode）都是必要的，但基本上可稱結構嚴謹。

嚴謹，而且流暢。《諧讔》篇說「辭淺會俗」的「辭淺」，用於解說影視的「語言」，就是劇情敘述曉暢，不用前衛（實驗）電影時空交錯等刁鑽的手法。《大長今》全劇用順敘式鋪演故事，在人物沉思回憶時重複一些過去的畫面，這樣可讓觀眾重溫若干重要場景，也使觀眾把故事的來龍去脈看得更明白。

首尾呼應是結構嚴謹的一個方式。《大長今》開始於軍判徐天壽奉命毒死廢后，不久後遇朴明伊，結為夫婦，生下長今後，一家三口過著貧而樂的生活。

〔註 10〕名稱源於 19 世紀英國的 melodrama，除了「濫情」之外，人物善惡忠奸分明，雙方鬥爭，涉及暴力，也是其特色。此外，melodrama 的女主角通常心地善良，甚至完美無瑕。《大長今》的通俗劇特色，我們無法只用《文心雕龍》的理論來解釋。順便一提，筆者嘗試用《文心雕龍》理論來析評作品，絕無排斥西方文論之意。理想的文學批評方法學是中西「逢源」、中西合璧。

這劇的結尾，則為大長今、閔政浩結婚後生下曉賢，同樣過著貧而樂的生活。閔曉賢與徐長今一樣聰明好學。這樣的結構，正是《文心雕龍・鎔裁》說的「首尾圓合」；其象徵意義則為「歷史重演」，或者說，人生總是有這樣那樣的悲歡苦甜，而仁孝忠義等美德，大抵會一代一代流傳下去。

《大長今》出現了各種食物材料、烹調方式，和調製好的菜餚，服飾髮型也多姿多采，此外還有醫學上的種種藥材、疾病和療法。鮮明的色相、具體的動作，如用文字來表達，即使工筆細寫也不見得富有成效。用影視形象動作來表達，就可以一一傳其真。《文心雕龍・總術》說美文佳篇予讀者「視之則錦繪，聽之則絲簧，味之則甘腴，佩之則芬芳」的感覺。誠然，文章高手可引起善感的讀者這些印象；不過，這些視聽之娛，用影視媒體來提供，就事半而功倍。編導用食、醫、服裝等來「藻飾」（語見《情采》篇，近似今天的「包裝」之意）《大長今》，除了吸引觀眾欣賞亮麗的畫面之外，還讓他們增進古代文化知識（筆者相信劇中種種官職、服裝、膳食、醫療等都經過考證才出現，不過，我非專家，不能斷言），這也可說是一種「積學以儲寶」（《文心雕龍・神思》）。發揚仁孝精神，增進文化知識，《大長今》對觀眾的教育意義自然十分重大。它還有娛悅的功能。

《大長今》有好些引起「悅笑」的人物，其中最重要的是「熟手」姜德久夫妻。兩人並不壞，姜心尤善，非常關愛長今。姜嗜酒，頗虛榮，有小聰明卻又往往糊塗；姜妻為河東獅，好貪小便宜，勢利。二人的表情動作都誇張，鬥嘴時特別惹笑。從明國到朝鮮的熊掌是「舶來」的美食極品，「熟手」姜雖熟悉口福，對人說熊的左掌和右掌，其美味有不同那一段，實在使觀眾噴飯。姜是笑匠，是開心果，調劑了《大長今》的氣氛，使它莊諧兼之。他的角色略近莎士比亞歷史劇中的丑角（fool，jester），也接近莎劇《羅密歐與朱麗葉》中的乳母一角。《大長今》編導深諳「俗皆愛奇」而且俗皆愛「悅笑」的心理。

悅笑，還悅目。古代韓國的宮殿府第，不以宏大見稱，《大長今》因此沒有壯美建築的畫面。韓國有山海的天然之美，編導、攝影對此自然用遠景鏡頭，加以上佳的角度和採光，來作最好的呈現。晨曦中，山巒層疊，遍野的芳草含露，雅麗的大長今逸步於其上，衣裳輕飄，那真是晨朝的新鮮與美麗。朝鮮就是這樣的意思嗎？雅麗的大長今和儒雅的閔政浩，柔情似春水細細長流的互相愛慕——愛戀與孺慕——更造就了各種春夏秋冬晨昏雨雪山野海濱的畫面，是唯美攝影的大觀。開心果使人「悅笑」，美人美景悅目。《文心雕龍・物

色》說春天有使人「悅豫」之情，《大長今》充滿了仁善悅豫（悅愉），其整體情調、氣氛是屬於春天〔註11〕。

《大長今》的主角，是春天，是美中之美。對於佳作美文，《文心雕龍》常用的形容詞是典雅、清麗、雅麗〔註12〕。大長今又美又善又有學問，正是這樣的典雅、清麗、雅麗；當然還可以用端麗、明麗、婉麗、豔麗、亮麗，視乎她在劇中哪個情境出現。大長今是聖者，是漢江之女神，也可以說是美如洛水之女神。曹植《洛神賦》彷彿是對大長今的預言，好像莎士比亞第106首十四行詩所說，古代詩人對絕色佳麗的吟詠，其實是對「你」——眼前這位美人——的預言。在曹植筆下，洛神「穠纖得衷，修短合度；〔……〕延頸秀項，皓質呈露；〔……〕雲髻峨峨，修眉聯娟；丹唇外朗，皓齒內鮮；明眸善睞，靨輔承權；瑰姿艷逸，儀靜體閑」；她「榮曜秋菊，華茂春松」，動起來時「翩若驚鴻，婉若遊龍」；「遠而望之，皎若太陽升朝霞；迫而察之，灼若芙蕖出淥波。」這洛水女神就是螢幕上的大長今。

飾演大長今的李英愛，演出前當然化過妝，不過我們看得出只是淡淡地敷上脂粉鉛黛。《文心雕龍‧情采》說「鉛黛所以飾容，而盼倩生於淑姿」，本來是對「為情造文」（也就是文學重真情實感）的比喻。劉勰這兩句話本身，正好用於李英愛這位演員，不，應該說明星。李英愛的容貌儀態，已臻至美。「盼倩」一詞源自《詩經‧衛風‧碩人》的「巧笑倩兮，美目盼兮」，意思是笑容甜美，眼睛明麗。李英愛天生麗質，嬌羞嗔喜苦樂，以及堅毅柔順各種情態，都由她最會表演的眼睛和唇齒（重提一下曹植所形容的「明眸善睞」、「丹唇外朗」、「皓齒內鮮」）展現出來。在她的各種情態中，溫柔雅麗是予人印象最深的，這是她主要的形象。

《大長今》播映之後，李英愛成為首爾的首席明星，在國內國外，處處大受歡迎崇慕。李英愛人見人愛。《大長今》之成就，李英愛應記首功。由電視台播出也好，由自己家中DVD機播出也好，螢幕上李英愛散發的溫柔雅麗的無限魅力，應該是觀眾一集又一集觀賞《大長今》的最大動力。劉勰如果生於今天，相信也必然集集追看，說不定還會愛上李英愛。《大長今》為「通俗劇」，

〔註11〕用弗萊的基型論（archetypal criticism）來解說，則《大長今》屬於春天的基型。
〔註12〕《體性》篇所說八體之首是「典雅」，《頌讚》篇說「頌惟典雅」，《定勢》篇有「典雅之懿」一語；《徵聖》篇說：「聖文之雅麗〔……〕銜華而佩實」；《辨騷》篇引班固語，用「麗雅」形容《離騷》；《詮賦》篇說賦之佳者「麗詞雅義」；《文心雕龍》還有多處出現這些字眼，不能備舉。

不過，由於有高水準的編導演，集集都有溫柔雅麗的大長今李英愛，乃吸引了眾多的高額（high brow）、高雅觀眾，真正獲得「雅」「俗」共賞。《大長今》在美國播映時，以 A Jewel in the Palace 為劇名。應該改為 Pearl in the Palace，這樣雙聲才美，而大長今的確雅麗如美玉、如明珠，是漢江的明珠。

六、《大長今》指瑕

美玉明珠可能有瑕疵。《文心雕龍・指瑕》說：「古來文才，異世爭驅。或逸才以爽迅，或精思以纖密；而慮動難圓，鮮無瑕病。」舉例而言，《大長今》開頭幾集中，有一集說廢后被毒殺，有血衣為證。畫面上出現的血衣，已是多年前的，而血跡仍然鮮紅。這是不符物理的。在宮廷鬥爭中，長今屢受構陷，以她的聰明智慧而不每次都據理力爭，即時申辯，也使人不解。最後一集中，在全劇結尾處，大長今在荒郊一山洞發現一個孤另另躺著的難產婦人，正在呻吟。劇中對她的背景來歷全無交代。雖然世間離奇巧合的事情甚多，為求可信，編導應該略作交代才對。在最後一集中，較早前大長今欲為中宗剖腹切腸不遂，離開宮廷後，在村子裡擬為一難產婦人剖腹，也遭受村民極力反對而不果。最後山洞難產這一幕，是剖腹環節的高潮，是大長今勤於研究後勇於嘗試的表現，是她事業的一個高峰。筆者認為編導的處理有草率之嫌，難免有上引《指瑕》篇「慮動難圓」的評議。

選角方面，用樣子和善、面型偏圓型的演員任豪飾演中宗，也非上策。在戲劇扮演帝王的，一般都是國字臉有威嚴的演員，這樣望之才似人君。中宗是仁厚之君，上文已有說明。《大長今》裡的中宗，仁厚有餘，而威嚴的儀容表情不足，不能無憾。（不過，也許歷史上的中宗確實是個不威嚴的國王，那就不足為病了。）

多年血衣顏色鮮紅，這是「硬傷」；山洞難產和中宗不夠威嚴等，則為「軟傷」。「軟傷」非絕對，可以有「仁者見仁，智者見智」的討論。整部《大長今》劇集，把大長今塑造成仁孝忠義諸種美德俱備的聖者，把大長今和閔政浩的互相愛慕描述成不見性慾的守禮純情。一些主張人性並非如此的「不仁」「非禮」論者，當然可以提出批評：大長今和閔政浩太不涉人性醜陋，太不懂男女性愛了。（根據禮法，內醫院的醫官，不得親自為皇后等皇室女性把脈、針灸等進行診治，只能「垂廉」聽醫女報告，指揮醫女行醫。男女授受不親到了這個地步，大、閔如此守禮，也許只是表現古代的常態而已。）

七、結語：同心同德，文論飛龍

　　《大長今》無疑是一部宣揚道德教化、溫柔敦厚的劇集，是完美主義者的作品；而古今中外少不了這類文藝作品，其主角完美無瑕，比一般人「高大」（所謂 larger-than-life）。2005 年播映的美國電視片集 Commander in Chief（香港譯為《最高統帥》，台灣譯為《白宮女總統》）和《大長今》同樣為女性（在美劇是當總統的女性）講話，同樣宣揚「發揮事業」、「炳耀仁孝」的精神，女主角同樣典雅有學問（女總統曾任大學校長），而且端莊美麗。白宮這位艾倫（Allen）總統可戲稱為美國的大長今，而兩部劇集可連結為姊妹篇。順便一提，在《無極》、《夜宴》等電影暴力登峰、血腥造極之際，《大長今》這樣仁孝雅麗的教化劇集，的確有使觀眾如沐和煦春風之效〔註13〕。

　　大長今具備的仁義禮智信忠孝廉恥勇種種美德，與中國人的美德觀吻合，也因此本文的論點才能成立。這些德目當然也是韓國人所肯定的，否則就不會有電視劇大長今這個人物。這些德目也為西方人以至全球人類肯定。莎士比亞的四人悲劇，搬演的故事，離不了對不仁不義不忠不孝者的譴責、批判，而且犯罪作惡者都有惡報；因為莎士比亞肯定仁義禮智信這些德目。莎劇《羅密歐與朱麗葉》中朱的乳母說：「你的愛人，像是一位誠實的君子，一位有禮貌的，挺和氣的，漂亮的，而且我敢說是很有德性的。」〔註14〕

　　乳母人微言不輕——她說出了人人重視的美德。事實上，莎氏在其第 105 首十四行詩中曾明白宣稱：「Fair, kind, and true is all my argument, Fair, kind, and true, varying to other words;」（美善真是我要說的全部，美善真衍化成千言萬語）。真善美與上述的五種美德、十種美德當然互相呼應。

　　當代一位美國學者在其 The Book of Virtues（《美德書》）中列出下面十種美德：同情、自律、責任、友誼、工作、勇氣、毅力、誠實、忠誠、信念（compassion、self-discipline、responsibility、friendship、work、courage、perseverance、honesty、loyalty、faith）〔註15〕。和《中國人的美德》的五德十德比照，一中一美，兩組

〔註13〕中國大陸最近三十年來電影蓬勃，佳作甚多。也有不少血腥的「醜陋」大片。陶東風等對此大加筆伐，《無極》、《夜宴》之外，《十面埋伏》、《滿城盡帶黃金甲》等「嗜血成性、靠喝血賺錢的」電影也在鞭撻之列。參見 2007-2-8《大公網‧新聞》所引《學習時報》陶氏文章。
〔註14〕見第二幕第五景。中譯據梁實秋譯本（台北：遠東圖書公司，2004 年），第 115 頁。
〔註15〕此書有中文譯本：何吉賢主譯《美德書》，北京，中央編譯出版社，2005 年二版。

德目中多有「同心同德」的名目，不同的德目也互相呼應，而不對立、排斥。筆者談論中西文學文化時，常引錢鍾書的「東海西海，心理攸同」說。《文心雕龍》作者劉勰在他的《滅惑論》一文所說：「至道宗極，理歸乎一；妙法真境，本固無二；［……］故孔釋教殊而道契；」就是一種「心同理同」。

我們用西方的女性主義可以析論《大長今》；用新歷史主義等理論也可以。這些都基於「心同理同」的世界文化大同觀。筆者如果用西方文論的「道德倫理批評」（moral criticism），用阿里斯多德《詩學》以來的結構理論，以及西方古今的戲劇藝術理論，一樣可以析論《大長今》；而筆者採用《文心雕龍》的情采說，特別是此書「炳耀仁孝」以及「悅豫」、「雅麗」等理念，因為筆者相信這樣做極能道出《大長今》的特色與成就，並藉此再一次說明「心同理同」的文化大同觀。此外，在西方文論君臨天下，全球化幾乎就是西化的今天，讓東方的《文心雕龍》這條潛龍揚起，成為飛龍，發揮其作用，應是東方人饒具意義的一個嘗試。

第十三章　中為洋用：以劉勰理論析 莎劇《鑄情》

本章提要：

「劉勰理論」指劉勰《文心雕龍》的文學理論，「莎劇」指莎士比亞的戲劇；《鑄情》指 Romeo and Juliet，一般譯為《羅密歐與朱麗葉》。百年來國人慣於向西方取經。在文學理論方面，我們引入了馬克思主義以至後殖民主義等林林總總的學說，中華學者成為西方人的「後學」。西學固然使我們得益，中國古代的文論也有其價值，也能用於今天的文學批評。我們不能一切以西方的馬首是瞻，而應回顧東方的「龍頭」——中國古代的文論傑構《文心雕龍》。

中外學者用西方古今文論來析評《鑄情》的很多，本章則「中為洋用」。我們可用《文心雕龍》的「六觀」說來析評《鑄情》的各方面，包括主題、風格、文學地位等，指出本劇有其「炳耀仁孝」（《原道》篇語）之處，有其「辭淺會俗」（《諧讔》篇語）之風。《鑄情》的語言華麗，在莎氏全部劇作中，它可能是最講究修辭的。它多處用「英雄偶句」（heroic couplet）和十四行詩（sonnet），其音樂性、其近於中國戲曲的「曲」元素，我們可用《聲律》篇的理論來分析。它常用比喻，如分別以太陽、月亮、天鵝、烏鴉喻女子，我們可透過《比興》篇的理論來加強認識此劇的審美性。它常用誇張手法，《誇飾》篇的理論正用得著。它多有矛盾語，還有類似中國文學常見的對偶語句，如「Love goes toward love, as schoolboys from their books; / But love from love, toward school with heavy looks」，我們可用《麗辭》篇的理論來加以剖析。

向來研究《鑄情》修辭藝術的學者，如 M. M. Mahood, Robert O. Evans, Jill L.

Levenson，對本劇的矛盾語（oxymoron）、雙關語（wordplay）等都有論述，也提到過它的平行語句（parallelism）；就筆者所知，卻還沒有人注意到它的對偶語句。本文引用《麗辭》篇的「正對」、「反對」等說法，對本劇的對偶語句，作重點式討論：說明對偶語句的運用，增強本劇語言的華麗風格；並指出對偶語句與本劇內容的求偶情意和對立情態，或有關聯。

一、引言：西方的馬首和東方的龍頭

先對本章的題目略為說明。題目中的「劉勰理論」指劉勰《文心雕龍》一書的文學理論；「莎劇」指莎士比亞的戲劇；《鑄情》指 Romeo and Juliet，一百年前林紓翻譯莎氏的戲劇故事，把此劇劇名中譯為《鑄情》，後來一般譯為《羅密歐與朱麗葉》。

《羅密歐與朱麗葉》歷來極受重視與歡迎。僅以改編後搬上銀幕的次數而言，近百年來有數十次，僅次於《漢穆雷特》〔註1〕。就如莎翁其他名劇一樣，《羅朱》的方方面面，如故事來源、版本異同、情節安排、主題思想、悲劇性喜劇性、修辭等等，都有學者研究，發為宏論；當代學者從女性主義、新歷史主義等種種流行理論去考察本劇的，其論著可編成長長的書目〔註2〕。莎劇論述之多，直為愛河沙數（莎氏的故鄉是愛芬河畔的史特福德鎮）。筆者非莎學專家，竟然埋首莎劇，冀望探出頭來，得見新天，恐怕只有被流沙埋沒的份兒。至於用中國1500年前的《文心雕龍》理論來析論西方的文學作品，既異國又不同時，這理論合用嗎？

中國古代文學理論能否用於西方作品？只要中國古代文論有其恒久性、普遍性，而我們又不反對錢鍾書「東海西海，心理攸同」的說法，則「中為洋用」應無問題。數十年來很多中華學者，在學術上慣於「洋為中用」，以致中國在文化上入口極多而出口極少，貿易赤字龐大。就以文學批評而言，20世紀西方的文學理論，名目繁多，都先後輸入中國，從世紀初即如此。中葉以後，海峽兩岸三地先後引入並運用西方的各種理論，西潮如錢塘江大潮，可把崇洋趨新的弄潮兒捲走。20世紀西方文論內容豐富，有助於文學析評，

〔註1〕參考 Anthony Davies, "The Film Versions of Romeo and Juliet," in Stanley Wells, ed., Shakespeare Survey 49: Romeo and Juliet and Its Afterlife (New York: Cambridge University Press, 1996), p.153.

〔註2〕參考 Anthony Davies, "The Film Versions of Romeo and Juliet," in Stanley Wells, ed., Shakespeare Survey 49 和 Jill L. Levenson, ed., The Oxford Shakespeare: Romeo and Juliet (New York: Oxford University Press, 2000) 等書的相關書目。

卻也有艱深或欠通達的。中華學者對這些文論苦苦追求，成為「後學」，有所得益，卻也有人不分青紅皂白照單全收，而貽笑大方。至於西方，漢學家研究中國文論雖見成果，但難免有偏差；一般學術界、文化界對中國文論則只作極有限的「接受」，甚至完全忽視〔註3〕。本書第一、二兩章對此現象已有論述。其實中國古代文論有其價值，可資採用。本章即用《文心雕龍》的「六觀」說來析評《羅密歐與朱麗葉》。關於「六觀」說，請參看本書第二章的介紹與評論。

二、用《文心雕龍》「六觀」法析評《羅密歐與朱麗葉》

　　這裏就用「六觀」法來析論《羅朱》。這齣莎劇的故事很多人耳熟能詳，為論述的方便，這裏仍先說其梗概。數百年前義大利維洛那城的蒙氏和卡氏兩大家族為世仇。蒙家青年羅密歐在卡家舞會中邂逅卡家少女朱麗葉，二人一見鍾情，熱戀狂戀起來，且於相識後翌日，就在名為勞倫斯的修道士主持下，秘密舉行婚禮。兩家青年人常衝突打鬥。卡家一青年殺死羅密歐摯友墨枯修，羅密歐悲憤而殺之，被維城公爵放逐異鄉。離開前夕，羅密歐與朱麗葉一夜纏綿。卡父有命，要把朱麗葉嫁給一貴胄青年，朱抗婚，求助於修道士。修道士囑其假裝允婚，並服藥假死，「死」後移屍卡家墓地，羅密歐來墓地與朱麗葉會合，再成連理。朱遵囑而行。可惜羅得到錯誤消息，以為朱真死；他從異鄉奔赴維城，見朱香銷玉殞，痛不欲生，自殺。朱藥力過後醒來，見羅已死，也自殺殉情。蒙卡二家睹此慘狀，悔之莫及，乃言歸於好，並允為兩個青年鑄造金像，立於市。

　　用「六觀」法來析論本劇，第一觀位體，即觀《羅朱》的體裁、主題、結構、風格，這些自然是析論此劇最基本的項目。我們說它在體裁上是一齣五幕的悲劇，其主題是稱頌愛情的偉大、慨歎其代價之高昂與人生之痛苦；其情節（故事結構）起伏曲折；其風格（由劇中人物行為、言說等決定）亦雅亦俗。用「位體」這一觀，可觀察出此劇的整體風貌。

　　第二觀事義。舞會邂逅、樓台相會、秘密結婚、打鬥死亡、新婚燕爾、離城放逐、父親逼婚、女兒詐死以至最後二人自殺殉情、兩家和解，也就是上面介紹過的劇情，這些即為本劇的事件及其產生的意義。蒙家的墨枯修，

〔註3〕參考黃維樑，《20世紀文學理論：中國與西方》，刊於《北京大學學報》哲學社會科學版，2008年第3期；此文現為本書第一章。

及卡家的乳母，行動惹笑，言談俚俗，常涉及性愛，相當「不文」。這等言行，正是《文心雕龍‧諧讔》說的「辭淺會俗」，即言辭淺俗，適合普通觀眾的口味。不過，朱麗葉的乳母雖然不通文墨，卻常能說出一些道理。例如她向朱麗葉談及她印象中的羅密歐，「你的愛人，像是一位誠實的君子，一位有禮貌的，挺和氣的，漂亮的，而且我敢說是很有德性的」（梁譯；II, v）〔註4〕；這樣的一個義大利君子，或者說英國君子，其品德與中國的儒家君子相同：仁義禮智信都具備了。《文心雕龍》以儒家思想為主導，其《原道》篇認為文學作品應該「炳耀仁孝」，自然對這樣的品德加以肯定。其實這些都是普世公認的美德。

　　劇中勞倫斯修道士與羅密歐談話時，多次對女性加以貶抑（見於III, iii）；朱麗葉的父親逼婚，對女兒大聲責難辱罵。《文心雕龍》自然不涉及 20 世紀的女性主義思潮。不過，劉勰如果生於今天，他評論本劇時，一定會援用女性主義的理論，析評劇中高漲的男權、父權；他並且會說，作品的「事義」本來就包括人生社會的種種義理。

　　《羅朱》最為人詬病的一個情節，為全劇關鍵的，乃是朱麗葉在得知羅密歐遭放逐後，為什麼不和他私奔，逃到異地雙宿雙棲？〔註5〕二人私奔，就沒有下面的一連串事件，二人殉情的悲劇也就不會發生了。《文心雕龍‧指瑕》認為「古來文才，異世爭驅，或逸才以爽迅，或精思以纖密，而慮動難圓，鮮無瑕病」；莎翁這位大才子的作品，也「鮮無瑕病」。不私奔這樣的劇情處理，不只是瑕疵而已，簡直是大敗筆。朱、羅如果私奔，故事就此結束，再也沒有本劇下半部的各種矛盾衝突。觀眾喜歡看的悲情大戲被腰斬，莎翁及其團隊的生意怎能興隆？劇情延續所出現的各種矛盾衝突，且是莎翁馳騁其辭采才華的機會，他怎肯放棄？

　　第三觀置辭，就是觀察本劇的修辭藝術。置辭與事義與位體關係密切。籠統來說，大凡在交代事件和人物的核心元素之外，作者在文字上所花費的功夫，可納入「置辭」的範圍；如果用《文心雕龍‧附會》的比喻，則「事義為骨髓，辭采為肌膚」，辭采即修辭。文學作品的修辭，是作者對字詞、句子、

〔註4〕本文的引文根據莎士比亞著、梁實秋譯《羅密歐與朱麗葉》（中英對照）（台北：遠東圖書公司，2004）和 Jill L. Levenson, ed., William Shakespeare: Romeo and Juliet（New York: Oxford University Press, 2000）兩個版本。注明幕景時，以 I, II 等表示幕數，以 i, ii 等表示景數。

〔註5〕參考 M. M. Mahood, Shakespeare's Wordplay (London: Routledge, 1968), p.57.

段落、篇章的安排。字詞有其音與義，在中文來說，還有形；換言之，字詞的形、音、義都是重視藝術性的作家寫作應考慮周全的。《文心雕龍》六觀說的觀宮商，可包括在觀置辭之內。劉勰那個時代的作家，非常重視文學的聲律，即音樂性（musicality）；與他同時代的文壇領袖沈約，就是講究聲律的專家。大概因為這樣，劉勰才另立一觀，即觀宮商。論者公認《羅朱》是莎劇中辭采極茂盛的一齣，甚至是辭采最茂盛的。本劇的修辭藝術，特別是「麗辭」，正是本文關注的重心，下面將詳述。

第五觀奇正，第六觀通變。奇正的準確含義似乎不易說明。《定勢》篇說：「舊練之才，則執正以馭奇；新學之銳，則逐奇而失正；勢流不反，則文體遂弊。」《辨騷》篇說：「酌奇而不失其貞，翫華而不墜其實。」如果說「正」是正統、正宗，則「奇」應該是新奇、新潮、標奇立異一類的東西。不過，奇與正大概是相對的，時代遞嬗，這一代之奇可能變為下一代之正。《羅朱》這齣莎劇，其故事有淵源；從義大利文到法文、英文，有其「先驅」。莎翁如何「執正以馭奇」或「逐奇而失正」，他又怎樣利用「傳統」，並施展其個人的創作「才華」（20世紀詩人兼批評家艾略特 T. S. Eliot 有名文題為《傳統與個人才華》「Tradition and the Individual Talent」），也就是《文心雕龍·通變》說的「資於故實」、「酌於新聲」，而後寫成這個劇本，歷來的莎學專家論之詳矣。這部《羅朱》在37部莎劇中特色如何、地位如何，在莎翁所屬的伊莉莎白時代戲劇中特色如何、地位如何，在英國的戲劇史以至在世界的戲劇史上，特色如何、地位如何，則博學的莎學學者、英國文學學者、世界文學學者，在「操千曲而後曉聲，觀千劍而後識器」（《知音》篇語）的前提下，可嘗試論斷。劉勰如果生於現代，一定與錢鍾書一樣博學，和錢鍾書一樣中西貫通，當然可與錢氏和西方諸博學的學者一樣，嘗試析論《羅朱》的「奇正」、「通變」，論斷其文學地位。筆者非博學的莎學者，這裏不論。

三、《羅密歐與朱麗葉》修辭的五個亮點

《羅朱》以修辭勝，六觀中的觀置辭、觀宮商，正與修辭相涉。比喻與誇飾，從阿里斯多德的《修辭學》到《文心雕龍》的《比興》篇、《誇飾》篇，以及中外其他各種修辭理論，無不重視。羅密歐邂逅朱麗葉，驚其豔，狀其貌，一出口就是比喻與誇飾：

啊！她比滿堂的火炬還要亮。

　　　　她好像是掛在黑夜的頰上，

　　　　有如黑人戴的寶石耳墜；

　　　　平時不宜戴，在塵世也嫌太寶貴！

　　　　那位小姐在她的伴侶中間，

　　　　像烏鴉隊中的白鴿那麼鮮豔。（梁實秋譯本；I, v）

這正是《文心雕龍‧誇飾》說的「因誇以成狀，沿飾而得奇」。《羅朱》中幾乎
人人都是擅用比喻、誇飾的演說家，相關的例子舉不完。

　　本劇第一和第二幕之前各有序詩，二者都是十四行詩（sonnet）。第一幕第
五景有一段羅、朱對話（從「If I profane with my unworthiest hand」到「Then
move not, while my prayers, effect I take.」）形式上也是十四行詩。歐洲的十四
行詩，分為義大利式和英國式即莎士比亞式兩種，詩行、音節、押韻等都有規
定。詩歌的音樂性，就是《文心雕龍‧聲律》說的聲律。劉勰在篇中說：「古
之佩玉，左宮右徵，以節其步，聲不失序，音以律文，其可忘哉？」十四行詩
的聲律，正基於這樣的原理。莎翁在本劇三首十四行詩中，固然「聲不失序，
音以律文」，在其他多個地方，如第二幕第二景羅密歐又一次讚美朱麗葉時，
「How silver-sweet sound lovers, tongues by night」中的 silver-sweet sound 之雙
聲以至「三聲」，第三幕第三景寫羅密歐與修道士告別時「a grief so brief to part
with thee」之行內疊韻，例子不勝枚舉，都是要讓人享受「聽之則絲簧」（《總
術》篇語）的聲律美感。

　　莎學中有「漢學」──《漢穆雷特》之學。印度的「漢學」大概頗盛，有
刊物名為《漢穆雷特研究國際學報》（Hamlet Studies: An International Journal of
Research），由印度學者主編，在新德里出版〔註6〕。「羅學」（對《羅朱》的研
究）的盛況恐怕比不上「漢學」，不過，就像上文所述，這個劇本的每個方面、
每個角落都已有專論、宏論，其修辭當然也有，雖然在 20 世紀的「羅學」中，
修辭學並非顯學。

　　1996 年出版的《莎士比亞概覽》（Shakespeare Survey）「《羅朱》專輯」
中黎文遜（Jill L. Levenson）有論文，列舉此劇粲然可觀的各種修辭格
（rhetorical figures），包括 enthymeme, anamnesis, philophronesis, anadiplosis,
epistrophe, polyptoton, diacope, epizeuxis, antanaclasis, syllepsis, apostrophe,
exergasia, prosopopoeia, asyndeton, antimetabole, oxymoron, pleonasmus,

---

〔註6〕這本學報在 1979 年創刊，出版人兼主編是 R. W. Desai。

epanalepsis, onedismus, synecdoche, antithesis, ⋯⋯並指出莎氏那個時代，修辭學大盛，其先賢及同輩，極重視辭采〔註7〕。黎文遜主要述評《羅朱》的四樣修辭：（1）第二幕第三景勞倫斯修士「柳條籃子」（osier cage）的一段話；（2）第三幕第三景勞倫斯修士訓責羅密歐的一段話；（3）第一幕第四景墨枯修「仙姑」（Queen Mab）的一段話；（4）全劇到處可見的雙關語、俏皮話（word-play, quibble, pun）。

關於雙關語，黎文遜引用過馬琥德（M. M. Mahood）1968年出版《莎士比亞的雙關語、俏皮話》（Shakespeare's Wordplay）〔註8〕一書的說法。第一幕第五景中，羅密歐初遇朱麗葉，說她「for earth too dear」；馬氏指出，dear 一詞可解作親愛（cherished），也可解作昂貴（costly），這是一例。第二幕第六景勞倫斯修士為羅、朱二人主持婚禮，說出一番愛情的道理，他用 consume 一詞，此詞可解作「達到極致」（consummation），也可解作燒掉（to burn away）、毀掉（destroyed），這是另一例。馬氏舉出此二例，還有其他很多別的，並指出：根據保守的估計，《羅朱》一劇的雙關語、俏皮話有 175 處之多〔註9〕。她認為這些雙關語、俏皮話是有用的，「劇中人物傷痛累累，雙關語、俏皮話是一種療傷之藥」，「也使得這齣劇的戲劇性反諷更為明確」〔註10〕。

黎文遜所說的「柳條籃子」片段，則已有易文思（Robert O. Evans）的暢論。勞倫斯在修道院黎明即起，拿著柳條編織成的籃子，尋覓「毒草奇花」，裝在籃子裏，研製成草藥（後來朱麗葉就是吃了勞倫斯的草藥而昏睡假死）。他尋尋覓覓時自言自語，一說就是無韻體（blank verse）40 行。易文思在其專著《柳條籃子：〈羅密歐與朱麗葉〉的修辭》（The Osier Cage: Rhetorical Devices in Romeo and Juliet）〔註11〕中，認為這番話「既議論滔滔，也辭藻繽紛，非常精采」。易氏析其種種修辭格之餘，指出勞倫斯在劇中地位重要；他「被安排、編織入本劇中，就像柳條被編入在籃子中一樣」〔註12〕。

〔註7〕參考 Anthony Davies, "The Film Versions of Romeo and Juliet," in Stanley Wells, ed., Shakespeare Survey 49 中 Levenson 論文 "Shakespeare's Romeo and Juliet: the Places of Invention, " p.45.

〔註8〕此書的出版資料見 M. M. Mahood, Shakespeare's Wordplay (London: Routledge, 1968), p.57。

〔註9〕M. M. Mahood, Shakespeare's Wordplay, p.56.

〔註10〕M. M. Mahood, Shakespeare's Wordplay, p.57.

〔註11〕此書在 1966 年由 Kentucky University Press 出版。

〔註12〕Robert O. Evans, The Osier Cage: Rhetorical Devices in Romeo and Juliet (Lexington: Kentucky University Press, 1966), p.66.

　　第三幕第三景修道士訓責羅密歐，要他數算自己的幸福快樂，而不要怨天怨地；言論也滔滔而發，用了 51 個無韻體詩行，比喻、誇飾辭格都有，平行（parallelism）句式甚多。修道士訓斥羅密歐，說他「缺乏男人的氣魄」（digressing from the valour of a man），修道士這番話說得氣盛辭嚴。

　　第一幕第四景「仙姑」那一段長 41 行，也是無韻體。這裏墨枯修大放厥詞，描摹仙姑的樣貌，縷述她與世間各式人等的接觸及產生的影響，又把她說成是妖婆（hag）。這一段有很多排比句，有論者謂這一大段離題。易文思在其《柳條籃子》中，除了力稱「柳條籃子」片段言辭精采紛呈之外，也力贊「仙姑」片段，說「仙姑這段說詞是鬥智（game of wits）的一種針鋒相對，它的精采辭格一個又一個，令人驚喜」；這段話表現了《羅朱》「一個主要的毀滅力量——是暴力」；它是全劇有機的一部分，並不離題（digressive），不是「歌劇的插曲」那類東西。易文思認為「除了男女主角羅密歐與朱麗葉之外，他是劇中最重要的人物」〔註 13〕，他享有殊遇。順便一提，易文思著書評論本劇時，美國的新批評（The New Criticism）和新阿里斯多德（Neo-Aristotelian）主義流行，二者重視作品的有機性結構（organic structure），易氏的議論大概受了它們的影響。當然，作品結構嚴謹，行文前呼後應，是藝術性的表現，是千古不易的原理。

　　黎文遜的論文中，也提到《羅朱》一劇常常出現的矛盾語（oxymoron）。矛盾語也是易文思關注的重點，其《柳條籃子》一書有專章闡述。易文思指出，本劇出現的矛盾語甚多，主角羅密歐是個「機智大師」（master of wit）〔註 14〕，出場不久，就來一大段矛盾語：

　　　　我們到哪裡吃飯？唉呀！誰在此地打架？不必對我講，我已經
　　全聽說了。這場衝突與仇恨有關，但更大的衝突卻是與愛情有關：
　　　　所以吵鬧的愛呀！親愛的仇！
　　　　啊任何事物！真是無中生有。
　　　　啊沉重的輕浮！嚴肅的虛妄！勻稱的體型之歪曲的混亂！鉛鐵
　　鑄成的羽毛，亮的煙，冷的火，病的健康！
　　　　永遠醒著的睡眠，名實全然不符！
　　　　我覺得我在愛，卻得不到滿足。（梁譯；I, i）
　　易氏認為劇中常見的矛盾語有其作用：顯示「愛情與戰爭（或者說暴力）

〔註 13〕Robert O. Evans, The Osier Cage: Rhetorical Devices in Romeo and Juliet, p.82.
〔註 14〕Robert O. Evans, The Osier Cage: Rhetorical Devices in Romeo and Juliet, p.23.

這歧異的思維」，這種歧異「導致最後的悲劇」。易文思稱讚本劇是「對種種修辭格的突破性實驗」，且「演示得不同凡響」。他認為本劇中的種種矛盾衝突，是「愛神維納斯和戰神馬爾斯的對決」；「矛盾語的功能，在顯示本劇的主題和結構」；矛盾語「是本劇最重要的修辭格」〔註 15〕。

　　綜合馬琥德、易文斯、黎文遜諸家的論述，我們可以說，經常出現的矛盾語、無處不在的雙關語、修道士的「柳條籃子」獨白、修道士對羅密歐的訓責辭、墨枯修的「仙姑」說，構成了《羅朱》修辭的五大亮點。筆者在這裏鄭重補充，加上第六個亮點。這位阿六，長久蒙塵，幽光不發，我們要把它抹拭擦亮。這第六個亮點是《文心雕龍‧麗辭》說的對偶。當然，比喻在《羅朱》中經常出現，也是本劇的一大特色。不過，比喻的重要性，古今中外的詩學都承認；而莎劇中無劇無奇比妙喻，批評家見奇不奇、見巧不巧，也就不那麼眼前一亮了。

四、本劇第六個亮點：麗辭（對偶）

　　麗、偶都是成雙成對之意。字數相等、語法相同、語意相關、平仄相對的兩個片語或句子，成雙成對並排在一起，叫做「對偶」；如杜甫詩句「無邊落木蕭蕭下，不盡長江滾滾來」。準確地說，這樣的對偶是「嚴對」即「嚴格的對偶」。如果不規定「平平對仄仄」、「仄仄對平平」的平仄相對，而且字數、語法兩項不必嚴格要求完全相同，即較為寬鬆一點的，是謂「寬對」。對偶是中國文學的一大特色，駢文、律詩、對聯都用對偶，這裏不贅述。中國 20 世紀作家中，例如錢鍾書，行文時也善用對偶──基本上屬於這裏說的寬對。錢氏在其《宋詩選注》中，解釋詩句時他寫下這樣的句子：「荷葉怕風鳴，果子遭雨害。」這兩句因為平仄對得不夠嚴，而不能稱為嚴對；另外錢氏寫道：「敵人的撤退既然『悠悠』無日，流亡者的回鄉也就遙遙無期。」兩句中「敵人」對「流亡者」、「撤退」對「回鄉」、「無日」對「無期」，都不夠工整，而只能稱作寬對〔註 16〕。

〔註 15〕 Robert O. Evans, The Osier Cage: Rhetorical Devices in Romeo and Juliet, p.40.

〔註 16〕 引句見錢鍾書《宋詩選注》（北京：人民文學出版社，2002），頁 38 和 122。賴明清的碩士論文《錢鍾書〈宋詩選注〉的修辭特色》（台灣佛光大學，2009）論對偶等甚諦，可參看。錢鍾書常用對偶語句，他如論文《談中國詩》等皆是佳例。當代作家余光中文采斐然，也常用對偶語句。香港《大公網》2010 年 4 月 16 日引述是日台灣《聯合報》報導：「『私德猶如內衣，髒不髒自己明白。聲譽猶如外套，美不美由人評定』，這是文學大師余光中發出的最新『短信創作』。一出手就讓人拍案叫絕。」

　　西方文學中有平行（parallelism）的修辭格，它與上述的寬對相類而不相同。西方文學中有同於寬對的語句，但據筆者所知，並無對偶（不管是嚴對或寬對）的修辭格。西方文學中的 parallelism 指兩個或以上語法相同的片語或句子，例如邱吉爾（Churchill）的名句：

> The inherent vice of capitalism is the unequal sharing of blessing;
> the inherent virtue of socialism is the equal sharing of miseries.

和凱撒（Julius Caesar）的「Veni, vidi, vici（I came, I saw, I conquered.）」都被當作平行語句。我們加以比較，就知道二者不同：前者有兩個句子，後者有三個。前者只得兩句，是對偶，屬於上述說的寬對；後者有三句，並非「成雙成對」的對偶語句。英國文學中有兩行成一單元的詩句，押韻，用抑揚五步格（iambic pentameter），稱為 heroic couplet，一般譯作英雄偶句，莎士比亞的劇本中就不時出現；例如，《羅朱》中，羅密歐在其友墨枯修慫恿下，決定前赴卡家的舞會看一看，說話時就用這種英雄偶句：

> I'll go along, no such sight to be shown,
> But to rejoice in splendour of mine own.
> 我同你去，不是要你指點每人給我看，
> 是去欣賞我自己愛人的美豔。（梁譯；I, iii）

這兩行的語式相差很大，當然不是對偶。莎士比亞的劇本中，有沒有對偶呢？這裏先要清楚說明：本文指的是寬對式的對偶；因為中英兩種語言的特性不同，中國嚴對式的對偶，在英國文學中大概不存在。有了這樣的理解，我們可以說莎劇有對偶，而在《羅朱》中似乎特別多。

　　《文心雕龍·麗辭》開宗明義就說，用麗辭即對偶是自然而然的事：「造化賦形，支體必雙，神理為用，事不孤立。夫心生文辭，運裁百慮，高下相須，自然成對。」上古時期，文辭不盛，已有麗辭。皋陶贊云：「罪疑惟輕，功疑惟重。」益陳謨云：「滿招損，謙受益。」劉勰因此說：「豈營麗辭，率然對爾。」以後《易經》常有麗辭，後來到了詩人、大夫的書寫，偶章、聯辭甚多，彷彿都是筆下自然湧現，「不勞經營」。自揚雄、司馬相如以來，「崇盛麗辭」，「麗句與深采並流，偶意共逸韻俱發」，可謂大盛。我們都注意到，《文心雕龍》所屬的駢文文體，正以駢四儷六的麗辭為其骨幹。

　　劉勰接下來為麗辭分類，說明其難易優劣：「故麗辭之體，凡有四對：言對為易，事對為難；反對為優，正對為劣。」跟著解釋各類不同的對偶：「言

對者，雙比空辭者也；事對者，並舉人驗者也；反對者，理殊趣合者也；正對者，事異義同者也。」劉勰跟著舉例，並說明為什麼有難易優劣的論斷：

> 長卿《上林賦》云：「修容乎禮園，翱翔乎書圃。」此言對之類也。

> 宋玉《神女賦》云：「毛嬙鄣袂，不足程式；西施掩面，比之無色。」此事對之類也。

> 仲宣《登樓》云：「鍾儀幽而楚奏，莊舄顯而越吟。」此反對之類也。

> 孟陽《七哀》云：「漢祖想枌榆，光武思白水。」此正對之類也。

> 凡偶辭胸臆，言對所以為易也；徵人資學，事對所以為難也。

> 幽顯同志，反對所以為優也；並貴共心，正對所以為劣也。

劉勰對麗辭的論述，影響深遠，後世的上官儀、魏慶之、日僧空海，一直到當代的學者，受其啟發，踵事增華，對麗辭即對偶作更細緻的分類和闡釋，因為對偶這個修辭格在中國文學中十分重要。

西方修辭學有平行辭格，也有對比辭格，卻不見有對偶辭格。平行是parallelism，已如上述；對比是antithesis。對偶如要英譯，不能用parallelism，也不能用couplet一詞。因為couplet是雙句，卻不必對偶；而且couplet是兩個詩句（或詩行），而對偶可以是句子，也可以是片語。一句中語詞（片語）的對偶可稱「句中對偶」，如上述《麗辭》篇「麗句與深采並流」中的「麗句」與「深采」對偶，「偶意共逸韻俱發」的「偶意」與「逸韻」對偶。兩個句子的對偶可稱「雙句對偶」，如上述「麗句與深采並流，偶意共逸韻俱發」就是。也許對偶可譯為pair。劉勰說的「正對」可英譯為semantically similar pair（語意相似的對偶），「反對」則為semantically antithetical pair（語意相反的對偶）。用對比（antithesis）的兩個語句，如果二者的語式不太參差，則可說它們相當於「反對」。

五、本劇的麗辭（對偶）析論

本劇的麗辭（對偶）數量極多，「正對」「反對」「句中對偶」「雙句對偶」都有；只計算羅密歐的對偶語句，就起碼有20多處。限於篇幅，未能把本劇各種對偶語句加以統計，羅列出來。以下是舉例說明而已。

　　本劇的開場白《序詩》第三行就有對偶：「From ancient grudge break to new mutiny」，意謂「舊仇恨爆出新敵對」，指蒙卡兩個家族舊恨未了，新仇又來。這裏「ancient grudge」（舊仇恨）與「new mutiny」（新敵對）是句中對偶。第一幕第一景維洛那城的公爵一出場，在斥責械鬥中的兩家族青年時，說白的第四、第五行就有對偶：

> That quench the fire of your pernicious rage
>
> with purple fountains issuing from your veins,

意謂「血脈的紫紅泉」（fountains issuing from your veins）澆滅不了「刻毒的憤怒火」（fire of your pernicious rage）。公爵斥罵眾青年，蒙家的家長（也就是羅密歐的父親）跟著也來追問打鬥的情由，一開口是「Who set the ancient quarrel new abroach?」意思是「誰把舊仇恨演成新挑釁？」「ancient quarrel」（舊仇恨）和「new abroach」（新挑釁）對偶。蒙氏和後輩交談了一會，說到兒子羅密歐困於情而鬱鬱寡歡（她愛 Rosaline 而對方不愛他）的近況，來了這樣的對偶：

> [Romeo] Shuts up his windows, locks fair daylight out,
>
> And makes himself an artificial night.（I, i）

梁實秋的譯文是：

> 關上窗戶，把美麗的光明鎖在外面，
>
> 給自己製造一個人工的黑夜。

原文對偶的 fair daylight 和 artificial night，梁譯作「美麗的光明」和「人工的黑夜」，中譯也對偶。不過，「美麗的光明」如改為「美麗的白天」，會好一點。順便一提，把光明（或白天）鎖在窗外面的寫法，十足是現代詩的通感（synaesthesia）式修辭；這也使人想起中國宋代詞人張炎談論填詞格律時的「鎖窗深」、「鎖窗幽」、「鎖窗明」的故事。

　　老了剛唱罷，兒子登場。與朋友幾句簡短的對話之後，情困的羅密歐，就矛盾語和對偶語「脫口」而「秀」出，真是脫口秀（talk show）。這段話上面引過，下面再引一遍，這次抄錄的是原文：

> Alas! that love, whose view is muffled still,
>
> Should, without eyes, see pathways to his will.
>
> Where shall we dine? O me! What fray was here?
>
> Yet tell me not, for I have heard it all.
>
> Here's much to do with hate, but more with love:

Why then, O brawling love! O loving hate!

O any thing! of nothing first create.

O heavy lightness! serious vanity!

Mis-shapen chaos of well-seeming forms!

Feather of lead, bright smoke, cold fire, sick health!

Still-waking sleep, that is not what it is!

This love feel I, that feel no love in this.

Dost thou not laugh?（I, i）

上面引述時，乃為了說明易文思所強調的矛盾語（oxymoron），現在則為了說明對偶語句。

1.「Much to do with hate, but more with love」中譯可作「（矛盾）固因恨，（衝突）更為情」。

2.「Brawling love」（吵鬧的愛）與「loving hate」（親愛的仇）二者本身固然是矛盾語；並列於句中，則是對偶了。

3.「Heavy lightness」（沉重的輕浮）與「serious vanity」（嚴肅的虛妄），其理同上。

4.「Mis-shapen chaos」（歪曲的混亂）和「well-seeming forms」（勻稱的體型），是對偶。

5.「Bright smoke」（亮的煙）和「cold fire」（冷的火），其理同2。不過，這對偶之前之後都有語法相近的矛盾語「feather of lead」、「sick health」等，所以其對偶性較不明顯。

序詩、公爵、羅密歐的父親、羅密歐都用對偶語句；朱麗葉、墨枯修、修道士也都用。墨枯修的「仙姑」（Queen Mab）說辭，易文思認為十分精彩，為修辭的一大亮點，且因為涉及性愛、暴力而與本劇的主題相關〔註17〕。這段話有易文思所說的平行語句，我們細加觀察，乃發覺對偶語句自其中湧現。墨枯修這樣描繪仙姑的座駕：

Her wagon-spokes made of long spinner, legs;

The cover, of the wings of grasshoppers;

The traces, of the smallest spider's web;

〔註17〕Robert O. Evans, The Osier Cage: Rhetorical Devices in Romeo and Juliet, pp.73, 82, 88, 89.

> The collars, of the moonshine's watery beams;
>
> Her whip, of cricker's bone; the lash, of film; （I, iv）

梁實秋的中譯為：

> 她的車輻是長腳蜘蛛的腿作的；
>
> 車蓬是蚱蜢的翅膀作的；
>
> 挽索是小蜘蛛網絲作的；
>
> 軛圈是水一般的月光作的；
>
> 她的鞭子是蟋蟀的骨頭作的；鞭繩是遊絲作的；

原文這五行，初看是排比語句，或曰平行語句。一加細察，就知道首兩行成雙，第三四行成對，都是「雙句對偶」；第五行由兩個半行構成，這一行也是對偶句。接下去還有：

> That plats the manes of horses in the night;
>
> And bakes the elf-locks in foul sluttish hairs,

原文用 bake（燒硬）頗費解，這兩行或可這樣翻譯：仙姑在

> 黑漆夜裏，編結馬首的鬃毛；
>
> 髒亂髮堆，燒硬糾纏的頭髮。

原文和譯文中，第二句都嫌牽強。羅密歐聽墨枯修侃侃而談，到這兩行之後，再聽四行，就截斷他好友的話道：「別說了，別說了！墨枯修，別說了！你是在胡說。」既為胡說，其牽強可知。這讓我們想起《紅樓夢》中大觀園的諸少年「詩與胡說」的故事。

　　易文思暢論修道士的「柳條籃子」片段，認這段話「粲然可觀」〔註18〕。這段話正有不少對偶語句。第二幕第三景中，修道士一開口第一行就是句中對偶：「The grey-ey'd morn smiles on the frowning night」，梁實秋所譯句子中的「灰色的黎明」和「皺眉的殘夜」是也。隔了幾行，接下去是：

> I must up-fill this osier cage of ours
>
> With baleful weeds and precious-juiced flower.

梁實秋把第二行的 baleful weeds 和 precious-juiced flower 乾脆譯為四字成語一般的「毒草奇花」。接下去，修道士發表議論：

> The earth that's nature's mother is her tomb;
>
> What is her burying grave that is her womb,

〔註18〕Robert O. Evans, The Osier Cage: Rhetorical Devices in Romeo and Juliet, p.59.

或可把這「雙句對偶」這樣譯出來：

> 大地者，萬物之生母，亦萬物之塋墓；
>
> 是埋葬之墳場，亦出生之子宮。

接下去還有兩行，和上面雙句一樣，道出事物的相對性：

> Virtue itself turns vice, being misapplied,
>
> And vice sometime's by action dignified.

或可這樣翻譯：

> 錯誤運用，善者將轉邪惡；
>
> 恭敬行事，惡者可結善果。

修道士尋找的毒草奇花真厲害，接下去有：

> For this, being smelt, with that part cheers each part;
>
> Being tasted, stays all senses with the heart.

或可把這「雙句對偶」這樣翻譯：

> 嗅一嗅，香氣一身通透；
>
> 嘗一嘗，味道五官全留。

修道士的奇花異草，也是一籃子的奇句偶句；本文並沒有把這裏的對偶語句一篇盛滿。

　　連朱麗葉的乳母也用對偶，在向朱麗葉稱讚羅密歐時，她說「He is not the flower of courtesy, but I'll warrant him, as gentle as a lamb」（II, v），意謂羅密歐雖非「溫文如花（flower of courtesy）」，卻是「馴良似羊（as gentle as a lamb）」。不過語式不工整，只能說是寬的「寬對」。朱麗葉與羅密歐舉行過婚禮不久，聽到羅密歐殺死其表哥提拔特的消息，不知其詳情，只覺驚駭，乃罵起羅密歐來，說他像一本書，「Was ever book containing such vile　matter / So fairly bound？」（III, ii）也因為語式不工整，而只能說是寬的「寬對」。梁實秋中譯為：「可曾有過這樣一本書，內容如此惡劣而裝潢如此考究？」「內容惡劣」和「裝潢考究」卻稱得上是對偶了，這正是中國對偶句成語「金玉其外，敗絮其中」之意。朱麗葉較為工整的對偶語句，出現在這兩行的前面，這裏矛盾語與對偶語連排而出，還有多個比喻，簡直要呼應上面羅密歐那一段：

> O serpent heart, hid with a flowering face!
>
> Did ever dragon keep so fair a cave?
>
> Beautiful tyrant! fiend angelical!

> Dove-feather'd raven! wolvish-ravening lamb!
>
> Despised substance of divinest show!
>
> Just opposite to what thou justly seem'st;
>
> A damned saint, an honourable villain! (III,ii)

梁實秋的中譯如下：

> 啊毒蛇一般的心腸，藏在花一般的臉下！
>
> 惡龍住過這樣優美的洞府麼？
>
> 美貌的狠心人！天使一般的魔鬼！
>
> 披著鴿子羽毛的烏鴉！狼一般饕餮的羔羊！
>
> 有最神聖外貌之可鄙的實質！與外表恰恰相反；
>
> 一個該下地獄的聖徒，一個體面的小人！

把梁實秋這一段中譯的相關部分稍加調理，我們可得下面頗為工整的對偶語句：

1. 毒蛇的心，嬌花的臉（serpent heart, flowering face）

2. 美麗的暴君，聖潔的魔鬼（beautiful tyrant, fiend angelical）

3. 披戴羽毛如鴿的烏鴉，饕餮食物如狼的羔羊（dove-feather'd raven，wolvish-ravening lamb）

4. 神聖外貌的卑劣實質（divinest show, despised substance）

5. 被咒詛的聖者，可尊敬的小人（a damned saint, an honourable villain）

劉勰認為對偶語句有「正對」「反對」之別：「正對者，事異義同」，「反對者，理殊趣合」；「正對為劣」，「反對為優」。凡此種種，已見上面對《麗辭》篇的引述。在剛才所引《羅朱》的各個對偶例子中，「正對」和「反對」都有。「正對」如「溫文如花」「馴良似羊」那一雙，數目較少；「反對」如「內容惡劣」「裝潢考究」，數目較多。「反對」意含對比（antithesis），劉勰認為「反對為優」，其觀念和阿里斯多德在《修辭學》（Rhetoric）所強調對比予人鮮明感覺，可互相印證。本劇中最精采的「反對」大概是下面這一雙：

> Love goes toward love, as schoolboys from their books;
>
> But love from love, toward school with heavy looks. (II, ii)

梁實秋的中譯如下：

> 赴情人約會，像學童拋開書本一樣；
>
> 和情人分別，像學童板著臉上學堂。

兩句押韻，句子字數相同，很難得了，雖然還不算工整：上句的「約會」和下句的「分別」詞性不同；上句的「拋開書本一樣」和「板著臉上學堂」語式不同。不過，莎翁的造句，原來就不工整。

　　劉勰指出，「言對為易，事對為難。」言對是言辭的對偶，事對則是古代人物故事的對偶。善對惡、美對醜、黑對白、桃紅對柳綠、山明對水秀，只要有相當的辭彙和常識，就可寫出這類言對；不知道毛嬙與西施、鍾儀與莊舄這些人物及其生平故事，且把這些人事聯想在一起，就寫不出上述《麗辭》篇的那些事對。也就是說，事對除了是言辭之功，還是用典用事之勞，這非學問不可。《羅朱》的對偶，基本上都是言對，事對似乎一個也沒有。羅密歐與朱麗葉生於富貴人家，應有書香，畢竟只是十多歲的少年，腹笥有限，出口雖然成章，吐辭難以用事。羅密歐之友墨枯修知識頗豐，時常議論滔滔，第二幕第四景中他又一次對羅密歐大放厥詞，歷數古代 Laura, Dido, Cleopatra, Helen, Hero, Thisbe 幾位著名女人的不是；然而，他只是概括地論人而已，並不涉及具體的生平事蹟，加上這段話並非用對偶形式，所以這裏並沒有「事對」。中國歷代的文學，有個文雅的傳統：文人雅士下筆，重視用典用事。西方文學中嚴格的對偶本來就很少，西方古代作家又可能沒有中國傳統的文人那樣十分重視用典用事，我們在莎劇等西方作品中尋找「事對」，大概就難有收穫了。

六、結語：用愛情鑄造的一對金像佳偶

　　莎學專家研究莎翁那個時代的社會文化，指出當時修辭學大盛；莎劇的觀眾，據易文思所說，有相當一部分「應已懂得欣賞辭采之美」〔註19〕。用《文心雕龍‧諧讔》所說「辭淺會俗」的「會俗」來看，劇中人物出口成章、辭采華茂，固然因為莎翁文采出眾，也可說是要迎合某些觀眾的口味。莎劇演出時，佈景簡單，沒有什麼特別舞台設計，更沒有什麼特技；吸引觀眾的，除了故事情節之外，就靠演技、服飾、對白這些。《羅朱》演出時，金童玉女及其富貴家人的服飾一定華美，加上聲情並茂地朗吟對白，而對白亦雅亦俗，又以辭采富麗取勝，則觀眾的聲色之娛是享受到了。易文思說本劇無處無辭采〔註20〕，如用《文心雕龍‧體性》的評語，則「繁縟」庶幾近之。

　　麗辭的麗字可圈可點。中國的駢文是美文，成雙成對的四六工整語句，予

〔註19〕Robert O. Evans, The Osier Cage: Rhetorical Devices in Romeo and Juliet, p.9.
〔註20〕Robert O. Evans, The Osier Cage: Rhetorical Devices in Romeo and Juliet, p.3.

人美、麗、富麗之感；相比之下，「形單影隻」的語句，我們會感到寒愴。上面引過《文心雕龍・麗辭》的「造化賦形，支體必雙」、「高下相須，自然成對」等語，可見對偶之「麗」，是自然的現象。東方和西方的文藝、建築都重視對稱之美，對偶也是一種對稱，二者也都是「自然成對」。王驥德的《曲律》說：「凡曲遇有對偶處，得對方見整齊，方見富麗。」〔註21〕本劇的對偶語句極多，莫非莎翁與王驥德心有靈犀？比喻也是構成美文的一個重要元素。20世紀散文家秦牧說過，比喻之於文學，就如彩屏之於孔雀；拔去彩屏，孔雀就不成為孔雀了〔註22〕。對偶之外，《羅朱》的比喻甚多（上面我們只輕輕提過），增添了本劇文藻之美。平行語句多，也為本劇加強氣勢、排場，這也是一種富麗。無韻體、十四行詩、英雄偶句的運用，則造成其聲韻之美。中國元代以來的戲曲，從雜劇《西廂記》到傳奇《牡丹亭》、《桃花扇》，其文辭的精美華麗，同樣離不開對偶、比喻、排比、聲律。

　　易文思論《羅朱》的矛盾語（oxymoron），指出這種修辭格之經常出現，與本劇生死愛恨的矛盾、衝突等題旨有關，也與本劇的情節結構吻合〔註23〕。本劇的對偶語句，有很多是「反對」（語意相反的對偶）；在發揮題旨方面，其作用與矛盾語相近。莎翁創作劇本時，其意圖為何，有沒有用矛盾語、用「反對」來暗示或宣示其矛盾、衝突的主題，我們不得而知。我們不必冒著犯上「意圖謬誤」（intentional fallacy）的危險，妄加猜測。站在讀者的立場，我們則大可認為矛盾語、「反對」的大量出現，有助於加強本劇故事情節上矛盾、衝突的氣氛。至於本劇中雙雙對對的眾多「正對」（語意相似的對偶），我們也可解讀為：可反映羅密歐、朱麗葉二人求偶、配對、成雙的心情。我們可用《文心雕龍》的六觀法來分析、評價《羅朱》的方方面面，從這本文論經典的《麗辭》篇理論觀察本劇，我們更可看到西方學者所沒有注意的一面：這裏所說修辭的第六個亮點。易文思認為矛盾語是「本劇最重要的修辭格」。在我們看來，矛盾語既可併入本文所說對偶中的「反對」，然則對偶這修辭格在本劇的地位，就更在矛盾語之上了〔註24〕。

〔註21〕本書有台北藝文印書館1967年版本。
〔註22〕見其《藝海拾貝》一書。
〔註23〕Robert O. Evans, The Osier Cage: Rhetorical Devices in Romeo and Juliet, p.40.
〔註24〕關於本劇的麗辭，筆者尚有遐想，附記如下。本劇男女主角名字 Ro-me-o 和 Ju-li-et 恰好各有三個音節（syllable），讀快一點，則都各有兩個音節：Ro-meo 和 Ju-liet。這也是一種對偶？這樣詮釋或有穿鑿附會之嫌。莎劇 Hamlet 的一對男女 Ham-let 和 O-phe-li-a，則為2音節和4音節，不對偶。

　　羅密歐與朱麗葉因為兩家之仇恨，導致最後殉情；再因此而兩家和解，並決定為他們二人用純金鑄造塑像，立於維城。本劇文風的華麗，轉化為金像的華麗。雙雙自殺的金童玉女，其愛情鑄造為一對並立的佳偶，《鑄情》中正有很多對偶麗辭。

第十四章　請劉勰來評論顧彬

本章提要：

　　德國「漢學家」顧彬近年多次貶抑中國當代文學，甚至說某些作品是垃圾；又批評中國作家，說他們不懂外文，連母語中文也不行。本章戲用魔幻手法，把天上文心閣的劉勰請下來，評論顧彬。劉勰認為「文情難鑒」而顧彬「信偽迷真」、「褒貶任聲」。劉勰指出，懂外語固然是美事，但作家的外語能力與作品優劣沒有必然關係。「操千曲而後曉聲，觀千劍而後識器」，好的批評家，必須博觀。學問淵博的《文心雕龍》作者，徵引中外古今，風趣地把「漢學家」諷刺了一番。

前言

　　2007 年「中國古代文學理論學會第十五屆年會」會議的主要議題有三，其第三項是「中國文論研究的新突破如何可能」，這是個具創意的議題。筆者近年的《文心雕龍》研究有三個重點：（一）嘗試通過與西方文論的比較，重新詮釋它；（二）嘗試以中西文論合璧的方式，以《文心雕龍》為基礎，建立一具中國特色的文論體系，此體系具有大同性，有普世的價值；（三）嘗試把它的理論，用於對古今中外作品的實際批評。〔註1〕龍學數十年來碩果纍纍〔註2〕，我的龍學研究，在吸取諸時賢的成果之餘，努力作新的嘗試，不敢說是「新突破」。現

〔註1〕近年筆者發表的多篇《文心雕龍》論文，關於其理論體系，以及理論應用的論文篇目，請參考本書相關部份。

〔註2〕鎮江的《文心雕龍》資料中心，近年推出了《文心雕龍》研究論文資料庫光碟，數千篇論文見證了這門顯學的纍纍成果。此次會議在雲南大學舉行，雲大的張文勛教授就是著名的龍伯。

在提交的這篇文章，不是正規的學術論文，卻正是龍學實際應用的一個例子。本文的第一部份，行文語氣是筆者本人的，第二部份則假借劉勰的語氣。

一、顧彬砲轟中國當代文學

德國「漢學家」顧彬（Wolfgang Kubin），不「顧」中西共尊的「彬」彬有禮的美德，去年（2006 年）十二月在「德國之聲」接受訪問時，砲轟中國當代文學，說中國當代作家的「外語和母語都不行」，說衛慧等美女作家的作品是垃圾，說「中國人根本不給他們自己的文化和文學什麼地位」〔註3〕。我看了報導，一笑置之。

今年三月下旬，在北京的「世界漢學大會」上，「顧」調重彈：他直斥「中國沒有當代詩歌」；「所謂的中國當代詩歌，是外國文學的一部份」；「四九年後的文學，除中國史外，外國人基本上都不談」；「如果一個作家不掌握（外國）語言的話，他根本不是一個作家」〔註4〕。我看了報導，二笑置之。

回顧一下顧彬，他的論調至少是二十年不變的。1986 年在德國萊聖斯堡舉行的中國當代文學會議〔註5〕，面對著夏志清、劉紹銘、李歐梵等同行，及其同胞德國漢學家馬漢茂（Helmut Martin），面容常帶愁鬱的中年人顧彬說：除了鄭愁予，沒有任何其他人的詩能感動他。在座的人多研究小說，聽到顧彬這樣的「讀者反應」（reader's response），都沒有什麼反應。八年之後，在蘇州大學，在海峽兩岸三地的學者作家如賈植芳、古遠清、余光中、張曉風、思果、梁錫華等參加的中國當代散文研討會上，「耳順」之年的顧彬，愁鬱地斥責說：中國當

〔註 3〕顧彬在《德國之聲》專訪發表的意見，報導者眾，反應極多。報導方面，例如台北《中國時報》2006 年 12 月 12 日即有專文，題為《德漢學家顧彬重批：中國當代文學膽子小視野有問題》。顧彬（1945～），波恩大學漢學系主任，編著或翻譯的書包括：茅盾的《子夜》、丁玲的《莎菲女士的日記》、巴金的《家》和《寒夜》，以及《現代中國小說（1949～1979）》、《中國現代文學文藝批評文集》、《中國現代文學》、《中國的婦女與文學》、《中國的文化、政治和經濟》、《魯迅選集》（六卷本）等。

〔註 4〕顧彬對中國文學一顧再顧，傳媒作跟進報導。例如，台北《聯合報》2007 年 3月 28 日第 A13 版《兩岸》即頭條報導，題目為《德國漢學家：中國作家被稱嫖客》，副標題為《顧彬北京放砲「沒當代詩歌〔……〕僅是外國文學一部分」》；香港的《大公報》《大公網訊》，則根據上海《文學報》而作出了題為《德漢學家惡評中國文學是「二鍋頭」》的報導。

〔註 5〕會議名為中國文學的大同世界（The Commonwealth of Modern Chinese Literature），在德國 Reisensberg 舉行。會議後出版了一本英文論文集，以及一本《世界中文小說選》（台北，時報出版社，1987 年）。

代文學都是垃圾。我在場，聽此驚人之語，耳朵大感不順。我發言表示願聞其詳，古遠清也發言請他拿出證據。顧彬籠統地胡扯幾句，顧左右而言他。

由此看來，顧彬的垃圾說已延續了十餘年。多年來，我每一次看到報刊或網上顧彬的照片，發覺他總是劍眉深鎖，一副中年或後中年（而非少年）維特煩惱憂鬱的樣子〔註6〕。我想，顧彬這位研究、翻譯中國二十世紀文學的學者太可憐了，日日對著這些垃圾，臭氣沖天，怎樣快樂得起來？〔註7〕

對顧彬在「德國之聲」和漢學大會的話，我只能一笑、二笑置之。不料最近學校博士班一位同學，上課時向師生派發一份剪報，標題是《德國漢學家：中國作家被稱嫖客》〔註8〕，內容是三月下旬顧彬在北京發表的、上面引述過的言論。這位博士生希望我和大家討論顧彬的說法。

博學、審問、慎思、明辨……這是大學之道。孔子如是說，蘇格拉底會同意的，博學慎思的劉勰亦然。劉勰曾夢見孔子，他手執「丹漆之禮器，隨仲尼而南行」〔註9〕。我近年研讀《文心雕龍》，也曾夢見它的作者：劉勰在天上的文心閣、雕龍池〔註10〕，與《文選》的主編昭明太子等為友，常常煮酒論文、品茗說藝，對凡間的文學一直在關注。海通以來，更兼顧泰西的文事。九年前錢鍾書（1910～1998）也到了文心閣、雕龍池；鎮江和無錫兩位大批評家〔註11〕，　古　今在天上相遇，相重相敬。我於是告訴班上的同學，在你們對顧彬各抒己見之後，讓我請劉勰先生來作個評論。劉先生欣然下臨凡間，向大家發表以下的意見。

二、劉勰對顧彬這樣說

顧彬先生表示過只有鄭愁予的詩能感動他，這是他的「讀者反應」〔註12〕，我們必須尊重。然而作為教授，顧彬就不能純情、純主觀了。須知道，讀者的

〔註6〕德國文豪歌德有著名小說題為《少年維特的煩惱》。
〔註7〕顧彬編著、翻譯的書見註3。
〔註8〕台北《聯合報》2007年3月28日第A13版《兩岸》頭條報導，題目為《德國漢學家：中國作家被稱嫖客》，副標題為《顧彬北京放砲「沒當代詩歌〔……〕僅是外國文學一部分」》一文。
〔註9〕見《文心雕龍·序志》。
〔註10〕鎮江的景點「文苑」內有文心閣、雕龍池，還有2000年在鎮江舉行的《文心雕龍》國際研討會的紀念碑。
〔註11〕劉勰祖籍山東，在鎮江出生、長大；錢鍾書為無錫人。
〔註12〕「讀者反應」論為20世紀的一種文論，其主要觀點即是中國自古至今所常說的「仁者見仁、智者見智」。

性情、愛好各有不同，有慷慨的、醞藉的、浮慧的、愛奇的，我在《知音》篇對此已有表述〔註13〕。文學教授授業、解惑，應該力求客觀地闡釋、評價，不宜「會己則嗟諷，異我則沮棄」（合我胃口的就大力讚揚，不合的就咒罵唾棄）〔註14〕。顧彬先生 1995 年當上了波恩大學漢學系主任，其學術的恩澤，將波及各地。德國強調理性的美學家、文論家輩出，為貴國莘莘學子講授漢學中的文學，怎能不像康德一樣作理性的評價？你不理性，我就要請康德批判你的「判斷力」了。

說這個中國作家的作品是垃圾，那個又是垃圾，顧大教授啊，你那雙憂鬱的眼睛是金睛火眼，是安諾德（Matthew Arnold）說的「試金石」（touchstone）〔註15〕，一看就看出來？安諾德要評價作家的高下，戰戰兢兢，甚至寢食難安哩！請你想一想：

> 麒麟和獐，鳳凰和野雞，都有極大的差別；珠玉和碎石塊也完全不同；陽光之下顯得很清楚，肉眼能夠辨別它們的形態。但是魯國官吏竟把麒麟當作獐，楚國人竟把野雞當做鳳凰，魏國老百姓把美玉誤當做怪異的石頭，宋國人把燕國的碎石塊誤當做寶珠。這些具體的東西本不難查考，居然錯誤到這種地步，何況文章中的思想情感本來不易看清楚，誰能說易於分辨優劣呢？

以上是我一千五百年前講過的話，寫在《知音》篇裡〔註16〕，怕你看不懂原文，所以用了《文心雕龍》之友牟世金的語體翻譯。唉，「形器易徵，謬乃若是；文情難鑒，誰曰易分」？錢鍾書夫人楊絳女士，就曾謙虛地說，她「缺乏分別精華和糟粕的能力」。世金兄十多年前來到天上，常常與我在文心閣聊天，即使是擺龍門陣，因為是「雕龍」啊，我們都不信口月旦，而是同安諾德那樣認真。

〔註13〕《文心雕龍·知音》說：「慷慨者逆聲而擊節，醞藉者見密而高蹈，浮慧者觀綺而躍心，愛奇者聞詭而驚聽。」

〔註14〕見《文心雕龍·知音》。

〔註15〕安諾德的「試金石」說，見其《詩學》（The Study of Poetry）一文。他的試金石，是從歷來偉大作品所挑選出來的片段，用以鑑定其他一般作品中「崇高詩質的有無」。筆者有《詩話詞話中摘句為評的手法》一文（收於拙著《中國文學縱橫論》，台北，東大圖書公司，1988、2005 年），論及「試金石」，可參看。

〔註16〕《文心雕龍·知音》原文為：「夫麟鳳與麏雉懸絕，珠玉與礫石超殊，白日垂其照，青眸寫其形。然魯臣以麟為麏，楚人以雉為鳳，魏氏以夜光為怪石，宋客以燕礫為寶珠。形器易徵，謬乃若是；文情難鑒，誰曰易分。」

　　安諾德最近這一年，一直在勤學中文。他的前輩麥考萊（T. B. Macaulay）在維多利亞女王治下英國全盛時期，把梵文和印度文學踐踏到體無完膚〔註17〕，當年幾乎要認同麥氏的見解。近年看到孔子學院愈開愈多──這是 21 世紀的孔家店，幾乎要趕上「日不落」的英國文化協會和歌德學院的數目，乃不敢輕忽，從《詩經》讀起，原文、語譯、韋理（Arthur Waley）的英譯一起來，勁力十足。讀到「窈窕淑女」一語，大呼過癮，說：原來好萊塢的 My Fair Lady 中文片名，就是這樣來的。

　　作家學外語當然是好的。21 世紀的安諾德在天上的雕龍池邊學中文、讀《詩經》。一百多年前，他沒有學中文；那時，中文這背後有數千年歷史文化為靠山的語言，對他來說也是重要的外語啊！華茲華斯、柯立基、拜崙以至 20 世紀得諾貝爾獎的艾略特〔註18〕，哪一個英國詩人學過中文這種外語？貴國的文豪歌德，鼓吹世界文學的，可曾學過中文這種外語？一直至諾獎得主葛拉斯〔註19〕，貴國現代作家可曾學過中文這種外語？我國的屈原、陶潛、杜甫、蘇軾、湯顯祖、羅貫中，當年也沒有學過拉丁語英語法語西語義語或者你們的德語。

　　歌德十分推崇莎士比亞，而英國這位國寶，英國人寧可失去印度也不能失去他的〔註20〕，懂什麼外語？莎翁的同代晚輩班・姜森（Ben Jonson）譽他是「時代的靈魂」、是「愛芬河可愛的天鵝」，說他「不屬於一個時代，而屬於所有的世紀」〔註21〕；然而，既寫凱撒大帝遇刺，又寫義大利俊男美女殉情的莎翁「不大懂拉丁文，更不通希臘文」〔註22〕。

　　我正在西西牙牙地學西班牙語，切切德德地學德語。歌德鼓勵人學外語，說這樣等於屋子裡多開了視窗，可以把世界看得更清楚。然而，懂外語與否，懂得的外語的數目多寡，和作家的成就沒有必然的關係。難道在紐約聯合國做

〔註17〕麥考萊在印度任 Supreme Council of India 時，於 1835 年發表教育政策演說，痛詆印度語文、文化；見 National Archives of India 的「Minute by the Hon'ble T. B. Macaulay, dated the 2nd February 1835」。

〔註18〕即 William Wordsworth, Samuel Coleridge, George Byron, T. S. Eliot。

〔註19〕葛拉斯於 1999 年得諾貝爾文學獎，其名著有《錫鼓》等。

〔註20〕是 19 世紀蘇格蘭歷史學家卡來爾（T. Carlyl）說的。

〔註21〕見姜森 To the Memory of My Beloved, the Author, Mr. William Shakespeare, and What He Hath Left Us 一詩。

〔註22〕姜森 To the Memory of My Beloved, the Author, Mr. William Shakespeare, and What He Hath Left Us 一詩。

翻譯的，一旦寫詩寫小說，就可以獲邀至斯德哥爾摩領受諾貝爾獎？經過反右、文革等劫難，現在中國大陸的多數資深作家，除了或略識俄語、英語的「之無」、「也斯」（yes）之外，外語能力的確不高強。當然有例外。成都的流沙河，文革時磨練英語；北京的王蒙，四十多歲到了美國愛奧華之後才發奮忘食學英語。他們的外語能力雖然比不上香港的黃國彬〔註23〕，卻是認真勤奮地學習過外語的。你批評中國作家外語不好，更說他們母語也不行。這真是「語不驚人死不休」。（考一考你：這句話出自何經何典？）你竟然有膽量作此評斷，你的漢語好到什麼境界？高高在上？當年德意志國王威廉二世宣稱：「上帝安排了我們來支配和統治所有的民族！」後來就有了第一和第二次世界大戰，有了納粹。你似乎已有威廉二世至高無上的權威了。

我雖然研讀佛典，塵世晚年還出家，卻一生服膺孔子。孔子勸導人：知之為知之，不知為不知。傳道授業的顧教授，你不也應該這樣嗎？你說「所謂的中國當代詩歌，是外國文學的一部分」，你說的是北島那一群從「朦朧」崛起的詩人吧！把這類中華現代主義詩人的中文書寫譯成英文德文，的確與英國德國詩人的作品少有差別，甚至沒有差別。然而，邵燕祥、流沙河等等的詩，中華色彩很濃。余光中的詩，更是如此，而余光中不是中國詩人嗎？邵燕祥1980年代的《沉默的芭蕉》這樣寫：

> 芭蕉／你為什麼沉默／佇立在我窗前／枝葉離披／神態矜持而
>
> 淡漠／／從前你不是這樣的／在李清照的中庭／在曹雪芹的院落／
>
> 你舒卷有餘情／綠蠟上晴光如潑／

這怎麼會是外國文學的一部分呢？其實，說中國當代詩歌不像是中國人寫的，代有其人。1970年代關傑明這樣說過〔註24〕；1990年宇文所安（Stephen Owen）也這樣批評過北島〔註25〕（今年三月北京大學出版社出版的《新詩評論》又在議論此事了）。唉，從關到宇文到顧先生你，所說不無一點道理，卻是以偏概全，是「信偽迷真」，正如我在《知音》篇裡所說的。

顧彬教授你又說什麼「外國人基本上都不談」中國當代文學，「中國人根本不給他們自己的文化和文學什麼地位」，這也與事實不符。1980年代北美漢

〔註23〕黃國彬精通中英文，通曉意、法、西等語言，曾從義大利原文中譯但丁的《神曲》（台北，九歌出版社，2003年）；曾任香港中文大學翻譯系講座教授。

〔註24〕關傑明於1972年2月28日、29日在《中國時報》的《人間》副刊發表《中國現代詩的困境》一文，提出了上述的批評。

〔註25〕宇文所安為哈佛大學教授，中國文學研究者。

學家如杜邁可寫成專著 Blooming and Contending 論中國當代文學，貴國的馬漢茂不也是這樣嗎？其他例子當然還有很多。高行健、哈金的小說就有很多人在談，雖然重視的主要是作家政治上的異議性。最近，韓國推出中國當代小說系列，據說甚受歡迎。你雖然已「髮蒼蒼」，抑鬱的眼睛還不至於像韓愈說的「視茫茫」而成為朦朧學者吧？西漢末年的樓護，信口胡謅，說什麼司馬遷寫書，先諮詢東方朔，結果被有識者恥笑。才學不足，而誤信傳言、不明真相，這就是樓護。我在《知音》篇把他修理了一番〔註26〕。顧彬教授，請不要做樓護二世！1996 年王蒙訪問波恩大學，你接待他，還為他主持了一場朗誦會。如果你們對中國當代文學不屑一顧，顧先生啊，那時你豈不偽善至極、痛苦至極？我將和昭明太子合作，編輯一部新《文選》，名為《二十世紀中國文選》，我親自撰寫長篇導言；出版後，送你一部，讓你學習。

　　我在《辨騷》篇說，「將核其論，必徵言焉。」做學問必須慎思明辨，必須講證據。貴國的哲學家早就這樣主張了。貴國的黑格爾先生，昧於中國語言文字，肆意詆毀中文。博學的錢鍾書，在其《管錐編》的卷首，就向他開炮。黑先生在光明的天上，對此事至今啞口無言，終日黑口黑面。不要「信偽迷真」啊，要「積學以儲寶」〔註27〕啊，要觀千劍、操千曲啊，要「平理若衡，照辭如鏡」啊，我在《知音》等篇裡說得聲音都啞了。顧彬先生，博學審問慎思明辨吧。我和錢鍾書天天在文心閣、雕龍池相見，小心他用《圍城》筆法把你寫進這本諷刺小說的續篇。

〔註26〕　《文心雕龍·知音》：「至如君卿脣舌，而謬欲論文；乃稱史遷著書，諮東方朔。於是桓譚之徒，相顧嗤笑。彼實博徒，輕言負誚；況乎文士，可妄談哉！」「學不逮文，而信偽迷真者，樓護是也：醬瓿之議，豈多歎哉！」
〔註27〕　「積學」句見《文心雕龍·神思》。

第十五章　趙翼《論詩》絕句與 《文心雕龍》

本章提要：

趙翼《論詩》絕句的觀點，如新變、領風騷、評詩者信口雌黃、才力居中、窮而後工等，和《文心雕龍》多有相同相通的。本章析論之，指出《文心雕龍》的「慮周」之處，並說明其理論具有普遍性、恒久性。

《文心雕龍》「體大慮周」，「極高明而道中庸」，是中國文學理論的經典傑作，這已是公論。20 世紀中華學者在此書的版本研究、註解、詮釋等方面，成果豐碩。在採用比較詩學（comparative poetics）觀點對《文心雕龍》加以解說，通過中西比較以突顯其成就、地位以及其理論的普遍性、恒久性的，則較少學者這樣做。筆者是其中之一。筆者同時嘗試另闢蹊徑，即應用《文心雕龍》的理論來析評古今中外的文學作品，以試驗此書的實用性，已寫成一系列論文。「體大慮周」、「極高明而道中庸」的文學理論，當然有其普遍性、恒久性、實用性。「體大慮周」的「體大」意謂體系宏大，「慮周」意謂思慮周延，體大與慮周互有關係。本章的側重點在「慮周」。至於對其普遍性、恆久性的說明，則本章不以西方文論作為比較的對象，而是以本國的。《文心雕龍》成書至今 1500 年，劉勰當時思慮的文學問題，是否涵蓋或幾乎涵蓋了後世中國文學論者的諸種問題呢？本章是一個案研究，以趙翼幾首著名的《論詩》絕句為比較的對象，檢驗一下《文心雕龍》的「慮周」。

趙翼（1727～1814）字雲崧，號甌北，江蘇常州人。其詩和袁枚、蔣士銓齊名，合稱「乾隆三大家」。他也是史學家，著有《甌北集》、《甌北詩鈔》、《廿二史劄記》、《甌北詩話》等。趙翼一生所作詩近五千首，論詩及詩人的詩很多，

其中有不少是七言絕句。以下是極著名的幾首《論詩》絕句〔註1〕。

（一）滿眼生機轉化鈞，天工人巧日爭新。

　　　預支五百年新意，到了千年又覺陳。

（二）李杜詩篇萬口傳，至今已覺不新鮮。

　　　江山代有才人出，各領風騷數百年。

（三）詞客爭新角短長，迭開風氣遞登場。

　　　自身已有初中晚，安得千秋尚漢唐？

（四）隻眼須憑自主張，紛紛藝苑漫雌黃。

　　　矮人看戲何曾見，都是隨人說短長。

（五）少時學語苦難圓，只道工夫半未全。

　　　到老始知非力取，三分人事七分天。

（六）詩解窮人我未空，想因詩尚不曾工。

　　　熊魚自笑貪心甚，既要工詩又怕窮。

　　第一、二、三首絕句最有名，第二首尤然；而其第三、第四兩句即「江山代有才人出，各領風騷數百年」最為傳誦。趙翼一生論詩，強調創新。這三首中，「新」字出現了四次：「爭新」（兩次）、「新意」、「新鮮」，簡直可作為今日「創意產業」（creative industries）的關鍵詞，「天工人巧日爭新」可作為標語。各行各業的業者，包括經邦濟世的政治人物，都要開拓創新，文學藝術家更重視創新。趙翼說「預支五百年新意，到了千年又覺陳」。在我們的時代，人口眾多，新作家新作品迭出，若非極為出色且極有運氣，以致成為經典作家作品，則哪到千年，不到十年就舊就朽了。

　　《文心雕龍》《通變》篇論的就是繼承與創新。新字在《通變》篇出現了四次，其中「通變無方，數必酌於新聲」和「文律運周，日新其業」道出了旨趣。《文心雕龍》重「新」之處甚多，《通變》篇經常出現的「變」字，也是「新變」之意。

　　第一首「天工人巧」之意，也在劉勰的思維之內。論者常謂文學源於自然，甚至模仿自然，又謂文學的風格以自然為尚。自然就是「天工」。《文心雕龍》開卷的《原道》篇，就說「文」是與「天地並生」的，又說「心生而言立，

〔註1〕杜維運《趙翼傳》（台北：時報文化出版事業有限公司，1983年）頁273：「據初步統計，《甌北集》五十三卷中，共詩4872首。」本文下面所引《論詩》絕句，第一、二、四、六首見於《甌北集》卷28。

言立而文明，自然之道也」。不過，作家不能只有自然、只重天工，還應有人巧，也就是劉勰說的要「徵聖」、「宗經」，要「積學以儲寶，酌理以富才，研閱以窮照，馴致以懌辭」（《神思》篇）。簡言之，天工（自然 nature）應與人巧（文化 culture）相融相濟。

第二首說歷代江山都有才人出現，趙翼此詩只標榜李白和杜甫二人，說「李杜詩篇萬口傳」，他們是公認的大詩人。現代中華學者論古代小說，多會列舉《三國演義》《西遊記》《水滸傳》《紅樓夢》作為四大名著。現代西方學者論世界文學，多會稱頌但丁、莎士比亞、歌德為三大文豪。論者這樣標舉、宣稱，其內在思維是文學史上有經典大家、經典傑作，有「光焰萬丈長」的文學巨星。趙翼有這樣的思維，因此標舉李杜；劉勰早有此思維，因此《文心雕龍》有《辨騷》篇作為其「文之樞紐」之一，因此有屈原「驚采絕豔」之說，有屈原「衣被詞人，非一代也」之論。在文學的天宇裏，屈原是劉勰心目中數百年來最璀璨的星星。此外，趙翼說的「領風騷數百年」，近乎劉勰的「衣被詞人，非一代也」之語。

第三首說的是不同時代有不同的文學，文學有新變，作家迭開新風氣；僅就唐詩而言，已有初盛中晚幾個詩風不同的時期。《文心雕龍》《時序》開篇說「時運交移，質文代變」，結篇贊曰「質文沿時，崇替在選」，正是此理。《時序》篇是一部微型中國古代文學通史，析論不同時代文學的發展新變。《通變》篇也有時代遞嬗、文學新變的論述：

> 是以九代詠歌，志合文則。黃歌《斷竹》，質之至也；唐歌《在昔》，則廣於黃世；虞歌《卿雲》，則文於唐時；夏歌《雕牆》，縟於虞代；商周篇什，麗於夏年。至於序志述時，其揆一也。暨楚之騷文，矩式周人；漢之賦頌，影寫楚世；魏之篇制，顧慕漢風；晉之辭章，瞻望魏采。榷而論之，則黃唐淳而質，虞夏質而辨，商周麗而雅，楚漢侈而艷，魏晉淺而綺，宋初訛而新。

趙翼在這幾首絕句中，只強調創新〔註2〕，並沒有論及詩有無不變的本質；劉

〔註2〕向來論趙翼詩觀的，都強調其創新說，霍松林在《甌北詩話》（北京：人民文學出版社，1963年）的《校點後記》所述，特為引錄如下。趙翼表現了發展觀點和追求創造的精神，這種觀點也反映在他的《甌北詩話》。先就體裁看：李白、杜甫、韓愈、白居易、蘇軾各一卷，陸游兩卷，元好問、高啟共一卷，吳偉業、查慎行各一卷。其中不但有宋、元、明的詩人，而且有清初的詩人。這正體現了他的發展觀點，和崇尚漢、唐，「勸人不讀唐以後書」的復古派迥不相同。特別把只比他早幾十年的查慎行和李、杜等相提並論，是相當大膽的。就對諸家的評論看，也同樣體現了發展觀點和追求創造的精神。他在評蘇軾時

勰則有觸及，在上引片段中，即有「至於序志述時，其揆一也」的概括。

說：「意未經人說過，則新；書未經人用過，則新。詩家之能新，正以此耳。」在評陸游的律詩時，也特別稱讚其「無意不搜，而不落纖巧；無語不新，亦不事塗澤」的特點。他認為：「必創前古所未有，而後可以傳世。」所以論李白，則突出其反對建安以來「綺麗不足珍」的詩風，與「不屑束縛於格律對偶，與雕繪者爭長」的創作特點。論杜甫，則強調其「為前人所無」的「獨創句法」等等。他評論各家，也注意了內容方面的「獨創」。如論陸游，特指出其「以一籌莫展之身，存一飯不忘之誼，舉凡邊關風景、敵國傳聞，悉入於詩。〔……〕或大聲疾呼，或長言永嘆。命意雖有關係，出語自覺沉雄。」槺按：以上四百多字，皆引自霍松林的說法，見頁 184～187。

上面霍松林說趙翼不只評論古代詩人，與他相距數十年的清初詩人他也評論，且予以好評。他沒有貴古賤今的思維。劉勰在《知音》篇已斥貴古賤今之不當，他在《時序》篇所論，包括了當代（contemporary）文學。《文心雕龍》成書於南朝的齊代（西元 479～501）末年，劉勰所說「皇齊」即齊代。齊之前的宋代（西元 420～478），他也論述。這裏有的正是杜甫論詩絕句「不薄今人愛古人」的態度。劉勰論齊代文學，不具體指點作家的名字；論宋代時，王、袁、顏、謝等都列出來，成了個文豪榜。茲引錄《時序》篇宋、齊兩段如下：「自宋武愛文，文帝彬雅，秉文之德，孝武多才，英采雲構。自明帝以下，文理替矣。爾其縉紳之林，霞蔚而飆起。王袁聯宗以龍章，顏謝重葉以鳳采，何范張沈之徒，亦不可勝數也。蓋聞之於世，故略舉大較。暨皇齊馭寶，運集休明：太祖以聖武膺籙，世祖以睿文纂業，文帝以貳離含章，高宗以上哲興運，並文明自天，緝熙景祚。今聖歷方興，文思光被，海嶽降神，才英秀發，馭飛龍於天衢，駕騏驥於萬里。經典禮章，跨周轢漢，唐、虞之文，其鼎盛乎！鴻風懿采，短筆敢陳；揚言贊時，請寄明哲！」

趙翼論創新的詩句極多。杜維運《趙翼傳》頁 182 引過幾首著名的《論詩》絕句後又引：「詩文無盡境，新者輒成舊」、「詩文隨世運，無日不趨新」，分見《甌北集》卷 24 及 46。在趙興勤的《趙翼評傳》（南京：南京大學出版社，2002年）中，其第十五章《甌北的詩歌創作理論》即以其「創新主張」為主要內容。以下引自趙著第十五章。趙翼稱讚唐代詩人杜牧好翻案，有創意，其《杜牧詩》云「詩家欲變故為新，只為詞華最忌陳。杜牧好翻前代案，豈如自出句驚人。」（《甌北集》卷 53）（見頁 348）趙翼自己就曾為古人翻案，他在《題吟薌所譜〈蔡文姬歸漢〉傳奇》之三謂：「也似蘇卿入塞秋，黃沙漠漠帶旃裘。諸君莫論紅顏汙，他是男兒此女流。」（《甌北集》卷 10）趙翼認為不應責難蔡文姬一嫁再嫁，為她洗汙。趙興勤說：趙翼言論「的確新人耳目，啟人深思。」（見頁 344、345）趙翼的創新主張，包括肯定以俗諺入詩。他在赴金陵途中，聽舟人講：只有快船無快馬，遂嘆為新奇，並采入詩中，謂：「揚帆百里不多時，諺語江湖可入詩。只有快船無快馬，詩家無此句新奇。」（《甌北集》卷 35）又如《儒餐》：「土銼煤爐老瓦盆，莫因鼎食羨豪門。儒餐自有窮奢處，白虎青龍一口吞。」自注曰：「俗以豆腐青菜為青龍白虎湯。」（《甌北集》卷 41）有創新，才有佳句。趙翼對佳句夢寐以求，曾埋怨古人先他出世，先下手為強，搶走了世間為數無多的佳句：「古來好詩本有數，可奈前人都佔去。想他怕我生同時，先出世來搶佳句。」（《甌北集》卷 35）（見頁 336）

　　第四首是對批評的批評。評論詩歌的人或信口雌黃，或拾人牙慧，所謂
「隨人說短長」，這是古今中外都有的現象。中外一些三番四次被出版社拒絕
的書，終獲青睞，出版後叫好又叫座；有獲得諾貝爾文學獎的作家，獲獎消息
公佈時，已褒貶不一，後來根本沒有領風騷；有畫家在世時，一畫不售，百年
後一畫值億金；如此種種，都有「藝苑漫雌黃」的因素在。《文心雕龍》《辨騷》
篇早就指出「褒貶任聲，抑揚過實」之弊，《知音》篇更有精采詳明的論述。
《知音》開篇是「知音其難哉」的嘆息，接下去舉出歷史上多個實例以為說
明。知音艱難的原因，劉勰析為三個：「貴古賤今」、「崇己抑人」、「信偽迷真」。
趙翼所謂「隨人說短長」者，多起因於劉勰所說「學不逮文，而信偽迷真」；
像《知音》篇所舉的樓護一樣，這一類「矮子看戲」，實無所見。《知音》篇進
一步把讀者分為四類：「慷慨者逆聲而擊節，醞藉者見密而高蹈，浮慧者觀綺
而躍心，愛奇者聞詭而驚聽。」這是中國古代的讀者反應理論，早開 20 世紀
西方 reader's response theory 之先河。趙翼的短小絕句，自然沒有詳細說明其
道理。批評家如積學儲寶、博觀圓照，則可能「平理若衡，照辭如鏡」。批評
家應有其衡詩衡文的標準，《知音》篇就列舉了六觀：位體、事義、置辭、宮
商、奇正、通變；劉勰認為「斯術既形，則優劣見矣」。趙翼說的「隻眼須憑
自主張」，其「主張」應該就是衡詩衡文時客觀通達的標準。

　　第五首道出寫作之難，認為下苦功不一定就寫得出好詩；天賦重要，佔了
七分，人事只佔三分。《文心雕龍》多處認為「才」在寫作中起關鍵作用，如
《體性》篇說：「八體屢遷，功以學成，才力居中，肇自血氣」。這裏呼應了本
篇開首「才有庸儁」之說。《神思》篇所論，更離不開「才」；「人之稟才，遲
速異分」；此語之後，劉勰舉出「思之緩」者六人、「思之速」者亦六人，說明
天賦不同者寫作時的不同情狀。趙翼此詩首句「少時學語苦難圓」的圓字，是
圓滿之意，是從心所欲之意；整句的意思是少年時學作詩，難以過語言這一
關，難以把語言掌握得完善，難以把心中意念完全用語言表達出來。這是中西
文學理論中言、意關係的重大議題。《文心雕龍》《神思》篇對此早有論述：「夫
神思方運，萬塗競萌。〔……〕方其搦翰，氣倍辭前；暨乎篇成，半折心始。
何則？意翻空而易奇，言徵實而難巧也。」

　　詩文窮而後工說，歷史悠久。上面《論詩》絕句第六首謂人貪心，魚與熊
掌想兼得：既希望把詩寫好，又怕嘗到窮的滋味。宋代歐陽修《梅聖俞詩集序》
說「蓋愈窮則愈工，然則非詩之窮人，殆窮者而後工也」，是詩文窮而後工說

之所本。《文心雕龍》沒有詩文窮而後工的說辭，不過，《才略》篇有謂「敬通雅好辭說，而坎壈盛世；《顯志》、《自序》亦病蚌成珠矣」，其理與詩文窮而後工說相通。錢鍾書在《詩可以怨》中，縷述「怨」、「鬱結」與詩的關係，在介紹司馬遷「鬱結」、「發憤」之說後，引了《才略》篇這段話，並補充說：劉勰的敬通「蚌病成珠」語只是「淡淡帶過，語氣不像司馬遷那樣強烈，而且專說一人，並未擴大化」〔註3〕。從《詩可以怨》的上下文看來，錢鍾書卻是把劉勰「蚌病成珠」納入詩文窮而後工說這個傳統的。

　　上述劉勰的新變、領風騷、評詩者信口雌黃、才力居中、蚌病成珠等與趙翼《論詩》絕句相同相通諸說，大抵都有其淵源，並不是劉勰石破天驚的全新之論。例如，關於蚌病成珠，在劉勰之前《淮南子‧說林訓》早就說：「明月之珠，蚌之病而我之利也。」本章的目的不在追尋上述諸說的源頭，也不想更無力指出趙翼《論詩》絕句的思想是否受過劉勰的影響。本章僅藉此指出《文心雕龍》對文學的種種問題，思慮周詳；著名的趙翼《論詩》絕句的議題，都在劉勰的思慮中。二人的說法是相同或相通的，這正說明文首所說《文心雕龍》理論具有普遍性、恒久性。換個角度來看，則趙翼《論詩》絕句之所以二百年來膾炙人口，乃是他以簡潔的韻語，道出文學的一些普遍性道理。趙翼強調創新，但文學之為文學，文學批評之為文學批評，自有其不新不變的原理在。

〔註 3〕見錢鍾書《七級集》（上海：古籍出版社，1985 年）中《詩可以怨》一文，頁103。

第十六章 Ben Jonson 有中國特色的文學批評：班‧姜森的莎士比亞頌和中西比較詩學

本章提要：

　　論者常謂中西詩學殊異，中西文評手法大別。例如說中國詩論文評乃直覺式，不分析，無體系；西方則理性而細膩，分析性強，體系嚴密。中西果真迥異？本章「自其同者而觀之」，指出班 Ben Jonson，1572～1637）所寫的莎士比亞頌，力求褒貶不任聲、抑揚如其實；姜森通過比較，極言莎氏的偉大獨特；又說莎翁得力於自然，復乞靈於藝術；有天賦，更賣力。他所用的理論、所用的言辭，和劉勰《文心雕龍》及其他中國古典詩論文評相當接近。姜森譽莎氏若星輝璀璨，若阿文河可愛的天鵝高飛；其比喻簡直和中國文論的「藻耀而高翔」（劉勰語）、「光焰萬丈長」（韓愈語）、「朝陽鳴鳳」（朱權語）等齊飛而一色。班‧姜森當然不是班固或姜夔的後人，但他寫的確為有中國特色的文學批評。本章以班‧姜森的莎士比亞頌詩為例，指出中西文論之心同理同情同辭同處，並略為分析 20 世紀西方文論與古典文論差異之原因。

一、姜森的莎翁頌簡介

　　莎士比亞（1564～1616）去世後，他生前戲劇界的友人搜羅並編輯了他的遺著，在 1623 年出版了第一個莎士比亞戲劇集，即後世學者說的「第一對折本」（First Folio）。友人班‧姜森（Ben Jonson, 1572～1637）為它寫了獻詩，《紀念我敬愛的作者威廉 To the Memory of My Beloved, the Author, Mr. William

Shakespeare, and What He Hath Left Us」）。這首詩在格律上屬「英雄偶句」
（heroic couplet），即每一詩行為抑揚五步格，兩行押一韻。全詩共 80 行。此
詩有不同的中譯本，本章主要根據卞之琳的中譯，題為《莎士比亞戲劇集題
詞》，以下簡稱《題詞》。〔註 1〕此詩高度讚美莎士比亞的成就，因此也可稱為
「莎士比亞頌」。

　　《題詞》原詩不分節，這裡為了論述的方便，把它分為五節。

　　第一節：首 16 行。作者姜森說莎士比亞值得大力褒揚，怎樣讚美都不會
過分。這一節可說是「引言」。

　　第二節：由「因此我可以開始：時代的靈魂！」至「或者像邁克利顛倒了
我們的神魂」共 30 行。英國和希臘、羅馬劇作家都比不上他；「他不屬於一個
時代而屬於所有的世紀！」

　　第三節：由「自然本身以他的心裁而得意」至「都因為他們並不是自然世
家」，共 8 行。姜森說莎士比亞的作品屬於自然，「自然」因為有了莎氏的心
思、詩句而歡喜得意。

　　第四節：由「然而我決不把一切歸之於自然」至「朝著無知的眼睛不留情
一晃」，共 16 行。姜森說莎氏這位詩人之傑出，「靠天生也是靠煉成」，他必須
流汗鑄煉詩句。

　　第五節：由「阿文河可愛的天鵝！該多麼好看」至篇末共 10 行。姜森比
喻莎氏為「阿文河可愛的天鵝」，又說他已成為星辰；希望他重臨，大放光明，
照耀衰落的劇壇。（阿文河或譯為愛芬河。）

　　《題詞》是「莎學」中重要的文獻，詩中的「時代的靈魂」「他不屬於一
個時代而屬於所有的世紀」等語成為常引的名言；「阿文河可愛的天鵝」則成
為亮麗的雋語。

　　姜森集詩人、劇作家、學者於一身，在英王詹穆士一世時的文壇享過盛
譽。他受過良好的教育，曾獲牛津大學的榮譽碩士學位，還當過倫敦一所書
院的修辭學講師。在姜森那個時代，中國和英國、歐陸之間沒有什麼文學上
的交流。我們翻查姜森的傳記，知道他除了上述的文化活動和成就外，還當
過砌磚工人，當過兵，殺過敵，又曾因為在決鬥中殺了一名演員而坐牢。我

〔註 1〕Ben Jonson 的《題詞》原詩，收於 Works of Ben Jonson V.3（London: Chatto and
　　　　Windus, 1910），PP. 287-9。卞之琳的中譯，收於卞氏譯注的《英國詩選》和《卞
　　　　之琳譯文集》二書中。

們查來查去，沒有發現他走在時代的前端，和中國文學有過接觸，受過屈原、李白、杜甫或劉勰的影響。〔註2〕然而，《題詞》一詩，卻好像有東方虎筆龍文的痕跡，其運思綴采，好像和「遙遠的東方」那條《文心雕龍》的詩情文理相呼應。

二、莎翁頌的主要論點與中國文論比照

姜森在稱頌莎氏之前，先談嫉妒。《題詞》第一節第1、2行寫道：

莎士比亞，不是想給你的名字招嫉妒，

我這樣竭力讚揚你的人和書：

《文心雕龍・知音》歷引班固、曹植等嫉妒同文的例子，結論說：「故魏文稱文人相輕，非虛談也。」〔註3〕魏文指曹丕，他在《典論・論文》說的「文人相輕，自古而然」，其有效性至少有一千多年。姜森歷伊麗莎白一世和詹穆士一世兩朝，當時文風熾盛，詩人、劇作家輩出，可和漢武、建安時代相比。姜森極力襃揚莎氏，厚此薄彼，怎能不引起文壇的一些嫉妒、非議？接下去的第3、4行是：

說你的作品簡直是超凡入聖，

人和詩神怎樣誇也不會過分。

批評家的一言一語，應該公正公允，如《知音》說的「平理若衡，照辭如鏡」，而不能「過分」（原文為「too much」）。然而，失衡不實之言，向來充斥於批評界，劉勰在《辨騷》才有「襃貶任聲，抑揚過實」之歎。姜森實在推崇莎氏的人和作品，卻害怕別人說他「襃貶任聲」，因此先來一個「怎樣誇也不過分」的聲明。不過，文壇素來是非恩怨多，有的人「無知」，有的人「盲目的偏愛」，有的人「奸詐的惡意」；姜森在「聲明」之後，還是把各色人等一一羅列，以期堵截悠悠之口。這裏的「無知」，不就是《知音》說的「學不逮文，而信偽迷真」者嗎？「盲目的偏愛」則自然是同篇所說的有「私於輕重」、有「偏於憎愛」那類人了。「奸詐的惡意」則有類於《知音》所指的季緒（劉修），這個漢朝末年的作家最喜歡「詆毀」（誹謗）別的作家。

〔註2〕查葛桂錄《中英文學關係編年史》（上海：三聯書店，2004）一書，我們發現班・姜森（1572～1637）時代中英之間並無什麼文學交流；1605、1620 年姜森在劇本中先後提到中國人和中國手推車，但都與中國文學無關。

〔註3〕本文所引《文心雕龍》文句，據陸侃如、牟世金《文心雕龍譯注》上下冊（濟南：齊魯書社，1981）；引述時注明篇名，為省篇幅，不標示頁數。

　　第二節共 30 行，盛稱莎氏的偉大成就。評判平凡與偉大，只有一個方法，就是比較。姜森拿莎氏和同時代或稍早於他的戲劇家相比，說他「蓋過（outshine）了我們的黎里（Lyly）、淘氣的吉德（Kyd）、馬洛（Marlowe）雄偉的筆力」。姜森又說他「不想安置你（莎氏）在喬叟（Chaucer）、斯賓塞（Spenser）身邊」。這裏的「身邊」指墳墓旁邊，喬叟（1340？～1400）和斯賓塞（1552？～1599）都是英國文學史上的重要詩人。姜森認為莎氏是「不需要陵墓的一個紀念碑」，意思是其成就可和這些人相比，甚至超過他們。與今人比，與古人比，姜森還拿莎氏與古希臘、羅馬的大作家相較：

> 我要喚起雷鳴的埃斯庫羅斯，
>
> 還有歐里庇得斯、索福克勒斯，
>
> 巴古維烏斯、阿修斯、科多巴詩才
>
> 也喚回人世來，聽你的半統靴登台，
>
> 震動劇壇：要是你穿上了輕屨，
>
> 就讓你獨自去和他們全體來比一比——
>
> 不管是驕希臘、傲羅馬送來的先輩
>
> 或者是他們的灰爐裏出來的後代。

姜森口氣真大，視野真廣，仿佛胸羅萬卷，悲劇作家（「半統靴」代表悲劇，因為當時悲劇角色穿半統靴）、喜劇作家（「輕屨」代表喜劇，因為當時喜劇角色穿輕屨）的作品都閱覽過，如劉勰《知音》說的「凡操千曲而後曉聲，觀千劍而後識器」。這樣「博觀」的批評家，乃能下千古的論斷：

> 得意吧，我的不列顛，你拿得出一個人，
>
> 他可以折服歐羅巴全部的戲文。

　　姜森跟著的這一行，是一則後來落實的預言，成為對莎氏最高的禮贊：「他不屬於一個時代而屬於所有的世紀！」姜森的頌揚，近於劉勰在《辨騷》力稱屈原的作品，為「詞賦之英傑」，「氣往轢古」（氣勢超越了古人），「辭來切今」（辭采又切合於現今），「驚采絕豔」，「難以並能」（其他作品難以和屈原作品媲美）；屈原影響了枚乘、賈誼、司馬相如、揚雄，他「衣被詞人，非一代也」（後世詞人受屈原作品影響，不止一個時代而已）。莎氏之前，西方古典大作家輩出；屈原則為中國最早的大詩人。姜森與劉勰都認為偉大的作家，不屬於一個時代而屬於所有的世紀。二人之不同，在於姜森預言莎氏的永恆地位，而劉勰總結屈原的歷史影響。

　　批評家必須博觀，作家也不能沒有學問。在《辨騷》中劉勰肯定屈原「取
鎔經意」（對經典內容的吸納融匯），在《神思》中則提醒作家要「積學以儲
寶」；姜森同樣重視學問。我們讀文學史，知道莎氏沒上過大學，但閱讀頗廣，
知識甚豐。姜森在《題詞》第二節裏，沒有直接告訴讀者，莎氏的學問如何如
何。他用遺憾的語氣說：「你不太懂拉丁，更不通希臘文。」換言之，莎氏如
懂拉丁文和希臘文，那就更了不起了。

　　第三節，有 8 行。姜森認為莎氏作品之成功，乃因為得力於「自然」
（nature）；阿里斯托芬（Aristophanes）、泰棱斯（Terence）、普勞塔斯（Plautus）
這些希臘喜劇作家，「索然無味了，陳舊了，冷清清上了架，都因為他們並
不是自然世家」。姜森沒有解釋什麼是「自然」。怎樣才算合於自然，中西文
論家可以不休地爭論。無論如何，劉勰也崇奉自然：《文心雕龍》首篇《原
道》開宗即說「文」是「與天地並生」的，「心生而言立，言立而文明，自
然之道也」。姜森一方面認為莎氏合於自然，另一方面讚美莎氏為自然添上
了詩句：

　　　　　天籟本身以他的心裁而得意，
　　　　　穿起他的詩句來好不歡喜！
　　　　　它們是織得多富麗，縫得多合適！
　　　　　從此她不願叫別的才子來裁製。

根據姜森的說法，莎氏的詩句是富麗妥帖（richly spun, fit woven）的，這就和
劉勰所重視的文采異口同聲了。《原道》指出「日月疊璧」「山川煥綺」，天地
都有文采；《情采》劈頭就說：「聖賢書辭，總稱文章，非采而何？」姜森喜歡
莎氏富麗的詩風文采，他如果生在中國的晚唐，讀到「莊生曉夢迷蝴蝶」李商
隱那樣濃麗的律詩，一定拍案驚喜，像《知音》說的「觀綺而躍心」了。

　　第四節，有 16 行。姜森筆鋒一轉，指出莎氏的成功，另有原因：「然而我
決不把一切歸之於自然，溫文的莎士比亞，你的工夫也有份。」天才仍需靠努
力，此乃不易之理。在《神思》中，劉勰認為作家「刻鏤聲律，萌芽比興」，
又說「尋聲律而定墨，窺意象而運斤」，這些都是工夫。姜森說：

　　　　　誰想要
　　　　　鑄煉出你筆下那樣的活生生的一句話，
　　　　　就必須流汗，必須再燒紅，再錘打，
　　　　　緊貼著詩神的鐵砧，連人帶件，

扳過來拗過去，為了叫形隨意轉；

要不然桂冠不上頭，笑罵落一身，

因為好詩人靠天生也是靠煉成。

這樣看來，莎氏構思、寫作，應近於《神思》說的「思之緩者」，如「相如含筆而腐毫」，「桓譚疾感於苦思」；至少不會像《神思》所講的「子建援牘如口誦，仲宣舉筆似宿構」。莎氏《漢穆雷特》（Hamlet）「死後是存在還是不存在」（to be or not to be）、《馬克白》（Macbeth）「明日，明日，又明日」（to-morrow, and to-morrow, and to-morrow）、《羅密歐與朱麗葉》（Romeo and Juliet）天亮時鳴叫的是「夜鶯，不是雲雀」（the nightingale, and not the lark）等傳誦的片段，創作時是可能有苦吟者的汗，有他的嘔心瀝血的。

在這一節裏，姜森用 well turned and true-filed 形容莎氏的詩句，卞之琳和另一位譯者都把這個片語翻作「精雕細琢」。這就是《文心雕龍》的雕龍之意了。

第五節即最後一節，有 10 行。姜森說莎氏已逝，高升上天，成為星辰；眼前劇壇式微，希望泰斗重臨，大放光明。劉勰推崇屈原，《辨騷》說屈原可「與日月爭光」，正是光輝之意，似乎還有詩歌不朽的義蘊。姜森憶想當年莎氏「博得過伊麗莎、詹姆［穆］士陛下的激賞」，這使我們想起在《時序》中，劉勰說漢武帝「崇儒，潤色鴻業」，他對枚乘敬重有加，「徵枚乘以蒲輪」。帝王「雅愛詩章」（《時序》語），獎賞文人，文風當然大盛。

姜森喻莎氏為「阿文河可愛的天鵝」（sweet swan of Avon），又希望他再出現，「飛臨泰晤士河岸」。這一節說莎氏已高升成為星辰，又喻之為天鵝，這不正是《風骨》說的「藻耀而高翔」、「文筆之鳴鳳」嗎？天鵝在西方，鳳凰在東方，天鵝和鳳凰不相遇（英國詩人吉卜林 Rudyard Kipling 曾說東方是東方，西方是西方，東方西方永不相遇；這自然不是允當之言），但其為高貴美麗則一。

就這樣，《題詞》結於可愛的天鵝這個形象。這首頌詩「起」於對莎氏的極力推崇；「承」接此意，解釋其成功得力於自然；筆鋒一「轉」，說莎氏也靠苦功；最後這首頌詩總「合」於美麗的天鵝意象。這是《題詞》的起承轉合。

三、天鵝與鳳凰的比喻

班·姜森沒有寫過《國都賦》、沒有寫過《歐洲慢》，既不是《兩都賦》作者班固的後裔，也不是《揚州慢》作者姜夔的傳人；而他評論莎氏之道，通於

中國的劉勰的文學評論之道，也通於其他中國人的文學評論之道，如司馬遷、劉向、元稹、韓愈、杜牧所寫的。司馬遷這樣讚美屈原：「屈原行止，以事懷王；瑾瑜比潔，日月爭光。」劉向的《九歎》說：屈原「齊名字於天地兮，並光明於列星。」莎氏和屈原兩位詩人的成就閃閃生輝，成為日月星辰。

　　屈原之外，杜甫是另一顆天王巨星。韓愈把李白、杜甫相提並論，《調張籍》開頭就說：「李杜文章在，光焰萬丈長。」光焰是強是弱，有多長，當然要靠比較。姜森拿莎氏和古今的劇作家相比，給他戴上桂冠；元稹在《唐檢校工部員外郎杜君墓系銘並序》裏說：

　　　　至於子美，蓋所謂上薄風雅，下該沈宋，言奪蘇李，氣吞曹劉，

　　掩顏謝之孤高，雜徐庾之流麗，〔……〕詩人以來，未有如子美者。

〔註4〕

元稹說杜甫超越了蘇李曹劉顏謝徐庾，就像姜森說莎氏蓋過了黎里、吉德、馬羅雄偉的筆力。杜牧的七絕《讀杜詩》說：

　　　　杜詩韓筆愁來讀，似倩麻姑癢處搔。

　　　　天外鳳凰誰得髓，無人解合續弦膠。

杜甫自言「七齡思即壯，開口詠鳳凰」（《壯遊》），晚年則有「碧梧棲老鳳凰枝」（《秋興》）的名句；杜牧就詩取材，稱杜甫為鳳凰（順此一提：明代朱權的《太和正音譜》用過「朝陽鳴鳳」來比喻一位傑出的戲曲家）；莎氏的家鄉是阿文河上的史特瑞福德（Stratford）鎮，姜森當然沒有受過杜牧的任何影響，他就地取材，稱莎氏為阿文河上可愛的天鵝。

四、有人類特色的文學批評

　　中西詩學（poetics，即文學理論）是近年比較文學研究裏的熱門課題。論者常常說中國文論主抒情，西方文論主摹仿；又說中國詩學概念籠統、用語含糊，西方則概念清晰、術語精確；說中國的文評是感性的，不分析，無體系，西方則是知性的，重分析，有體系。於是結論是中國的詩學文評，和西方有巨大的差異，甚至迥然不同、截然對立。

　　筆者是錢鍾書「東海西海，心理攸同」論的支持者，姜森《題詞》這首莎士比亞頌詩的議論及其運筆行文，與中國傳統文評相通，其議論如自然與文

〔註4〕這裏所引元稹、韓愈、杜牧對杜甫的稱頌，根據的是仇兆鰲《杜詩詳注》（北京：中華書局）「附編」所載各篇，見於頁 2235-6，2259，2261。

采結合，天才與學問、功夫俱具，通過比較評斷作家的地位，比喻偉大的作家如日月星辰、如高貴的禽鳥，是饒具中國文評特色的。二者之相通相似，是「心理攸同」森森例證中的一個，可說是錢氏學說的一個注腳。錢鍾書在《通感》、《詩可以怨》和《管錐編》的無數論據，讓我們看到地球各地「無毛兩足動物」的「基本根性」（錢著《圍城》序）所引發和構成的人類文化共同性（甚至可說是「文化共同體」，如果我可以「自鑄偉詞」），而中西比較詩學研究者則有種種的迴異說、對立說，有時頗為使人困惑。

20 世紀西方的文論，主義輩出，理論林立，在全球的文學學術界稱雄稱霸。種種主義、理論中，固然有真知灼見，嘉惠文學研究者；然而，以艱深文飾淺陋（所謂 elaboration of the obvious）的，艱深難懂術語背後空洞無物的，為數恐怕不少。〔註5〕這些文論，「架勢」不小，術語繁多，論述時旁徵博引，「氣勢」不凡；好高騖遠（好「高深」、喜遠方「大師」）者於是推崇之、膜拜之，當作文學學術界「現代化」取經的對象。不幸他們取的只是真偽難分的經，而且在讀清楚讀透徹之前，就一竹篙打翻中國載滿詩學文論之船，說這些古書籠統含糊，不分析，無體系，和西方 20 世紀的文論迴然相異。〔註6〕20 世紀西方的人文學者，畏懾於科學的專業術語、精細分析、嚴密體系，乃

〔註5〕筆者曾對艱難玄奧的某些當代西方文論，加以批評；請參考拙著《中國文學縱橫論》（台北：東大圖書公司，2005）一書的附錄文章。

〔註6〕「中西文論，一主抒情言志，一主摹仿寫實，這種體系上的不同，〔……〕」汪洪章在《比較文學與歐美文學研究》（上海：學林出版社，2004）中說，見頁10。中西文論果真可以這樣簡單地二分嗎？曹順慶在其《中外比較文論史（上古時期）》（濟南：山東教育出版社，1998）中指出，摹仿說是「西方古代最權威的藝術本質論」；曹接著說，「當然，這種摹仿應當是有選擇的」（見頁168），旨哉斯言！摹仿一旦有了選擇，就不是直接完全的摹仿了，想像、抒情種種成分也就添上去了。然而，認為中西文論相異的人，向來頗多。饒芃子在其《比較詩學》（西安：陝西師範大學出版社，2000）中認為中西文論「異質」，且有「許多難以溝通和相互理解的因素，因為彼此都難以擺脫自身的思維方式和文化框架」，見頁10。孫景堯在其《簡明比較文學》（北京：中國青年出版社，2003）中說：「中國古代文論〔……〕與西方的詩學大相徑庭」，見頁196。在認為中西詩學「異質」、「大相徑庭」之餘，頗有論者傾向於崇西抑中的判斷，如劉介民在其《中國比較詩學》（廣州：廣東高等教育出版社，2004）中即說：「在西方，詩學家們都為自己的詩學概念、範疇下過嚴格的定義，有明確的界定，用語嚴密、精確，〔……〕」見頁308。自王國維以來，一直至葉嘉瑩，以至剛剛引述過的劉介民，都異口同聲地崇西。王、葉諸人的說法，筆者在《略說中西思維方式：比較文論的一個議題》（刊於《香江文壇》2002 年 11 月號）中已有析辨。

亦步亦趨，把文學批評也「科學化」起來，以至成為真偽論述往往難以分辨的艱難學科。19 世紀及以前的文學批評並不是這樣的。

　　當然，中西文學有體裁、題材、主題、技巧種種或大或小的差異——中文與英文等西方語文本身就不同，中國歷史與西洋歷史本來就不同（這些不同如要詳加說明，必然因為論述者角度、立場之異，而大費周章）。不過，人類都是具有「基本根性」的「兩足動物」，都有生老病死的快樂與痛苦——不同膚色的人類都喜歡食與色，都可能罹患癌症和心臟病；筆者基於這樣的認知，而和錢鍾書一樣，有「東海西海，心理攸同」的信念，且發現了很多說明這個信念的證據。〔註7〕

──────────────

〔註 7〕近讀方漢文《比較文化學》（桂林：廣西師範大學出版社，2003），作者為中國人的思維方式辯護，筆者看到「說中國思維中沒有分類概念，這其實是〔……〕舊詞，而且太腐朽了。分類是人類認識的重要範疇，世界上出現分類既早而且又精確的是中國文化」等語，見頁57，真是深得我心。這是又一個「東海西海，心理攸同」的表述。劉若愚在其《中國文學理論》（英文原著名為 Chinese Theories of Literature，在 1975 年出版；中譯本由杜國清執筆，在台北的聯經出版）中就有很多中西文論互相契合的論述。張隆溪與錢鍾書有承傳的關係，其反對「中西文化二項對立」說，可能有錢氏的啟發與影響。張氏在其《道與邏各斯》（張氏原著名為 The Tao and the Logos，由馮川譯為中文）（成都：四川人民出版社，1998）的「中譯本序」中表示反對「西方當代理論中對種族、文化等各類差異的過度強調」（頁 12），反對「把中國和中國文化視為西方的對立物」（頁 11）。中西文論的比較，茲事體大；中西文化的比較，更為艱巨。不過，我總是「自其同者而觀之」，且愈觀愈覺其同。陳躍紅認為可以找到中西詩學很多「共同話題」（見其《比較詩學導論》，北京大學出版社，2005；頁 197），樂黛雲說「西方文論〔……〕和中國文論一樣強調文藝的教育意義、認識意義和社會意義」（見其《比較文學簡明教程》，北京大學出版社，2003；頁 196），實情就是如此。中西文論相通相同者多；同為東方，或當更多。郁龍余在其《中國印度文學比較》（北京：中國社會科學出版社，2001）裏指出印度文論重視「詩的裝飾」，這正是劉勰的「情采」說的印度版；「一位女子的面容即使可愛，如果不加裝飾，也缺乏光彩」（郁著頁 240），印度這個說法和《情采》所言「鉛黛所以飾容，而盼倩生於淑姿」實為一物之兩面；而比喻的備受重視（頁 274），更證明中印如一。2004 年 7 月北京有「Ends of Theory」的研討會，由清華大學和芝加哥大學合辦。會上「從中國觀點解釋西方文學」（Interpreting Western Literature from the Chinese Perspective）是一項議題（見 Critical Inquiry 學報 2005 年冬季號上 W. J. T. Mitchell 與 Wang Ning 王寧合撰的文章，頁 267）。這是值得肯定的。筆者本文，可說就是從中國觀點去解釋西方文學的一個例子。此外，2005 年 7 月中旬在復旦大學的中國文論國際研討會上，筆者有《讓雕龍成為飛龍》一文，用《文心雕龍》理論解釋馬丁・路德・金（Martin Luther King）的「I Have a Dream」，是另一個嘗試。

　　班・姜森不是班固或姜夔的後裔。他活在英國的伊麗莎白和詹穆士時代，不是劉勰的梁朝、元稹韓愈杜甫的唐代，但國族、時代、社會的差異，並不影響文心、學理的大同。姜森的莎士比亞頌是有中國特色的文學批評，同樣道理，劉勰、元稹的屈原頌、杜甫頌也可說是有英國特色的文學批評。劉勰、元稹、姜森所寫的，都是有人類特色的文學批評。

第十七章　讓「雕龍」成為飛龍：兩岸學者黃維樑徐志嘯對話《文心雕龍》

〔2012 年 3 月 13 日《深圳特區報》編者按：雖然時光流逝，《文心雕龍》作為中國古代思想文化的重要經典，即使在今天全球化的電子傳播時代，其博大精深的人文蘊涵與思想光彩，依然歷久彌鮮。今年又值龍年，龍年傳「龍學」，尤顯特別的意義。有鑒於此，我們發表兩岸學者關於《文心雕龍》的對話，希望引發讀者深入的思考。〕

*黃維樑：美國俄亥俄州立大學博士，現任台灣佛光大學文學系教授。

*徐志嘯：北京大學文學博士，現任復旦大學中文系教授、博士生導師。

一、體大思精的《文心雕龍》

徐志嘯：問世於中國南朝齊梁時代的劉勰《文心雕龍》，毫無疑問是中國古代文學史尤其中國古代文論史上一部堪稱空前絕後的文論大書，讚譽它具有「體大思精」的風格特色，應該說完全恰如其分。它上下二部各 25 篇（共 50 篇）的框架體制，系統而又全面地概括、剖析、闡釋了古代文學的樞紐特徵及淵源流變、各類文體的風格特點、不同形式文學作品的創作旨要與藝術表現，並從多種角度對南朝之前（包括南朝前期）的作家作品作了評論。全書涵蓋了總論（「文之樞紐」5 篇）、文體論（「論文敘筆」20 篇）、創作論（「剖情析采」20 篇）、文學評論（《時序》《才略》《知音》《程器》四篇）及總序（《序志》一篇），它們極為嚴密地構建了屬於劉勰本人獨創的文論體系，為中國古

代文學理論史樹起了一座「前不見古人、後不見來者」的宏偉深巨的里程碑。

　　黃維樑：我們看《文心雕龍》全書的佈局和框架設置，都是經過劉勰精密思考的，《序志》篇中所交代的，就是最好的體現。道、聖、經、緯作為「文之樞紐」，固然是時代的要求，也與劉勰本人的認識密不可分。他對各種文體──詩、樂府、賦、史傳、諸子、論說一一予以闡述。我特別看重《文心雕龍》的《時序》篇，它堪稱最早的中國文學史，至少可稱為「史綱」。除了篇幅較短以外，屬於文學史的諸要素它都具備了，尤其是著名的「文變染乎世情，廢興系乎時序」論述，絕對抓準了文學演變的要害，是文學與時代、歷史關係實質性的精闢概括。文學史界一般認為中國以前沒有文學史，文學史是外來概念，中國的文學史著作是受西方外來影響的結果，中國最早的文學史是近代黃人和林傳甲的兩部文學史。我認為，這話些不全對。《時序》篇內容簡要、論述精闢，是世界上最早的中國文學通史。

　　我順便提一下：《文心雕龍》是理論性著作，立論嚴謹不用說，它還包含了很多趣味濃郁的文學故事，如文人相輕，如帝王禮遇文學家，如作家嘔心瀝血地寫作。它記載了這樣的傳說：漢代大辭賦家揚雄寫完作品後，疲倦極了，做了個噩夢：自己的肚子爆開了，五臟六腑流出來；結果是揚雄自己把這些五臟六腑收納回肚子裏。太可怕了，寫作可以是這樣的苦事！此外，《文心雕龍》的文字非常優美，簡直是創意豐盈的美文。

二、《文心雕龍》與西方文學理論

　　黃維樑：如果我們將這部體大思精的《文心雕龍》放在世界文論發展史上看，或者說，將它與西方著名的文學理論作對照比較，我認為，它也毫不遜色。西方著名學者艾布拉姆斯（M. H. Abrams）有一部《鏡與燈》的著作，該書中作者將宇宙、讀者、作者、作品四者的關係，設計了一張關係圖，圖中畫出了這四者之間可以互相聯繫的箭頭，表明這四者之間的相互關係，並由此得出了所謂的模擬論、實用論、表現論、客體論。我認為這個關係圖，或者進而說這「四論」，劉勰《文心雕龍》中的相關篇章完全可以一一予以對應說明。

　　徐志嘯：你這一說，讓我想到了美國著名華裔學者劉若愚，他有一部非常有名的代表作《中國文學理論》，是用英語寫成的。書中他在艾布拉姆斯四者關係圖的基礎上，增添了互逆的箭頭，在四論的基礎上又加了兩論，成為了六論，提法上與艾布拉姆斯有所不同，謂之：玄學論（也譯「形而上論」）、決定

論、表現論、技巧論、審美論、實用論。不過，以此對照《文心雕龍》，我還是認為，《文心雕龍》的相關篇章對宇宙（社會）、讀者、作者、作品四者關係的論述，似乎比他講得更具體，更清晰，只是用語不是今天所謂的「現代話語」，沒有也不可能出現西方流行的那些理論術語，這大概是被那些不瞭解情況的西方學者詬病中國沒有文學理論或缺乏理論思維的理由。

　　黃維樑：如果以艾布拉姆斯的四論作對照，拿《文心雕龍》與西方權威的阿里斯多德《詩學》比較，我們就知道《文心雕龍》毫無疑問具備「四論」述及的內容——《原道》《物色》《時序》探討作品與自然、社會、時代的關係；《知音》《辨騷》探討讀者如何看待作品；《情采》《體性》探討作者與作品的關係，作者的背景、修養、性情決定了會形成何樣的作品；《比興》《麗辭》《隱秀》等篇以作品本身作為討論的對象，探討寫作的修辭及其表現方式。

三、讓「雕龍」成為飛龍

　　徐志嘯：如果我沒有記錯的話，「讓『雕龍』成為飛龍」這句話，應該是黃先生你第一個提出來的。我理解這句話的涵義，《文心雕龍》的「雕龍」，是屬於為尋求、理解、把握、體現「文心」——文學的實質與靈魂——而要做的具體細微的雕琢工作，要精心「雕龍」，「雕」這條文學的「龍」，包括體架、結構、形體、色彩、紋理等多方面，在中外文學史上，像劉勰這樣為讀者（還有作者）提供如此全面、豐富、深厚的關於文學創作、文學批評、文學理論、文學史的理論、方法、經驗的，恐怕絕無僅有，或至少時代上沒有那麼早、體系上沒有那麼完整、內涵上沒有那麼充實。現在的問題是，我們中國的學者，應該也必須將這個「雕龍」的全部過程和內涵，系統、完整、全面地介紹、傳播到世界去，從而讓這個「雕」的「龍」飛起來，飛出中國，飛向世界。

　　黃維樑：謝謝你的肯定和讚譽。口號是我提出的，實際工作應該有很多人一起做，我只是用形象的語言把心意加以概括而已，以此表明我們這項研究工作的意義和價值。在當今世界的文論學術界，可以說完全沒有我們中國的聲音。20 世紀是文學理論風起雲湧的時代，各種主義爭妍鬥奇，五彩繽紛。剛才說到的艾布拉姆斯，他在《文學術語彙編》中論及 20 世紀的十多種文論潮流和主義，其中沒有一種是「中國製造」的。這不能不使我們看到一個嚴峻的事實：在世界的文論學術界，沒有中國的聲音，而我們是歷史悠久、文化燦爛洪洪大國，這相稱嗎？

徐志嘯：當下中國的文學批評界似乎十分熱衷談論所謂古代文論的「現代轉換」，或者說是要在國際論壇上取得「現代話語權」，才能登上國際論壇與西方學者對話。這就是說，在一部分學者看來，我們中國現今之所以在國際論壇上還沒有說話的資格，或謂國際論壇還聽不到中國的聲音，是因為中國學者還沒有獲得「話語權」，而這個「話語權」的取得，必須從我們的文論語言著手，改變傳統的語彙，換之以外國通行的「話語」，方可獲得在國際論壇上說話的資格。這使我感到有點納悶，難道我們中國千百年來的傳統文論，都不屬於文論系統？都不適宜於作為交流和溝通的語彙？中國就真的如西方某些學者所說的沒有理論？

黃維樑：《文心雕龍》有高明而中庸的理論，體大慮周，可發展成為極具說服力的現代文論話語。我們應該努力嘗試以《文心雕龍》為基礎，作中西文論的比較與詮釋，從而建立具有中國特色的中西合璧文論體系，並把這個理論體系應用於文學作品的實際批評，讓「雕龍」成為飛龍，在神州大地飛起來，以至飛向世界。

附錄1 讓「雕龍」成「飛龍」：記體大慮周、情采兼備的 2000 年鎮江市《文心雕龍》國際研討會

　　國內大型的《文心雕龍》國際學術研討會，我參加過三次：1988 年在廣州，1995 年在北京，2000 年在江蘇省鎮江市。三次都很成功，最近在鎮江的這一次，最為精彩。鎮江即古之京口，六朝時代這裡是政治、文化重鎮。鎮江，鎮守著長江。鎮江歷來的文化名人極多，從六朝的昭明太子，到 20 世紀初的馬建忠，《昭明文選》與《馬氏文通》先後輝映。當然，還有劉勰及其《文心雕龍》。研究《文心雕龍》之學，謂之龍學。龍學中的龍伯——四川大學的楊明照老教授——清清楚楚地說：「劉勰是地地道道的鎮江人。」鎮江是長江的重鎮，《文心雕龍》則可說是鎮江的重鎮，是鎮市之寶。劉勰生於斯、長於斯，他這部曠世的文論經典孕育於斯。鎮江人以《文心雕龍》為榮。今年是龍年，《文心雕龍》成書於約 1500 年前，龍學會議在鎮江市召開，引來了各地的龍伯龍叔、龍兄龍弟、龍子龍女，不亦宜乎？不亦盛乎？

　　鎮江市政府與「中國《文心雕龍》學會」合作，錢永波先生與張少康先生籌備經年的盛會，在瓜州古渡不遠處的碧榆園舉行，與會者逾百人，宣讀的論文近 60 篇，在「春風又綠江南岸」的四月良辰。我參加過無數的學術研討會，自己也組織過好幾次，深知箇中苦況。是次會議的論文，或精研於舊有範疇，或探索於新闢領域，頗多精彩之作。每篇論文都有宣讀的機會，且

設有講評。大部分論文在會議開始前就印刷裝訂妥善成為精裝論文集，分發予諸與會者。每個與會者，又都獲分發《文心雕龍研究》第四輯，1999 年台北龍學會議論文集、《鎮江師專學報》（內有龍學專輯）。這些做法，我相信是國內學術會議的突破，值得大書一筆。會議主持人對這個規模龐大的活動，精心策劃，照顧周全，每個環節都細心處理。緊湊的研討會議之外，還有附加的活動，如鎮江市圖書館《文心雕龍》資料中心掛牌儀式，「文苑」中《文心雕龍》碑揭幕儀式，「文苑」中文心閣、雕龍池的參觀遊賞及文藝晚會等等，都是踵事增華。論者常以「體大慮周」形容《文心雕龍》，而《文心雕龍》認為情采兼備的作品乃為文學佳篇。這個會議真可用「體大慮周」、「情采兼備」來稱讚。

上面說的《文心雕龍》資料中心，已籌備了一年以上，搜集了專書和論文逾千件，今後努力擴充收藏，希望海內外學者提供種種文獻，使它成為一個《文心雕龍》的特藏，為龍學者的「聖地」。美國首都華盛頓有莎士比亞圖書館，一座大廈放的全是與莎翁有關的文獻。《文心雕龍》的研究資料，不可能如莎氏資料那樣，龐然充棟，卻絕對應該有一個文獻的中心，而鎮江可為之。江南一帶人傑地靈，高等院校林立如一座座花木豐茂的江南園林；鎮江交通方便，潤揚長江大橋（鎮江又名潤州，揚則為揚州）興建在即，益增便利。中心的地位，可望建立。鎮江市政府近年在南山國家公園內建築了「文苑」。文苑是以文心閣和雕龍池為主體的園林建築群，和不遠處的昭明太子讀書台，成為文化氣息濃厚的旅遊景點。旅遊與文化結合，這是鎮江這一歷史名城市政建設的聰明處。是次會議的與會者，遊目騁懷，在「煙花三月」的物色動人佳日，參觀文苑。4 月 4 日下午《文心雕龍》碑揭幕，近百位與會者的名字，都鐫刻於其上，於是，這些「龍的傳人」，和《文心雕龍》一書，永垂不朽矣。鐫刻姓名之事，在一天半時間內完成，效率奇高。此舉對凝聚龍學者也有很大的作用。

龍游於水，遊於滔滔的長江水。從廣州到鎮江到北京，《文心雕龍》是跨越大江南北的巨龍。去年《文心雕龍》研討會在台北的師範大學舉行，台灣的龍學者王更生、沈謙諸教授，與大陸等眾學者風雲際會於寶島。《文心雕龍》因此也是結合海峽兩岸的文化之龍。香港有九龍半島，與龍學也甚有淵源。數十年前饒宗頤、黃繼持、李直方等當時師生，已有龍學專刊面世。潘重規、蘇文擢、蒙傳銘、陳耀南、陳志誠、羅思美、鄧仕樑、鄧國光等也有專著，欣賞

奇文、辨析疑義。1983 年中文大學出版社出版了施友忠中英對照本的《文心雕龍》全譯本，1999 年香港大學則出版了黃兆傑等的《文心雕龍》全譯本。我自己十餘年來，則發表過幾篇論文；或嘗試用比較文學的方法，闡釋此書的理論，或實驗性地把劉勰的理論用於現代作品的析評。如果說大陸的龍學以主流研究（注釋、考據、《文心雕龍》本身的義理）為主，則香港中西比較式的那些探討，可名為交流研究。香港是中國大龍的一小部分，香港的龍學者，具備中西交匯的文化特點，從事一些交流研究，是順理成章的事。

20 世紀的西方文學理論，霸權式地影響全球的文學界。中國文論家在世界文論界沒有發出任何聲音。21 世紀中國文論如要在世界佔一席位，可從發揚《文心雕龍》開始。魯迅早就說過《文心雕龍》的價值，可與希臘阿里斯多德的《詩學》相比。然而，西方大學文學系的學生，人人都讀《詩學》，而知道《文心雕龍》者萬中無一。《文心雕龍》的外文譯本面世已久，但西方文論家和文評家，何曾有人引用過劉勰的神思、情采、物色等高明而中庸的理論？向西方文論界推介《文心雕龍》，成為 21 世紀中國龍學者的一個責任了。

在這次會議中，我除了宣讀論文、擔任小組會議主席外，還在閉幕式上致辭。我這篇文章即根據當日發言增益而成。鎮江市政府全力支持是次會議，當地的報紙《鎮江日報》和《京江晚報》，天天頭版甚至頭版頭條報道會議的消息，使人感動。我在閉幕式上說，鎮江可以凝聚多方面的人力物力，發展成為龍學的中心，眾多龍學者各盡所能，使龍學騰躍，包括向西方推介《文心雕龍》，而雕龍乃成為游龍，成為飛龍，飛向世界。翌日《京江晚報》報道會議內容時，即以《讓「雕龍」成「飛龍」》為標題，道出了我和很多與會者的心聲。

寫於 2000 年 4 月會議之後，

發表於該年某日的香港《信報》和該年某期的台北《國文天地》。

後記

上文提到的鎮江市圖書館《文心雕龍》資料中心，掛牌後做了很多工作，包括《文心學林》的出版。它刊載《文心雕龍》和《文選》研究的相關活動資訊和論文，內容越來越豐富；至 2016 年 6 月，已出版了 33 期。《文心雕龍》是當世顯學，備受重視。2016 年 6 月出版的第 33 期，各種相關報導包括「首屆莒縣劉勰文藝獎」的頒獎、「莒縣 180 餘米《文心雕龍》書法長卷亮相」、李

肇礎完成《文心雕龍》全書的德語翻譯；李氏的博士論文題為《劉勰〈文心雕龍〉一書中關於比喻的理論——德漢語修辭比較》（德語），於 1984 年在德國出版。同期有林中明的《從〈麗辭〉到「聯藝」——〈文心雕龍〉藝術應用的落實簡述》，所述種種，可謂為《文心雕龍》的「跨領域應用，又開了新的天窗」。2016 年 7 月下旬誌。

附錄2 參照韋勒克等著《文學理論》體系建構的《文心雕龍》理論體系

　　《文心雕龍》本身有體系。此書體大慮周，內容極其豐富，我們也可分拆其內容，根據己意重新建立體系。面世逾六十年、影響很大的韋勒克、華倫（Rene Wellek & Austin Warren）合著的《文學理論》（Theory of Literature），把文學研究分為三個範疇：

　　（一）文學理論：研究文學的原理、類別、標準等；

　　（二）文學批評：對具體作品的研究，基本上是靜態的；

　　（三）文學史：對具體作品的研究。

　　韋、華兩氏從另一個角度，再把文學研究分為二類：

　　（A）外延研究：研究文學與傳記、心理學、社會、理念的關係，以及文學與其他藝術的關係；

　　（B）內在研究：研究文學的節奏、風格、比喻、敘述模式、體裁、評價等等。

　　筆者參考了韋、華的說法，把《文心雕龍》的內容分析、歸納為下列的綱領，建立如下的體系：

（甲）「文學通論」之1「文學本體研究」

　　這一項的研究對像是文學作品本身，不過，作家的性情、學養、經歷等直

接影響到他寫出來的作品，所以也應研究作家。作家的「神思」，相當於西方的想像（imagination），也應該研究。《文心雕龍》的《才略》篇和《程器》篇分別探討作家的風格和才德；《體性》篇說「吐納英華，莫非情性」，這和西方的「文如其人」（The style is the man）論點一致。

文學本體研究的重心有下面幾個：

（a）作品構成的元素——《情采》篇的情與采，即內容思想與形式技巧（content and form）。

（b）文學的各種體裁——《明詩》至《書記》篇論述了數十種體裁；這相當於西方自阿里斯多德《詩學》以來各種文類和次文類的論述。

（c）作品的修辭——《定勢》、《鎔裁》、《附會》所論的佈局謀篇，《章句》、《麗辭》、《比興》、《誇飾》、《事類》、《聲律》、《練字》、《隱秀》、《指瑕》所論的遣詞造句，相當於由阿里斯多德《詩學》、《修辭學》至 20 世紀新批評學派所論的修辭技巧。《文心雕龍》對比喻、對比、結構、音樂性、言外之意非常重視，這與西方的經典論述是相同的。

（d）作品的各種不同風格（style）——《體性》篇說文章有典雅、壯麗等八種風格。

文學本體研究的對象，也許還包括讀者、批評家對作品的解讀，而這可列入（乙）即實際批評的範疇。文學本體研究的對象，還包括不同時代作品的內容、技巧、風格的演變，而這可列入（丙）即文學史的範疇。

（甲）「文學通論」之 2「文學外延研究」

這一項的研究對像是文學與「文學之外的事事物物」的關係，或者前者和後者的比較。文學外延研究的重心有下面幾個：

（a）文學對讀者的影響、文學的功用；讀者對作品的「反應」。《原道》、《知音》等篇對這些方面有所論述，西方則有賀拉斯（Horace）「有益有趣」等說法，有 20 世紀的「讀者反應」說等理論。本文將於（乙）部分作較為詳盡的闡釋。

（b）《原道》、《物色》篇所論的文學與自然的關係。這和柏拉圖、阿里斯多德的模仿說（mimesis）可作比較。《物色》篇的若干說法則可和佛萊（Northrop Frye）的基型論互相印證。

（c）《時序》篇所論的文學與社會、時代的關係（「文變染乎世情，興廢

繫乎時序」）。這可和泰因（Taine）、狄波納爾德（De Bonald）的環境、社會說相提並論。

　　（d）文學與其他學科的關係，如《宗經》等篇論及的；以及文學與其他藝術的關係及其異同。關於文學與其他藝術如音樂、繪畫等的關係及其異同，《文心雕龍》並沒有涉及，更不要說與戲劇、電影等的關係及其異同了；既然缺乏，我們就要補充，使這個體系趨於完備。

（乙）「實際批評及其方法論」之 1「對具體作家、作品的批評」

　　《文心雕龍》對作家、作品的評論，幾乎俯拾皆是，我們打開周振甫主編的《文心雕龍辭典》「作家釋」（北京：中華書局，1996 年）一查閱，就知道劉勰評論的作家作品極多，其「博觀」一定不會比西方古今的任何博學批評家遜色。

（乙）「實際批評及其方法論」之 2「實際批評方法論」

　　《知音》篇討論的是批評的理論和方法。劉勰認為知音難逢，因為文壇多的是貴古賤今、崇己抑人、信偽迷真的人。《知音》篇說：「篇章雜遝，質文交加，知多偏好，人莫圓該。」由於各種主觀的因素，由於讀者中「慷慨者」「醞藉者」「浮慧者」「愛奇者」諸色人等喜愛各異，對作品的解釋、評價也就仁智不同了。劉勰這裡所議論的，簡直可說是 20 世紀西方「讀者反應說」、「接受美學」的先聲。他理想中的批評態度是「無私於輕重，不偏於憎愛」；「平理若衡，照辭如鏡」。為此，他提出批評時要注意的六個方面如下：「一觀位體，二觀置辭，三觀通變，四觀奇正，五觀事義，六觀宮商。」劉勰認為用這六觀法去析評作品，就能分別其高下──「斯術既形，則優劣見矣。」這一部分，請參見本書第二章的詳細說明。

　　劉勰不是空頭的理論家而已，他實踐其主張。《辨騷》篇對《離騷》等《楚辭》篇章的評論，徵引各家的屈騷說法而平議之，引述作品內容而析評之，剖情析采，照顧多方，用的就是「六觀」的理論。《辨騷》篇是實際批評的一個典範。

（丙）「文學史及分類文學史」之 1「分類文學史」

　　《文心雕龍》自《明詩》至《書記》20 篇，每一篇對相關文體（文類、體裁）「原始以表末，釋名以章義，選文以定篇，敷理以舉統」。牟世金這樣語譯

這段文字：「對於每種文體，都追溯它的起源，敘述它的演變，說明體裁名稱的意義，並舉幾篇代表作品加以評論，從闡述寫作道理中總結各種文體的基本特點。」這種書寫方式，就是分類文學史的方式了。

（丙）「文學史及分類文學史」之2「文學史」

　　近年中華學者對文學史的研究甚感興趣，不少人都認為最早的中國文學史是俄國人、日本人或英國人編寫的；殊不知《文心雕龍》的《時序》篇才是最早的中國文學史，至少是一本中國文學史綱。《時序》篇論述了唐、虞至宋、齊共十代的作家和作品，說明其「時運交移，質文代變」的軌跡，重點析評好幾個時代的傑出作家；劉勰還分析作家作品與政治社會的關係，闡釋不同時期文學別具風貌的文化歷史因素。現代人撰寫的文學史應該具備的重要元素，《時序》篇都具備了。當然，最能彰顯《文心雕龍》特色，也就是中國特色的，應該是用《文心雕龍》關鍵詞語和概念所建構的「情采通變」體系，即本書第二章所詳述的。

附錄 3　黃維樑對《文心雕龍》50 篇內容的一個分類

《文心雕龍》內容的分類，歷史來論者有多種方式，以下是我的一種，共分為九論。我只建立了這個架構，將來或可作進一步的論述。

第 1～5 篇：文原論（論文學的原理、源頭）

第 6～20 篇：文體論（各種不同文體的論述）

第 26～50 篇：分為七論，如下。

一、文思論：物色影響文思；養氣有利文思

　　26. 神思　46. 物色　42. 養氣

二、文風論（論文學風格）：有風骨是劉勰最推崇的風格

　　27. 體性　28. 風骨

三、文則論（論創作的基本原則）：「變則可久，通則不乏」；「循體而成勢」；「情經」「辭（采）緯」；「為情造文」

　　29. 通變　30. 定勢　31. 情采

四、文采論（論修辭技巧）：

　　謀篇（位體、結構）：

　　32. 鎔裁　34. 章句　43. 附會　44. 總術

　　修辭（置辭；廣義的「修辭」則包括結構）：

　　33. 聲律　35. 麗辭　36. 比興　37. 誇飾

　　38. 事類　39. 練字　40. 隱秀　41. 指瑕

五、文人論：文章好壞：47. 才略

道德有無：49. 程器

六、文評論（論實際批評）：

48. 知音

七、文史論（論文學史）（「文史」基本上是擴大了的「文評」）：

45. 時序　50. 序志

附錄4 《愛讀式文心雕龍精選》序言及樣版頁

　　文學反映文化的方方面面，有如人生社會的萬花筒，閱讀文學有助於我們對人生社會的認識。文學是文字的藝術，閱讀文學有助於我們語言文字能力的提升。文學的功能極大。我們閱讀文學、研究文學，因而有文學理論、文學批評。古今中外的文學理論批評論著，因為文明日進而數量日多，佳作傑篇不勝枚舉；在其中，劉勰《文心雕龍》是我國古代文論著作的龍頭。它「體大慮周」，理論高明而中庸，具有貫通中外的普遍性、涵蓋古今的恒久性；1500年前劉勰雕出來的這條龍，到今天仍然精美耐看，靈動多姿。

　　上面說「文學的功能極大」，《文心雕龍》首篇《原道》的首句「文之為德也大矣」，正可作這樣的解釋。情是文學的原動力，英國19世紀詩人華茲華斯（W. Wordsworth）說「詩是強烈感情的自然流露」，《文心雕龍》《明詩》篇早就說：「人稟七情，應物斯感，感物吟志，莫非自然。」人生有悲情苦情，文學中有悲劇，西方有「文學乃苦悶的象徵」說，有「昇華」說，有「詩好比害病不作聲的貝殼動物所產生的珠子」說，而《才略》篇正有「蚌病成珠」之論。現代學者錢鍾書重視辭采，以「行文之美」「立言之妙」為文學之為文學的極重要條件；《情采》篇早就說：「聖賢書辭，總稱文章，非采而何？」采就是文采，劉勰指出，連聖賢以內容義理為重的書寫，也是講究文采的。

　　文藝青年常有的苦惱是：「我有很多想法、很多意念，簡直上天下地飛舞著，卻不知道怎樣才能寫出來，成為好文章！」《神思》篇早已回答：這是因為「意翻空而易奇，言徵實而難巧」啊！文藝青年接著可能問：「有幫助我寫

得好的辦法嗎？」《神思》篇好像已知道有此一問，給作者的建議中，包括要他「積學以儲寶，酌理以富才」；而 20 世紀艾略特（T. S. Eliot）的「25 歲後繼續寫詩，不能單靠才華，還要具備歷史感」說（即要提高文化水準，包括多讀文學經典）、王蒙的「作家學者化」說，簡直可當作劉勰理論的迴響。

文章難寫得好，評論作品就容易嗎？現代西方的文學理論家，極言讀者的背景、興趣不同，對作品的反應往往大有分別，於是有所謂「讀者反應論」以剖析相關現象；其實《知音》篇早就觀察到，不同口味的讀者，有相異的反應：「慷慨者逆聲而擊節，醞藉者見密而高蹈，浮慧者觀綺而躍心，愛奇者聞詭而驚聽。」《知音》篇進一步提出積極的建議：我們只有力求客觀了，那就是要操千曲、觀千劍，因為「操千曲而後曉聲，觀千劍而後識器」，博觀才能減少主觀。為了避免「各執一端」、「褒貶任聲」，劉勰還勸我們不走捷徑，而用「笨」法；這個「笨」的辦法是，從「位體」「事義」「置辭」「宮商」「奇正」「通變」六個方面去觀察、分析、評價作品。

《文心雕龍》還有其他種種對文學的意見，包括文學的源頭是什麼、文學有哪些體裁、不同體裁作品的特色風格為何、作者怎樣修辭謀篇、文學的功能為何，如此等等。它是中國古代的文學理論大全，而其多種理論到今天仍然可用，甚至讓我們覺得煥然如新；譬如我們可以用上面提到的「六觀」法，來分析評價古今中外多種多樣的文學作品。我有一篇長文章，題為《「情采通變」：以〈文心雕龍〉為基礎建構中西合璧的文學理論體系》，通過中國和西方文學理論的比較，並建構體系，說明這部古代經典的偉大。

作為具有相當文化修養的炎黃子孫，尤其是人文學科的學者與學生，我們自然要認識這部偉大的經典。然而，《文心雕龍》論述的是 1500 年及其以前的古典作家與作品，涉及相關的歷史文化，其行文精雅又簡約，如此典雅，現代人閱讀起來自然有困難；連大學中文系的師生，都要正襟危坐，通過注釋甚至語體翻譯來閱讀，才能克服理解的難題。《文心雕龍》的研究，近百年來是顯學；包括注釋、語譯在內的論著，充棟且汗牛，以至可排成一條長龍。我們現在為什麼還要出版這樣一本注釋和語譯的《文心雕龍》選本呢？答案是這本《愛讀式文心雕龍精選》有大的特色、大的優勢。我們精選《文心雕龍》最重要的篇章，精簡地注釋之，精到地語譯之，這些固然不在話下；在這「三精」之外，我們還富有創意地排印之，使得每個篇章能有「三易」：容易閱讀、容易理解、容易記憶。

　　本書這樣排版的方式，叫做「愛讀式」（簡稱 Ads，即 Aidushi；又稱為 Arf，即 A-Reader Format），是我發明的。「愛讀式」並不複雜，更不偉大，卻畢竟是個創新。「愛讀式」的主要特色為：原文文字凸出醒目；原文的句、段、篇完整地清晰地呈現，兼顯示對偶句、排比句的句式；注釋、語譯、評點都貼近原文，不勞讀者前頁後頁地翻檢；這樣讀起來主次分明，且一目了然，達到「三易」的效果。「三易」既達，讀書成為樂事，我們應該更愛讀書了，「愛讀式」即因此而命名。

　　經典著作是一個民族文化的根基，我們都應該對經典有認識，進而都愛讀經典。閱讀、理解之外，最好還能深深地記憶，以至能背誦。我們要背誦《文心雕龍》？對，為什麼不應該嘗試背誦？有一間歷史悠久的著名大學，其中文系的一位博士班導師，教文學理論的，就規定博士生背誦十篇八篇的《文心雕龍》，作為成績考核的一部分。我和本書的另一位編撰者萬奇教授，認為閱讀本書對記憶《文心雕龍》的篇章大有幫助；本書出版時，我們一定向該校的相關博士生推薦本書，並以優惠價格出售。一笑。

　　經典有其歷史性，予人厚重感以至沉重感；希望讀者手執本冊，能夠較為輕鬆地、帶著歡笑地閱讀這部經典。本冊應該是初讀、熟讀、精讀《文心雕龍》的最佳讀本，如果要進一步研究它，成為龍學專家，當然還要涉獵其他諸多龍學論著。

　　《文心雕龍》的《宗經》篇這樣解釋「經」（經典）：「經也者，恒久之至道，不刊之鴻教也。」在本冊中，我們這樣語譯：「經，就是恒久不變的根本道理，不可改變的偉大教導。」我們知道，人文學科和社會科學的理論，很難是絕對的、恒久不變的；然而，作為「龍的傳人」，我們認為《文心雕龍》的諸多理論，普遍性、恒久性兼備，有其不可磨滅的巨大貢獻。

　　書名《文心雕龍》可作這樣的解釋：劉勰告訴作者怎樣把他的思想感情，也就是「文心」，通過各種妥善的修辭手法，自然生動而又精美巧妙地表現出來，像「雕龍」一樣；也告訴讀者，怎樣通過理解和分析，把作品的「文心」和「雕龍」發現出來。希望本冊的讀者，閱讀《文心雕龍》，並愛讀它，有所得益；有志成為「龍的傳人」者，則愛讀它之外還研究它，把握它體大慮周、高明中庸的內容，發揚它的理論，並活用於文學批評，讓這尊「雕龍」在中西文學理論的天宇，成為一條飛龍。

本序言寫於 2016 年年初；萬奇教授和我合作編寫的這本書，
可望於年底由北京師範大學出版社出版。
附於序言的是本書排版的式樣示例，此書出版時採雙色印刷。
【黃維樑附記】目前本書「增訂版」不加插圖，
因此所述的《愛讀式文心雕龍精選讀本》的「排版式樣示例」取消了。
這本書已於 2017 年出版，萬奇教授教學時，即以本書為主要教材，
據說甚受歡迎，教與學都得益。
2022 年 11 月校對清樣時誌。

附錄 5 黃維樑所撰《文心雕龍》論文篇目

（本篇目含少量演講稿、談話錄及報導；列出時論文題目不加上篇名號。可能有若干遺漏，某些篇目的出版資料也不完整。下面有 18 篇其篇名前有＊，這表示文章在編輯後成為本書的篇章。）

（1）"The Carved Dragon and the Well Wrought Urn——Notes on the Concepts of Structure in Liu Hsieh and the New Critics," in Tamkang Review, autumn 1983-summer 1984; pp.555~568.

（1983 年作；是年 8 月台北的第四屆國際比較文學會議上發表的論文。）

（2）精雕龍與精工甕——劉勰和「新批評家」對結構的看法

（1989 年作；上面（1）的英文論文加以增訂，成為中文論文，發表於《香港文學》1989 年 9 月和 10 月號；又發表於台北《中外文學》1989 年 12 月號。）

＊（3）現代實際批評的雛型——《文心雕龍・辨騷》今讀

（1989 年作；為 1989 年 12 月在香港大學「中國學術研究的傳承與創新」研討會上發表的論文，刊於北京《中國文化》在 1991 年 12 月出版的第五期；又刊於日本九州大學中國文學會主編《文心雕龍國際學術研討會論文集》，台北：文史哲出版社，年份待查。）

（4）美國的《文心雕龍》翻譯與研究

（1990 年作；刊於台北《漢學研究通訊》1991 年 3 月號；載於上海書

店出版社 1995 年出版的《文心雕龍學綜覽》。）

（5）《文心雕龍》與西方文學理論

（1991 年 10 月 18 日在台北中央研究院文哲研究所籌備處演講的記錄，刊於台北《中國文哲研究通訊》1992 年 3 月出版的第一卷第一期，又刊於上海《文藝理論研究》1992 年第 31 期。）

＊（6）重新發現中國古代文化的功用——用《文心雕龍》六觀法評析白先勇的《骨灰》

（1992 年作；刊於《中外文學》1992 年 11 月號；本文有英文版本。）

（7）"'Rediscovering the Use of Ancient Chinese Culture': A Look at Pai Hsien-yung's 'Ashes' through Liu Hsieh's Six Points Theory," in Tamkang Review, autumn,1992; pp.757~777.

（8）"Fenggu (Wind and bone; forceful and affective power in literature)," in Tamkang Review, spring-summer, 1994; pp. 108~113.

（9）"Wenxin diaolong and Western Critical Theories," in M. Galik, ed., Proceedings of the 2nd International Sinological Symposium, Smolenice Castle, June 22~25, 1993; published by Institute of Asian and African Studies of the Slovak Academy of Sciences, Bratislava, 1994; pp. 191~197.

（10）《文心雕龍》「六觀」說和文學作品的評析——兼談龍學未來的兩個方向（1995 年作；刊於《中外文化與文論》第 1 期〔1996 年 1 月出版〕。）

【上述十篇文章中六篇中文寫的論文，收於黃維樑《中國古典文論新探》（北京：北京大學出版社，1996 年）；這本書在 2013 年出版增訂版，書名改稱《從文心雕龍到人間詞話》，仍由北京大學出版社出版。增訂版收上述（2）（3）（4）（5）（10）五篇，另收《Ben Jonson 有中國特色的文學批評——班·姜森的莎士比亞頌和中西比較詩學》一文。】

（11）用《文心雕龍》來析評文學——以余光中作品為例

（1999 年作；為 1999 年 8 月 14～19 日四川大學「中國比較文學學會第六屆年會暨國際學術研討會」論文。）

＊（12）讓「雕龍」成「飛龍」——略記 2000 年體大慮周、情采兼備的鎮江市《文心雕龍》國際研討會

（2000 年作；刊於《國文天地》2000 年某期；又刊於香港《信報》

同年某日。）

* （13）最早的中國文學史：《文心雕龍·時序》

　　（2004 年作；為 2004 年 11 月 5～8 日蘇州「中國文學史百年研究（1994～2004）國際研討會」論文。）

* （14）委心逐辭，辭溺者傷亂：從《鎔裁》篇論《離騷》的結構

　　（2005 年作；為 2005 年 7 月 18～20 日內蒙古包頭市「楚辭國際學術研討會暨中國屈原學會第十一屆年會」論文；刊於《雲夢學刊》2005 年第 6 期。）

（15）讓雕龍成為飛龍──《文心雕龍》理論「用於今」「用於洋」舉隅

　　（2005 年作；2005 年 7 月 11～13 日上海復旦大學「中國古代文學理論國際學術研討會」論文；刊於黃霖主編《追求科學與創新──復旦大學第二屆中國文論國際學術會議論文集》，北京：中國文聯出版社，2006 年 12 月。）

* （16）中華文化春來風景異──用《文心雕龍》六觀法析范仲淹《漁家傲》

　　（約在 2006 年作；刊於《范學論文集》第三集，香港：新亞洲出版社，2006 年，又刊於《雲夢學刊》2007 年 3 月號。）

（17）傳播文化，讓雕龍成為飛龍

　　（2006 年作；為 2006 年 7 月 24～29 日吉林省長春市「第 14 屆世界華文文學國際學術研討會」專題論文集《用文心雕龍析評當代華文文學》的序言；此論文集收台灣佛光大學文學系研究生陳美美、吳明興、陳忠源、鄭禎玉、顧蕙倩的論文共 5 篇，附錄黃維樑析評白先勇小說《骨灰》論文一篇。序言刊於《華文文學》2007 年第 1 期。）

（18）以《文心雕龍》為基礎建構中國文學理論體系

　　（2006 年作；為 2006 年 10 月 14～16 日南京大學、台灣中央大學、香港中文大學合辦「兩岸三地人文社會論壇·中國文學與文化的傳統及變革·學術研討會」論文；刊於《文藝研究》2009 年 1 月。）

（19）如何「文論」發龍吟？──文化憂患與《文心雕龍》

　　（2006 年作；為 2006 年 11 月 29～12 月 1 日香港藝術發展局主辦「二十世紀中國文學的回顧與二十一世紀的展望國際學術研討會」論文；載於該研討會由寒山碧主編題為《中國新文學的歷史命運》的論文集，香港：中華書局，2007 年。）

（20）閱讀李元洛：親近經典——用《文心雕龍》六觀法析評李元洛的幾篇
　　　散文（2006 年作；刊於長沙《理論與創作》2006 年第 5 期。）

＊（21）炳耀仁孝，悅豫雅麗——用《文心雕龍》理論析評韓劇《大長今》
　　　（2007 年作；為 2007 年 5 月 11～13 日韓國祥明大學主辦「中國地
　　　域文化研究」國際學術研討會論文；也是 2007 年 8 月 17～19 日上
　　　海復旦大學「現代視野下的中國古代文學與文論國際學術研討會」
　　　論文；以《從〈文心雕龍〉理論視角析評〈大長今〉》為題，刊於《中
　　　國比較文學》2010 年第 4 期。本論文的修訂本以《孔子、劉勰、〈大
　　　長今〉》為題在 2010 年 8 月 27～29 日參加韓國光州市「第十二屆韓
　　　中文化論壇」發表。）

＊（22）請劉勰來評論顧彬——《文心雕龍》「古為今用」一例
　　　（2007 年作；為 2007 年 11 月 30 日～12 月 3 日雲南省昆明市「中
　　　國古代文學理論學會第十五屆年會」論文；刊於《海南師範大學學
　　　報》2008 年第 1 期；本文較為簡短的版本，題為《劉勰對顧彬這樣
　　　說》，刊於《聯合報·副刊》2007 年 7 月 3～4 日；又刊於香港《作
　　　家月刊》2007 年 6 月號。

＊（23）20 世紀文學理論：中國和西方
　　　（2007 年作；為 2007 年 10 月 5～7 日香港大學中文學院「東西方
　　　研究國際學術研討會」論文；刊於《北京大學學報》哲學社會科學
　　　版 2008 年第 3 期。）

（24）《文心雕龍》和香港文學史的撰寫
　　　（2008 年作；為 2008 年 4 月 28～30 日香港大學中文學院主辦「香港
　　　文學史研討會」論文；本文的另一個版本題為《香港人編寫香港文學
　　　史》，刊於《華文文學》第 80 期〔2007 年 7 月出版〕，其修訂本刊於
　　　（香港《文學評論》，2009 年 4 月。）

＊（25）余光中的「文心雕龍」
　　　（2008 年作；為 2008 年 5 月 24～25 日國立政治大學文學院主辦
　　　「余光中先生八十大壽學術討論會」論文；刊於香港《文學評論》
　　　第 9 期〔2010 年 8 月出版〕；載於黃維樑著《中西新舊的交匯》，北
　　　京：作家出版社，2013 年；又載於黃維樑著《壯麗：余光中論》，香
　　　港：文思出版社，2014 年。收於本書的是此文節寫本。）

（26）讓《文心雕龍》成為文論飛龍——中國古代文論的體系建設與現代應用
（此為「試行本」專著書名，而非篇名；「試行本」於 2008 年 10 月編
印，A4 開本，共 73 頁，沒有公開發行；收論文 11 篇，都是此前發表
過的，有序言。）

（27）《文心雕龍》和中國比較文學史的撰寫
（2008 年作；為 2008 年 10 月 12～14 日北京語言大學與中國比較文
學學會主辦「中國比較文學學會年會暨比較文學國際學術研討會」論
文。）

（28）《文心雕龍》理論用於古今中外文學的實際批評
（2008 年作；為北京 2008 年 10 月 17～19 日中國《文心雕龍》學會
主辦「《文心雕龍》與 21 世紀文論研究國際學術研討會」論文；載於
中國《文心雕龍》學會編《文心雕龍與 21 世紀文論研究國際學術研討
會論文集》，北京：學苑出版社，2009 年。）

＊（29）《文心雕龍‧論說》和現代學術論文的撰寫原理
（2008 年作；為 2008 年 12 月 27～28 日廣州中山大學「中國文體
學國際學術研討會‧《文學遺產》論壇」論文；刊於澳門大學《南國
人文學刊》2011 年第 2 期。）

＊（30）劉勰與錢鍾書：文學通論
（2009 年作；為 2009 年 12 月 18～19 日台灣國立中央大學主辦的
「錢鍾書教授百歲紀念國際學術研討會」論文；收於汪榮祖主編《錢
鍾書詩文叢說》，台灣國立中央大學出版，2011 年；2010 年 10 月 3
日起連載於香港《大公報》的《文學》周刊。）

（31）《文心雕龍》與漢語新文學史的撰寫原理
（2010 年作；為 2010 年 4 月 18～21 日澳門大學主辦「漢語新文學
史」國際學術研討會論文。）

＊（32）中為洋用：以劉勰理論析莎劇《鑄情》
（2010 年作；為 2010 年 5 月 28～29 日香港中文大學主辦「詮釋、
比較與建構：中國古代文學理論國際學術研討會」論文；刊於《中
國比較文學》2011 年第 4 期。）

＊（33）趙翼《論詩》絕句與《文心雕龍》
（2010 年作；為 2010 年 10 月 8～10 日高雄國立中山大學中文系主

辦「第六屆清代文學國際學術研討會」論文。）

*（34）《文心雕龍》的雅俗觀及文學雅俗之辨

（2012 年作；為 2012 年 3 月 16～17 日台中國立中興大學「第九屆通俗文學與雅正文學國際學術研討會」主題演講論文；刊於台灣《國文天地》2016 年 5 及 6 月號；又刊於《海南師範大學學報》2016 年 5 月號；另載於香港中文大學中文系《今古齊觀研討會論文集》〔研討會在 2014 年 5 月舉辦〕。）

*（35）兩岸學者宏觀《文心雕龍》（黃維樑與徐志嘯對話錄）（刊於《中外文化與文論》第 21 輯〔2011 年 5 月出版〕；又刊於《國文天地》2012 年 3 月及 4 月號；又以《文心雕龍與西方文學理論：中華學者宏觀文心雕龍》為題，刊於香港《文學評論》第 19 期〔2014 年 4 月出版〕；此文的刪節本以《黃維樑徐志嘯對話文心雕龍：讓「雕龍」成為飛龍》為題，刊於《深圳特區報》2012 年 03 月 13 日 C2 版。）

（36）錦上添花：劉勰與 20 世紀西方文論

（2013 年作；為 2013 年 5 月 18～19 日四川省第 10 屆比較文學研討會「大會發言」中發言稿。）

（37）讓雕龍成為飛龍：《文心雕龍》的現代意義

（演講稿；為 2014 年 4 月 17 日在香港中文大學中文系「古典文學研究講座」的演講。）

*（38）「情采通變」：以《文心雕龍》為基礎建構中西合璧的文學理論體系

（文長 5 萬字，1990 年代開始醞釀、構思，建立體系架構，斷斷續續寫作，至 2014 年杪完成初稿，2016 年 2 月修訂；修訂稿為 2016 年 7 月 1～3 日四川大學主辦「第七屆中美雙邊比較文學國際學術研討會」英文論文「Hati-Colt: a Chinese-oriented Literary Theory」的根據；修訂稿將刊於 2016 年杪出版的《中外文化與文論》；修訂稿於香港《文學評論》（雙月刊）2016 年 8 月號起連載；修訂稿節錄本刊於《中國文藝評論》2016 年第 9 期。）

（39）"Hati-Colt: A Chinese-oriented Literary Theory", a paper delivered at the 7th Sino-American Comparative Literature Symposium, held on July 1~3, 2016 at Chengdu, Sichuan, China; sponsors of the symposium: Sichuan University and Pennsylvania State University.

＊（40）為什麼要發揚《文心雕龍》？——黃維樑和萬奇編著《愛讀式文心
　　　雕龍精選》序
　　　（2016 年作；刊於《香港作家》雙月刊〔2016 年 7 月〕。）

（41）《文心雕龍》與寫作能力的培養——郭虹《初中生作文能力培養及課堂
　　　教學設計》序
　　　（2016 年作）

附黃維樑「以《文心雕龍》理論為重要理論」的文學評論文章目錄

（1）春的悅豫和秋的陰沉：試用佛萊「基型論」觀點析杜甫的《客至》和
　　　《登高》
　　　（1985 年作；為 1985 年 4 月台北「第一屆國際中國古典文學會議」
　　　論文；載於中華民國古典文學學會編印的《古典文學第七集》；也載於
　　　大陸的相關論文集；又載於黃維樑著《中國文學縱橫論》〔台北：東大
　　　圖書公司，1988 年，2005 年〕。）

（2）醞藉者和浮慧者：中國現代小說的兩大技巧模式
　　　（1986 年作；先後發表於《明報月刊》和《中外文學》；載於黃維樑著
　　　《中國文學縱橫論》〔台北：東大圖書公司，1988 年，2005 年〕。）

（3）在「後現代」用古典理論看新詩
　　　（2005 年作；為 2005 年 8 月在北京大學和首都師範大學合辦「百年
　　　中國新詩國際研討會」表論文；載於謝冕等編《新詩評論》2005 年第
　　　2 輯，北京大學出版社；收於黃維樑著《中西新舊的交匯》〔北京：作
　　　家出版社，2013〕。）

（4）Ben Jonson 有中國特色的文學批評——班・姜森的莎士比亞頌和中西
　　　比較詩學（2005 年作；為 2005 年 8 月深圳比較文學國際研討會論文；
　　　刊於《中外文化與文論》第 19 輯〔2010 年 6 月〕；又：《東海西海，
　　　心理攸同：以文學為例試論中西文化的大同性》（刊於《中國比較文學》
　　　2006 年第 1 期）的第 5 節，論的是「Ben Jonson 有中國特色的文學批
　　　評」；收於黃維樑著《中西新舊的交匯》〔北京：作家出版社，2013〕。）

（5）林行止「辯雕萬物，智周宇宙」——「香江第一健筆」作品析評
　　　（2007 年作；刊於《信報財經月刊》2007 年 8 月 9 月 10 月，又刊於
　　　《文學論衡》總第 11 期〔2007 年 8 月出版〕。）

（6）資於故實，酌於新聲：以蘇文擢作品為例論舊體詩的新生命

（2007 年作；為 2007 年 8 月香港中文大學「第二屆香港舊體文學國際研討會」論文。刊於《東海中文學報》第 20 期〔2008 年 7 月出版〕。）

（7）博雅之人，吐納英華——余光中學者散文《何以解憂》析論

（2007 年作；為 2007 年 9 月 29 日國立台北教育大學「第一屆學院作家研討會」論文；載於黃維樑著《壯麗：余光中論》，香港：文思出版社，2014 年。

（8）宣仁繼統，世紀恢宏：曾敏之詠寫「世界華文文學」的詩詞

（2007 年作；為 2007 年 12 月 10～11 日廣州暨南大學主辦「曾敏之與世界華文文學學術研討會」論文；刊於香港《文縱》雜誌。）

（9）在「後現代」用古典理論看新詩

（演講稿；為 2011 年 11 月 11 日香港樹仁大學中文系學術講座講稿。）

（10）宏微並觀、縱橫比較、彰顯中國——曹順慶《中外文論史》評介

（2014 年作；刊於《中國比較文學》2014 年第 1 期；又刊於香港《文學評論》第 31 期〔2014 年 4 月〕；又刊於《華文文學評論》第二輯〔2014 年 6 月出版〕。）

（11）錦繪煒燁的桂冠前傳——讀黃國彬的史詩《阿波羅與黛芙妮》

（2015 年作；刊於《明報‧明藝》2015 年 3 月 21 日 D3 版。）

（12）「言資悅懌」：現代文學批評的一種書寫風格——兼論宇文所安的「Entertain an Idea」文體

2015 年作；為 2015 年 6 月 12～14 日上海華東師範大學「中國新文學：語言與話語」國際學術研討會論文；載於詹文都主編《語言與文化研究》第 1 輯〔光明日報出版社，2015 年 12 月出版〕；又刊於《國文天地》2016 年 2 月及 3 月號；又刊於香港《文學評論》2016 年 2 月號。

附錄 6　黃維樑著編書籍目錄
（1977～2016）

說明：本書「乙編」增訂了這個「目錄」，至 2022 年止。請參看。

（一）學術論著

1.《中國詩學縱橫論》，台北，洪範書店，1977。

2.《清通與多姿——中文語法修辭論集》，香港文化事業，1981。又，台北，
時報出版，1984。

3.《怎樣讀新詩》，香港，學津書店，1982；增訂新版，2002。又：台北，五
四書店，1989。

4.《香港文學初探》，華漢文化事業公司，1985。

5.《中國文學縱橫論》，台北，東大圖書公司，1988。增訂二版，台北，東大
圖書公司，2005。

6.《古詩今讀》，香港中文大學出版社，1992。

7.《中國古典文論新探》，北京大學出版社，1996。

8.《香港文學再探》，香港，香江出版有限公司，1996。

9.《中西文論比較》（特聘講座講稿，非正式出版），深圳大學文學院，2002。

10.《文化英雄拜會記》，台北，九歌出版社，2004。

11.《中國現代文學導讀》，台北，揚智文化，2004。

12.《期待文學強人——大陸台灣香港文學評論集》，香港，當代文藝出版社，
2004。

13.《新詩的藝術》，南昌，江西高校出版社，2006。

14.《讓〈文心雕龍〉成為文論飛龍：中國古代文論的體系建設和現代應用》，2008；試行本，非正式出版。

15.《文學導論》（佛光大學通識課程教材），2009；試行本，非正式出版。

16.《從〈文心雕龍〉到〈人間詞話〉》（《中國古典文論新探》第二版〔增訂版〕），北京大學出版社，2013。

17.《中西新舊的交匯：文學評論選集》，北京，作家出版社，2013。

18.《壯麗：余光中論》，香港，文思出版社，2014。

19.《文心雕龍：體系與應用》。香港，文思出版社，2016。

（二）創作

1.《突然，一朵蓮花》，香港，山邊出版社，1983。

2.《大學小品》，香港，香江出版有限公司，1985。

3.《我的副產品》，香港，明窗出版社，1988。

4.《至愛：黃維樑散文選》，北京，中國文聯出版公司，1995；又：香港作家出版社，1996。

5.《突然，一朵蓮花》（新版），上海人民出版社，1996。

6.《蘋果之香》，新加坡，SNP綜合出版有限公司，2000。

7.《突然，一朵蓮花》（又一新版），香港，山邊社，2003。

8.《迎接華年》，香港，文思出版社，2011。

（三）編輯

1.《火浴的鳳凰——余光中作品評論集》，台北，純文學出版社，1979。

2.《中國現代中短篇小說選（上、下冊）》（與劉紹銘合編），香港文化事業，1984、87。

3.《香港文學展顏第二集》，香港市政局，1986。

4.《中國當代短篇小說選》一及二集，香港，新亞洲出版社1988、1989。

5.《吐露港春秋：中大學者散文選》，香港中文大學出版社，1993。

6.《中華文學的現在和未來》，香港鑪峰學會，1994。

7.《中國現代文學論文集》，香港公開進修學院，1994。

8.《璀璨的五采筆——余光中作品評論集（1979～1993）》，台北，九歌出版社，1994。

9.《中國比較文學學科理論的墾拓——台港學者論文選》（與曹順慶合編），
北京大學出版社，1998。

10.《活潑紛繁的香港文學：1999 年香港文學國際研討會論文集》上下冊，香
港中文大學出版社，2000。

11.《人生：香港作家聯會會員散文集》，香港，明報出版社，2002。

12.《中國語文精讀精解‧第一冊》，香港，新亞洲出版社，2002。

13.《中國古代詩歌導讀》（與李元洛、吳長和合編），香港，山邊社，2003。

14.《黃國彬卷》，香港，天地圖書公司，2016。

附錄 7　學術界對「黃維樑《文心雕龍》論著」的評論輯錄

（以下輯錄所見學術界對「黃維樑《文心雕龍》論著」的評論，錯漏之處，尚祈有心讀者補正。）

（1）黃維樑在 1992 年發表《重新發現中國古代文化的作用——用〈文心雕龍〉「六觀法」評析白先勇的〈骨灰〉》一文，此文由台灣游志誠（筆名游喚）教授編入他的《文學批評精讀》一書，並予以好評。

（2）曹順慶（四川大學文新學院院長）寫道：「香港中文大學黃維樑教授的《文心雕龍「六觀」說和文學作品的評析》，即是將古代文論運用於當代文學作品評析的範文。」（見《中外文化與文論》（1）〔1996 年 1 月由四川大學出版社出版〕的「編後」，頁 265。）

（3）傅勇林（時任西南交通大學外語系副教授）寫道：黃維樑教授「具有中外融合的視野和很強的科學實證意識，所以能夠從實際批評入手，通過某些經過驗證、富有質感而且可操作性很強的理論原則的抽繹，凸現《文心雕龍》的理論肌質，並移之於西方文論體系，為中國這部經典文論著作做出了較好的現代定位；」文章「流溢著科學實證精神、深邃的哲學透視，輔之以現代學術洞見，無疑提高了中國古典文論的科學品味，而這又正是其現代轉型的重要理論前提。」（見傅勇林《視野融合與中國古代文論研究的新取向——讀黃維樑〈中國古典文論新探〉》，刊於《南方文壇》1997 年第 1 期。）

（4）鄧時忠（時為四川大學博士生）寫道：黃維樑論文《用〈文心雕龍〉來析評文學——以余光中作品為例》「是試圖以中國『自己的聲音』來表述當代文學經驗的一個精彩個案。」（見鄧時忠、蔣榮昌《跨文化研究的世紀盛會——中國比較文學學會第六屆年會暨國際學術研討會綜述》，刊於《中國比較文學》1999 年第 4 期，頁 152。）

（5）張少康（北京大學中文系教授）寫道：黃維樑的《文心雕龍》論著，其「論述的確給我們以『重新發現中國古代文化的作用』之深刻啟示。」（見張少康等著的《文心雕龍研究史》（北京大學出版社，2001，頁 560～561。）

（6）張文勛（雲南大學中文系教授）寫道：黃維樑的《文心雕龍》論著，「其視角新、觀點新，引起龍學界的注意」；他「力圖做到古為今用」，向國外宣傳此書，「都是很有遠見的」。（見張文勛著《文心雕龍研究史》，昆明：雲南大學出版社，2001 頁 256～257。）

（7）劉紹瑾（暨南大學中文系教授）寫道：香港學者的中國古代文論研究，「在中西比較方面表現最為突出且取得成就最大的，則是黃維樑先生」；黃維樑推崇《文心雕龍》論著，向外國宣揚此書，「此拳拳之意殷殷之情，可與我兩岸三地及全球華人同仁們共勉！」（見蔣述卓、劉紹瑾等著《二十世紀中國古代文論學術研究史》〔北京大學出版社，2005〕，頁 459。）

（8）徐志嘯（復旦大學中文系教授）寫道：黃維樑的《文心雕龍》論著毫無疑問「為『中國學派』的建立添加了堅實的磚石。」（見徐志嘯《20世紀中國比較文學簡史》修訂本〔武漢，湖北教育出版社，2005〕，頁 179。）

（9）趙小敏、趙俊霞寫道：黃維樑「運用《文心雕龍》中的『蘊積』和『浮慧』說來分析魯迅的《藥》和錢鍾書的《圍城》，〔……〕黃維樑的文學批評，因其範圍的廣泛和方法的新穎多樣，使他的文學批評別開生面，新意迭出，令人眼界大開。〔……〕在他的文論中，旁徵博引，縱橫捭闔，將事物的內相展示的淋漓盡致，這除了他學貫中西、知識淵博之外，我認為最根本的還在於他始終堅持公正的科學態度，在於他要在國際為中國文論爭回應有地位的決心和信心。」（見趙小敏、趙俊霞《黃維樑文學批評簡論》，載於《安徽文學》2007 年第 7 期。）

（10）趙俊霞寫道：「閱讀黃維樑的批評文字，的確能感受到一種民族的豪
氣充盈其中，使我們的民族自信心為之一振，讓那些動輒海氏（海
德格爾）、維氏（維特根斯坦）唯西方文論家馬首是瞻的人們為之汗
顏。」（見趙俊霞《對詩學正義的追求——論香港沙田派文論家黃維
樑的文學批評》，載於《重慶職業技術學院學報（綜合版）》2007 年
7 月。）

（11）黃維樑 2007 年發表文章，題為《請劉勰來評論顧彬》；此文用《文心
雕龍‧知音》的理論，駁斥德國「漢學家」顧彬，頗為引起學術界的
注意。中國社科院文學所的陳駿濤教授，2008 年夏天在其博客開張時，
把此文貼上，列為其博客第一篇推薦的文章，並這樣寫道：黃維樑「此
文學問、見識、文采俱佳，文章寫得活潑、機趣，沒有通常論文的那
套八股腔，讀來十分痛快。批評德國顧彬教授的「垃圾說」也抓住了
要害，很有力度。」（見陳駿濤 2008 年 7 月 30 日寫的博客。）

（12）黃霖（復旦大學中文系教授）寫道：「近年來，我注意到〔……〕黃維
樑教授已寫過多篇論文用《文心雕龍》等傳統的文論來解釋中外古今
的文學現象，很有意味。可惜的是，大家習慣於戴著西方的眼鏡來看
中國的文學，反而會覺得黃教授的分析有點不倫不類了，真是久聞了
異味，就不知蘭芝的芳香了。我們現在缺少的就是黃教授這樣的文章。
假如我們有十個、二十個黃教授這樣的人，認認真真的做出一批文章
來，我想，傳統理論究竟能不能與現實對接，能不能活起來，就不必
用乾巴巴的話爭來爭去了。」（見黃霖《〈中國古代文論新體系教程〉
序言》一文，收於 2007 年 12 月雲南大學中文系編印《中國古代文學
理論學會第十五屆年會會議論文彙編》，頁 144。）

（13）賴貴三（台灣國立師範大學國文系教授）寫道：黃維樑「以〈文心雕
龍〉為基礎建構中國文學理論體系》一文透過《文心雕龍》觸類引申，
期以建構中國文學理論體系，有十足自覺性與主體性，值得嚴正看待
與深沉省思。」（見賴貴三主編《中孚大有集——黃慶萱教授八秩嵩壽
論文集》〔台北，里仁書店，2011〕的「主編代序」，頁 8，12。）

（14）楊大為寫道：「黃維樑《中國古典文論新探》〔評論《文心雕龍》等書〕
一書，出版於 1996 年底，書中所收的文章基本上都成於 90 年代初。
十餘年來，中國古代文論和比較詩學的研究又有了長足的進步，黃維

樑先生其時的『新探』在現在看來是否已成了明日黃花呢？通觀全書，可以說，書中所涉及到的問題和相關看法即使在今時今日看來仍然具有很大的啟發性。黃維樑先生對中國古典文論所作出的思索和探尋，其對比較詩學方法的自然運用，其文章中所彰顯的現代意識與理論鋒芒，在當下依然有著重要價值。」（見楊大為的《黃維樑〈中國古典文論新探〉簡論》，載於 2011 年 12 月出版的《華中師範大學研究生學報》，頁 80～84。）

（15）汪士廉（時為四川大學博士生）寫道：「黃維樑將《文心雕龍·辨騷》視作現代實際批評的雛型，觀點新穎，初讀便見此書之勝，愈往後，更是精彩之處頻現。黃維樑先生在書中極富創見地提出了『現代化』的『六觀』說〔……〕；長久以來，研究《文心雕龍》與《人間詞話》的論文、專著不在少數，黃維樑先生的論著卻憑藉其新穎的觀點，堅實的理論基礎，長期屹立於學術之林。」（見汪士廉《評黃維樑〈從文心雕龍到人間詞話〉》，載於四川大學趙毅衡教授主持的《符號學論壇》，2013 年 5 月。）

（16）吳宏娟（時為暨南大學研究生）寫道：「黃維樑在中國古代文論的現代轉換以及中國本土文論的體系建設方面有非常自覺的意識，其所做的努力在文論嚴重『西化』的今天讓人印象深刻，其所雕之龍正是『中國』文論之龍。」「黃維樑在古今結合上取得了較好的成績」；「他曾多次撰寫文章批駁『艱難文論』、『文論的惡性西化』的現象」，「黃維樑的中國意識是非常強烈的」。（見李鳳亮等著《移動的詩學：中國古典文論現代觀照的海外視野》（廣州：暨南大學出版社，2012）第五章《傳統文論話語與海外中國現代文學批評》；本章分節論述夏志清、王德威、黃維樑、張錯四個批評家；黃維樑在第三節，題為《黃維樑：文論雕「龍」者》，頁 257～276，共 10 頁。該節文字由吳宏娟執筆，曾刊於《世界華文文學論壇》2012 年第 3 期。）

（17）包劍銳寫道：「正如張少康先生在為其著作《中國古典文論新探》所作的序言中說，『比較文論的研究可以使我們更好的把握中國古代文論的基本原理和發展規律，同時也可以使中國古代文論走向世界，把我國古代豐富多彩、具有東方特色的文學理論批評介紹給廣大的西方朋友。維樑兄在這方面又做出了很有價值的新貢獻。』〔……〕身處台港

這樣一個特殊的地理和政治分區，以及其留學經驗造成的一些跨文化的視角，他與大陸學者在對古代文論的研究中必然有一些不同之處、創見之處。〔……〕黃氏對《文心雕龍》『六觀』的研究，置於整個古典文論的現代轉型這一大的學術背景中來說，無疑是一種質的跨越。他使得古典文論的轉型，不再停留於焦灼的討論，而是完全地具體地付諸實踐。」（見包劍銳《黃維樑對〈文心雕龍〉「六觀」說的應用》，刊於《華文文學》2013 年 10 月，頁 104～111；作者包劍銳為內蒙古師範大學中文系碩士，《華文文學》所刊這篇文章是其碩士論文《黃維樑與〈文心雕龍〉之「六觀」說》的一章。）

(18) 張健（香港中文大學中文系教授）：黃維樑教授的《文心雕龍》論著，表明他「是龍學新開闢領域的先驅」。（2014 年 4 月 17 日，黃維樑應邀在香港中文大學中文系以《文心雕龍的現代意義》為題，作學術報告，演講後張氏致辭。）

(19) 莊向陽（武漢大學博士）寫道：「與很多中國〔內地〕學者研究《文心雕龍》的文章相比，黃維樑行文的特點是充分顯示出開闊的視野，縱橫捭闔，遊刃有餘」；他「的看法，令人耳目一新」。（見莊向陽《縱橫捭闔，回歸原典：讀黃維樑著〈從文心雕龍到人間詞話〉》，刊於（香港）《文學評論》第 30 期，2014 年 2 月；頁 113～114。）

(20) 張歎鳳（四川大學文學與新聞學院教授）寫道：1989 年「黃維樑發表了一篇精心結構的論文，展示了他淵博而獨具慧眼的學識與情采，〔這篇論文〕名為《精雕龍與精製甕——劉勰和「新批評家」》，黃維樑於龍學方面的貢獻是將《文心雕龍》這部古代集大成的文論名著與西方文學新批評流派學說觀點等量齊觀、縱橫比較、互文研究，揭櫫劉勰的先見之明與審智之功」；「學問沿新，貴在創見，視野宏大，自圓其說，且理趣漾然，黃維樑做到了。他將才情與學術對接，實現了文學、文章渾然一體的審美效果。而他的行文歷來都不枯燥，即便是思理嚴密、考據繁多的長篇論文，也自有一氣呵成之暢，洋溢或暗合著《文心雕龍》所謂『神思』、『情采』。」（見張歎鳳〔張放〕《身證香江非沙漠：黃維樑博士文學成就與影響概說》，刊於《香港文學》2014 年 5 月，頁 42～47；又刊於《華文文學評論》第二輯〔四川大學出版社，2014 年〕，頁 1～13。）

（21）孫仁歌（時任淮南師範學院副教授）寫道：「筆者更為推崇的這一學術領域的學術楷模是〔……〕黃維樑先生。可以說，黃先生是踐行『以中釋中』的先鋒，既是『龍學』的學人，也是『龍人』的行人，更是專一而又身體力行的『以中釋中』之大家。〔……〕黃先生每一篇論文的建言立說都給人一種堅實、功深、可信的印象。〔……〕黃先生強調了『六觀法』的應用的可行性，學術洞見令人信服。〔……〕黃先生的〈文心雕龍〉「六觀」說和文學作品的評析》〔……〕證明『六觀法』之批評法已經悄然滲透在我們的文化血脈之中，不分古今，不分中外，具有一種重大而普遍的應用價值。〔……〕讀了黃維樑先生《請劉勰來評論顧彬──〈文心雕龍〉「古為今用」一例》，不禁為之擊掌拍案！在這篇頗見民族骨氣的學術檄文中，黃先生〔……〕還了中國當代文學一份應有的尊嚴。〔……〕對於黃維樑先生這種對什麼人說什麼話的有骨之舉，國內讀者力挺者多，尤其對黃文的創新之處，多褒揚有加。」（見孫仁歌《聚焦「以中釋中」：自立本土文論話語體系──兼談黃維樑立足本土文論資源研究個案》，刊於《中外文化與文論》第 29 輯，2015 年 5 月由四川大學出版社出版，頁 30-37。）

（22）漢聞（香港《香江文壇》前任總編輯）寫道：黃維樑「治學嚴謹，勇於探索，善於思考，強於拓展」；「他是個《文心雕龍》研究專家，又是個余學開拓者與奠基者。他匠心獨運地以《文心雕龍》的理論來研究論析余光中詩文，力求做到古今中西比較的和諧統一。」（見漢聞〔黃貴文的筆名〕《余學奠基者──黃維樑的余光中研究》，刊於香港《城市文藝》第 77 期〔2015 年 6 月出版〕。）

後記　我的文心路歷程

　　大學時期潘重規老師教我們一科《文心雕龍》，我自此和「神思」「情采」「物色」「通變」「知音」等概念親切起來。大四時在《中國學生週報》寫專欄《小小欣賞》，一連六篇談余光中的散文，多處引用《文心雕龍》的觀點。那時讀英文的文學批評文章，雖然覺得很有道理很有用，卻難忘《文心雕龍》的體大思精和文辭雅麗。1969 年大學畢業後赴美國留學。在俄亥俄州立大學讀博士班，陳穎教授為導師，我以詩話詞話為研究對象，評論王國維的《人間詞話》時，認為它名過其實，乃以《文心雕龍》等中西文論名著為試金石、為龍頭，對《人間詞話》加以評比。我的第一本書《中國詩學縱橫論》收有論《人間詞話》長文，哥倫比亞大學的夏志清教授主動為此書寫序，肯定我的成績之外，還鼓勵我好好寫一本《文心雕龍》的專論。那是 1977 年的事，離眼前這本《文心雕龍：體系與應用》的出版，竟然接近 40 年了。

　　1976 年起我在母校香港中文大學中文系教書，中文系和英文系幾位同事與香港大學的幾位教授創建「香港比較文學學會」，我擔任秘書。那些年臺灣和香港的比較文學興盛，學術會議等活動頗多。1983 年我在臺北參加第四屆國際比較文學會議，提交的英文論文，內容是《文心雕龍》與新批評學派「結構」理論的比較，目的在通過中西比較凸顯這本中國文論經典的精到理論。由1950 年代開始，先是臺灣、香港，後來是改革開放的中國大陸，人文學科包括文學的研究，大受當代西方理論的影響；不少人崇洋趨新，數典忘祖，情況頗為駭人。我兼習中西的文學理論，於是想到舉起中國文論的「龍頭」《文心雕龍》，以應對西方文論這「馬首」。一篇篇的龍學論文，就在月月年年裏寫出

來。我在佛光大學那幾年，開動馬力撰寫龍學論文，「龍馬精神」有豐富的學術收穫。

我的學術研究有兩大方面：一是五四以來的漢語文學，重點包括香港文學和余光中作品；二是中西詩學（poetics），重點包括《文心雕龍》和西方古今一些理論。最近 20 年有「讓雕龍成為飛龍」的理想，所以在我的實際批評文章裏，經常引用《文心雕龍》的觀點，近年尤其如此。有時看到不是龍兄龍弟（指龍學者）寫的文章，裏面引述劉勰的說法，就會特別注目。上個月一家北上旅行，行程之一是重遊江蘇省鎮江市南山的「文苑」，看到知音亭和雕龍池景物依舊，為 1500 年前的劉勰高興；旅行回來，讀到 6 月號《明月》潘耀明兄的卷首語，他引用《文心雕龍‧體性》的「才有庸俊，氣有剛柔」等句，令我眼睛為之明亮。真希望多些人閱讀和引用《文心雕龍》。

在本書自序裏我提到即將出版《愛讀式文心雕龍精選》，它的目的主要在於這本經典的普及化。月前友人告訴我，香港某大學的中文系《文心雕龍》一科開不成，因為學生怕難，不敢選修。我一聽，覺得這本普及的書更需要出版了。我想應該把此書定為中文系的必修科。認識三十多年的四川大學曹順慶教授，他規定班上的博士生必須熟讀《文心雕龍》十篇，達到背誦的程度。順慶兄是學院院長、博導、長江學者；權威教授有命，學生不敢違。

三十多年來寫了數十篇龍學文章（詳見本書附錄 5），能如此，因為我自己的努力不懈，還由於兩岸四地學術界朋友的不棄。這些文章先後發表在各地的學報、雜誌和報章，如要點名致謝，名單將是一條長龍。我特別要提謝天振、曹順慶、張瑞晏、林曼叔和馬文通先生，他們分別是《中國比較文學》、《中外文化與文論》、《國文天地》、《文學評論》（香港）和《大公報‧文學》的主編。

學術界多位先生如張少康、陳駿濤、黃霖、游志誠、孫仁歌諸位對我的龍學文章多予好評與鼓勵；萬奇教授指導包劍銳君，以我的《文心雕龍》「六觀說」為研究課題，寫成碩士論文；李鳳亮教授指導吳宏娟君撰長文評論我的龍學論著；如此等等，都使我非常感激。他們中大部分是我素昧平生的。我要致謝的諸位，大名於此不能盡列；本書所附的評論拙作篇目，其文章作者都是我要致謝的對象。

友人中李元洛兄、漢聞兄和莊向陽兄等，向來頗為關心我《文心雕龍》專著的出版，已故的前輩曾敏之先生生前更頻頻垂詢。最早建議我寫《文心

雕龍》專書的夏志清先生，兩年多之前仙逝；他在世時常常鼓勵後輩，現在如果天上有靈，知道這本拖延歲月「難產」的書，可能會用「慢工出細活」來安慰我。

我在佛光大學和澳門大學教書年間，學會了和加強了基本的中文打字和文稿編輯，自己可以敲打鍵盤成文；但佛大和澳大的幾位研究生，「鍵筆」如飛，使雕龍騰起，予我幫助很大。近月編輯此書，尋覓相關資料，得到四川大學張歡鳳教授的弟子，以及香港中文大學陳煒舜教授的研究生相助。製作這本學術論著，文思出版社人員認真細心。本書出版在即，謹向以上諸位獻上我的謝意。

還要感謝的是香港中文大學前任校長金耀基教授。承蒙他惠賜墨寶，封面「文心雕龍」和扉頁「讓雕龍成為飛龍」兩組題字勁秀瀟灑，書法和涵義合起來文質彬彬，為拙著增添光彩。

再要致謝的是香港藝術發展局對此書出版的資助。本書依照原定計劃，須於今年 6 月底前出版；因為編輯校對工作繁重，我申請延期三個月，蒙該局同意。以龍學為主體的論文，以及與龍學相關的論文，數十年來，我一共發表了五十多篇（這還不算用英文發表的五、六篇），對文稿如何斟酌選擇、整理編輯，以符合多年前所定的全書架構，所費時間不菲；此外力求文稿體例統一，繁簡體轉換減少錯誤，在在需時。對多篇論文的割愛，相當心疼；想到被割愛者，有多篇早曾納入一些拙著之內，心情乃較為寬鬆。

我數十年的文學評論寫作，有三個重心，即香港文學、余光中、《文心雕龍》，已發表的相關文章，收集於先後出版的各種拙著。關於香港文學的，在 1980 年代和 1990 年代已出版了《初探》和《再探》兩本專著；關於余光中的專著於 2014 年才出版；關於《文心雕龍》，則是目前這本書，真是大龍晚成！年屆七旬，三者各有專著出版，也算是一種「從心所欲」了。

2016 年元旦起，我離開數十年的教研專任職位。和多位同行一樣，我退而不休；古今中外的詩宗文豪以及老中青文友，向我發出「返聘」的邀請，我的讀書、寫作、講學於是成為「可持續」（sustainable，臺灣翻譯作「永續」）的活動。在「返聘」前後，內子見我仍然日忙夜忙與文字為伍，有點無奈地說：「已這把年紀了，多寫一本書和少寫一本書，對你有什麼作用呢？」《文心雕龍》力稱「文之為德也大矣」，主張文學應能「光采玄聖，炳耀仁孝」，「發揮事業，彪炳辭義」；我自然服膺這樣偉大的思想，卻自問吾何人斯，吾何德何

能，且常常因為《聖經・傳道書》說的「著書多，沒有窮盡；讀書多，身體疲倦」而歎息。錢鍾書曾奉勸用功的晚輩注意勞逸結合，卻承認這只是句空話。我實實在在地勸告自己勞逸結合，且應該身體力行。

　　終身學習是我的座右銘，我勉勵現年十歲的犬子若衡也如此。若衡是我賜給他的嘉名，二字出自《文心雕龍・知音》的「平理若衡，照辭如鏡」。現在「微信」吹勁風，若衡跟風，把微信名定為「文心雕龍」，令老爸不禁一悅。這小子長大後從理還是從文，老子管不着。無論如何，身在深圳河邊的福田，內子陳婕把家居維持得整潔舒適，我有一張闊大的書桌，有千卷圖書伴我繼續從文。窗外三寶樹有青綠的田園美景，樓下的華府花園「秀其清氣」；勞畢逸來，泡一壺清茶而飲之，「悅豫之情暢」，一顆文心仿如一片冰心在玉壺。

　　附註：「秀其清氣」和「悅豫之情暢」都引自《文心雕龍・物色》。

——2016 年 9 月上旬